Verena Maria Mayr

Tillas Mühle

Roman

Impressum
Texte: © 2021 Copyright by Verena Maria Mayr
Umschlag: © 2021 Copyright by Nathalina Prettner
Lektorat: Mayrei
1. Auflage November 2021
Verantwortlich
für den Inhalt: Verena Maria Mayr

Druck: epubli – ein Service der Neopubli GmbH, Berlin

Über die Autorin:

Verena Maria Mayr, geboren 1975 in Graz, studierte Publizistik- und Kommunikationswissenschaften in Wien. Nach ihrem Studium arbeitete sie als Eventorganisatorin, Journalistin und Texterin. Sie lebte einige Jahre in der Toskana, wo ihr erster Roman entstand. Verena Maria Mayr liebt verschiedene Länder und Kulturen. Wenn sie nicht gerade durch die Welt reist, verarbeitet sie ihre Erlebnisse in einem Roman, ist in ihrem Garten zu finden oder sie steht in der Küche und bekocht Familie und Freunde. Sie lebt mit ihrer Familie in der Südsteiermark. Mehr Informationen zur Autorin gibt es auf: www.facebook.com/verenamariamayr.fanseite

Für meine Familie

Der Ort Mureck existiert tatsächlich. Ich lebe hier. Mit Kürbiskernöl kenne ich mich auch aus. Meine Großeltern mütterlicherseits hatten eine Ölmühle. Dennoch ist dieser Roman reine Fiktion. Ähnlichkeiten mit lebenden oder verstorbenen Personen waren von mir nicht beabsichtigt und sind – sollte dies jemand so interpretieren – purer Zufall.

Wenn der Kürbis sich gelb verfärbt hat, kann er geerntet werden. Er wird aufgebrochen, das weiche Fruchtfleisch entfernt und die grünen Kerne hervorgeholt. Schimmert die Farbe der Kerne dunkelgrün und erinnert die samtige Oberfläche an die Berührung der ersten Liebe, kann die Magie aus ihnen gepresst werden.

Personenübersicht

Familie Herzog

Hans Herzog, Mühlenbesitzer der Herzog-Mühle am Birkenhof, vor 2 Jahren gestorben
Maria Emilia, geb. Petrin, Hans‘ Frau, 65
Eduard Herzog, Sohn von Hans und Maria Emilia, 44
Ilsa, geb. Schober, Eduards Frau, 40
Tilla Herzog, Maria Emilias adoptierte Nichte, 40
Arthur Herzog-Steinhoff, Tillas Sohn, 12
Louis Herzog, Hans‘ Adoptivbruder, 69
Elisabeth Marer, Tillas Mutter und Maria Emilias Cousine, mit dem Auto verunglückt
Alexander Hofbauer, Tillas Vater, mit dem Auto verunglückt
Konrad Steinhoff, Arthurs Vater und Tillas Ex-Mann, 43

Herzog-Geschwister

Elli Herzog, als kleines Kind im See ertrunken
Renate Herzog, lebt in der Schweiz *
Christa Herzog, nach N.Y. gezogen *
Georg Herzog, mit dem Auto verunglückt
Joachim Herzog, Dirigent *
*haben sich zu Lebzeiten ihr Erbe auszahlen lassen

Sonstige Figuren

Nikolaus Veit, Geschäftsinhaber und Gemeinderat, 43
Paulina Papst, Tillas beste Freundin, 41

Conni Steger, Tillas Freundin, Lehrerin und Gemeinderätin, 40
Hannah Steger, Connis Tochter und Arthurs Freundin, 12
Gabi, 33, Eduards Geliebte
Tillas Murecker Freundinnen: Bine, Kaffeehausbetreiberin und Bäckersgattin; Lilo, Boutiquebesitzerin; Nina, Floristin

Prolog

Wenn die Frauen auf den Feldern ihre Lieder anstimmten, schloss Louis die Augen und fing an zu träumen. Er musste ihnen nicht mehr zusehen, er wusste, wie sie jede ihrer Bewegungen, die sie von ihren Müttern und Großmüttern gelehrt bekommen hatten, wie von selbst und als wären sie in Trance ausübten. Er sah sie auf ihren Holzschemeln im Kreis auf dem Feld umringt von gelben Köpfen in der späten Nachmittagssonne sitzen. Bunte Kopftücher schützten sie vor den noch immer heißen Septemberstrahlen. Singend gruben sich ihre Finger in das weiche, klebrige Fruchtfleisch, um die zarten grünen Kerne auszulösen. Gelegentlich würde eine sich aufrichten und den Rücken strecken, weil die gekrümmte Haltung steif machte. Dafür würde die raue Haut ihrer abgearbeiteten Hände am Abend zart wie Seide sein.

Bald würde die Ernte bei ihm in der Mühle ankommen und dann konnte er endlich mit Maria Emilia die erste Pressung vornehmen. Das Herzog-Öl war tatsächlich herzoglich und das grüne Gold machte seinem Namen zurecht alle Ehre.

Gemeinsam würden sie die Kerne waschen und trocknen. Ein Teil wurde sofort verarbeitet, ein Teil wurde gelagert, damit immer frisch gepresst werden konnte. Es war Louis‘ Aufgabe, die trockenen Kerne in das Steinmahlwerk zu füllen. Wasser und Salz mengte Maria Emilia bei.

Louis begab sich zu seiner Schallplattensammlung, die in einer Mauernische des Pressraums eingerichtet war. Sein Plattenspieler stand ebenso dort auf einem der groben Holzbretter, die er der Nische maßgeschneidert verpasst hatte. Wie immer würde er „My way“ von Frank Sinatra, mit dem er eine gespenstische Ähnlichkeit besaß, spielen. Wie immer hatte er eine Cordhose an. In seinem Kleiderschrank variierten sie in der Farbe von braun über beige bis grau. Diesmal trug er eine mittleren Brauns, das dem Kürbisacker glich. Ein flüchtig gebügeltes hellblaues Hemd war genauso flüchtig in den Hosenbund gestrickt worden. Dafür saß die umgebundene dunkelblaue Fliege so perfekt wie sein dunkles Haar, das mit einer duftenden Pomade zurückgegelt worden war. Er strich sich noch einmal mit der Handfläche über das dichte, vom Gel gehärtete Haar, als die Tür aufflog.

Maria Emilia sauste in einem zitronengelben Kleid herein „sie kommen, die Kerne kommen!“ und umarmte Louis stürmisch, der sie einmal hochhob und durch die Luft fliegen ließ, dass es vor Leidenschaft knisterte.

„Mein allerliebster Louis, presst du wieder mit Hemd und Fliege?“ Mimi liebte es, ihn zu necken. In all den Jahren hatte sie ihn noch nie nachlässig gekleidet erlebt.

„Wie immer, meine Liebe“, erwiderte er und stellte sie rasch auf dem Boden ab, bevor jemand sie zusammen sah.

Da ging auch schon die Tür auf und zwei Arbeiter zerrten Jutesäcke gefüllt mit getrockneten Kernen in die Mühle.

„Gute Ernte“, sagte der erste und öffnete seinen Sack, damit Louis und Mimi sich selbst überzeugen konnten.

Plötzlich flog die Tür wieder auf und die vierjährige Tilla, verfolgt von Mimis Sohn Eduard stürmte herein. Die Kleine mit ihren schwarzen Korkenzieherlocken jauchzte vor Freude, weil sie meinte, ihren älteren Cousin, der ihr einen Vorsprung gewährt hatte, abgehängt zu haben. „Gegen Edo gewonnen!“

Sie liefen beide auf Louis zu, der ihnen seine Arme entgegenstreckte. Er umfasste Tilla an beiden Händen und wirbelte sie wie ein Karussell ein paar Mal um seine eigene Achse. Nachdem er sie sicher auf dem Boden abgestellt hatte, umarmte er Eduard kurz und klopfte ihm leicht unbeholfen die Schulter.

„Wer will Öl pressen?“ Mimi stand mit den Händen in den Hüften breitbeinig vor ihnen.

„Ich, ich“, schrien sie gleichzeitig. Die beiden Kinder fassten sich an den Händen, nahmen Mimi in die Mitte und hüpften ausgelassen um sie herum.

„Nicht so wild. Mir wird schon schwindlig. Holt eure Arbeitsschürzen und bringt mir meine auch gleich mit.“ Das ließen sie sich nicht zweimal sagen. Sofort zischten sie los.

Der Blick mit dem Louis Mimi bedachte drückte Wehmut aber auch Freude aus. Liebevoll lächelte sie ihn an. „Wie Geschwister, nicht wahr?“

Louis‘ Ausdruck wechselte schlagartig. Er täuschte einen Hustenanfall vor und drehte sich von Mimi weg. Sie wusste nicht, dass ihre Bemerkung sich in einigen Jahren tatsächlich bewahrheiten sollte.

Als die Kinder zurückkehrten, hatte Louis sich wieder im Griff. Sie banden sich gegenseitig die Schürzen und fingen an, die Kerne in das Mahlwerk zu füllen. Dort wurde gemahlen und geknetet.

„Tilla und Eduard, ihr dürft mir helfen, Wasser und

Salz beizumengen“, sagte Mimi und verteilte Messbecher. Stolz halfen die beiden mit.
Wenn das Wasser verdampft war, wurde die Masse unter ständigem Rühren schonend geröstet. Das war Louis‘ Aufgabe, denn bei der Röstung war die Erfahrung des Pressmeisters ausschlaggebend. Eine kleine Unachtsamkeit und die richtige Temperatur war verloren. Diese musste jedoch unbedingt stimmen, denn die Kerne sollten nicht zu hell, aber auch nicht zu dunkel werden. Schwitzend krempelte er seine Ärmel hoch und lockerte seine Fliege.

„Ich weiß es, dieses Mal wird es fantastisch“, hauchte Maria Emilia. Eine Strähne hatte sich aus ihrem Zopf gelöst und hing ihr in die Stirn.

Ja, heute würde die zauberhafte Magie ihrer tiefen Gefühle füreinander in das kostbare Öl fließen. Louis hatte vorhersehend einige der kleinen Flaschen vom Speicher geholt.

1

Die drückende Hitze der Großstadt machte Tilla zu schaffen. Normalerweise fegte in Wien immer der Wind durch die Gassen. Heute schien es auch ihm zu warm zu sein und für Ende September war es eindeutig zu heiß. Dieser Sommer wollte kein Ende nehmen und verlangte den Städtern alles ab. Ungeduldig stupste Tilla die Sonnenbrille zurück über den Nasenrücken an ihren Platz, damit sie gleich darauf wieder vom Schweiß ihrer geraden Nase entlang Richtung Spitze geschoben werden konnte.

Sie sehnte sich nach Platz, genauer gesagt nach leerer Weite, aber die konnte sie in ihrer Mittagspause nicht so schnell finden. Der kleine Park um die Ecke ihres Büros musste es auch tun. Dort tummelten sich bereits viele, die die gleiche Idee hatten und sich ein kühles Plätzchen im Schatten erhofften. Tilla zuckte frustriert mit den Schultern und beschloss, einen Salat im klimatisierten Café in der Roten Turm Straße zu essen.

Das Kürbiskernöl auf den welken Blättern und Treibhaus gereiften Tomaten war letztklassig, obwohl es einen stolzen Preis verlangte. Als Tilla daran roch, strömte ein leicht ranziges, auf jeden Fall übel riechendes Aroma in ihre Nase, die sie angewidert kräuselte. Das Öl war keinesfalls aus heimischen Kernen gepresst und zudem gestreckt worden, was sie an der hellen Farbe und an der zu dünnen Konsistenz erkannte. Vermutlich wurde es auch nicht richtig gelagert.

Tilla schob ihren Teller missmutig von sich und seufzte enttäuscht auf, weil ihr Bedürfnis nach einem knackigen

grünen Salat mit Kürbiskernöl, der sie an ihre unbeschwerte Kindheit erinnerte, nicht befriedigt wurde. Der Geruch von frisch gepresstem Kernöl fiel ihr ein und bahnte sich seinen Weg durch ihr olfaktorisches Gedächtnis. Der erste fette, dunkelgrüne Tropfen, den sie mit einem Brotstück auftunkte, war der beste und hinterließ ein einzigartiges Geschmackserlebnis, wenn sich das grüne Gold um ihre Zunge schlängelte.
In ihrem Kopf erschien plötzlich das kühle Mühlengebäude mit seinen dicken Mauern, das spannende Geschichten erzählte, und dahinter der schattenspendende Apfelgarten, der mit seinen süßen Früchten lockte. Schnell war ein rotgrüner Apfel vom Baum gepflückt und herrlich frisches Fruchtfleisch abgebissen.

Das Wasser lief ihr im Mund zusammen. Tilla schluckte und bedeutete der Kellnerin, dass sie die Rechnung bringen sollte. Nachdem sie bezahlt hatte, verließ sie das Lokal und ging nach draußen, wo ihr das Großstadtleben die Luft nahm. Auf dem Gehsteig wurde sie von einer jungen Frau mit plärrendem Kleinkind an der Hand angerempelt, die es für unnötig hielt, sich zu entschuldigen. Tilla vernahm ein genervtes „… muss auch so blöd im Weg herumstehen …“ und schloss kurz ihre Augen und atmete tief durch, um sich nicht aufzuregen. „Ich bündle meine Energie“, murmelte sie mantraartig. Sie stellte sich vor, wie sie durch den Murecker Auwald neben der beruhigend dahinplätschernden Mur entlangspazierte. Nicht, dass sie sich danach sehnte in die kleine Stadt im Süden Österreichs zurückzukehren, um dort zu leben. Zu sehr hatte sich ihre Lebenssituation und sie selbst sich verändert.

Was hätte sie in dem Städtchen, das nicht mit der Zeit ging, anfangen sollen? Dass sie sich nach dem Land sehnte bedeutete schlicht und einfach, dass sie urlaubsreif war.

„Na, gehen'S doch weiter!", herrschte sie eine unfreundliche Stimme an, die zu einem grantigen Pensionisten gehörte. Das war zu viel. Sie hastete über die Straße, eilte in das Lokal einer Fast-Food-Kette gegenüber und schlang einen Burger mit Pommes und Ketchup hinunter. Für einen Moment fühlte sie sich getröstet und lehnte sich in die rote Kunstledercouch, auf der ihre nackten Beine unangenehm kleben blieben. Nein, heute war definitiv nicht ihr Tag. Die Sättigung war ein kurzes Vergnügen und schlechtes Gewissen stellte sich ein, weil sie nicht standhaft bleiben konnte und sich dem ungesunden Genuss hingab. Deprimiert kehrte Tilla an ihren Arbeitsplatz zurück.

Ihr Großraumbüro teilte sie sich mit drei Kolleginnen. Weil es im vierten Stock eines Altbaus lag, gab es dort keine Klimaanlage. Angeblich isolierten die dicken Mauern doch so schön … Zum Glück gab es einen Lift, denn um die Stiege zu nehmen, fehlte ihr die Kraft.

Seit einem halben Jahr hasste Tilla ihre Arbeit als PR-Sachbearbeiterin in einer Werbeagentur. Ihre Kolleginnen, die sie als Freundinnen gesehen hatte, bezeichnete sie innerlich bereits als Ex-Freundinnen. Lisa, Marie und Juli hatten sich gegen sie verschworen. Zuvor hatten sie Rücksicht auf sie und ihre Situation als alleinerziehende Mutter mit psychisch labilem Ex-Mann genommen, ihr Arbeit, Wege und Tagungen abgenommen, obwohl sie gar nicht geschont werden wollte. Sicher hatten sie es nur gut gemeint, aber damit Tilla ausgeschlossen. Sie fühlte sich bald wie das fünfte Rad am Wagen, aber schlimmer noch, in letzter Zeit inkompetent. Sie begann, an sich selbst zu zweifeln. Tilla gehörte nicht mehr dazu. Sie war nicht mehr in die aktuellsten Geschehnisse eingeweiht, nicht mehr am Laufenden was den Büroklatsch betraf und als Einzige übergewichtig. Die drei gingen zusammen zum Zumba.

„Komm doch mit“, hatte Lisa gemeint. Und Marie hatte – fast schadenfroh – hinzugefügt: „Da kann man seine Kilos richtig gut loswerden.“

Tilla hatte dafür keine Zeit, weil die Trainingseinheit am späten Nachmittag stattfand und die drei gleich nach der Arbeit hingingen. Sie musste nach Hause zu ihrem Sohn und konnte sich keinen Kindersitter für zehn Zumba-Stunden leisten, obwohl Arthur mit seinen elf Jahren bestimmt schon gern allein blieb. Allerdings hätte sie somit die komplette Kontrolle über die Playstation verloren. Außerdem hatte sie Koordinationsprobleme und ihr wurde schon bei der Vorstellung der verschiedenen Bewegungsabläufe schwindlig.

Im letzten Horrorjahr, als die Scheidung endlich durchging sowie ihre letzten Ersparnisse, hatte Tilla aus lauter Frust einige Kilos zugenommen und war nicht mehr ihres Körpers Freundin. So weich ihr ihr Bauch und ihre Schenkel erschienen, so verweichlicht empfand sie ihr Inneres. Zuvor hatte sie sich als selbstbewusste Frau mit Charme und Elan wahrgenommen. Jetzt fühlte sie sich unsicher und oft entsetzlich müde. Vielleicht sollte sie diese Diät mit den Eiweißshakes ausprobieren, von der sie neulich in der Gratisstadtzeitung gelesen hatte, die versprachen Gewichtsabnahme und mehr Energie. Ach, was soll's? In Hinblick auf gelegentliche, sehr sporadisch ausfallende, sexuelle Abenteuer war es egal.

Nach der Arbeit könnte sie ihren Sohn Arthur von der Schule abholen und mit ihm ins Strombad nach Kritzendorf fahren. Die öffentlichen Schwimmbäder der Stadt Wien waren heute bestimmt hoffnungslos überfüllt und Tilla wusste, dass Atti sich wegen seiner pummeligen Figur vor den anderen Kindern genierte. Wie gut konnte sie ihren Sohn verstehen.

Nur am Strand in Santorin – ein günstiges Hofer-Angebot zu Pfingsten, dass Tilla sich und Atti trotz schlechten Gewissens wegen ihrer prekären finanziellen Situation gönnte –, wo ihn niemand kannte, amüsierte er sich und konnte ein paar unbeschwerte Ferientage mit seiner Mutter genießen. Weiß getünchte Häuser umrankt von fuchsiaroter Bougainvillea, das Meer in unverschämtem Blau und Türkis, streunende Katzen und wunderschöne Kellner. Die vier Tage waren vorbei, ehe sie Dimitris aussprechen und die gesamte Speisekarte von Tzatziki, Souvflaki über Moussaka und würziges Spetzofai durchkosten konnte. Arthur wünschte sich, dort bald wieder hinzufliegen. Als sie wieder in Wien gelandet waren, kam ihnen Griechenland wie eine exotische, andere Welt vor, die sie sich kurz erträumt hatten.

Lachend stürzten sich Mutter und Sohn am Nachmittag in die Fluten des Donaustroms und ließen sich ein paar Meter mitreißen. Aufgrund der starken Strömung mussten sie sich konzentrieren, um nicht abgetrieben zu werden.

„Lass uns rausgehen“, rief Tilla Atti zu, der dicht neben ihr kraulte.

„Ok, aber wir machen es gleich noch einmal“, forderte er.

„Ist gut“, versprach sie. „Lass uns kurz rasten. Gleich bin ich wieder bereit.“

Sie liebte diese Momente der fröhlichen Zweisamkeit mit ihrem Sohn, der in letzter Zeit oft unnahbar wirkte. Wenn sie ihn darauf ansprach, tat er es stets als Einbildung ihrerseits ab. Nach außen hin schien alles gut zu sein, aber Tilla spürte, dass etwas nicht in Ordnung war.

Sie legte sich auf ihr Badetuch und versuchte, ihren Körper an die großen Steine anzupassen. Richtig bequem war es nicht. Tilla nahm sich vor, beim nächsten Mal eine Strandmatte einzupacken. Ach, wie schön wäre jetzt ein Sandstrand …

„Komm, genug gerastet“, riss Arthur sie aus ihren Gedanken.

„Ok, einmal noch rein, dann abtrocknen und zur Bahn. Wir sollten die um 19.05 Uhr erwischen. Morgen ist Schule und ich muss ins Büro.“

Arthurs Blick trübte sich, die ausgelassene Heiterkeit war aus seinem Gesicht verschwunden. Heftiger als vorhin stürzte er sich in die noch wilder gewordene Strömung.

„Atti, pass doch auf“, schrie Tilla und hechtete ihm nach. Gemeinsam kämpften sie sich ans Ufer und ließen sich erschöpft auf den Rücken fallen.

Als Tilla nach dem Büro-Jour-fixe am nächsten Tag einen Blick auf ihr Handy warf sah sie, dass die Schule bereits dreimal angerufen hatte.

„Sorry“, sagte sie zu ihrer Kollegin Juli. „Da muss ich jetzt unbedingt zurückrufen.“

Juli nickte verständnisvoll.

Die Sekretärin der Direktorin stellte Tilla sofort durch.

„Frau Herzog“, begann diese freundlich. „Es tut mir leid, wenn ich Sie störe.“

„Nein, nein, gar nicht. Wir hatten eine Teamsitzung und da war mein Telefon auf lautlos gestellt.“

„Kein Problem. Ich melde mich, weil ich mit Ihnen über Ihren Sohn sprechen wollte. Ich weiß, dass Sie alleinerziehend und berufstätig sind. Wenn es Ihnen recht ist, dann besprechen wir das am Telefon. Geht es bei Ihnen jetzt oder sollen wir einen Termin ausmachen?“

„Gleich jetzt, bitte“, stammelte Tilla und warf einen Blick auf Lisa, Marie und Juli. Nervös schob sie ihren Bleistifthalter hin und her, der stets am exakt gleichen Platz neben den anderen Büroutensilien vor der Schreibtischtrennwand stand, über die hinweg ihre Kolleginnen sie jetzt verstohlen beobachteten.

„Frau Herzog, wir kennen Arthur als liebenswerten, wissbegierigen und fleißigen Jungen.“ Die Direktorin machte eine Pause, als wollte sie die richtigen Worte wählen und fuhr zögernd fort: „In letzter Zeit allerdings hat er sich sehr … verändert.“

Und dann erfuhr Tilla, dass Arthur seine Hausübungen nicht oder nur unvollständig ablieferte, keine guten Noten mehr bei Schularbeiten oder Tests schrieb und offensichtlich einige Male die Unterschriften dieser gefälscht hatte. Tilla fühlte sich wie betäubt.

„Frau Herzog, ich möchte direkt sein: Hat Arthur zu Hause Probleme?“

„Ich ... nein, ich meine, … ich hatte ja keine Ahnung“, stammelte Tilla.

„Das hatte ich mir gedacht. Sie möchten bestimmt einmal mit ihrem Sohn reden. Frau Herzog, wir sind ein angesehenes Gymnasium. Wenn sich seine Leistungen und sein …“, Tilla spürte, wie die Direktorin ihre Worte noch sorgfältiger abwog „,… Benehmen nicht bessern, …“ Der Rest des Satzes blieb in der Luft hängen.

Als das Gespräch beendet war, blieb Tilla mit hochrotem Kopf und pochendem Herzen kerzengerade auf ihrem Drehsessel sitzen, als würde jegliche Bewegung das eben Erfahrene noch mächtiger erscheinen lassen.

„Probleme?“, flötete Lisa.

„Geht so. Arthur scheint einige Schwierigkeiten in der Schule zu haben“, flüsterte Tilla. Ihre Kehle schien wie zugeschnürt.

„Da kann ich Gott sei Dank nicht mitreden. Meine Kinder sind Vorzugsschüler und sehr brav. Da gibt es gar nichts.“ Lisa versprühte ihr Gift lächelnd und fächerte sich mit ihren perfekt manikürten Händen etwas Luft zu.

„Bei mir auch nicht“, stimmte Marie ein und winkte dieses Thema als abgehakt und unbedeutend mit einer lässigen Handbewegung ab. Juli hatte noch keine Kinder und zuckte desinteressiert mit den Schultern.

„Wie schön“, meinte Tilla lapidar und wandte sich ihrem Computer zu. Um sich zu beruhigen, hätte sie gerne ihren Schreibtisch zusammengeräumt, aber der bestach bereits durch perfekte Ordnung, was sie von ihrem Innenleben gerade nicht behaupten konnte. Sie schob lediglich den Schreibtischhalter wieder an seinen Platz. Konzentrieren konnte sie sich nun überhaupt nicht mehr. Zu Recht durfte ihr Chef ihr diesmal vorwerfen, dass sie nicht ganz bei der Sache war.

Am liebsten hätte sie geheult und sich ihrer besten Freundin Paulina in die Arme geworfen. Hier im Büro wäre das nicht gut angekommen und so schluckte sie mühevoll ihren Kummer hinunter und rang um Beherrschung. Sie konnte es nicht mehr ertragen allein zu sein, immer alles allein auf sich laden und entscheiden zu müssen. Allein, allein, allein. Sie wollte sich in Selbstmitleid suhlen und ihren Tränen freien Lauf lassen. Ihren Kolleginnen gönnte sie diesen Zusammenbruch nicht. Als Tilla endlich aus dem Büro trat und um die Ecke bog, kannte ihre Verzweiflung keine Grenzen mehr.

Sie musste weg. Dieser Job und die Stadt nahmen ihr die Luft zum Atmen. Als sie vor Jahren in Wien ankam, war sie dabei, die Welt und sich selbst zu entdecken. Sie wollte vergessen und neue Erfahrungen sammeln. Ihre Tante Mimi nannte es Flucht. Für sie war es ein Neubeginn nach dem Tod ihrer Eltern. Ihr PR-Studium machte ihr Spaß, sie war ständig unterwegs und lernte viele interessante Menschen kennen. Einer von ihnen war Paulina, die in kurzer Zeit ihr Herz eroberte und zu ihrer besten Freundin wurde.

Tillas erster Job in einer großen internationalen PR-Agentur war gleich ein Volltreffer. Am liebsten nahm Tilla

Auslandsaufträge an. Nachdem sie Arthur bekommen hatte und ihre Karenzzeit vorbei war, ließ sie sich von ihrem nunmehrigen Ex-Mann Konrad einreden, in einer kleineren Agentur anzufangen, wo sie mit fixen Dienstzeiten rechnen konnte und die Wochenenden für die Familie frei hatte.

Jetzt musste sie feststellen, dass sie sich selbst wieder verloren hatte und in ein berufliches Korsett gepresst war, das ihrer Kreativität keinen freien Lauf ermöglichte und ihr Handlungsspielraum sehr eingeschränkt war.

2

„Verdammter Mist!“, ärgerte sich Eduard. Er kam gegen seine Mutter nicht an. Stur wie eh und je. Vielleicht konnte er seine verhasste Frau Ilsa auf sie ansetzen. Hätten sie seine Mutter einmal auf ihrer Seite, würde auch Louis ihrem Plan zustimmen. Er tat immer was Maria Emilia sagte. Oder er redete direkt mit Louis, den er liebte wie einen zweiten Vater. Vielleicht würde er seinem Vorhaben etwas abgewinnen können. Er wurde auch nicht jünger. Da war dann noch seine Stiefschwester Tilla, die ebenfalls zum Verkauf bewogen werden musste. Sie war ohnehin nie da. Und irgendwie würde er dann auch Ilsa loswerden.

Es war der größte Fehler seines Lebens gewesen, diese Frau zu heiraten. Sie hatte ihm schöne Augen gemacht – wie so viele andere auch, damals beim Maifest vor zwanzig Jahren. Alle hätte er haben können! Er, der aussah wie der junge Robert Redford, mit seinen strohblonden Haaren, die widerspenstig von seinem hübschen Kopf abstanden, und blitzblauen Augen.

Als gute Partie bezeichnete er sich in junger Selbstsicherheit. Eduard sprühte vor Lebensenergie und Ideen, um die Mühle zu modernisieren. Sie produzierten das beste Kürbiskernöl auf dem gesamten Erdball - nun sollte auch die ganze Welt davon erfahren. Ihm - Eduard Hans Herzog - stand die Welt offen. Jedoch das süße, blonde Hannerl mit den violett-blauen Augen hatte es ihm angetan. Sie hatte sich geziert und ihren Kopf auf die andere Seite gedreht, sodass ihre geflochtenen Zöpfe durch die Luft flogen. Ihre hellen Augen hatten frech geblitzt. Er begehrte sie umso intensiver, weil sie ihn wieder einmal abblitzen ließ.

Aus Frust und Ärger hatte er zu viel Wein getrunken und sich aus verschmähtem Stolz mit Ilsa, die nur allzu willig war, eingelassen. Jede andere wäre besser gewesen, warum war er ausgerechnet bei ihr hängen geblieben? Drei Wochen später hatte Ilsa ihm erklärt, dass sie schwanger sei. Was heißt erklärt, sie hatte es ihm irgendwie weisgemacht und er Idiot hatte es geglaubt und sich seinem Vater anvertraut. Der korrekte, angesehene Hans Herzog hatte ihm unmissverständlich zu verstehen gegeben, dass er zu seinen Taten stehen müsse. Dass sein Sohn ein Ehrenmann sei – wie er.

Eduard fühlte sich ganz und gar nicht danach, und hatte noch weniger Lust, dementsprechend zu handeln. Sie könne es doch wegmachen lassen. Beinahe angefleht hatte er Ilsa und ihr viel Geld geboten. Sie hatte ihn mit einer Mischung aus Verachtung und Zorn bloßgestellt. Nie zuvor in seinem Leben hatte Eduard sich so gedemütigt gefühlt.

„Bitte Vater, unterstütze mich nur noch dieses eine Mal“, hatte er ihn gebeten.

„Dieser Fehler ist nicht rückgängig zu machen“, hatte Hans ihm steif erklärt. So hatte er es genannt. Fehler. Mehr war da nicht zu sagen gewesen.

Ein einziges Mal hatte er sich Louis anvertraut, der mit betrübtem Gesicht geantwortet hatte: „Wir wissen nicht, warum Dinge passieren. Irgendwann werden sie einen Sinn ergeben.“ Damit hatte Eduard nichts anfangen können, aber dass Louis ihn fest umarmt hat und er weinen konnte, hatte ihn besänftigt. Und dass er nicht über sein Verhalten urteilte. Er nahm ihn, wie er war. Louis war ihm mehr Vater gewesen, als Hans Herzog.

Das fesche Hannerl redete nie wieder ein Wort mit ihm, und Ilsa erklärte ihm einen Tag nach der Hochzeit, die einer Begräbnisfeier glich, dass sie sich mit der Schwangerschaft wohl geirrt hätte. Er hasste sie aus ganzem Herzen.

Seit diesem Tag versuchte Eduard seinen Schmerz, seine Wut, seinen Frust zu ersaufen. Bier, Wein, Schnaps, es war ihm egal - vollkommen egal, denn eine Scheidung kam nicht in Frage. Wegzugehen getraute sich Eduard nicht. Wohin auch? Welchem Mädchen hätte er erklären können, das er eine gute Partie sei, wohl eher gewesen war. Der Gedanke entpuppte sich als zu lächerlich. Wer hätte einen von Zuhause verstoßenen genommen? Da konnte er noch so gut aussehen. Welchem Beruf hätte er nachkommen können? Er hatte von klein auf in der Mühle gearbeitet.

Seit er jedoch betrunken eine frisch gefüllte Palette Kürbiskernöl zu Sturz gebracht hatte, ließen ihn seine Eltern – besser gesagt sein Vater – nicht mehr hinein. Er erledigte von nun an unwichtigen Bürokram, traf sich mit unwichtigen Kunden und ließ sich auf Messen etwas dezenter volllaufen. Nein, seine Eltern warfen ihn nicht raus, das hätte den Ruf der Herzog-Mühle eventuell ruiniert, und die war schließlich seit sieben Generationen in Familienbesitz. Er, Eduard Hans Herzog war ein Versager. Das schwarze Schaf der Familie bestätigte sich per se durch ihn – Edi-Redford-Versager. Hans Herzog wollte seinem

Sohn eine Lektion erteilen, indem er ihn innerhalb des Mühlenablaufs degradierte, um ihm die Bedeutung des über Generationen gewachsenen Betriebes in Erinnerung zu rufen. Der Schuss ging nach hinten los und in der Stadt wurde gemunkelt, dass dies dem alten Herzog über die Jahre das Herz gebrochen hätte. Nach einem kurzen, sehr heftigen Schlaganfall wurde er schließlich von einem Tag auf den anderen aus dem Leben gerissen.

Seit zwei Jahren war sein Vater, der stattliche Hans Herzog, nun tot, und die Mühle war seit einem Jahr außer in Betrieb. In diesen beiden Jahren hatte Eduard sich ein zweites Standbein aufbauen müssen, denn er war nicht mehr in der Lage, die Mühle, die er nun endlich wieder hätte haben können, zu übernehmen. Im letzten Jahr, als Mimi und Louis noch einen letzten Durchgang pressten, zog er sich endgültig aus dem Mühlengeschäft zurück. Um das Vertrauen der langjährigen Kunden zu gewinnen hätte er sich keinen Fauxpax erlauben dürfen. Es wäre unendlich viel Arbeit gewesen, die neue Klientel davon zu überzeugen, dass sie ihr Kernöl ausschließlich bei ihm kaufen sollten. So qualitativ hervorragend das Öl auch war, so gut sein Ruf noch immer war, so schlecht war seiner mittlerweile und er konnte sich mit der Mühle nicht mehr identifizieren. Sie war nicht mehr seine Lebensaufgabe. Er war aus der Tradition ausgeschlossen worden. Dabei machte ihn nichts so zufrieden und glücklich wie der Geruch von frisch gepresstem Kernöl, das sein Aroma durch die ganze Mühle verströmte. Am liebsten kostete er es direkt von seinem Finger, den er in die warme, dunkelgrüne Flüssigkeit tunkte. Die Mühle, immer wieder die

Mühle … Eduard liebte das alte Gebäude mit seinen soliden Sockeln, das im Winter die Wärme speicherte und im Sommer die Hitze fern hielt. Das Surren der Maschinen, die Katze, die die Mäuse jagen sollte, die gestapelten Ölkuchen. Sosehr Eduard die Mühle liebte, er konnte und wollte den Ausschluss nie verkraften. Sollte sie doch verkauft werden. Mit dem Geld wusste er bestimmt Besseres anzufangen.

Schließlich war Eduard als Kundenberater für einen befreundeten Autohändler, mit dem er bereits in den Kindergarten gegangen war, tätig geworden, und insgeheim musste er zugeben, dass es ihm Spaß machte mit begeisterten Autoliebhabern Probefahrten in teuren Luxuswägen zu unternehmen oder betagte Damen bei der Wahl ihres Kleinwagens zu beraten, den sie nur zum Einkaufen nützen würden. Er freute sich jedes Mal ehrlich, wenn er einem hart arbeitenden Familienvater einen Rabatt gewähren konnte und wenn er jungen, hübschen Frauen zu einem schnittigen Wagen verhalf. Bald hatte er sich einen Ruf als seriösen Verkäufer erworben und sein Freund entlohnte ihn großzügig.

Seinen luxuriösen Lebensstil würde er sich allerdings bald nicht mehr leisten können. Seine aktuelle Geliebte war sehr anspruchsvoll. Wenn er nicht so viel Spaß mit ihr gehabt hätte - Gabi brachte ihn zum Lachen, ließ ihn Sorgen vergessen und zeigte ihm, wie man im Jetzt lebte -, hätte er sie schon längst auf charmante Weise weiterziehen lassen. Allerdings war sie auch nicht so leicht loszuwerden wie ihre unzähligen Vorgängerinnen. Diesmal wollte sie keinen Schmuck, keine Designermode, sie wollte einen knallroten Porsche mit dem Wunschkennzeichen „Herz 1". Auffälliger ging es nicht. Das würde ihm Ilsa nie verzeihen. Seine Mutter allerdings auch nicht.

Er brauchte Geld, viel Geld. Mutter sollte endlich alles verkaufen. Die Mühle und ihr Haus lagen bestens und würden sehr viel einbringen. Die Ölmühle stand still, das Haus war für Mutter und Louis allein viel zu groß, der Garten immens. Sie war Mitte 60 – Vaters Stiefbruder wurde nächstes Jahr 70 – und könnte ihrem einzigen Sohn endlich das Erbe überschreiben. Er war immerhin der echte Sohn und zudem Erstgeborener. Tilla war nur adoptiert, jünger als er und im Grunde keine echte Herzog. Diesen Plan würde er Ilsa schmackhaft machen, sie sollte Mutter davon überzeugen. Auch wenn die beiden kein inniges Verhältnis zueinander hatten, aber zu wem hatte seine spröde Frau das schon?, war ihre ruhige, sachliche Art zu kommentieren bestimmt überzeugender, als seine emotionale. Ja, das konnte die Rettung sein. Er würde seine Schulden begleichen, Ilsa verlassen und mit Gabi in die Karibik abhauen oder wohin auch immer. Zufrieden lächelte er in sich hinein. Den schalen Beigeschmack spülte er mit einem eisgekühlten Bier und ein paar Schnäpsen hinunter.

3

Mimi stöhnte, als sie sich in den bequemen alten Ohrensessel, der schräg zum Kamin stand, sinken ließ. Der Besuch ihres Sohnes Eduard, der sie diesmal ohne Louis sprechen wollte, hatte sie, wie immer in letzter Zeit, erschöpft. Sogar seine Frau Ilsa hatte diesmal, wenn auch ihrer Ansicht nach nicht überzeugend genug, versucht, sie zum Verkauf der Ölmühle zu überreden. Das war eigentlich nichts Neues, denn zum ersten Mal war ihnen, sogar ihr selbst, der Gedanke gekommen, als Mimis Mann Hans vor zwei Jahren gestorben war. Die Mühle hatte sie selbst dann noch ein Jahr lang mit Louis‘ Hilfe, der seit jeher über der Mühle wohnte, weiter geführt.

Seit gut einem Jahr stand sie komplett still. Die Wirtschaftskrise, Louis ging auf die 70 zu, fehlende Motivation ihrerseits, Eduard, der mit dem Ölgeschäft ohnehin nichts mehr zu tun haben wollte, hatten diese Überlegungen bewirkt.

Diesmal ließ Ilsa zum ersten Mal anklingen, dass Mimi auch das Haus verkaufen sollte, es sei doch alles viel zu groß, jetzt wo sie sich den Fuß gebrochen hätte und auf Hilfe angewiesen sei. Die verpachteten Ackerflächen, auf denen früher der eigene Kürbis angebaut worden war, könnten zum Verkauf angeboten werden. Wie wollte sie sich denn außerdem um den großen Garten kümmern? Das konnte auch Louis nicht mehr bewältigen, er hatte es ja immerhin mit der Gicht. Welche Gicht? Sie wären – auf einmal hatte sie in Wir-Form gesprochen und Zustimmung heischend zu Eduard geschaut, der peinlich berührt aus dem Fenster starrte – ganz zufällig auf eine wunderschöne Einrichtung, die betreutes Wohnen hieße, gestoßen. Das sei extra für rüstige, Mimi hasste das Wort rüstig in Verbindung mit sich selbst, Damen wie sie konstruiert worden, denn da könnte sie alles selbst machen, würde jedoch, was?, jetzt fehlte Ilsa das richtige Wort und sie blickte Unterstützung suchend zu ihrem Mann.

„Eduard, jetzt sag doch auch mal was“, forderte sie ihn leise, ohne ihn anzusehen, auf.

Edi blickte seine Mutter unsicher an. „Mama, wir machen uns halt Sorgen. Du weißt schon. Du ganz allein hier …“

„Louis ist doch auch hier“, warf Mimi ein.

„Mama, er ist …“ Eduard hielt im Satz inne, denn der Blick seiner Mutter schien zu sagen „sag auf keinen Fall alt“.

Er räusperte sich. „… er hat gesundheitliche Probleme. Die Gicht.“

„Woher habt ihr bloß das mit der Gicht?“ Mimi war entnervt, aber Eduard ließ sich nicht aus dem Konzept bringen. „… und ist nicht mehr der Jüngste. Welche Hilfe kann er schon für dich sein?“, entgegnete Eduard.

Ilsa nahm den Faden wieder auf. Sie schien sich gefasst zu haben und Mimi wusste, dass ihr Edi nicht sehr durchsetzungsstark war.

„Maria“, setzte Ilsa zum Schlussplädoyer an. Niemand außer Ilsa nannte sie so. „Die Zeiten sind schlechter geworden. Der Grund hier liegt abseits, niemand würde dich hören, wenn du überfallen werden oder du wieder stürzen solltest. Du weigerst dich ja ein Handy zu benützen. Dabei haben wir dir so ein schönes mit extra großen Tasten letzte Weihnachten geschenkt. Louis ist gleich stur wie du, und er könnte sich auch niemandem mehr zur Wehr setzen. Es wäre doch für alle am besten, wenn du“, sie räusperte sich, „wenn ihr hier alles abstoßen und euch eine gemütliche Rente machen würdet. Ihr könntet reisen und euer Leben genießen.“ Wehmütig sah sie Mimi an, die den Verdacht hegte, dass sie sich selbst eine Auszeit herbeisehnte.

Mimi hatte nie etwas von Yoga oder Meditation gehalten. Jetzt wünschte sie sich, eine richtige Atemtechnik gelernt zu haben, um einige Sekunden Bedenkzeit zu gewinnen. Mimi atmete tief durch die Nase ein und wieder aus. „Meine Lieben, ich bin gerührt, dass eure Gedanken um mich kreisen. Aber macht euch bitte nicht zu viele Sorgen. Ich werde über euren Vorschlag nachdenken und mir etwas einfallen lassen.“

Eduard und Ilsa schienen erleichtert und voller Vorfreude auf Aussichten, die Mimi unbekannt waren. Lächelnd verabschiedeten sich ihr Sohn und ihre Schwiegertochter. Na also – geschafft! Eine Zeit lang war sie die beiden los.

Maria Emilia wäre nicht verwunderter gewesen, wenn ihr Sohn ihr die Mitteilung gemacht hätte doch mehr Gefallen am männlichen Geschlecht zu finden, als an Ilsa. Für einen kurzen Moment war sie sogar geschockt gewesen. Doch ihr angeborener Pragmatismus übernahm rasch wieder das Kommando. Sie hätte sich lediglich eine herzlichere, weniger distanzierte Schwiegertochter gewünscht.

Und auf den Enkel, der nie das Licht der Welt erblickte, hatte sie sich lange umsonst gefreut, obwohl ihr Louis immer wieder zu verstehen gegeben hatte, dass sie auch ohne Großmutter zu werden glücklich sein würde. Sie war weder dumm noch blind und wusste, dass sich die beiden nicht liebten. Wie karg es um ihr Liebesleben bestellt war, konnte sie jedoch nur ahnen.

Nach Hans' Tod gestand sie sich ein, dass weder Ilsa noch Eduard ihr sehr nahe standen. Ihr Sohn hatte sich nach seiner Hochzeit vollkommen verändert. Sie erkannte ihn nicht wieder. Jeder Versuch ihrerseits ihm nahe zu sein, wurde von ihm abgebrochen. Irgendwann sagte sich Mimi, dass ihr Sohn als Erwachsener Wege einschlug, die sich mit ihren nicht kreuzten. Louis brauchte viel Zeit und Liebe, um sie zu trösten.

Einzig zu ihrer Nichte und Stieftochter Tilla und deren Sohn Arthur hatte sie eine liebevolle, innige Verbindung. Aber die beiden lebten weit weg in Wien und kamen nicht sehr oft zu Besuch, weil Tilla ihren spärlichen Urlaub als alleinerziehende Mutter sorgsam einsetzen musste. Maria Emilia mied die Stadt so gut sie konnte.

Als Tilla noch mit Konrad verheiratet gewesen war, waren sie gelegentlich gemeinsam in die Südsteiermark gekommen. Tillas Mann gab bald zu Bedenken, dass die Fahrt für ein Wochenende zu lang wäre, und im Urlaub wollte er gerne neue Ziele erkunden. In Wahrheit fürchtete er Mimis analytischen Blick mit der hochgezogenen linken Augenbraue und ihre entwaffnende Ehrlichkeit, die keine Widerrede duldete.

Er war Mimi von Anfang an nicht sympathisch gewesen und sie fragte sich, was ihre kluge Nichte wohl an diesem unselbständigen Waschlappen von Mann gefunden hatte. Vor Hans hatte Konrad regelrecht Angst gehabt und Louis war ihm suspekt, weil er ihn in kein Schema einordnen konnte. Lediglich Eduard und Ilsa konnten ihm einige Worte und Wohlbehagen abringen.

„Das Anwesen ist wundervoll – man könnte natürlich noch viel mehr daraus machen –, deine Familie ist etwas gewöhnungsbedürftig“, waren seine Worte zu Tilla nach ihrem ersten Besuch auf Birkenhof gewesen, die Mimi zufällig mitgehört hatte. Daraufhin war er ihr noch unsympathischer gewesen und am liebsten hätte sie ihn des Hofes verwiesen. Doch sie befürchtete, Tilla dann noch seltener zu sehen und hielt sich zurück.

Nach Jahren des Wartens hatte anscheinend auch Tilla es aufgegeben an Konrads Gewöhnung zu hoffen. Dennoch telefonierten sie und Mimi immer wieder miteinander und schrieben sich ab und zu Briefe, was Mimi wegen Tillas knapper Zeit sehr schätzte. Aber sie war schon mit ihrem Sohn nicht zurechtgekommen, wie sollte sie es diesmal besser machen? Obwohl – sie hatte Eduard immer geliebt und versucht, im beizustehen.

Natürlich hatte sie getan, was ihr Mann Hans für richtig hielt. Das war so gewesen und sie hatte es beizeiten nie in Frage gestellt, weil sie aufgrund ihrer Lüge meinte, nicht das Recht dazu zu haben. Nur in letzter Zeit stellte sich der eine und andere Zweifel ein. Hätte sie sich gelegentlich durchsetzen sollen? Hätte sie sich gar gegen ihn stellen sollen? Sie war schließlich nicht immer einer Meinung mit ihrem Mann gewesen. Genauer betrachtet fast nie.

Louis. Louis war immer für sie da gewesen und sie verstanden sich ohne Worte. Mutter Herzogs Einmischung – sie hätte die Mühle niemals geopfert – gepaart mit Mimis Eheversprechen und dem einzigen Erben ließen sie bei ihrem Mann Hans bleiben. Wenigstens konnte sie ihre Liebe zu Louis ausleben ohne, dass er oder die Leute im Dorf etwas bemerkten, denn Mutter Herzog hatte diesbezüglich Wort gehalten. Niemanden wunderte es, dass Louis und Maria Emilia gemeinsam auf Birkenhof leben blieben. Für Außenstehende konnten sie Geschwister sein. Der Nachname war ohnehin derselbe.

Louis schlenderte grinsend ins Wohnzimmer mit zwei Tassen Tee in der Hand. Die dunkelrote untergehende Sonne tauchte das Wohnzimmer in ein warmes Licht. „So, so, die Gicht."

„Sag mir, dass nichts Wahres daran ist", fuhr Mimi ihn aufgebracht an.

„Wenn es so wäre, wärst du die erste, die davon erfahren würde." Er grinste sein charmantestes Altmännergrinsen. Mimi kannte es so gut. Nein, ihr Louis würde sie niemals anlügen.

„Es geht dir also gut?"

„Es ist mir niemals besser gegangen."

„Hör auf zu grinsen."

„Einen Schuss in den Tee, meine Liebe?"

„Ach, wenn ein Tee uns helfen könnte ... Dieses Land ist unsere Heimat. Soll nun alles, wofür wir gelebt haben für immer zu Ende sein?" Mimi seufzte, Tränen standen ihn ihren Augen.

„Maria Emilia, mach dir keine Sorgen. Es wird alles gut. Bald ist es soweit." Louis lächelte beruhigend, wie er meinte und knipste das Licht der alten Biedermeier-Stehlampe an.

„Edi will die Mühle nicht! Wann kapierst du das endlich, du alter Sturkopf? Es liegt doch auf der Hand!“ Mimi war wütend und setzte nach: „Die Mühle steht seit mehr als einem Jahr still. Unser lieber Sohn möchte sie verkaufen, nicht wiederbeleben“, fasste Mimi enttäuscht zusammen.

Louis betrachtete sie amüsiert. „Edi liebt die Mühle. Es wird alles gut. Es kommt, wie es kommen muss. Und bald ist es soweit“, wiederholte er sich.

„Sei nicht immer so kryptisch." Mimis Ton war zum Schneiden.

„Was bin ich?" Louis schüttelte sich vor Lachen und seine weißen Stirnfransen baumelten lustig.

„Kryptisch."

„Wo hast du dieses Wort denn aufgeschnappt?" Er wischte sich eine Träne aus seinem faltigen Augenwinkel. „Du liest gerade wieder einen deiner Romane!“

„Ich trinke meinen Tee heute allein", fauchte Mimi und zog sich in ihre geliebte Küche zurück, von wo aus sie noch immer Louis' Lachen hören konnte.

4

Louis liebte Maria Emilia seit er sie das erste Mal gesehen hatte. Er hatte eine Pause beim Aufkehren in der Ölmühle gemacht und verträumt aus dem Sprossenfenster gesehen. Ein fröhliches blondes Mädchen hüpfte seiner Mutter hinterher, dass die Locken nur so wippten und es eine Freude war sie anzusehen. Ein Ausdruck grenzenloser Neugier und Zuversicht lag in den Augen der etwa Elfjährigen, der ihr elegantes blaues Kleid egal zu sein schien, denn sie blieb immer wieder stehen, um einen Laubfrosch, eine Blindschleiche oder einen Regenwurm zu berühren.

„Mach dich bloß nicht dreckig“, hörte Louis die Mutter mahnen, die, ohne sich umzudrehen, die Angewohnheiten ihrer Tochter zu kennen schien.

„Ich pass schon auf, Mama“, erwiderte das bezaubernde, unbekümmerte Mädchen und drehte sich übermütig im Kreis, sodass sich eine blaue Schleife von einem ihrer Zöpfe löste. Louis verwahrte sie andächtig in seiner selbst gezimmerten, hölzernen Schatzkiste, von der er Mimi nie erzählte, von der sie aber wusste, dass es sie gab.

Maria Emilias Mutter Lilia und Mutter Herzog, die seit ihrer Vermählung mit Josef Herzog, niemand anders nannte, schmiedeten seit je her den Plan, ihre Familien zu vereinen. Das hatten sie sich im Internat für Mädchen aus gut situierten Familien versprochen. „Wenn schon nicht adelig, dann wenigstens sehr gut begütert“, war ihr Leitspruch gewesen. Zu lange hatten sie zu viele Entbehrungen erdulden müssen. Lilia verließ sich ganz und gar auf Maria, denn sie wusste, dass ihre Freundin weit durchsetzungsfähiger war als sie selbst.

Die zarte Lilia, deren Anmut oft mit der einer Lilie verglichen wurde, starb beinahe bei Maria Emilias Geburt – ein weiteres Kind war niemals Thema zwischen ihr und ihrem Mann, der seine Lust mit schlechtem Gewissen außer Haus befriedigte, denn er liebte seine Frau bis zu seinem Tod. Lilia ertrug ihr Schicksal tapfer. Eines Tages jedoch – mit nur 37 Jahren wachte sie nicht mehr auf. Sie war friedlich und leise, so wie sie sich ihr gesamtes Leben lang verhalten hatte, eingeschlafen. Maria Emilia war damals 17 Jahre alt gewesen.

Maria, die Namensgeberin und Taufpatin von Lilias einzigem Kind wurde, gebar fröhlich vor sich hin, ihr Mann Josef hätte es nie gewagt, sich auch nur einmal - nicht mal aus dem Augenwinkel - nach einem anderen Rockzipfel umzusehen. Als ihre beste und einzige Freundin Lilia starb, nahm sie Maria Emilia zu sich, denn ihr Vater starb drei Monate später an gebrochenem Herzen.

Die junge Maria Emilia entwickelte sich unter Mutter Herzogs Fittichen zu einer selbstbewussten, umsichtigen jungen Frau. Die Blicke zwischen Louis und ihr waren der resoluten, lebensklugen Frau nicht entgangen, auch nicht, dass der von ihrem Mann adoptierte Louis über eine besondere Gabe verfügte. Louis konnte Geschehnisse vorhersehen und ihrer Meinung nach mit Tieren sprechen.

Mutter Herzog konnte gewisse Ereignisse bestimmen, oder wie sie selbst es gerne nannte, in die richtigen Bahnen lenken. Sie machte keine große Sache daraus und hütete sich stets davor davon zu erzählen. Die Leute im Dorf hätten sie als hellsichtig bezeichnet und ihr die Tür eingerannt. Oder sie hätten sie verflucht, wenn sie einen Fehler beging. Louis‘ Gabe schien ungleich stärker ausgebildet. Es war ihr durch Zufall aufgefallen, als der junge Louis ihre Elli – Gott hab sie selig – nicht zum See lassen wollte. Er wusste es damals selbst noch nicht. Mutter Herzog begrub ihre kleine Tochter und begann, Louis sachte und beiläufig auszufragen.

Ging es dem Elektriker gut? Es wurde erzählt, er hätte die Arthrose und könne keine Leitungen mehr verlegen. In seiner jugendlichen Unschuld verneinte Louis und meinte, dass es einen anderen Grund gäbe. Wenig später erfuhr Mutter Herzog, dass der Elektriker geerbt hatte und ohne das Wissen seiner spröden Frau das Land verlassen wollte. Louis erriet, dass der Pfarrer ein Verhältnis mit der Pfarrersköchin hatte. Mutter Herzog erwähnte es niemandem gegenüber, stellte den Pfarrer aber vernichtend zur Rede, sodass dieser sich versetzen ließ. Sie war schließlich Vorsitzende des Kirchenrates und sah es als ihre Pflicht, das Ansehen der Kirchengemeinde zu bewahren. Über ihren Glauben ließ sie nichts kommen.

Der gesellschaftliche Wandel versprach ihrer Meinung nichts Gutes. Die Kirche war ihr Anker und musste es für ihre gesamte Familie sein. Niemand ihrer Kinder wagte auch nur, die sonntäglichen Kirchgänge in Frage zu stellen. Im Mai war es auch die Sieben-Uhr-Andacht und das täglich.

Die Lotteriezahlen konnte Louis nicht vorhersehen, was Mutter Herzog betrübt zur Kenntnis nahm. Egal, dafür überredete sie ihren Mann, das brachliegende Grundstück hinter ihrem Apfelgarten zu kaufen. Dieses Feld rettete in Zukunft einige Kürbisernten, weil die meisten Bauern vor Ort Mais und Raps anbauen wollten und die Herzogs auf Kürbiskerne angewiesen waren, seit sie keine eigene Bäckerei mehr betrieben, keinen Wein mehr produzierten und keine Schweine mehr züchteten.

Mehr als ihr Mann hatte Mutter Herzog ein Gespür für die Entwicklung und das Bedürfnis der Menschen. Sie wusste, dass das dunkle Öl einen gigantischen Durchbruch erleben würde. Mutter Herzog begann Kerne zu horten, sie informierte sich über den Gesundheitswert des Kernöls und ließ ihr Patenkind an allem teilhaben. Maria Emilia sog begierig alles Wissen in sich auf und begann, das Öl zu lieben. Gemeinsam mit Louis presste sie das zähflüssige dunkle Öl. Zu Beginn gab es keine vergleichbaren Werte. Aber Louis hatte gesagt, dass das Öl mit Gold zu vergleichen wäre. Mehr war dem schweigsamen jungen Mann nicht zu entlocken gewesen – Mutter Herzog hatte es genügt.

Bald produzierte die Herzog-Mühle mehr Kürbiskernöl als alle anderen Nachbarn und befreundeten Bauern, die sie mild belächelten. Mutter Herzog und ihr Mann motivierten die gesamte Familie und sie arbeiteten rund um die Uhr. Das am besten eingespielte Team waren Louis und Maria Emilia. Etwas an dem Geschmack war anders. Niemand konnte es bei gleicher Produktionsweise nachahmen. Nach kurzer Zeit war das grüne Gold im benachbarten Ausland wegen seiner gesundheitsfördernden Wirkstoffe bekannt. Die Herzog-Mühle erlebte einen unvergleichbaren Aufschwung und über die Grenzen kannte man das wunderschöne Gut. Mutter Herzogs Sohn Hans verfügte über einen exzellenten Geschäftsinstinkt und war nicht nur Louis` Adoptivbruder, sondern auch sein bester Freund.

Als es an der Zeit war Hans zu verheiraten, beschloss Mutter Herzog, dass nur Maria Emilia für ihn in Frage käme. Sie war bereits Teil der Familie, sie verfügte über die nötigen Kenntnisse und sie war geschickt, wenn es um Verkaufsargumente ging. Die Schwärmerei für Louis musste enden.

Eines Nachts, als Mutter Herzog die Treppe zur Küche hinunterstieg, um sich eine warme Milch mit Honig zu machen, glaubte sie, in einer chemischen Experimentierküche gelandet zu sein. Louis zog langsam zur leisen Musik von Frank Sinatra, den er über alles verehrte, einen Tropfen Öl mit einer Glaspipette aus einer Kernölflasche und ließ ihn in ein Gefäß aus Glas fallen. Diesen Vorgang wiederholte er einige Male. Er schien eine Figur in dem niedrigen Glasbehälter zu zeichnen. Ganz andächtig, um nichts zu vergeuden, ging er vor. Er wirkte so konzentriert, dass er Mutter Herzog nicht wahrnahm.

Sie ließ ihren Blick durch die Küche schweifen und erspähte ein Foto auf dem das Gesicht Maria Emilias zu erkennen war sowie eine Fotografie, eine der raren Aufnahmen, von ihm selbst. Hin und wieder betrachtete er die äußerst gelungene Schwarzweißaufnahme, die Maria Emilia in einem schlichten, hellen Sommerkleid, offenen, ungekämmten Haaren und lachendem Gesicht darstellte, liebevoll und summte verliebt „Strangers in the night“ vor sich hin. Louis schien etwas hinzuzufügen, die Tropfen im Glas fingen nach Mutter Herzogs Beurteilung nach an zu blubbern, er setzte das Gefäß ab, füllte es mit weiterem Kernöl auf und verteilte es anschließend auf einige kleine, dunkle Flaschen.

Die genaue Anzahl konnte sie nicht ausmachen. Mutter Herzog wischte brüsk mit einem gestärkten, weißen Taschentuch über ihren ausgetrockneten Mund, um ein Stöhnen zu unterdrücken und wünschte sich einen Schnaps. Was hatte das alles zu bedeuten? Rasch drehte sie sich um und verließ das nächtliche Küchenlabor.

In ihren Couchsessel vor dem Kamin mit heruntergebranntem Feuer eingesunken, starrte sie in die letzte, schwache Glut, die am Auslöschen begriffen war und überlegte. Als sie aufstand, war die Asche kalt. Sie hatte einen Entschluss gefasst. Sie ließ Louis nicht mehr aus den Augen.

Beim Mittagessen am nächsten Tag war es soweit. Mutter Herzog beobachtete, wie Louis heimlich aus einer der kleinen, dunklen Flaschen einen Tropfen Öl über Maria Emilias und seinen eigenen Salatteller träufelte. Sie ließ ihn von ihrem Mädchen in die Küche rufen und tauschte die Teller aus. In diesem Moment durchfuhr Louis ein Stoß, der sein Herz zu zerreißen schien. Keuchend hielt er inne, er konnte weder schreien noch laufen, denn sein Mund und seine Beine waren wie gelähmt.

Als Maria Emilia und Hans Herzog gemeinsam ihren ersten Bissen an den Mund führten, sank er bewusstlos auf den kalten Küchenboden. Am Tag darauf machte Hans Herzog Maria Emilia einen Antrag, und sie nahm an, obwohl sie gar nicht wusste, warum. Natürlich hatte sie immer Augen für Hans gehabt. Welches Mädchen denn nicht? Aber ihr Herz hatte von Anfang an Louis gehört, dem stillen, zurückgezogen lebenden jungen Mann, der eine unglaubliche Ruhe und Gelassenheit ausstrahlte und sie zum Lachen bringen konnte, wie sonst keiner. Louis, ihr Louis, war ins Krankenhaus geliefert worden und niemand konnte ihr sagen, was ihm fehlte. Er erholte sich sehr lange nicht und kehrte erst nach ihrer Hochzeit zurück. Louis war noch stiller geworden – gelacht haben Mimi und er sehr lange nicht mehr. Die gesamte Kernölpressung war ungenießbar gewesen. Alle Flaschen mussten vernichtet werden. Der Schaden war immens.

Mutter Herzogs schlechtes Gewissen nagte an ihren alten Knochen, doch sie wollte ihren Plan um alles in der Welt durchsetzen. Koste es, was es wolle. Maria Emilia und Hans hatten geheiratet – und sich nie getrennt. Darauf kam es an. Das Öl würde mit der Zeit wieder gelingen. Etwas schien an ihrem Plan schief gegangen zu sein, denn die Qualität des Öls hatte seit der Hochzeit gelitten. Niemand konnte es sich erklären. Mutter Herzog erkrankte bald nach der Vermählung ihres Sohnes Hans und erholte sich nicht wieder. Auf ihrem Totenbett erleichterte sie ihr Gewissen und beichtete Maria Emilia ihre Einmischung. Ihr Sohn Hans hätte sie als verrückt abgetan, aber um ihn ging es nicht. Er würde sein Leben gut weiterführen. Sie holte nur Louis und Maria Emilia zu sich und bat die beiden um Verzeihung. Mutter Herzog versprach ihnen: „Ich werde eure Liebe unsichtbar für die Augen der anderen machen."

„Wir vergeben dir", flüsterten Maria Emilia und Louis andächtig. Mutter Herzog schloss friedlich und mit einem

Lächeln auf den Lippen ihre Augen.

Tatsächlich schien sie vom Himmel aus endlich ihre schützende Hand über die beiden zu halten. Maria Emilia war noch jung, und ihre Augen begannen wieder zu leuchten. Aus dem trüben Grau entsprangen zwei kornblumenblaue Sterne. Louis‘ Gang war wieder aufrecht, auf seinem Gesicht erschien wieder sein verschmitztes, jungenhaftes Grinsen. Das Kürbiskernöl verzauberte wieder - Geschmacksnerven, wie Sinne.

Niemals stellte der stattlichc Hans sein Leben wie es war in Frage. Er widmete es der Mühle und der Gemeinde. Seine einzige Leidenschaft galt dem Fliegenfischen in der Mur, das er gemeinsam mit seinem schweigsamen Freund Louis teilte. Am Fluss erlaubte er sich gelegentlich ein Ausbrechen seiner Gedanken, die er mit der Disziplin des korrekten Angelwurfs wieder zurückholte. Ein ehrlicher, rechtschaffener Mensch hatte sich keinen Ausschweifungen hinzugeben. Leider schien sein einziger Sohn Eduard die lockeren Gene seiner Frau geerbt zu haben. Um von ihnen ein wenig Disziplin zu erwarten, musste er stets mit äußerster Konsequenz und Strenge vorgehen.

Wie er sich Maria Emilia als Frau hatte aussuchen können, war ihm jeden Tag aufs Neue ein Rätsel. Dennoch war eine Trennung nie ein Thema zwischen ihnen gewesen. War es die Mühle, die sie zusammenhielt? Noch so ein lächerlicher Gedanke, den er wie das häufige Schlafwandeln seiner Frau aus seinem Kopf zu verbannen suchte. Sie waren ein gutes Gespann. Louis und Maria Emilia produzierten das beste Öl der Welt. Er pries es auf Messen an und wurde als seriöser Geschäftsmann geschätzt. Die Ölmühle florierte, die Familie war angesehen und respektiert. Das musste genügen.

5

Irgendetwas führte Eduard im Schilde, das spürte Ilsa. Dass er wieder eine Geliebte hatte wusste sie, auch wer sie war. Und deswegen war Ilsa auf der Hut. Ihren Jahre lang mühsam erarbeiteten Status als, wenn auch erduldete, Ehefrau von Eduard Herzog wollte sie sich von einer jungen, vollbusigen Sekretärin nicht wegnehmen lassen.

Eduard war schon damals der beste Fang in der ganzen Stadt gewesen, und alle konnte er haben, er war noch immer sehr attraktiv – zumindest in ihren Augen. Ilsa wusste am besten von den Liebesritualen, die seinetwegen von allen Mädchen ab 15 Jahren mehr oder weniger heimlich durchgeführt wurden. Sie selbst hatte bei Vollmond Kerzen angezündet und seinen Namen hundert Mal wiederholt, bis sie fast in Trance gefallen war. Sie hatte Briefe an ihn geschrieben und verbrannt. Ihre Mutter hatte sie verdächtigt heimlich zu rauchen und ihr eine Woche lang das Ausgehen verboten. Nichts hatte gewirkt, und beim Maifest erkannte Ilsa die einmalige Gelegenheit, Eduard mit viel profaneren Mitteln für sich zu gewinnen. Sie gab sich ihm hin. In ihren Träumen war es unendlich romantisch gewesen. Eduard – Prinz Eduard – war zärtlich, zuvorkommend und einfühlsam. Sie war die wunderschöne, von allen geliebte Prinzessin Eleonora, der Name Ilsa war ihr so verhasst, wie ihre zu breit geratene Nase, ihre dünnen Haare und zu kleinen Brüste.

Eduard hingegen war für sie perfekt: strohblondes, dichtes Haar, kornblumenblaue Augen und eine stattliche Statur – der junge Robert Redford. Er war so betrunken,

dass er Mühe hatte in Ilsa einzudringen. Von seinem Atem wurde ihr übel, ihr bestes Kleid zerriss, weil er sie so fest in den Wiesenboden drückte. Als Eduard schließlich kam und mit seinem gesamten Gewicht auf ihr niedersank, wurde Ilsa fast ohnmächtig. Sie wollte vor Enttäuschung weinen. Endlich rührte sich ihr Eduard und sah sie zum ersten Mal direkt an. Ekel schien sein schönes Gesicht zu verzerren. Wortlos sprang er auf, riss seine Hose hinauf, stolperte zum nächsten Baum und übergab sich.
Ilsa wollte vor Scham vergehen. Sie wusste, dass sie hässlich war. Das rieb ihr die fesche Hanna bei jeder Gelegenheit unter die Nase. Ihr gönnte sie Eduard nicht – auf keinen Fall! –, und ein Plan keimte in ihr auf.

Als ihre Tage tatsächlich ausblieben und sie wusste, dass sie ein Kind erwartete, war Ilsa überglücklich. Wenn Eduard sich einmal an den Gedanken gewöhnt hatte, dass er bald Vater werden würde, würde sich die Liebe zu ihr gewiss auch einstellen und sie würden weitere Kinder bekommen, wie es in der Großfamilie Herzog seit jeher war. Ilsa streichelte ihr noch nicht vorhandenes Bäuchlein und machte sich auf den Weg zu Eduard, den sie gleich um ein Vieraugengespräch bitten wollte.

Der schweigsame Louis hatte ihr die schwere Holztür geöffnet und sie hereingebeten, nachdem er sie kurz gemustert hatte. War es Mitleid gewesen, das sie in seinen sanften Augen entdeckt zu glauben hatte? Verwirrt folgte sie dem Adoptivbruder von Eduards Vater, der sie ins Wohnzimmer führte und sachte auf einen Stuhl drückte. Als Eduard salopp den stilvoll eingerichteten Salon betrat, schnellte Ilsa unbeholfen in die Höhe.

„Das ist ja eine Überraschung“, gab sich der große Charmeur selbstsicher, um die aufgetauchte innere Unruhe zu überspielen. „Was führt dich zu mir?“ Eduard konnte sich nur mit Mühe und Not an das Stadtfest erinnern. Es war zwei Monate her und seitdem war er Ilsa bestmöglich aus dem Weg gegangen.

Ilsa senkte die Augen. Sie konnte ihn unmöglich anblicken und ihm sagen, was zu sagen war. Beinahe versagte ihr die Stimme. Leise stolperten die Worte über ihre Lippen. Als sie es wagte Eduard anzusehen, war alle Farbe aus seinem Gesicht gewichen. Benommen torkelte er zur Bar und schenkte sich irgendetwas ein, das er auf einen Zug hinunter kippte. Nachdem er tief durchgeatmet hatte, drehte er sich um und zischte: „Mach es weg. Du musst es wegmachen!“

Wäre der alte Herzog nicht just in diesem Moment eingetreten und hätte sie aufgefangen, wäre sie ohnmächtig auf dem harten Terrakottaboden aufgeschlagen. Gleich darauf war Maria Emilia zur Stelle und legte ihr ein feuchtes Geschirrtuch auf die bleiche Stirn.

Der alte Herzog bedachte seinen Sohn mit einem undefinierbaren Blick. Er bestand darauf, dass sein Sohn die Mutter seines zukünftigen Enkelkindes ehelichen müsse. Ganz Mureck war überrascht wegen der raschen Hochzeit und es wurde hinter vorgehaltener Hand getuschelt, denn ein Kind wurde nie geboren. Ilsas Eltern waren weder reich noch gehörten sie der besseren Gesellschaft an. Ilsas Vater war bei der Post und ihre Mutter war Hausfrau. Sie waren nette Leute, man kannte sie nicht wirklich, denn sie waren sehr zurückhaltend und lebten zurückgezogen in einem kleinen Haus am Stadtrand. Die Tochter hatte man als schüchternes, unauffälliges Mädchen in Erinnerung. Die Gerüchte schwirrten wochenlang wie satte Bienen durch die Straßen.

Die fesche Hanna schoss Giftpfeile auf Ilsa und schloss sie aus ihrer Mädelsrunde aus. Ilsa war das egal. Endlich war sie jemand. Wenn sie schon nicht um ihrer selbst willen anerkannt wurde, dann wenigstens als Frau Herzog Junior. Eigentlich war ihr auch das egal. Was für sie zählte war, dass ihr Prinz sie geheiratet hatte.

Ilsas Mutter war eine nüchterne Person, die die Situation kalt einschätzte. „Ich will nicht wissen, was du getan hast, damit es soweit kommt. Glücklich wirst du mit dem Herzog nicht", prophezeite sie. Wie Recht sie damit hatte, konnte niemand ahnen.

Niemand hatte etwas dagegen, als Eduard und seine zukünftige Frau nach dem Tod von Ilsas Eltern, kurz vor ihrer Hochzeit, das geräumige Bauernhaus am anderen Ende der Stadt sanierten, um dort zu wohnen. Ilsa fragte sich oft, wie es wäre mit Eduard unter einem Dach zu leben. Die Krankheit ihrer Eltern war schmerzhaft aber zum Glück für die beiden kurz verlaufen. Alle hatten Verständnis dafür gezeigt, dass Ilsa bis zum Schluss für ihre Eltern da sein wollte und bei ihnen blieb. Niemand, schon gar nicht Eduard, hatte sie jemals gefragt, ob sie nach Birkenhof ziehen wollte. Nur Mimi hatte sich täglich erkundigt, wie es ihr gehe und ob sie helfen könne. So kam es, dass Ilsa bis zum Tag ihrer Hochzeit allein im Elternhaus lebte.

Nie würde sie Maria Emilia vergessen, dass sie zu ihr kam, um ihr beim Anziehen zu helfen und ihr eigenes

Hochzeitskleid mitbrachte. Sie hatte schlicht keine Zeit gehabt, sich um eines zu kümmern.

„Du bist so schlank, wie ich es war. Das Bäuchlein sieht man kaum", sagte sie und hielt ihr ein bezauberndes weißes Kleid hin. Das enge, ärmellose Oberteil war entlang der Seitennähte mit kleinen silbernen Perlen bestickt, der lange Rock reichte bis zum Boden und die Rohseide schimmerte wie Perlmutt im hellen Tageslicht. „Ich hoffe, es bringt dir Glück. Willkommen in der Familie Herzog." Mimi umarmte sie herzlich.

Ilsa zitterte vor Aufregung so sehr, dass sie kein Wort herausbrachte und die nette Geste nicht erwidern konnte. Sie hoffte, dass sie Maria Emilia ihre Dankbarkeit und Zuneigung mit der Zeit zeigen konnte.

Ihre künftige Schwiegermutter steckte ihr Haar hoch und wartete, bis Ilsa ihre Wimpern getuscht und einen leichten Lippenstift aufgetragen hatte, um ihr den Schleier aufzusetzen. „Du siehst bezaubernd aus."

„Danke", hauchte Ilsa und ließ sich von Maria Emilia zum Auto begleiten. Dort fiel ihr auf, dass Louis am Fahrersitz saß. Er musste die ganze Zeit gewartet haben. Nun stieg er aus, um ihr die Tür aufzuhalten und hineinzuhelfen.

„Alles braucht seine Zeit, alles wird gut, Ilsa", murmelte er. Vorsichtig drückte er die Tür zu und öffnete sie auf der anderen Seite für Mimi, die in ihrem eleganten taubengrauen Kostüm wunderschön aussah und die er mit einem liebevollen Blick bedachte. Sie nickte ihm zu, Louis stieg ein, startete den Wagen und fuhr zur Kirche.

Auf dem Weg dorthin wurden sie auf der Straße immer wieder von Kindern aufgehalten, die die Braut sehen und sich ein Taschengeld verdienen wollten, indem sie Sprüche aufsagten oder ein paar selbst gepflückte Wiesenblumen hinhielten. Mimi nahm die Präsente entgegen und Louis ließ Münzen in die ausgestreckten, kleinen Hände fallen. Ilsa nahm all das nur am Rande wahr. Auf dem Platz vor der wunderschönen Barockkirche, die seit mehr als hundert Jahren das Schicksal ihrer Stadtbürger begleitete, fanden sich viele Schaulustige, die neugierig beobachteten, wie der Wagen parkte und die drei ausstiegen.

Ilsa war froh, sich hinter dem Schleier verstecken zu können und dass Louis ihr den Arm reichte. „Ich fühle mich geehrt, dich zum Altar zu führen“, sagte er.

Das Wetter war so trüb, wie Ilsa sich fühlte. Kein Sonnenstrahl drang durch die dicke Wolkendecken. Jederzeit konnte es zu regnen beginnen. Obwohl es nicht kalt war, fröstelte es sie und sie bekam Gänsehaut, als sie die Kirche betrat, wo Eduard an Hans' Seite vorne beim Altar stand und ihr entgegenstarrte, als wäre sie ein Geist, den es Kraft der Gedanken zu vertreiben galt.

An Louis' Seite schritt sie durch den Gang, dessen alter Steinboden mit einem roten Teppich ausgelegt war, der ihre Schritte dämpfte. Maria Emilia folgte ihnen. Laute Orgelmusik durchschnitt die Luft, sodass Ilsa zusammenzuckte. Es gab keine fröhliche Instrumentalmusik oder einen Jungscharchor. Brautjungfern gab es keine. Kinder, die Blumen streuten gab es keine. Ilsa hatte keine Angehörigen. Von der Familie Herzog waren außer Hans, Maria Emilia und Louis nur Tilla und Hans' Geschwister Renate, Christa und Joachim mit Partnern anwesend.

Vor dem Altar angekommen übergab Louis sie Eduard,

der während der gesamten Zeremonie steif neben ihr stand. Sein Trauzeuge war Hans und Maria Emilia war als Trauzeugin für Ilsa eingesprungen, die sich noch immer wunderte, warum ihre Schwiegertochter keine Freundin und ihr Sohn keinen Freund gefragt hatte.

Der alte, etwas schwerhörige Pfarrer begrüßte das Brautpaar und die Mitfeiernden lächelnd und augenzwinkernd. Er schien die frostige Stimmung nicht wahrzunehmen und begann mit dem Eröffnungsgebet. Schließlich war er bei seiner Lieblingspassage angekommen: „Liebes Brautpaar! Ihr seid in dieser entscheidenden Stunde eures Lebens hierher gekommen, um vor uns allen zu bezeugen, dass ihr einander unwiderruflich als Mann und Frau angehören wollt. Bevor ihr den Bund der Ehe schließt, frage ich euch nun einzeln, ob ihr eure Ehe in voller Freiheit und mit aufrichtiger Bereitschaft eingehen wollt."

Etwas irritiert blickte der Pfarrer zwischen den Brautleuten hin und her, weil niemand antwortete. Ilsa schlug ihren Schleier zurück und nickte leicht. Nach einer gefühlten Ewigkeit schien es Eduard ihr gleich zu tun und der Pfarrer forderte sie auf das Ehegelöbnis zu sprechen.

„Eduard Hans Herzog, ich frage dich: Bist du hierher gekommen, um nach reiflicher Überlegung und aus freiem Entschluss mit deiner Braut Ilsa Schober den Bund der Ehe zu schließen?"

Ilsa wagte es nicht, Eduard anzuschauen. Gespannt hielt sie die Luft an. Was, wenn …?

„Ja", presste Eduard hervor.

„Willst du deine Frau lieben und achten und ihr die Treue halten alle Tage ihres Lebens?"

Eduards „Ja“ war kaum vernehmbar und der Pfarrer hielt sich die rechte Hand muschelförmig ans Ohr.

Nachdem Ilsa ihr Ja-Wort gegeben hatte, sagte der Pfarrer: „So schließt jetzt den Bund der Ehe, indem ihr das Vermählungswort sprecht. Dann steckt einander den Ring der Treue an.“

Die Brautleute wandten sich einander zu. Eduard steckte Ilsa den Ring an, Seine Finger waren so eiskalt wie die ihren. Er blickte sie an und sagte kein Wort. Ilsa hielt ihre Tränen zurück und tat es ihm gleich.

„Im Namen Gottes und seiner Kirche bestätige ich den Ehebund, den ihr geschlossen habt. Was Gott verbunden hat, das darf der Mensch nicht trennen.“

Ihre Hochzeitsnacht verbrachte Ilsa allein mit Bauchkrämpfen in ihrem großen Doppelbett. Ihr frisch angetrauter Gemahl war nach der Feier losgezogen und hatte sich in den frühen Morgenstunden sturzbetrunken und vollkommen bekleidet neben sie gelegt und war in einen komatösen Schlaf gefallen. Sein alkoholgeschwängerter Atem nahm ihr beinahe die Luft zum Atmen.

Schmerzverzerrt gelangte sie zur Toilette, wo sie sich übergab und kurz ohnmächtig wurde. Als sie wieder zu sich kam, bemerkte sie das Blut, das an ihren Beinen herabfloss. Ilsa entsorgte die Badetücher mit dem blutigen Ausfluss, den die Fehlgeburt in schmierigen, krampfartigen Strömen hinterließ, heimlich. Sie weinte heimlich. Sie trauerte heimlich. Sie schämte sich heimlich.

Nachdem Eduard herausgefunden hatte, dass sie nicht schwanger war – Ilsa hatte ihm gesagt, dass es sich unglücklicherweise um eine Scheinschwangerschaft gehandelt hätte (ein wenig, weil sie kein vorgeheucheltes Mitleid wollte, ein wenig aus Gehässigkeit, weil er sie nicht lieben wollte), zerschlug er wütend alles, was sich in seiner Nähe befand. Er brüllte, wie ein Stier vor dem Todesstoß durch den Torero, er trat gegen die Schlafzimmertür, sodass ein Loch in ihr klaffte und riss sich selbst an den Haaren, ballte die Fäuste und biss seine Zähne aufeinander, dass sie knirschten. Ihr wunderschöner Prinz Eduard erschien in hässlicher Fratze und entpuppte sich als furchterregendes Monster.

Noch nie hatte Ilsa ein Spektakel dieses Ausmaßes erlebt. Sie selbst verschonte er mit Schlägen, aber seine Worte verletzten sie in ihrem tiefsten Inneren. Am selben Tag zog Eduard in ein eigenes Schlafzimmer und erschien nur noch gelegentlich zum Essen oder Schlafen. Lediglich nach außen hin zeigten sie sich als Paar.

Im kleinen Städtchen wurde sie gegrüßt aber nirgendwohin mehr eingeladen. Auch ihre ehemaligen Schulfreundinnen wandten sich von ihr ab. Hier hielt man zusammen. Aber nur, wenn man sich vollkommen anvertraute. Geheimnisse waren nur gestattet, wenn sie ohne allzu große Mühe aufzudecken waren.

Erzählen, was genau geschehen war, hätte Ilsa nie gekonnt. Dafür schämte sie sich vor sich selbst zu sehr. Hätte sie ihr Geheimnis mit den anderen Frauen geteilt, wäre sie bestimmt auf Unverständnis gestoßen. Letztendlich hätte man sie dennoch gemieden und sich zudem das Maul über sie zerrissen. Nein, es war, wie es war und Ilsa musste mit ihrem Schicksal allein zurechtkommen. Sie hatte, um Eduards Frau zu werden, einen hohen Preis bezahlt. Ilsa war eine Geduldete geworden. Sie war vollkommen allein.

Eduard fühlte sich freier und nicht mehr so sehr der Herrschaft seines Vaters und der Beobachtung seiner Mutter ausgesetzt, seit er in seinem eigenen Haus wohnte. Es fiel ihm leichter, seine Liebschaften zu koordinieren, denn seiner Frau gegenüber fühlte er sich weder schuldig noch hatte er das Bedürfnis Rechenschaft ablegen zu müssen. Er tat was ihm gefiel und lebte, als würde Ilsa nicht existieren. Nur zum Schein schlief er ab und an zu Hause.

Niemals zuvor in ihrem Leben hatte sie sich so einsam gefühlt. Mit den Jahren dachte sie sich, dass sie in einer Großstadt weniger allein gewesen wäre. Aber was hätte sie schon machen sollen, ohne Ausbildung? Ohne eigenes Geld. Ohne Kontakte. Ohne den nötigen Mut zum Neubeginn – und tief in ihr blieb die Sehnsucht nach Prinz Eduards Bild, das sie sich in ihrer blinden Verliebtheit erschaffen hatte. Ihr Prinz – ihr Mann. Ihr Mann – der Fremde.

Ilsa bewunderte die heitere, hübsche Tilla und beneidete sie ein wenig. Sie wirkte stets stark und positiv. Tilla war unabhängig und meisterte als Alleinerziehende das Leben mit ihrem Sohn in einer Stadt weit weg von Mureck. Sie wusste, dass diese Gedanken unrecht waren, aber immer wieder haderte sie mit ihrem Schicksal.

Warum war ihr Baby nicht zur Welt gekommen? Das

hätte ihr Leben mit Eduard vielleicht erträglicher gemacht. Um ihrer Scheinehe ein Ende zu bereiten, war sie zu feige. Was hätte sie auch tun sollen? Nachdem ihre Eltern knapp hintereinander an Krebs gestorben waren, war sie allein. So hatte sie wenigstens ein Heim, das sie sich nicht hätte leisten können, und ihre Schwiegereltern behandelten sie gut.

Maria Emilia war eine gescheite, schöne Frau. Energisch, geradeheraus und fordernd, aber gerecht und herzlich, arbeitsam und fleißig. Sie hatten keine innige Beziehung zueinander – Ilsa schaffte es nicht sie Mimi zu nennen, denn das käme ihr zu intim vor – und Ilsa konnte verstehen, dass sie ihren Sohn ihrer Schwiegertochter vorzog und ihm Besseres wünschte.

Letzten Endes zählte jedoch immer Hans‘ Wort. Hans Herzog war ein Mann alten Schlages. Korrektheit war das Wort, das Ilsas Meinung nach am besten auf ihn zutraf. Er war unendlich korrekt, so korrekt, dass er auf Toleranz gegenüber der jugendlichen Fehler seines Sohnes vergaß. Er tolerierte keine geschäftlichen Verfehlungen, und er ließ es nicht zu, dass sein Sohn und seine Frau getrennte Wege gingen. Bei Familienfeiern oder gesellschaftlichen Verpflichtungen hatten sie gemeinsam zu erscheinen. Die außerehelichen Verfehlungen schien er zu ignorieren, diese waren in seinen Augen eine innereheliche Angelegenheit.

Ilsa achtete ihren Schwiegervater, weil er immer fair und höflich zu ihr war, netter als ihr Ehemann. Aber er schien sich nichts aus ihr zu machen, aus Eduard nicht – aus Maria Emilia eigentlich auch nicht – und gab sich nie der Illusion hin, sein Sohn würde einen würdigen Nachfolger mit ihr zeugen. Er hatte ihr nichtssagendes Eheleben nach kürzester Zeit durchblickt.

6

Seit Arthur auf der Welt war, fühlte Tilla sich nicht mehr so alleine. Dieses kleine Würmchen füllte eine Leere, die ihr selbst nie so bewusst geworden war. Als ihre Eltern bei einem Autounfall ums Leben gekommen waren, war sie fünfzehn und hatte beschlossen, nie mehr jemanden zu lieben. Ihr Ex-Mann Konrad hatte sie deshalb „Frau ohne Herz" genannt – am Anfang spaßeshalber, weil er es als Herausforderung betrachtete, sie für sich zu gewinnen. Zum Schluss vorwurfsvoll, weil Tilla sich ihm nicht vollends öffnete (dafür taten das genug andere). Schließlich trennten sie sich, obwohl bei Tilla Konrads Depressionen und seine Unfähigkeit, eigenständig zu leben, an erster Stelle standen. Seine Untreue war der Auslöser, dass sie die Scheidung einreichte, der er sich lange entgegensetzte. Doch jedes Mal, wenn sie von einem Seitensprung erfuhr, starb etwas in ihr und sie schwor sich, sich nie wieder vollends auf einen Mann einzulassen.

Bei Arthur war alles ganz anders. Tilla liebte ihn vom ersten Moment an mit jeder Faser ihres Körpers. Bereits in der Schwangerschaft fühlte Tilla eine Verbundenheit, die sie zuvor nur mit ihren Eltern erlebt hatte. Es war, als wäre dieses unfassbare Gefühl in jeder ihrer Zellen gespeichert. Manchmal hatte sie den Eindruck, Konrad wäre eifersüchtig auf seinen Sohn. Mit der Zeit erkannte Tilla, dass Konrads einschmeichelnde Aufmerksamkeit Besitzanspruch und Kontrollsucht tarnten. Sie dankte dem Universum jeden Tag, dass die Richterin beim Sorgerechtsstreit auf ihrer Seite war. Gelegentlich schreckte sie im

Schlaf hoch, weil sie träumte, dass Konrads Forderung nach alleiniger Obsorge stattgegeben wurde.

Ihre Eltern wären entsetzt gewesen ob ihrer Beziehung und viel mehr deren Ende. Sie waren unzertrennlich gewesen und liebten Tilla mit gleicher, inniger Hingabe. Wehmütig erinnerte sich Tilla an ein gemeinsames Familienritual: während ihre Mutter ihre dichten, schwarzen Locken auf einer Seite zu einem Zopf flocht, versuchte ihr Vater sie auf die gleiche Weise auf der anderen Seite zu bändigen. Am Ende hatte Tilla einen straffen und einen etwas lockeren Zopf, weil ihr Vater immer Angst hatte, seiner Kleinen weh zu tun. Das entsprach in etwa dem Erziehungsstil ihrer Eltern und sie lachten jedes Mal, wenn Tilla sich bei ihrem Vater durchsetzte und ihre Mutter ihr Vetorecht in Anspruch nahm. Irgendwie einigten sie sich trotzdem und Tilla hatte nie das Gefühl, ihre Eltern würden nicht an einem Strang ziehen. Ihr Zusammensein war geprägt von Toleranz und gegenseitiger Wertschätzung.

Es war der Traum ihres Vaters gewesen, ihre Mutter zu einem romantischen Überraschungswochenende nach Triest einzuladen. Tilla hatte ihm bei den Vorbereitungen geholfen und sich mehr als einmal auf die Zunge gebissen, um nichts zu verraten. Sie sollte inzwischen bei Mimi bleiben. Am übernächsten Tag wollten sie zurück sein. Tilla winkte ihnen aufgeregt nach, als sie in dem knallroten Cinquecento aufbrachen. Doch am Ende waren sie nie in Triest angekommen. Tilla sollte ihre Eltern nie wieder sehen.

Auf der Pack zerquetschte der tonnenschwere Lastwagen eines übermüdeten Fahrers das kleine Auto als wäre

es ein Spielzeug. Seit diesem furchtbaren Tag bedeutete das Wort „Auto“ für Tilla Tod und sie stieg bis zu Arthurs Geburt in keines mehr ein. Sie las Unfallstatistiken und zuckte bei jeder Unfallmeldung im Radio zusammen. Tilla beschloss, niemals den Führerschein zu machen. Sie würde sich ohnehin nie wieder in ein Auto setzen. Da kam ihr Wien zudem gerade Recht, denn in der Hauptstadt konnte sie mit den öffentlichen Verkehrsmitteln bequem alle gewünschten Ziele erreichen.
Ihre Fruchtblase hatte ihr dann einen Strich durch die Rechnung gemacht. Diese platzte nämlich zehn Tage vor dem errechneten Geburtstermin genau auf der Mariahilferstraße, wo Tilla noch die letzten Babysachen einkaufen wollte. Die netten Sanitäter vom Roten Kreuz konnten die hysterische werdende Mutter dann überreden, sich von der Rettung ins Spital fahren zu lassen. So kam es, dass ein Baby für einen zweifachen Neubeginn verantwortlich war. Tilla öffnete ihr Herz wieder, und wenn es unbedingt sein musste, fuhr sie sogar im Auto mit.

7

Wenn ihr Bauch über die Unterhose quoll, deren Gummi hässliche Streifen in ihrem weichen Fleisch hinterließ, wie bei einer frisch gefüllten Wurst, die portioniert wurde, dann verabscheute sie ihren Körper und sich selbst umso mehr. Warum kann ich nicht aufhören, mich vollzustopfen? Jeden Abend, wenn sie sich nach einem Essanfall fast übergeben musste, schwor sie sich, am nächsten Tag damit aufzuhören. Wenn es dann wieder nicht klappte, weil ihr Kopf sagte, dass es doch egal war, wie sie aussah und ihr Körper nach Süßem verlangte, gab sie sich dem kurzen Vergnügen wieder machtlos hin. Ein teuflischer Kreislauf, der sich nicht nur mit mehr Kilos auf den Hüften, Oberschenkeln, an Busen und Kinn bemerkbar machte, sondern auch ihren Energiehaushalt und Humor negativ beeinflusste. Oft fuhr sie Arthur in letzter Zeit grundlos an, und der Arme hatte ohnehin schon genug durchzumachen. Sie war ungeduldig geworden, ständig gereizt und spürte immense Aggression in sich. Alle und alles zerrten an ihren Nerven wie ehrgeizige junge Buben, die das Seilziehen gewinnen wollten.

Sie fühlte sich unendlich frustriert. Das konnte doch nicht ihr Leben sein? Angst, nie wieder einen Mann kennenzulernen und für den Rest ihres Lebens allein zu bleiben, stieg in ihr auf. Vielleicht war es sogar besser, wenn sie alleine blieb. Aber sie sehnte sich so sehr nach einer Zweisamkeit, wie ihre Eltern sie gehabt hatten.

Tilla warf einen Blick auf die Uhr; in fünfzehn Minuten musste sie Atti vom Taekwondo abholen. Diesen teuren Spaß hatte ihr ihre Schwiegermutter eingeredet, weil sie gelesen hatte, dass es gut für Körper und Geist sei und ihr reizender Enkel dann automatisch Selbstverteidigung lernte. Dass sie sich an den Kosten beteiligen wollte, hatte sie rasch vergessen. Ebenso wollte sie nicht einsehen, dass ihr liebster Enkel Sport jeder Art hasste und zudem an einem starken Reizhusten litt. Da der Hausarzt aber der Meinung war, dass der Husten nicht durch körperliche Betätigung ausgelöst würde, hatte er ihm keine Turnbefreiung ausgestellt. Jede Woche musste Tilla Atti drohen, nicht mehr mit ihm ins Kino zu gehen – die einzige Sache, mit der er sich noch erpressen ließ –, wenn er die Saison nicht beenden würde. Leider hatten sie die Kündigungsfrist nach dem Probemonat um drei Tage verpasst und die Schule hielt nichts von Kulanz. Tilla war der Meinung, dass es ihrem Sohn ganz gut tun würde sich sportlich zu betätigen. Erfolge, mental wie figürlich, sah sie jedoch keine. Wahrscheinlich hatte Atti ihre Gene geerbt. Eilig packte sie ihre Handtasche, warf die Wohnungstür hinter sich zu und lief zur U-Bahn, die vor ihrer Nase davon fuhr. Mist! Keuchend erklomm sie immer zwei Stufen auf einmal nehmend zwanzig Minuten später zum modernen Turnsaal in den ersten Stock hinauf und stieß mit ungebremster Wucht mit dem Meister zusammen, der aufgrund seiner sportlichen Perfektion nach kurzem Wanken wieder gerade und fest auf den Beinen stand.

„Warum denn so hektisch?“

Warum wohl? Weil ich eine alleinerziehende, gestresste, frustrierte, unbefriedigte, unterbezahlte, schlecht behandelte Mutter bin!?

„Ich wollte Atti pünktlich abholen, aber die U-Bahn …“ Tilla schnaufte sich die Seele aus dem Leib und stützte ihre Hände auf die gebeugten Oberschenkel.

„Er ist nicht da.“

„Er ist schon gegangen?“, präzisierte Tilla und richtete sich mit hochrotem Kopf auf.

„Ihr Sohn war heute gar nicht da.“ Tilla sah Meister Wu verständnislos an. Wahrscheinlich musste einfach noch mehr Sauerstoff in ihr Hirn gelangen.

„Kommen Sie kurz mit in mein Büro?“

Tilla nickte, ahnte nichts Gutes und folgte ihm mit gemischten Gefühlen, die sich aus Neugier, Angst und Sorge zusammensetzen. Ohne ihn richtig wahrzunehmen hörte Tilla, wie Meister Wu ihr sagte, dass ihr Sohn Arthur bereits die letzten fünf Mal nicht mittrainiert hatte und er sie nur anscheinend fertig umgezogen vor dem Gebäude abgepasst hat. Er habe es zufällig entdeckt, wollte sich aber nicht in Familienangelegenheiten einmischen.

Ach nein? Aber das Geld für nicht genutzte Trainingseinheiten zu kassieren machte dem Meister nichts aus.

Ihr Sohn, ihr kleiner, süßer Atti, ihr Ein-und-Alles log sie an? Vertraute er seiner eigenen Mutter nicht mehr? Wann war es so weit gekommen? Wie war es so weit gekommen? Warum? Es strömte gerade zu viel Sauerstoff in ihr Hirn.

In Gedanken versunken kehrte Tilla nach Hause zurück. Als sie aufsperrte und die Tür öffnete, kam ihr Arthur schon entgegen.

„Hallo, Mama! Wir haben uns wohl verpasst“, grinste er.

„Warum lügst du mich an?“, polterte Tilla los. Sie hatte sich ein pädagogisch wertvoll aufgebautes Vorgehen überlegt. Ihr Gehirn war wie leergefegt. Wo war denn jetzt der ganze Sauerstoff, um es ausreichend und vernünftig zu durchbluten.

„Scheiße! Ich meine Scheibenkleister! Verdammter Mist!“

„Mama!“

„Was soll das?“, schrie Tilla ihren Sohn an. Sie war außer sich vor Wut. Sie wollte ihn packen und durchschütteln.

„Mama …“

„Ich mache alles für dich! Alles!, hörst du? Ich arbeite in einem Scheiß-Büro, lasse mich mobben, rackere mich ab, dein Vater unterstützt uns überhaupt nicht, deine Großeltern sind eine Frechheit und machen mich zusätzlich fertig – und du hintergehst mich! Es kotzt mich alles so an! Es ist alles so scheiße! Ich kann und will nicht mehr!“

Eine Emotionslawine überrollte Tilla, sie konnte sie nicht mehr anhalten. Es musste alles raus. Tränen rannen ihr über die Wangen und als sie den Kopf zornig zur Seite drehte, sah sie ihr Gesicht im goldrandverzierten Spiegel, das hässlich und entstellt aussah. Arthur starrte seine Mutter entsetzt an.

Als Tilla bemerkte, dass ihr Sohn zu weinen begonnen hatte, kam sie endlich zu sich. Entsetzt über ihren Gefühlsausbruch umarmte sie ihr Kind, das von Schluchzern geschüttelt wurde.

„Es tut mir leid, Atti.“ Sanft schob sie ihn von sich und hob sein Kinn, um ihm in die Augen zu schauen. Traurigkeit und Scham meinte sie darin zu lesen. „Ich möchte verstehen, warum du das Training abgebrochen hast. Ich war der Meinung, es würde dir Spaß machen."

„Taekwondo an sich schon. Aber …"

„Ja?", ermunterte Tilla ihren Sohn weiterzusprechen.

„Es anderen haben sich über mich lustig gemacht, weil ich manche Bewegungen nicht so gut konnte. Ich bin einfach zu dick." Tränen kullerten ihm über die Wangen.

„Aber das stimmt doch gar nicht", protestierte Tilla.

„Mama, ich weiß, dass es so ist."

„Hat Meister Wu dazu nichts gesagt?"

„Nein."

„Was hast du denn dann gemacht, wenn du nicht dort warst?"

„Ich war beim Maci", murmelte Arthur.

„Welcher Mekki? Ist das ein neuer Freund? Von dem habe ich ja noch nie gehört."

„Mama, du lebst echt hinter dem Mond." Arthur musste kichern.

„Ich verstehe gar nichts mehr." Tilla betrachtete ihren Sohn aufmerksam. Was war ihr nur in letzter Zeit alles entgangen?

„Ich meine McDonald's", klärte er sie auf.

„Aha. Und was hast du dort gemacht?"

Arthur senkte wieder seinen Kopf und flüsterte: „Ich habe dort Burger gegessen."

„Allein?"

„Ja."

Rückblickend fiel Tilla ein, dass der Geruch ihres Sohn nach dem Training sie stets irritiert hatte. Jetzt war ihr klar warum er nicht nach Turnhalle, Sport und Umkleidekabine gerochen hatte. Es war der Duft des Frittierten, das Atti mit Deodorant übersprüht hatte.

„Ging es dir dann besser?“ Ihr eigener Besuch unlängst in einer Fastfoodkette fiel ihr ein. Sie konnte Arthur so gut verstehen.

Er nickte. „Am Anfang schon. Da beruhigt mich das Essen. Aber danach fühle ich mich wieder schlecht.“

„Das kenne ich, mein lieber Schatz. Ach, warum bist du denn mit deinen Sorgen nicht zu mir gekommen?“

„Du hast doch selbst so viel um die Ohren. Ich wollte dich nicht zusätzlich belasten.“

„Oh, Atti. Das wird sich jetzt ändern.“

Nach einem langen Gespräch, vielen Entschuldigungen und Umarmungen war Arthur schließlich erschöpft ins Bett gefallen und Tilla ließ sich mit einer Tasse Beruhigungstee auf der Wohnzimmercouch nieder. Ach Mist, ich mach mir eine Tasse Heiße Schokolade mit Schlagsahne. Sie nahm ihr Handy und wählte Paulinas Nummer, um ihr Herz auszuschütten.

Tilla hat es so satt. Ständig schlich sich Konrad aus der Verantwortung. Nie war er da, wenn man ihn brauchte. Auch diesmal wälzte er jede Art von Verantwortung auf sie ab. Immerhin wäre sie die meiste Zeit mit ihrem Kind zusammen, es könne daher ja nur ihre Schuld sein, wenn Arthur Schwierigkeiten bekäme. Dass er zu dick war, lag auch an ihren falschen Ernährungsgewohnheiten. "Du machst doch ständig nur Fertigpizza!"

Tilla fragte sich wieder einmal, warum sie ihn überhaupt ins Vertrauen gezogen hatte. Sicher war ihr von Anfang an bewusst, dass er psychisch nicht sattelfest war. Tilla hatte gedacht, dass sie ihn mit ihrer Energie retten konnte. Was für eine Selbstüberschätzung! Mit ihrer Liebe wollte sie ihn „heilen“. Und geliebt hatte sie ihn wirklich. Zumindest dachte sie, dass es sich wie Liebe anfühlte. Wenn sie ihre Hochzeitsfotos ansah, fing sie jedes Mal zu weinen an und fragte sich, wie sich ein Mensch nur so verändern konnte. Wesensveränderung – das gab es doch nur in Romanen …

Sie wirkten wie das perfekte glückliche Paar, das in der Toskana geheiratet hat. Wie wundervoll. Das Wetter war herrlich, dass Essen fantastisch, die gemietete Villa ein Traum, alle Gäste gut drauf. Ja, selbst die Sonne trotzte der Familie Steinhoff nicht. Wie hätte sie es auch wagen können. Die Wedding-Planerin hatte alles wunderbar organisiert. War es einfach zu perfekt gewesen? Das Ende eines kurzen Traums erfolgte jedenfalls abrupt. Zwei Monate nach der Hochzeit war sie schwanger und Konrad zog sich zurück. Immer häufiger wollte er alleine spazieren gehen – sie ahnte, dass er sich mit anderen Frauen traf –, er wurde gereizter, nichts konnte sie ihm mehr Recht machen. Er beklagte sich darüber, dass sie ihm zu viel abverlangte und keine Rücksicht auf ihn nahm. Rücksicht, pah! Tilla zeigte Mitgefühl, sie bemitleidete ihn, aber letztendlich verachtete sie Konrad für seine Schwäche und klagte ihn an, nichts zu tun und alles ihr zu überlassen. Nicht einmal bei Arthurs Geburt war er dabei. Er hätte ohnehin geahnt, dass es zu einem Kaiserschnitt kommen würde und da wäre er umsonst im Warteraum gesessen.

Als das Kind ein Jahr alt war, meldete Tilla ihren Sohn für die Kinderkrippe an und ging wieder arbeiten, weil Konrad kein Geld nach Hause brachte, aber es für ihn unzumutbar war, sich den ganzen Tag um ein Kleinkind zu kümmern.

Sie musste in der Früh aus dem Bett, machte das Frühstück für sich und Arthur, brachte ihn in die Krippe, ging ins Büro – verdiente das Geld –, holte den Kleinen von der Kinderbetreuungsstätte ab, spielte mit ihm, kochte, putzte, wusch, kaufte ein und organisierte das Familienleben. Wenn Konrad einen guten Tag hatte war er dabei, ansonsten zog er sich die Bettdecke über den Kopf und blieb tagelang im Bett. Er reagierte auf nichts. Tilla fing an es zu hassen.

Als Arthur sechs wurde und kurz davor stand in die erste Klasse Volksschule einzutreten, waren sie getrennt. Konrad war einfach ausgezogen. Tilla war monatelang so vor den Kopf gestoßen, dass sie gar nicht realisierte, was genau da in ihrer Beziehung passierte. Sie blickte zurück, sie schaute dazwischen, sie verdrängte das Morgen und suchte nach einer Antwort. Konrad suchte kein einziges Mal das Gespräch mit ihr.

Wenn sie ihn spontan konfrontierte, endete jeglicher Erklärungsbedarf in sarkastischen Anklagen, sodass Tilla sich noch schäbiger fühlte. „Du kapierst es ja doch nicht." Irgendwann ergab sie sich der Situation und fuhr fort, ihr Leben mit Arthur als Alleinerzieherin zu organisieren. Tilla deckte sich mit Fachliteratur ein und schleppte Arthur zum Kinderpsychologen. Sie erklärte ihm, dass ihr Vater eine unsichtbare Krankheit im Kopf habe, woraufhin sie sich den Zorn ihres Schwiegervaters zuzog.

„Was bildest du dir ein, Tilla? Wenn ich noch einmal höre, dass du meinem Enkel solche Sachen über meinen Sohn erzählst, dann wirst du mich kennenlernen."

Tilla versuchte, die Drohung zu ignorieren und erklärte: „Da hast du vielleicht etwas falsch verstanden. Ich habe mich professionell beraten lassen, wie man Kindern die psychische Erkrankung eines Elternteils kindgerecht beibringt."

Daraufhin verlor der alte Steinhoff fast endgültig die Fassung. „Mein Sohn hat keine psychischen Probleme! Du kannst einen wirklich fertig machen. Langsam fange ich an zu verstehen, warum Konrad dich verlassen hat. Solltest du noch einmal erwähnen, dass mein Sohn nicht", er rang nach Luft und spie das Wort „normal" aus, „dass mein Sohn nicht normal sei, dann hetze ich dir die besten Anwälte Wiens hinterher. Für Arthur wäre es dann bestimmt besser, bei seinen *normalen* Großeltern zu leben."

Tilla geriet in Panik wegen dieser direkten Drohung. Der alte Steinhoff hatte einflussreiche Freunde. Beinahe alles könnte sie ertragen, nur nicht, ohne ihren Arthur zu leben.

Warum Konrad sich dann nicht scheiden lassen wollte, war ihr aber nicht klar. Eine Erklärung von ihm lautete: „Ich habe dich doch nicht geheiratet, um mich von dir scheiden zu lassen." Demonstrativ trug er noch immer seinen Ring.

Tilla vermutete, dass er bei manchen Frauen auf diese Weise gut ankam. Sie konnte sich exakt vorstellen, wie er den armen, verlassenen Ehemann spielte. Vielleicht hing es mit der Art seiner Erkrankung zusammen? Das Opfer musste die Täterin bestrafen indem es der Noch-Ehefrau das Leben zur nicht bewusst erkennbaren Hölle machte, in der sie schmorte und sich aus lauter unbegründeter Angst eine körperliche Distanz anaß.

Schlussendlich oder endlich hatte Tilla nach jahrelanger Überlegung, diverser Familienaufstellungen, Channeling und einigen Therapiestunden letztes Jahr endlich eine kompetente Anwältin kontaktiert, die Paulina ihr empfohlen hatte („nimm sie, sie hat meine Promi-Freundin Tina M. hervorragend vertreten und deren bescheuerten Mann bluten lassen“), und die Scheidung eingereicht.

Die attraktive Frau, die ihr bereits ergrautes Haar nicht färbte, war durch und durch professionell, nur ihr gelegentliches Kopfschütteln und das Zurechtrücken ihrer großen Hornbrille verrieten Tilla, dass sie es mit ihrem Warten übertrieben hatte.

„Schätzchen“, sagte sie mit energischer, tiefer Stimme „ich will Sie weder belehren noch kränken, aber die Begrüßungsbussis sind ab sofort Geschichte. Der Richter hat es Gott sei Dank nicht gesehen.“

„Ich denke immer an unser gemeinsames Kind“, versuchte Tilla sich zu rechtfertigen und dachte wieder an die Worte ihres Schwiegervaters. „Obwohl, …“ Sie hielt nachdenklich inne.

„… Sie es gar nicht gerne mögen“, beendete die Anwältin Tillas Satz und diese nickte bestätigend. Tatsächlich mochte sie die zwei hingehauchten Wangenküsse nicht leiden. Sie konnte Konrads Nähe in keiner Hinsicht mehr ertragen und ihn schon lange nicht mehr riechen.

„Das kenne ich. Machen Sie sich deswegen keine Vorwürfe. Das passiert häufig. Männer lassen ihre Frauen nicht gerne ziehen.“

Tilla blickte sie mit großen Augen an. „Aber er ist doch gegangen!“

„… und sagt, dass Sie ihm die Luft zum Atmen genommen und ihn unterdrückt hätten.“

Tilla blickte ihre Anwältin mit großen Augen an und nickte. „Woher wissen Sie das?“

„Meine Liebe, wir kriegen das hin. Sie sind – wie die meisten meiner Klientinnen – …“ Tilla wusste, dass die Anwältin ihre Worte sorgfältig wählte, und war ihr dankbar dafür. Mit leiser Stimme fuhr sie fort: „… zu nett, und haben im Vorfeld einige Dinge nicht bedacht.“

War es verwunderlich, dass sie zu einer nervenlosen Mutter mutierte und ihr Sohn Probleme hatte, die er vor ihr oder ihnen verschwieg?

Fast flüsternd erzählte sie ihr von den Drohungen ihres Schwiegervaters. Doktor Prada, wie Tilla ihre perfekt gekleidete Anwältin innerlich nannte, zog ihr moosgrünes Kostüm zurecht und richtete sich noch gerader auf. „Ich kenne Doktor Steinhoff sehr gut. Er ist kein leichter Gegner. Dennoch, Ihren Sohn kann er Ihnen nicht wegnehmen. Gibt es eigentlich psychologische Atteste von Ihrem Mann?“

„Nein, die gibt es nicht. Zumindest habe ich keine.“

„Bitte erzählen Sie mir Ihre Geschichte“, forderte Doktor Prada sie auf und Tilla legte los.

„Mein Mann spielt seinen Eltern gerne den armen, verlassenen Sohn vor. Meine Schwiegermutter ist vollkommen auf seiner Seite, sie verabscheut mich regelrecht. Sein Vater weiß, dass es nicht allein an mir liegt, dass ich mich getrennt habe, aber er hält ihm nach wie vor die Stange. Er weiß und war selbstverständlich nicht davon angetan, dass sein Sohn so oft fremdgegangen ist. Er selbst hatte in seinen ersten Ehejahren eine Geliebte, das weiß ich von Konrad, aber er war diskret gewesen. Seiner Meinung nach hätten die jungen Männer heutzutage hatten keinen Stil, sie wüssten sich nicht zu benehmen. Die jungen Frauen heutzutage hätten andererseits kein Durchhaltevermögen mehr. Sie verlassen ihre Männer und mühen sich alleine mit Kind, Haushalt und Arbeit ab. Das ist die Ansicht meines Schwiegervaters."

„Ja, diese Einstellung ist mir bekannt. Die alte Generation …" Doktor Prada schüttelte leicht ihren Kopf.
„Ich bin mir nicht sicher, wie lange Konrad sich an seines Vaters Loyalität noch festhalten kann. Er hat, was ich weiß, noch keinen neuen Job gefunden. In die Kanzlei seines Vaters wollte er nie einsteigen, sie übernehmen schon gar nicht."

„Wissen Sie, warum nicht?"

„Ich vermute, das hat mit seiner Erkrankung zu tun. Konrad ist sehr intelligent, er hat einen extrem hohen IQ, die besten Schulen besucht, ein Jus-Studium abgeschlossen …"

„Und nun will oder kann er nichts daraus machen." Es war eher eine Feststellung, als eine Frage und Tilla nickte zustimmend.

„Er hat sich vor ungefähr zwei Jahren in die Psychiatrie einweisen lassen. Seinen Eltern hat er den ersten Aufenthalt dort als Kur verkauft. So lange er krank war, hatte er eine Entschuldigung, um keine Verantwortung für seinen eigenen Sohn, für sich oder gar sein gesamtes Leben übernehmen zu müssen. Von mir und unserer Beziehung brauchen wir gar nicht reden."

„Und dazwischen hat er nie gearbeitet?"

„Doch. Gelegentlich ist Konrad in kleine Kanzleien eingestiegen. Den Job hatte er aber immer nur bekommen, weil sie sich erhofften, durch den Namen Steinhoff gewinnbringende Klienten zu lukrieren. Es war beschämend. Und so groß ist Wien nun auch nicht."

„Verstehe."

„Wenn er gegangen wurde, um es nett auszudrücken, gab er mir die Schuld an dieser Situation. Ich war zu nörgelig. Nie konnte er mir etwas Recht machen, immer wusste ich alles besser und trieb ihn ständig dazu etwas zu tun. Ich würde das Wort „Ruhe" nicht kennen. Dabei wollte ich ihn nur unterstützen und motivieren."

„Hat er das nur von Ihnen oder auch von vorherigen Beziehungen behauptet?"

„Nun ja, er tendiert meiner Meinung nach dazu die Dinge zu verdrehen. Als wir uns kennengelernt haben zum Beispiel, hatte er sich gerade von seiner letzten Freundin getrennt. Irgendwann habe ich herausbekommen, dass es umgekehrt war. – Ich denke, dass ich eine willkommene Ablenkung war. Ich war damals gut drauf. Spontan, witzig und wir …" Tilla errötete.

Doktor Prada bedeutete ihr weiterzureden.

„… wir hatten viel Spaß im Bett. Es war nicht Liebe auf den ersten Blick gewesen, aber ich denke, dass Konrad sich irgendwann dann doch in mich verliebt hat. Zumindest hat er mir einen Heiratsantrag gemacht und ich habe ihn angenommen. Unsere Hochzeit war so toll gewesen. Zu der Zeit ist es Konrad, denke ich, auch wirklich gut gegangen. Er hatte nämlich, fällt mir gerade ein, sogar mit dem Gedanken spekuliert, sich von seinem Vater in die Kanzlei einführen zu lassen. Damals war er davon überzeugt gewesen, es zu schaffen. Alles war perfekt."

„Und wann ist die Märchenblase dann geplatzt?", fragte die Anwältin direkt.

„Ich wurde schwanger und sobald Arthur da war, fühlte er sich als die zweite Geige, das fünfte Rad am Wagen, luftähnlich hat er einmal gesagt."

„Er war eifersüchtig auf sein eigenes Kind?"

„Scheint so. Ich glaube, er wusste nicht, wen er mehr anklagen sollte. Sich selbst, weil er ein Kind mit mir gezeugt hatte. Oder mich, weil ich nur noch Augen, Ohren und Liebe für unseren Sohn hatte. Oder Arthur, weil er nun da war."

„Das Leben hat ihm gehörig dazwischengefunkt und seine schön durchdachten Pläne vom unbekümmerten Leben über den Haufen geworfen", fasste Doktor Prada zusammen.

„Dabei weiß ich gar nicht, was genau er sich von unserem Leben vorgestellt hat. Ich meine, wenn man beschließt zu heiraten, will man doch eine Familie gründen, oder? Das hat ihm aber nicht gepasst und er hat angefangen, mich zu betrügen."

„Gibt es dafür auch Beweise?"

„Ja."

„Und scheiden lassen möchte er sich nicht, weil er sich als Ehemann angesehener empfindet. In einer Familie Steinhoff gab es zudem noch nie eine Scheidung."

„Das ist, was ich annehme."

„Der gute Doktor Steinhoff wird diesen Rechtsstreit verlieren. Das weiß er. Wir können es auf einen Vergleich ankommen lassen", gab sich Doktor Prada siegessicher.

„Aber seiner Meinung nach, bin doch ich an allem schuld", seufzte Tilla.

„Das kann durchaus so sein. Ich möchte nur noch von Ihnen wissen, ob Ihnen oder Ihrem Sohn Gefahr durch Konrad Steinhoff drohen könnte."

„Was meinen Sie?"

„Sie haben mir erzählt, dass Ihr baldiger Ex-Mann psychische Probleme hat und anstatt Verantwortung für sein Leben zu übernehmen, gerne die Schuld abwälzt. Könnte es sein, dass er Rache an Ihnen üben wollen würde, wenn denn die Scheidung zu Ihren Gunsten ausfällt?"

Tilla schüttelte energisch ihren Lockenkopf. „Nie und nimmer glaube ich das."

Doktor Prada blickte ihr fest in die Augen. „Meine Liebe, man kann in niemanden hineinschauen. Das habe ich in all den Jahren gelernt."

8

„Tilla, du hast dir einen tollen Abend verdient“, wollte Paulina sie überreden.

„Ich habe wirklich keine Lust darauf. Wir können genauso gut bei mir daheim sitzen und ein gutes Fläschchen Wein zusammen trinken“, konterte sie.

„Das ist nicht dasselbe“, beharrte ihre beste Freundin. „Wo ist nur deine Energie geblieben?“

„Du weißt selbst, dass sie mir abgezapft wurde.“

„Oder, dass du sie dir hast abzapfen lassen.“ Paulina war des Themas überdrüssig und wollte ihre beste Freundin aus ihrer Krise reißen.

„Ich koche.“

„Das ist ein harter Köder, aber ich denke, du solltest mal auf die Piste.“

„Was soll ich denn dort? Der Zug ist abgefahren.“

„Du tust, als wärest du bereits mit dem Grab im Bein.“

Tilla musste lachen. „Es heißt ‚mit einem Bein im Grab‘. Hast du dir vielleicht schon einen Drink genehmigt?“

"Gar nicht“, wehrte Paulina ab, „ ich habe mich nur versprochen. Na komm schon.“

“Ich weiß nicht, was es bringen soll. Außerdem passe ich in nichts mehr rein.“

„Tilla, man wird nur einmal 40 und so viel hast du nun auch wieder nicht zugelegt. Die drei, vier Kilos mehr machen dich bloß sexy. Wir improvisieren, oder noch besser, wir gehen shoppen und kaufen etwas Neues für dich.“

Paulina blieb hartnäckig wie ein eingetretener Kaugummi und ließ keine Ausreden gelten. Am Nachmittag shoppten die beiden Frauen in der Mariahilferstraße, während Tillas Sohn Arthur bei seinem Vater war. Tilla musste zugeben, dass es Spaß machte, wieder einmal mit der besten Freundin einkaufen zu gehen, sich im Geschäft ein Gläschen Sekt anbieten zu lassen, ausgelassen zu kichern, in Stöckelschuhen dahin zu stolzieren und sich den Reißverschluss schließen zu lassen – wenn auch von keinem Mann.

Jetzt hatte sie sich zu dem violettblauen Kleid aus Kunstseide überreden lassen, das Augen und Ausschnitt gleichermaßen betonte.

„So, jetzt ab nach Hause, meine Liebe damit wir beide uns chic machen können. Ich hole dich gegen 20 Uhr ab."

Als Tilla vor ihrem Badezimmerspiegel stand, musterte sie sich nach langer Zeit gründlich. Von Falten war sie bis jetzt verschont blieben. Eine kleine Hautverfärbung auf der rechten Wange ließ sich mit Make-up leicht kaschieren. Ihre schwarzen Locken waren frisch nachgefärbt und sahen natürlich aus. Sie fühlte sich gut und fing an, sich doch auf den Abend zu freuen. Warum denn nicht? Seit einer gefühlten Ewigkeit war sie nicht mehr aus gewesen. Sie betrachtete ihre perfekt geordneten Schminkutensilien und entschied sich für eine schwarze Wimperntusche mit Glitzerpartikeln. Übermütig tuschte sie ihre dichten Wimpern zweimal, sodass sie ihre blauvioletten Augen perfekt umrahmten.

Paulina war pünktlich und läutete Punkt acht am Haupttor.

„Ich komme runter."

Als Tilla aus dem Tor trat, stieß Paulina einen Pfiff aus. „Du siehst umwerfend aus."

„Danke. Du aber auch."

„Nein, im Ernst. Diese Schuhe passen auch perfekt zu dir und deinem Kleid. Und du bist fantastisch geschminkt. Das ist eine geniale Wimperntusche. Happy Birthday, meine Liebe!"

Tilla hatte Paulina in Wien bei einem Kurs für Business-Englisch am Wirtschaftsförderungsinstitut kennengelernt und sich sofort zu der energiegeladenen jungen Frau mit der unverblümten Ausdrucksweise hingezogen gefühlt. Sie selbst war damals genauso gewesen – unternehmungslustig, neugierig und ein bisschen draufgängerisch. Heute wollte sie wieder unbeschwert sein und sie beschloss, ihre Grübeleien zu verschieben.

„Na dann mal los!"

Kurz vor halb neun landeten sie in bester Laune vor der In-Disco im zweiten Bezirk. Paulina, die in einer großen Eventagentur arbeitete, hatte ihnen Vip-Pässe besorgt, weil genau an diesem Abend die Exklusivparty eines bekannten Architekten dort stattfand.

"Tilla, das ist *die* Party des Jahres. Da müssen wir hin", hatte Paulina bestimmt und ihrer Freundin keinen Platz für Ausflüchte gelassen. Es herrschte ein Riesengetümmel, weil alle, die sehen und gesehen werden wollen ebenso versuchten, sich den Eintritt zu erobern. Es schien exakt wie in den amerikanischen Filmen abzulaufen. Die Reichen und Berühmten zuerst, dann die Schönen, dann die, die jemanden kannten. Alle anderen warteten vergeblich auf Einlass. Tillas Stimmung sank wegen des Riesenandrangs auf null. „Paulina, müssen wir da wirklich rein?“

„Wir müssen.“

„Hier können wir uns nicht mal unterhalten.“

Paulina rollte ihre dunklen Augen, die fast eine ganze Umdrehung schafften. „Aber wir können tanzen und Männer kennenlernen“, schrie sie ihrer plötzlich zaghaften Freundin ins Ohr, nahm sie an der Hand und lies sich von der Menge lachend weiterschieben. „Du warst so gut drauf, lass dich von der Menge nicht entmutigen.“ Plötzlich erfasste eine tsunamiartige Welle die Warteschlange und Tilla wurde zur Seite gewirbelt. Als sie wieder gerade stand, bemerkte sie, dass sie ohne Paulina gegen den Türsteher gedrückt wurde, der ohne die Miene zu verziehen ihren Vip-Pass kontrollieren wollte.

„Meine Freundin hat unsere Pässe eingesteckt. Ich habe sie leider im Getümmel verloren“, stammelte Tilla. „Ich meine meine Freundin, nicht die Karte.“

„Ja, klar.“ Der Türsteher öffnete das Absperrband und schob Tilla ungerührt aus der Schlange.

„He, ich habe einen Vip-Pass. Warten Sie, ich rufe jetzt meine Freundin an.“ Tilla kramte entnervt ihr Handy hervor. Sie ließ es gefühlte hundert Mal klingeln. Die Menge drängte dem Türsteher entgegen, sodass ein zweiter zur Hilfe eilte. Paulina meldete sich nicht.

„Oh nein“, stöhnte sie. „Sie geht nicht ran.“

Der Türsteher-Boss kontrollierte bereits die nächsten Pässe und Tilla wand sich unter belustigten Blicken, die ebenso Schadenfreude ausdrückten. Eine Geladene, die bestimmt Model war, schaute sie mitleidig an. „Es gibt gleich in der Nähe noch ein paar gute Clubs, wo man ohne reinkommt.“ Tilla war sprachlos.

„Mach schon. Befolg‘ den Rat. Weiter hier rumzustehen bringt doch nichts.“ Der Türsteher hatte eine Stimme und war sogar per Du mit ihr.

„Also, es gibt ja wohl irgendwo eine Gästeliste“, fiel Tilla ein. So einfach gab sie jetzt nicht auf.

Der Türsteher schüttelte den Kopf. „Ich kann dich nicht reinlassen. Du bist ok, aber geschlossene Gesellschaft, nur mit Einladung“, erklärte der Türsteher.

„Aber ich bin doch geladen. Außerdem ist heute mein vier…, äh, mein Geburtstag. Ich werde drinnen erwartet.“ Tilla war den Tränen nahe. Wäre sie doch lieber gleich zu Hause geblieben.

„Süße, da bist du ja! Wo warst du denn? Ich habe dich schon die längste Zeit überall gesucht.“

In der nächsten Sekunde wurde Tilla umarmt und von den schönsten grünen Augen sowie dem charmantesten Lächeln, das sie je angelächelt hatte, in Bann gezogen. Ihr Retter aus dieser überaus peinlichen Situation zückte seinen Vip-Pass und drückte Tilla noch fester an sich. „Die Dame gehört zu mir. Architekt Seidler würde ihre Gesellschaft sehr vermissen.“ Der Türsteher trat zur Seite und sie waren drin.

„Sesam öffne dich“, murmelte Tilla und warf ihre Haare trotzig zurück, dass ihre Locken nur so durch die Luft tanzten.

„Er ist offen für einen hoffentlich wundervollen Abend“, sagte ihr Begleiter und fügte hinzu: „Alles Gute zum Geburtstag und viel Glück bei der Suche nach ihrer Freundin. Ich selbst muss jetzt meinem Freund gratulieren."

Tilla brachte nicht mehr als ein Nicken zustande und weg war er. Das Leben hielt Überraschungen bereit, die ihr selbst nie eingefallen wären. Nun war sie auf der angesagtesten Party der Stadt, auf die sie gar nicht wollte, hatte den bestausehendsten und nettesten Mann der Welt getroffen - und auch schon wieder verloren. Verwirrt und aufgeregt machte sie sich auf die Suche nach Paulina. Sie musste dieses Erlebnis sofort jemandem erzählen, um es nicht in Unwirklichkeit verblassen zu lassen. Vielleicht lief sie dem attraktiven Mann mit den grünen Augen noch einmal über den Weg, hoffte sie an der Garderobe, als sie ihren Mantel abgab. Aber bestimmt war er in Begleitung da. Seine Model-Freundin kam wahrscheinlich wegen eines Shootings erst ein bisschen später. Oder er amüsierte sich nicht lange allein. Spontan wie er war. Er musste sicher nicht einmal von sich aus aktiv werden.

Tilla hing ihren Gedanken nach, während sie sich nach ihrer besten Freundin umschaute, die sie ausgelassen tanzend umringt von vier Männern, die alle offensichtlich darum bemüht waren, den bestmöglichen Eindruck auf dieses attraktive Energiebündel zu machen, vorfand. Tilla musste grinsen. Paulina wie sie leibte und lebte, in blutorangem Minikleid. Vollgas! Da wurde sie auch schon entdeckt und Paulina winkte Tilla energisch zu sich. Vier Männeraugenpaare richteten sich umgehend auf sie, um abzuwägen, ob weitere männliche Konkurrenz im Spiel war oder ein weiteres, potenzielles Anbaggerungsobjekt die Tanzfläche zu betreten im Begriff war. Tilla wehrte lachend ab und gab Paulina zu verstehen, dass sie an der

Bar auf sie warten wollte.

„Jetzt sind Sie drin und wollen nicht feiern?“, erklang es an ihrem Ohr. Tilla drehte sich um und tatsächlich. Da war er wieder.

„Das ist die Rolle meiner Freundin“, antwortete Tilla und deutete auf die Tanzfläche.

„Ja, das ist nicht zu übersehen“, stimmte der Fremde grinsend zu.

„Haben Sie Ihren Freund nicht gefunden?“

„Doch, doch. Ich habe ihm auch gratuliert. Es ist nur so, dass er heute nicht sehr viel Zeit für Einzelgespräche, aber auf mein Kommen viel Wert gelegt hat.“

„Hier drin ist ohnehin nicht viel …“, Tilla konnte laute Musik in Wahrheit nicht ausstehen, „… Platz für Gespräche.“

„Da haben Sie Recht“, schrie der Fremde. „Ich mag diese Clubs deswegen auch nicht so gern.“

Tilla warf einen Blick zu Paulina, die sich von ihren Verehrern nicht losreißen wollte und den Abend sichtlich genoss.

„Ich auch nicht“, stimmte Tilla zu.

„Haben Sie heute wirklich Geburtstag?“

„Wie bitte?“, fragte Tilla nach, weil sie nichts mehr hörte. Ihr Trommelfell vibrierte bereits.

„Gehen wir noch auf einen Drink woanders hin?“, schrie er in ihr Ohr.

Tilla nickte begeistert, winkte Paulina, die ihr lachend zustimmend den Daumen hoch hielt.

Wie um sie nicht zu verlieren, nahm der Fremde Tillas Hand, lotste sie zur Garderobe und zog sie, nachdem sie ihre Mäntel geholt hatten, hinter sich zum Ausgang. Als der Türsteher die beiden erblickte konnte er sich ein „so ein Zirkus wegen einer halben Stunde“ nicht verkneifen.

„Ich weiß ja nicht, womit Sie gerne anstoßen würden …“

„Mit einem Bier“, entschlüpfte Tilla geradeheraus und ihr Gegenüber fing zu lachen an, sodass sich lustige, kleine Fältchen um seine Augen kringelten.

„Genial! Wo kriegen wir das?“

„Ich weiß ein tolles Beisl gleich um die Ecke im ersten.“

Er deutete galant eine Verbeugung an, beugte seinen Arm und Tilla hakte erfreut ein.

Wie sie dann in ihrem Bett gelandet waren, konnte Tilla beim besten Willen nicht mehr nachverfolgen. Sie wusste nur, dass ihr Kopfweh am nächsten Tag dem kurzweiligsten Abend ihres Lebens geschuldet war.

In einem nüchternen Moment in der Damentoilette hatte Tilla sich überlegt, wie es wohl wäre, sich diesem unverschämt attraktiven, humorvollen, netten Mann hinzugeben. Dass es soweit kommen könnte, war wohl beiden spätestens nach dem Unterhaken zum Gang ins „Alt Wien“ in der Bäckerstraße klar. Tilla verzog sich dort angekommen als erstes aufs Klo, um sich frisch zu machen. „Tilla, seien wir uns mal ehrlich“, sagte sie zu sich selbst. „Dieser Mann ist und bleibt eine Eintagsfliege.“ Zustimmend nickte ihr Spiegelbild sie an. Heute war es wundervoll und morgen würde sie sich vergebene Hoffnungen auf ein Wiedersehen machen, sich kränken, traurig sein und frustriert den schönen Abend im Nachhinein zerstören. Was konnte sie also tun, um ihn voll und ganz zu genießen? Schließlich war das ihr vierzigster Geburtstag. Den feierte man nur einmal! Da kam Tilla eine Idee. Danke, danke, danke, liebes Schicksal! In einem Film hatte sie einmal gesehen, dass sich zwei junge Leute, die sich zufällig kennengelernt und sofort zueinander hingezogen gefühlt hatten, beschlossen, nichts dem Zufall, sondern eben dem Schicksal zu überlassen. Genau das wollte sie heute Abend auch erleben.

Zurück am Tisch mit dem schmiedeeisernen Fuß und der Marmorplatte sowie der roten Couch, entspannte sich Tilla, stieß mit dem Fremden an, nahm einen großen Schluck Bier und machte ihm folgenden Vorschlag: „Du hast“, Tilla hatte bewusst die Du-Form gewählt und freudig bemerkt, dass er sie mit Wohlgefallen aufgenommen hatte „von einem hoffentlich wundervollen Abend gesprochen. – Ich denke, er ist jetzt schon besonders, und er könnte noch spannender werden, wenn wir uns einander nicht vorstellen.“

Ihr Gegenüber blickte sie erstaunt an.

Tilla genehmigte sich noch einen Schluck Bier bevor sie mutig weiterfuhr: „Wir können uns Fantasienamen ausdenken, wir sagen nicht woher wir kommen, was oder wo wir arbeiten. Wir reden nicht über unseren Familienstand. Heute ist alles erlaubt und nichts verboten. Und ich sage dir nicht, wie alt ich wirklich bin.“ Tilla grinste und blickte ihn neugierig an.

Der attraktive Mann musterte sie eindringlich. „Das ist ungewöhnlich. Um nicht zu sagen einmalig. Ich zumindest habe das noch nie gemacht. Heute ist alles anders …“

Grüne Augen blickten sie intensiv an. Alles in Tilla kribbelte, vor Aufregung wollte sie den Blick senken und wegen ihrer unerwarteten Kühnheit in den Boden versinken.

„Also gut, ich bin dabei.“

Er reichte Tilla seine Hand und sie schlug ein. Vor Erleichterung hätte sie fast aufgestöhnt.

„Wie heißt du?“

„Tilla.“

„Das ist ein seltener Name, der wirklich einzigartig klingt“, bestätigte ihr smarter Begleiter anerkennend. „Habe ich noch nie gehört. Erfunden, oder?“ Er lächelte.

Tilla blickte ihn keck an und grinste nickend.

„Und du? Wie heißt du heute?“

„Ich heiße heute Nick, finde dich schön, wünsche dir den besten Geburtstag aller Zeiten und bestelle uns jetzt noch zwei Bier.“

Kurz nach Mitternacht rannten die beiden angeheitert und erregt die Treppe zu Tillas Wohnung hoch. Vor Aufregung zitternd fand sie beim zweiten Versuch endlich das Schlüsselloch und sperrte auf. Nachdem die Tür zugefallen war, drängte Nick sie dagegen, griff mit beiden Händen in ihren Lockenkopf und küsste sie ungestüm. Tilla erwiderte seine Küsse voller Leidenschaft und dirigierte ihn in ihr Schlafzimmer. Nick begann, sie auszuziehen und zog sie gleichzeitig zum Bett, wo er mit ihr auf die Matratze sank. Seine Hände glitten über Tillas Körper und sie spürte, wie ihn eine wahnsinnige Erregung packte, als er ihre Rundungen erforschte. Tilla stöhnte auf, als er ihre Brüste küsste. Erschaudernd vergrub sie ihre Finger in seinem dichten Haar, während er seine Hose ungeduldig hinunterstrampelte. Keuchend tastete er nach dem Lichtschalter der Nachttischlampe und blickte voller Verlangen in ihre veilchenblauen Augen. Ihr Körper bebte vor Erregung, sie wollte mehr. Sie wollten beide alles.

„Hast du …?“ Nick war nicht auf eine solche Nacht ausgewesen und hatte kein Kondom eingesteckt. Tilla überlegte und seufzte enttäuscht. Da sie seit einer gefühlten Ewigkeit keinen Geliebten mehr hatte, besaß sie auch keine Verhütungsmittel.

„Warte kurz.“ Sie sprang auf und lief in die Küche. Im hintersten Winkel ihrer Krimskramslade fand sie das Werbegeschenk einer Samenfirma, für die sie sich einmal diesen Gag einfallen ließ – ein Kondom. Grinsend und mit dem Kuvert wedelnd kehrte sie ins Schlafzimmer zurück. Nick betrachtete ihren vollen Körper und zog sie zu sich. Als sie vor ihm stand, umfasste er mit beiden Händen ihre Pobacken und vergrub sein Gesicht in ihrer Scham. Sämtliche Wünsche, die sie jemals gehabt hatte, sämtliche Fantasien, die sie sich jemals ausgedacht hatte, gingen in Erfüllung, als er wild und ungestüm ihren Körper erforschte. Leckend und streichelnd trieb er sie zum ersten Höhepunkt. Ihr Keuchen, ihre Lust schienen ihn anzuspornen, denn als sie sich befriedigt neben ihn legte, streichelte er sie zart weiter. Sie zitterte unter seinen Berührungen, ihre vollen Lippen erwiderten begierig seine Küsse, während er irgendwie das Kondom überstreifte. Das Blut rauschte in ihrem Kopf, als er schließlich ihre Hüften anhob und sich tief in sie vergrub.

Als Tilla am nächsten Morgen die Augen aufschlug, griff sie sich mit der rechten Hand an ihren schmerzenden

Kopf und drehte sich stöhnend zur Seite. Sie tastete mit ihrem ausgestreckten Arm die linke Seite ihres Bettes ab. Leer. Tilla setzte sich auf. Ihr war ein wenig schwindlig und sie musste dringend aufs Klo. Leise schlich sie sich durch die Wohnung, blickte ins Kinderzimmer, das leer war, weil Atti ja bei seinem Vater übernachtete. Das Wohnzimmer war leer. Die Küche war leer. Das Badezimmer war leer. Als Tilla sich schließlich aufs Klo setzte und aufblickte, sah sie einen Zettel auf dem Weltkartenposter kleben. Darauf las sie: „Danke für den Abend. Danke für die Nacht. Danke für dieses fantastische Abenteuer. Du bist großartig! Nick.“

9

Tilla liefen die Tränen in Strömen über die Wangen. Vorsichtig entfernte sie das Post-it vom Poster, las es zwanzigmal, klebte es vorsichtig in ihren Moleskine-Kalender und beschloss, Paulina anzurufen, die entweder nicht abheben oder sich furchtbar aufregen würde, weil Tilla an einem Samstag vor Mittag anrief.

„Erzähl mir alles!", trompetete Paulina ins Telefon, als sie beim ersten Mal Klingeln abhob. Tilla blickte verdutzt auf die Uhr. Es war halb eins! So lange hatte sie seit Attis Geburt nicht mehr geschlafen.

„Ich bin so bescheuert!", heulte Tilla ins Telefon.

„Jetzt beruhige dich doch einmal. Erstens hätte ich dir sowas gar nicht zugetraut. Zweitens bin ich komplett begeistert von dieser Geschichte und drittens will ich wissen, wie er war."

„Urknall", seufzte Tilla und schnäuzte geräuschvoll in ein Papiertaschentuch.

„Ich bin so was von neidisch", gestand Paulina.

„Wieso denn!? Ich weiß nicht, wie er heißt, wo er wohnt, ob er verheiratet ist, Kinder hat … Ich weiß gar nichts. Nichts."

„Das …"

„Und weil er auf meinen total hirnrissigen Vorschlag eingegangen ist, heißt das ja, nüchtern betrachtet, ganz klar, dass er natürlich verheiratet – zumindest in einer Lebensgemeinschaft – ist, wahrscheinlich Kinder hat, denn welche Frau würde sich von diesem schwarzhaarigen Schönling mit den grünen Augen, dem super Körper und der charmanten Art nicht gerne den Nachwuchs sichern lassen, und er, weil irgendwelche Macken muss er ja haben, nur für eine Nacht zu haben ist."

„Tilla, das ist eine von außen betrachtet schlüssige Zusammenfassung. Aber jetzt beruhige dich erst einmal. Du bist ja vollkommen aus dem Häuschen. Wann kommt dein bescheidener Ex-Mann? Um vier? Ich bin in zwanzig Minuten bei dir. Dann haben wir genug Zeit, um dich wieder auf Normalmodus zu bringen."

Paulina schaffte es in 18 Minuten, das war neue Rekordzeit. Vollkommen außer Puste ließ sie sich von Tilla erst einmal ins Wohnzimmer führen, wo sie sich undamenhaft auf die Couch fläzte und theatralisch keuchte. Nachdem sie ein großes Glas Wasser hinuntergekippt hatte, richtete sie sich auf, überkreuzte die schlanken Beine, die in pinken Röhrenjeans steckten und fixierte Tilla. „So, ich bin wieder fit. Noch mal von vorne. Leg los."

Wie sie es auch drehten und wendeten. Es gab keine Möglichkeit, die Identität des Urknalls festzustellen. Tilla hatte absolut keine Anhaltspunkte. Er wusste wenigstens, wo sie wohnte. Sie konnte also nur hoffen, dass er ihren Vorschlag nicht ganz so ernst nahm und sie einfach besuchte oder seine Nummer in ihr Postfach warf. Denn Tilla wollte Nick, oder wie auch immer er wirklich hieß, auf jeden Fall wiedersehen.

„Ich hab's!", schrie Paulina plötzlich auf, dass Tilla vor Schreck auffuhr.

„Um Himmels Willen, willst du mich umbringen?"

Paulina sprang auf und umfasste ihre Freundin aufgeregt mit beiden Händen. „Hast du nicht gesagt, dass dieser

Nick einer Einladung gefolgt ist?“

Tilla blickte sie verdattert an.

„Du bist heute aber wirklich langsam“, stöhnte Paulina. „Hast du mir nicht vorhin eben erzählt, dass er der Freund des Architekten ist, der im Club seinen Geburtstag gefeiert hat? Der so viel Wert auf sein Kommen gelegt hat, dann aber keinen Zeit hatte, sich länger mit ihm zu unterhalten …“

Endlich fiel der Groschen. „Paulina, du bist genial!“, kreischte Tilla. „Wir brauchen nur den Namen seines Freundes und den kontaktiere ich dann …“ Tillas Mine verdunkelte sich augenblicklich wieder. „Um ihm dann was zu sagen? Entschuldigen Sie, ich habe einen Ihrer Freunde kennengelernt, der mir aber auf meinen Vorschlag hin einen erfundenen Namen genannt hat. Ich habe die Nacht mit ihm verbracht, die fantastisch war. Das würde ich gerne wiederholen, aber ich weiß leider nicht, wie er tatsächlich heißt, ob er eine Familie hat geschweige denn, ob er mich überhaupt wieder sehen wollen würde.“

„Na ja, das müsstest du vielleicht ein bisschen umformulieren.“

„Stell dir vor, er ist verheiratet und ich war einfach ein One-Night-Stand für ihn. Ich meine, so war es von meiner Seite auch angelegt. Deshalb die Nummer mit den erfundenen Namen, weshalb er sich wahrscheinlich überhaupt auf mich eingelassen hat.“

„Wer nicht wagt, der nicht gewinnt.“

„Ich weiß nicht …“

„Hör mal, könntest du mir das mit dem Urknall etwas genauer erläutern?“, bohrte Paulina nach, die vollkommen fit gegenüber von Tilla auf der Couch saß.

„Was soll ich dir sagen? Es war perfekt. Er wusste einfach, wo er mich wie und wie lange er mich dort berühren sollte. Und ich hatte trotz allem“ – Tilla deutete auf ihre Rundungen – „ein gutes Körpergefühl. Es war, als – das klingt jetzt total beschissen kitschig – aber es war, als wären wir füreinander bestimmt. Also für mich hat es sich zumindest so angefühlt.“ Tilla schwieg ergriffen.

„Tilla, Süße. Du bist eine klasse Frau, meine beste Freundin und ich liebe dich. Glaubst du nicht, dass du dich da jetzt ein bisschen reinsteigerst? Ich meine, du warst lange nicht aus, hattest ewig keinen Sex, du hast ein bisschen was getrunken, deine Geschichte, dein vierzigster Geburtstag, … da kann man schon mal ordentlich was reininterpretieren.“

„Wahrscheinlich hast du Recht. Ich bin das einfach alles nicht mehr gewohnt und deswegen war es so toll für mich. Einzigartig. Ok, es war einfach super und jetzt muss ich mich auf Konrad vorbereiten.“

„Super aussehend, höflich, nett und fantastisch im Bett – vielleicht ist er sogar reich und ein echter Prinz“, fasste Paulina zusammen, „das gibt’s doch im echten Leben gar nicht.“ Sie schüttelte wissend ihren Kopf, zog ihren linken Mundwinkel hoch und drehte die Augen über.

„Eben, du hast Recht. Ich werde dieses Abenteuer einfach als wunderschöne, einzigartige Erfahrung abspeichern.“

Paulina nickte zustimmend und wechselte auf ihre pragmatische Art das Thema. „Wie läuft es eigentlich zwischen Atti und Konrad? Besser?“

Tilla schüttelte den Kopf.

„Gibt es was Neues?“

„Nicht wirklich“, erklärte Tilla. „Er will Atti bei sich haben, weil er meint, dass gehöre sich so. Ich glaube noch immer, dass er mit seinem Sohn eigentlich nichts anfangen kann und dass er ihn belastet.“

„Aber Atti ist ja jetzt alt genug, dass er mit ihm tolle Sachen unternehmen kann?“, wunderte sich Paulina.

„Ja, schon. Aber irgendwie ist er ständig zu beschäftigt, obwohl er noch immer keinen Job hat und seine Eltern ihn nach wie vor unterstützen.“

„Die checken aber auch gar nichts?“, kommentierte Paulina trocken.

„Die sind wie sie sind, Paulina. Die haben keine Ahnung von ihrem Sohn. Und wenn sie etwas ahnen, dann müssen sie es ganz schnell und gut verdecken, weil sie sonst ihr gesamtes Leben und vor allem ihre Erziehung in Frage stellen müssten.“

Kurz herrschte Schweigen, dann sagten beide gleichzeitig: „Mein Sohn ist vollkommen normal!“ Es dauerte eine Weile bis sich die beiden besten Freundinnen von ihrem Lachanfall erholt hatten.

„Da hast du wahrscheinlich nicht Unrecht. Man kann halt in Niemanden hineinschauen und die Schuld bei anderen suchen ist stets einfacher“, fasste Paulina nüchtern zusammen.

„Du weißt ja, dass ich die Schuld immer zuerst bei mir gesucht habe. Vieles habe sicherlich auch ich falsch gemacht. Im Nachhinein betrachtet habe ich Konrad sicher überfordert mit meiner Energie, meinen Änderungswünschen, meiner Unruhe, meiner Sehnsucht nach einer perfekten Beziehung …“

„Egal, Tilla. Das rechtfertigt nicht sein außereheliches Beziehungsleben, sein Abhauen und dass er dich mit einem kleinen Kind von einem Tag auf den anderen allein gelassen hat. Mit allen Sorgen, mit allen Schulden für die Wohnung, ohne Zukunftsperspektive …“

Tilla zuckte mit den Schultern. Sie mochte nicht mehr daran denken, wie Konrad sich versucht hat das Leben zu nehmen. Zumindest hat er es so aussehen lassen. Er hätte Tillas Druck nicht mehr Stand halten können. Sie hätte ihn ausgesaugt, ihn seiner letzten Kraft beraubt, ihn systematisch diffamiert und letztendlich ruiniert.

„Ich hätte ihm das nie verziehen und würde ihm das nie verzeihen. Ein erwachsener Mensch, der auch noch die Frechheit besitzt, dir alles anzukreiden, obwohl er dich andauernd …“

„Ist gut, Paulina. Ich bin drüber weg. Konrad war der Mann, den ich heiraten wollte, mit dem ich ein Kind und eine Familie wollte. Aus diesem innigen Bedürfnis heraus, habe ich seine Krankheit nicht sehen wollen und seine Fehltritte ignoriert.“

„Warum lässt du Atti eigentlich ruhigen Gewissens bei seinem psychisch kranken Vater?“

„Ich weiß es nicht genau. Es ist ja auch nicht so, dass er psychopathisch veranlagt wäre.“

Paulina hob beide Augenbrauen und verzog wieder den Mund, wobei sich ihre Nase hob und die Nasenlöcher sich weiteten.

„Ich gehe da eher instinktiv vor und hoffe, dass mich

mein ‚Gefühl‘ nicht täuscht. Außerdem soll Atti sich selbst ein Bild machen. Es soll nie heißen, ich hätte ihn beeinflusst oder gar manipuliert.“

Paulina schüttelte verständnislos den Kopf, verdrehte noch einmal ihre Augen und seufzte laut. Sie hätte ganz andere Methoden angewendet. Bevor sie diese näher erläutern konnte, klingelte es auch schon an der Tür und Tilla erhob sich mühevoll, weil sich ihr Kopf noch immer wie Blei anfühlte.

„Hallo Mama.“ Arthur drückte sich kurz an sie, stammelte etwas, das ein Abschiedsgruß an seinen Vater sein sollte und verzog sich in sein Zimmer, ohne Paulina zu begrüßen.

„Ist was passiert?“, fragte Tilla irritiert.

„Was soll schon sein?“, keifte Konrad. „Dem Kind mangelt es an Erziehung.“

Tilla schnappte nach Luft während ihr Ex-Mann sie von oben bis unten musterte und hinzufügte: „So wie es dir offensichtlich an Bewegung mangelt. Daher wundert mich diese Laschheit nicht mehr.“ Er dreht sich um und verschwand, ohne dass Tilla etwas entgegenhalten konnte.

Paulina stand plötzlich hinter ihr und legte ihr die Hand auf die Schulter. „Er ist und bleibt ein Arschloch. Nimm auf keinen Fall ernst, was er gesagt hat. Er selbst sollte lieber Psychohygiene betreiben. Der hat wirklich nicht mehr alle Tassen im Schrank. Ich geh jetzt, damit du mit deinem Sohn reden kannst. Wenn du mich brauchst, melde dich.“

„Danke“, murmelte Tilla und ließ sich von ihrer besten Freundin fest drücken. Als sie wenig später an Arthurs

Zimmertür klopfte, vernahm sie ein frustriertes „herein".

„Atti, was ist denn geschehen?" Tilla nahm neben ihm auf seinem Bett Platz.

„Der Oma kann ich nie was recht machen", platzte es aus ihm heraus. „Meine Tischmanieren lassen zu wünschen übrig, ich kann nicht laut genug grüßen und wenn doch, dann sage ich das Falsche. Sie meint, ich nuschle, man könne mich sehr schlecht verstehen. Und ob ich immer nur Fast-Food von dir kriege, weil das schwabbelig macht und ob ich mich nicht genug bewege, weil sie will das Taekwondo nicht umsonst zahlen."

Tilla schaute ihren Sohn mit weit geöffneten Augen an. „Ich dachte, du wärst nur bei Papa."

„Nein, wir waren beim Mittagessen bei Oma und Opa, dann hat er mich noch den ganzen Nachmittag dort gelassen, weil er spontan irgendeinen Termin wahrzunehmen hatte. Es war so langweilig und die Oma hat ständig herumgenörgelt an mir."

„Das tut mir so leid, mein Schatz. Warum hast du mich nicht angerufen?"

„Weil ich dir deinen Geburtstagsabend mit Paulina nicht verhauen wollte. Du gehst eh so selten aus."

„Mein lieber Großer!" Tilla schlang ihre Arme um den beinahe Zwölfjährigen und freute sich, weil er die Umarmung bereitwillig zuließ und sich an sie schmiegte. „Weißt du was, wenn ich nächstes Wochenende zu Mimi und Louis fahre, kommst du einfach mit oder schläfst bei einem Freund. Was meinst du?"

„Ich überlege es mir noch." Sein Ton ließ Tilla aufhorchen. Gab es noch ein Problem? Etwa mit seinen Freunden? Sie beschloss, ihn in den nächsten Tagen besser zu beobachten und dezent zu befragen.

„So, und jetzt lass uns wirklich Fast-Food essen gehen. Ich habe Lust auf einen Riesenburger.“

Arthur sprang begeistert auf und grinste seine Mutter an. „Du bist die Beste!“

10

„Junge Dame, das ist zu viel!“ Tilla horchte auf. Diesen Ton ihrer Tante hatte sie ganz vergessen. Sie wusste, dass dieser keinen Widerspruch duldete und sah sie an. Mit ihren altersklugen Augen hielt Mimi ihrem Blick stand. Dann sprach sie ruhig weiter: „Tilla, du hast viel durchgemacht.“

Tilla nickte. Sie war zu ihrem alljährlichen Allerheiligenbesuch angereist, um das Grab ihrer Eltern zu besuchen. Sie benötigte das trübe Nebelwetter, um ihrem noch immer andauernden Schmerz über den furchtbaren Verlust zu huldigen. Deswegen besuchte sie die beiden nebeneinander liegenden Urnengräber nie bei Sonnenschein. Im Nebel oder wenn es bereits finster war und tausende Kerzen leuchteten, mochte sie den hübschen Ortsfriedhof am liebsten. Dann vereinten sich Trauer und Frieden und hinterließen ein Gefühl der Traurigkeit, aber nicht Leere, in ihr.

„Ich denke, es wird endlich Zeit, dass du die Trauer abwirfst. Tilla, was passiert ist, war schrecklich. Aber es ist vorbei. Es ist seit vielen, vielen Jahren vorbei. Du musst nach vorne blicken – und auf deine Ausdrucksweise achten. Du fluchst schlimmer als ein Bierkutscher. Das macht keine anständige junge Frau. Und für deinen Sohn bist du kein Vorbild.“

Tilla lief rot an. Sie konnte spüren, wie sich ihre Gesichtshaut verfärbte. Tränen stiegen ihr in die Augen. „Ich weiß, Tante Mimi.“ Schluchzend warf sie sich in die bereits geöffneten Arme der alten Dame. „Ich schäme mich so", heulte sie in ihre Schulter.

„Das ist auch gut so", kommentierte Mimi nüchtern. „Und jetzt lass uns einen Tee mit Schuss trinken."

So lange Tilla zurückdenken konnte, sah sie ihre Tante in außergewöhnlichen Situationen einen Rumtee schlürfen. „Er schmeckt nur, wenn er heiß, süß und stark ist."

Als sie im gemütlichen Wohnzimmer auf den wunderschönen Biedermeierstühlen Platz nahmen und ihren Tee in geblümten Porzellantassen mit Goldrand genossen, bemerkte Tilla, dass sie seit langem nicht mehr innegehalten hatte. So gemütlich das Wohnzimmer war, so ungemütlich waren die Stühle. Wenn Mimi Wichtiges zu besprechen hatte, bestand sie immer darauf, dass man gerade sitzen müsse. Lümmelnd könne man sich nicht konzentrieren.

„Habe ich mich sehr verändert?"

„Ja, das hast du. Weißt du, Tilla-Liebling, man darf sich eine Weile schlecht fühlen, vielleicht ein wenig klagen, sich zurückziehen – aber dich gehen lassen, das darfst du nicht. Hörst du, mein Mädchen? Du darfst dich nicht gehen lassen. Du trägst die Verantwortung für dein Kind."

„Ich weiß nicht genau, wann es passiert ist. Irgendwann ist mir alles über den Kopf gewachsen. Es ist mir alles zu viel geworden. Jeder Tag wurde so lang. Das Aufstehen immer mühsamer. Wäre Atti nicht gewesen ..."

„Tilla!" Schwer ergriffen schüttelte Mimi ihren Kopf. „Ich wusste ja nicht ..."

„Niemand weiß es, außer Paulina. Kannst du dich nicht mehr an mein schauspielerisches Talent erinnern? Auf Knopfdruck lachen und was noch so zum Glücklichsein dazu gehört." Tilla entschlüpfte ein trockenes Lachen.

Mimi schüttelte noch immer den Kopf und nahm einen großen Schluck von ihrem Rumtee.

„Warum hast du denn nichts gesagt? Warum bist du denn nicht schon früher gekommen? Ich bin doch für dich da."

„Ich wollte dich nicht belasten. Du hast doch genug Sorgen mit Eduard und seiner Frau. Und du bist ganz alleine mit Louis hier. Und jetzt hast du dir auch noch das Bein gebrochen. Gerade jetzt, wo das Laub gerecht und die Sträucher geschnitten werden müssen. Ich sollte für *dich* da sein." Tilla kullerten die Tränen aus den Augenwinkeln. „Ich … weißt du, irgendwann hat es angefangen, dass sich mein Leben nur noch besch… – furchtbar und ohne Sinn anfühlt." Sie schluchzte und ließ ihren Tränen freien Lauf.

Mimi erhob sich mühsam, setzte sich auf die Stuhllehne, was ein absolutes Tabu bei ihr war, und umarmte ihre heulende Nichte, deren Tränenstaudamm nach so langer Zeit endlich brach.

„Es ist wie mit den Kürbissen. Wenn du sie nicht verkochst oder Öl aus ihren Kernen presst, dann vermatschen sie und sind sinnlos. Ich mache nichts aus mir und meinem Leben, also ist es …", Tilla beendete ihren Satz nicht.

„Liebling, es tut mir sehr leid, dass es dir so schlecht geht. Was brauchst du denn, damit es besser wird?"

„Ich habe keine Ahnung. Wenn ich es nur wüsste!"

„Hör mal in dich hinein. Was ist dein erster Impuls?" Kalter Abendwind drang plötzlich durch die nachlässig

geschlossene Sprossenfenster-Flügeltür von der Terrasse herein und riss sie auf. Dahinfegen wie der Wind …
Tilla sprang auf, um die Tür zu schließen. „Ich will von allem weg. Ich will weglaufen und alles hinter mir lassen.“ Verzweifelt lehnte sie sich gegen die ausgekühlten Scheiben und blickte ihre Tante an.

Mimi nickte wissend. „Lass uns ins Bett gehen. Versuche zu schlafen. Morgen ist ein neuer Tag. Morgen machen wir Nägel mit Köpfen.“

Sie drückte Tilla einen dicken Schmatz auf die Wange, schnappte sich ihre Krücke und machte sich auf den Weg in ihr Schlafzimmer. „Bitte vergiss nicht, die Türe zuzusperren. Und – du bist eine Kämpferin. Mach dem Namen Herzog Ehre. Ich habe nicht umsonst einen geheiratet.“

Was auch immer das bedeuten sollte. Hier auf Birkenhof herrschten Gesetze aus einer anderen Welt. Tilla hatte sie nie hinterfragt, deshalb wohl nie verstanden und als liebenswerte, ortsspezifische Eigenheit abgetan.

Sie goss noch einen kleinen Schuss Rum in ihre Tasse und trank in Gedanken versunken ihren Tee aus. Tilla stellte ihre Tasse auf dem Tisch ab, öffnete noch einmal die Flügeltür und trat auf die geräumige Steinterrasse. Sie atmete die klare, frische Luft ein und bewunderte den Sternenhimmel. Jedes Mal, wenn sie auf Birkenhof zu Besuch war, staunte sie über die unendlich vielen Sterne, die sie in Wien nie in dieser Pracht zu sehen bekam. Was würden ihre Eltern wohl von ihr halten, wenn sie jetzt zu ihr hinunterblickten? Manchmal wünschte sich Tilla, bei ihnen im Auto gesessen zu sein. Als sie an ihren Sohn dachte, nagte das schlechte Gewissen noch mehr an ihr.

„Ach, Mama und Papa, was soll ich denn tun?“

Jetzt sprach sie schon mit den Sternen. Sie musste eine Lösung finden.

Sehr lange lag Mimi an diesem Abend noch wach. Selbst die duftenden Daunen, die normalerweise stets für einen geruhsamen Schlaf bei ihr sorgten, wirkten diesmal nicht. Sie hatte vermutet, dass es ihrer Nichte nicht gut ging. Aber dass es so schlecht um sie bestellt war, war ihr entgangen. Hatten die Sorge um Eduard, Hans‘ Tod und die Mühle ihre Aufmerksamkeit so sehr in Anspruch genommen, dass sie den desolaten Seelenzustand ihrer Nichte nicht bemerken konnte? Sie hatte sich verändert. Aber was hatte sie – alte Frau – erwartet? Dass das kleine Mädchen immer mit ihren Sorgen zu ihr kommen würde? Sie war bereits vierzehn, als ihre Mutter – Mimis Cousine, die wie eine Schwester für sie war – starb.

Hans hatte Mimis Vorschlag, Tilla zu adoptieren, um der verletzten jungen Frau in jeder erdenklichen Art und Weise zu zeigen, dass sie noch immer eine Familie hatte, ohne zu Zögern angenommen. Innerlich hatte er gehofft, dass sie sich mit mehr Ernst und Verantwortungsgefühl für die Mühle einsetzen würde, als sein Sohn Eduard. Damals wollte Tilla nur rebellieren gegen sich und den Rest der Welt. Die Mühle hatte keinen Platz in ihrem Kopf, schon gar nicht in ihrem Herzen. Mimi hatte sich darauf eingelassen und versucht, ihren eigenen Schmerz zu bewältigen, weil sie wusste, wie schlimm es war, seine Eltern so jung zu verlieren. Tilla wurde eingebettet in die Familie Herzog, ihre innere Zerrissenheit ließ das gebrochene Herz der Teenagerin aber sich stets als Nichte und Cousine fühlen. Zu sehr sehnte sie sich nach ihren Eltern, ihrem vertrauten Zuhause.

Maria Emilia war es gleich, für sie war das Kind ihrer Cousine ihr eigenes. Nun war Tilla selbst Mutter, hatte ihren Freundeskreis, ihr eigenes Leben in der Großstadt. Mimi seufzte. Das Leben war zu hektisch geworden. Sie konnte mit dem modernen nicht mehr Schritt halten.

Um vier Uhr ergab sich Mimi ihrer Schlaflosigkeit und dem Ziehen in ihrem linken Bein. Sie stand auf, zog sich ihren Morgenmantel über und humpelte so leise wie möglich in ihre geliebte Küche, die ihr stets Geborgenheit und Zuversicht vermittelte. Dort lehnte sie ihre Krücke an den Küchenschrank, band sich ihre Schürze um, seufzte tief durch und krempelte die weiten Ärmel hoch, um sie nicht schmutzig zu machen.

Backen hatte sie immer beruhigt. Mit jahrelang wiederholten Bewegungen nahm sie einige Holzscheite aus dem geflochtenen Weidenkorb, platzierte sie im alten Tischherd, der in die Ziegelwand am hinteren Ende eingemauert war, und entfachte ein munteres Feuerchen. Auf dem Herd hatte sie am Nachmittag Apfelschalen und Kerne getrocknet. Der himmlische Duft hing noch immer in der Luft und Mimi sog ihn begierig ein. Automatisch mischte sie die Zutaten zum Mürbteig während ihre Gedanken immer wieder zu Tilla kehrten. So kannte sie ihr Mädchen gar nicht. Selbst als ihre Eltern verunglückten, als sie ein Teenager war, ließ sie sich letztendlich von der Trauer nicht unterkriegen. Statt zu verbittern, stürzte sie sich nach einer Phase der Wut und Aggression ins Leben, dass es eine Freude war, sie zu begleiten. Von ihrem Elan, ihrer mitreißenden Energie und Lebensfreude war nun nur noch ein Fünkchen übrig geblieben. Mimi war fest entschlossen, in ihrer Nichte wieder Feuer zu entfachen. Energischer als sonst knetete Mimi den Teig und verfluchte ihren Gips, den sie aber zum Glück bald loswerden würde. Sie wünschte sich, Tillas Leben geradebiegen zu können. Jetzt brauchte sie bloß noch eine Idee.

„Kannst du nicht schlafen?"

Mimi schreckte aus ihren Gedanken hoch.

„Louis, du alter Fuchs. Willst du mich umbringen?"

Louis lächelte seine langjährige Freundin an.

„Nichts liegt mir ferner. Was sollte ich bloß ohne dich anstellen?" Sein Blick hätte nicht mehr Liebe ausdrücken können. „Wird das ein Apfelschlangel?"

Mimi nickte und knetete weiter. Louis strich ihr kurz und sachte über die Wange – eine Geste, die Maria Emilia seit jeher liebte – und machte sich auf zu seinem täglichen Spaziergang im Morgengrauen.

Er liebte es, der Natur beim Aufwachen zuzusehen. Wenn der Nebel vom See hochstieg, er die Weiden fast nicht erkennen konnte und nur einige Vögel krächzen hörte, bekam er jedes Mal Gänsehaut. Wohlige, zufriedene Schauer liefen ihm über den Rücken und er fühlte sich eins mit der Natur und dem Leben. Dann wusste er, dass doch alles gut ausgegangen war. Sicher, der Schmerz und die Trauer hatten sich in sein Herz gefressen. Aber wenn es eine der Prüfungen des Lebens war hatte er sie bestanden und war gestärkt aus ihr hervorgegangen. Vor allem genoss er die Stille in der Au entlang der Mur, im Wald und am See, da zu dieser Zeit meist nur er allein unterwegs war.

Birkenhof lag auf der kleinen Anhöhe, wo die Mur ihr Eck bildete und die natürliche Grenze zu Slowenien zog. Von einem erhaltenen Rest der alten Steinmauer, die Birkenhof ursprünglich komplett umzäunte, blickte Louis zur Murmühle und zur Holzfähre, auf der früher die Fuhrwerke der Bauern, die beiderseits der von Natur gegebenen Grenze ihre Grundstücke besaßen, über den breiten, starkstromigen Fluss gezogen wurden. Noch war alles ruhig. Bald würden sich die ersten Einheimischen zu einem Kaffee in der Mühle einfinden, etwas später würden Touristen das beliebte Ausflugsziel besichtigen.

Mit gleichmäßigen Bewegungen streute Mimi Mehl auf ihr Teigbrett, platzierte den Teig darauf und begann, ihn mit dem Nudelholz auszurollen. Sie schnitt zwei exakt gleich große Teile zu und warf den einen über den Nudelwalker. Anschließend schabte sie die Äpfel aus ihrem Apfelgarten, die sie im Lehmkeller lagerte, beträufelte sie mit Zitrone, damit sie sich nicht gleich braun verfärbten, mengte Zucker, Zimt und Rosinen unter. Diese Masse strich sie auf den Teig und deckte sie mit der zweiten Schicht zu. Zu guter Letzt bestrich sie den Deckel mit Dotter und schob den Schlangel ins Rohr. Mimi brauchte keine Zeit einzustellen. Am Geruch würde sie erkennen, wann die Mehlspeise fertig war – und ihr Plan war es auch.

Zufrieden brühte sie einen starken Kaffee auf und machte sich daran, das Frühstück zuzubereiten. Sie reinigte den alten massiven Holzküchentisch, der alle Geschichten der Mühle kannte und ihr liebster Arbeitstisch war.

Getrockneter Lavendel und Bohnenkraut hingen von der Decke. Neben der Spüle am breiten Fensterbrett standen tönerne Töpfe mit verschiedenen Kräutern. In einem offenen Holzschrank lagerten Gläser in den unterschiedlichsten Größen mit eingelegtem Obst und Gemüse, dazwischen einige Flaschen mit dem eigenen Kürbiskernöl. Der Bestand würde bald aufgebraucht sein. Mimi seufzte, vertrieb ihre negativen Gedanken mit einem Handwisch, lächelte und nippte schlussendlich zuversichtlich an ihrem Kaffee.

Als Louis zurückkehrte und sie ihm eine Tasse heißen Kaffee in die knorrige Hand drückte, weihte sie ihn in ihren Plan ein. „Was hältst du davon, mein Lieber?"

„Es scheint, als hättest du alles schon genau überlegt. Ich finde es aber schön, dass du mich dennoch nach meiner Meinung frägst." Er grinste sie an und Mimi hatte wieder einmal das Gefühl, den Jungen von damals vor sich stehen zu sehen.

„Wenn du nicht damit einverstanden bist, schlage ich es ihr nicht vor. Allerdings weiß ich nicht, wie es dann mit Tilla und ihrem Jungen weitergehen soll." Mimi seufzte.

„Haben wir eine Wahl?" Wieder grinste Louis und fügte hinzu: „Es ist das Richtige. Alles wird gut." Er genehmigte sich noch einen Schluck und verzog sich mit der Zeitung in seine Lieblingsecke am Kamin. Mimi schüttelte den Kopf und zog ihre Augenbrauen hoch. Sie hatte es in all diesen Jahren nicht geschafft, seine Vorhersagen zu verstehen, sie würde es auch diesmal nicht tun. Zudem wusste sie, dass es keinen Zweck hatte, Louis nach einer ihr einleuchtenden Erklärung zu befragen.

Als Tilla zum Frühstück erschien, war der Tisch nicht in der Küche, sondern im Wohnzimmer gedeckt. Im offenen Kamin loderte ein Feuer. Es duftete nach frisch gekochtem Kaffee und getoasteten Brotscheiben. Sie erspähte weiche Eier, Schinken, Käse, Cocktailtomaten und Paprikaringe. Daneben stand natürlich die silberne, kleine Ölkaraffe mit selbst gemachtem Kürbiskernöl. Es gab eine süße Ecke mit von Mimi selbst gemachter Erdbeer- und Marillenmarmelade, Bienenhonig vom Imker aus der Gegend und ein Stachelbeermus. Sogar ein Apfelschlangel stand da, und er sah wie eben aus dem Rohr geholt aus.

„Mimi, du sollst dich doch noch schonen!“, rügte sie ihre Tante.

„Ach was. Es geht schon sehr gut. Die Krücke brauche ich auch nicht mehr ständig.“

„Warum so feierlich?“, wunderte sich Tilla. „Das ist doch ein Fest-Brunch.“

„Ich – Maria Emilia Herzog – habe dir einen Vorschlag zu machen. Setz dich doch, meine Liebe.“

Tilla war satt und sprachlos ob der Idee ihrer Tante. Mimi hatte nur einige Male an ihrem Kaffee genippt und fast ununterbrochen geredet, als hätte sie Angst, sie würde den Faden ihrer Gedanken verlieren, wenn sie von Tilla unterbrochen würde. Tilla hatte anfangs neugierig, dann interessiert und schließlich fasziniert zugehört. Sie ließ sich sogar vom Essen ablenken.

„Lass mich mal kurz zusammenfassen. Nur damit ich sicher sein kann, dass ich auch richtig verstanden habe."

Tilla fühlte sich, als wäre sie in einem Wachtraum gefangen. „Ich soll mit Atti zu dir nach Birkenhof ziehen?"

Mimi nickte. „Ich soll meinen Job in Wien kündigen und hier etwas suchen?"

„Ja."

„Bis ich etwas gefunden habe, greifst du uns finanziell unter die Arme."

„Tilla, hier zahlt ihr keine Miete und wenn die Mühle endlich verkauft ist, müssen wir uns um Geld erstmals keine Sorgen machen. Und ob ich für zwei oder für vier koche, macht das Kraut auch nicht mehr fett."

„Aber mich vielleicht wieder dünn." Tilla grinste.

„Jetzt hör aber auf. Um deine Figur kannst du dich kümmern, wenn du alle anderen Probleme gelöst hast", wies Mimi ihre Nichte entschieden zurecht.

„Wie soll ich das den Steinhoffs verkaufen?"

„Sieh es doch mal so: Der alte Steinhoff geht nach wie vor jeden Tag in die Kanzlei und spielt den Senior-Chef, um vom nicht vorhandenen Junior-Chef abzulenken. Konrads Mutter ist mit ihren Damenrunden und Wohltätigkeitsveranstaltungen so beschäftigt, dass sie ohnehin nie Zeit für Arthur hat. Das wissen auch alle anderen. In Zukunft können sie also behaupten, dass du ihnen ihren einzigen Enkel weggenommen hast und dass sie jede Sekunde zählen, bis er zu ihnen auf Besuch kommt."

Tilla lächelte wegen der unverblümten Darstellung ihrer Tante, die der Wahrheit sehr genau entsprach. „Ich bin und bleibe die Böse."

„Sollen sie doch denken was sie wollen. Aus der Ferne erträgst du das leicht“, stellte Mimi fest.

„Der Gedanke hat was, er gefällt mir. Was sagt Louis dazu?“

„Er ist der gleichen Meinung wie ich.“

Tilla fragte sich, wie sie etwas anderes hatte annehmen können.

„Was sagt Edo dazu?“

„Der weiß noch nichts davon.“

„Meinst du nicht, er könnte etwas dagegen haben? Ich selbst kann das schlecht einschätzen. Wie du weißt, haben wir uns in all den Jahren etwas aus den Augen verloren.“

„Ich weiß, was du meinst, mein Schatz. Wir haben uns seit seiner Hochzeit doch auch entfremdet.“ Mimi seufzte betrübt.

„Und als was soll ich hier in der Gegend arbeiten?“, wechselte Tilla rasch das Thema.

„Schätzchen, hinter dem Mond leben wir nun auch nicht und wie dir vielleicht entgangen ist, hat sich am Tourismussektor einiges getan. Das wäre doch auch dein Metier. Oder?“

„Ja, irgendwie schon. Ich meine, eine Idee ist es. Oh, Mimi! Da hast du mir jetzt aber einen Floh ins Ohr gesetzt. Was wohl Atti dazu sagen wird? Am liebsten würde ich ihn gleich anrufen. Aber er ist ja bei seinem Freund und seine Freunde würde er aufgeben müssen. Das will wirklich gut durchdacht sein.“

„Heißt das, du machst es?“ Mimi klang aufgeregt und wirkte auf einmal sehr jugendlich.

„Liebste Tante, das heißt, ich ziehe es in Erwägung.“

Mimi klatschte lachend in ihre faltigen Hände und drehte sich zu ihrem alten Freund um, der sich noch immer verschanzte. Ach, wie gern sie ihn manchmal enthusiastisch zustimmend erlebt hätte.

Louis grinste hinter seiner Zeitung. Die Mühle würde weiter leben. Er wusste es und haderte nicht mehr damit, dass sein erster Tropfen danebengegangen war. Mimi und er würden sich weiterhin liebevoll necken und alle Schwierigkeiten des Lebens mit Humor und einer Portion Weisheit meistern. Er nippte an seinem Kaffee. Ein großer Esser war er nie gewesen.

11

„Um Himmels Willen, Atti!“, rief Tilla bestürzt und rannte auf ihren Sohn zu, der sich unter ihren Blicken wandte. „Tut das sehr weh?“

„Geht so“, murmelte Arthur.

„Wie ist denn das passiert? Bist du wogegen gerannt? Dich hat wohl niemand geschlagen? Du lügst mich eh nicht an? Jetzt sag schon was!“

„Wenn ich nur könnte. Du redest doch ununterbrochen.“

„Bin schon still.“ Tilla sperrte mit einer Geste, die das Umdrehen eines Schlüssels im Schlüsselloch signalisieren sollte, ihren Mund zu und zog ihren Sohn in die Küche, wo sie aus dem Gefrierschrank ein Kühlpad hervorkramte.

„Sie haben gesagt, ich sei so fett und dämlich.“ Arthur zuckte kurz zusammen, als Tilla ihm das Kühlelement vorsichtig aufs Auge drückte und fügte mit gesenktem Blick leise hinzu: „Sie haben gesagt, dass mein Vater ein Versager wäre.“

Tilla atmete tief ein und aus, dachte sich, dass man es von außen bestimmt so betrachten konnte und fragte: „Wer hat das gesagt?“

„Naja, die aus meiner Klasse.“

„Wer genau?“

Arthur zögerte und senkte die Augen. Es war ihm anzusehen, dass er mit sich selbst haderte.

„Wer?“, fragte Tilla in einem Ton nach, der kein Entkommen versprach.

„Also gut, wenn du es unbedingt wissen musst! Ludwig, Henri, Albert und Kilian."

Tilla seufzte. Lauter überbehütete Akademikerkinder von Vorstadtweibern, die, weil sie nicht arbeiten mussten, sich zwischen Maniküre, Frisör, Shopping, Absprache mit Putzfrau und Kinderchauffeurin für die übergeförderte Brut abstressten und in deren Leben nichts mehr Bedeutung hatte als der Tratsch und Klatsch über die anderen. Tilla atmete wieder tief durch die Nase ein und mit einem zischenden Laut durch die halb geöffneten Lippen wieder aus. „Warum sollten sie so etwas zu dir sagen?"

„Na, weil ich echt fett bin!?", schrie Arthur verzweifelt.

„Mein lieber Schatz, das stimmt doch nicht. Du bist vielleicht nicht dünn. Aber fett bist du bestimmt nicht." Tillas Blick schweifte von Attis Veilchen über sein weiches Kinn zu seinem leicht vorgewölbten Bauch und den kernigen Schenkeln. „Aber eigentlich meinte ich das über deinen Vater."

„Die sehen doch, dass Papa mich manchmal gleich nach dem Unterricht abholt, wenn alle anderen noch zur Nachmittagsbetreuung gehen. Und sie wissen halt, dass er keinen Job hat und von uns weg ist."

„Woher wissen sie denn das?", bohrte Tilla nach.

„Keine Ahnung."

„Glaubst du das auch?"

„Was? Dass Papa ein Versager ist?"

Tilla nickte.

„Ich weiß nicht. Eigentlich nicht. Oder schon. Keine Ahnung. Aber er arbeitet im Moment doch echt nicht, oder? Und weggegangen ist er auch von uns, obwohl …",

Arthur hielt inne.

„Obwohl was?“, hakte Tilla nach.

„Der Papa sagt, dass er uns verlassen musste, weil du so gemein zu ihm warst.“ Arthur blickte seine Mutter an, die erwartungsgemäß explodierte.

„Weil *ich* so gemein zu ihm war? Na warte! Der kann was erleben.“ Tilla war außer sich vor Wut. Dieser Blödian! Dachte er tatsächlich nur an sich und nicht daran, was er mit derart dummen Äußerungen bei seinem Kind anrichtete? Tilla versuchte wieder bewusst zu atmen. Am liebsten hätte sie irgendetwas zerschmettert und sich in einer Schimpfworttirade erleichtert.

„Und dann haben die vier Banditen dich geschlagen?“

„Ja. Ich meine, … – das heißt …“

„Jetzt spuck es schon aus!“

„Ich wollte sie verhauen. Ich war so wütend, weil sie das gesagt haben, dass ich dem Henri eine verpasst habe.“

„Und dann?“

„Den Kilian hab ich auch noch getroffen. Aber am schlimmsten hat es den Henri erwischt.“

„Was heißt das, Arthur?“

„Er hat aus der Nase geblutet.“

„Arthur!“

„Das hat er sich verdient, die Arschgeige!“

„Arthur Maximilian Herzog-Steinhoff!“

„Aber ist doch wahr!“

In diesem Moment klingelte Tillas Handy. „Und da ist auch schon Henris Mutter …“, seufzte sie und hob ab.

„Hallo, Elsa …“ Weiter kam sie nicht, denn Henris Mutter unterbrach sie gleich mit der Frage: „Wie laufen die Dinge?“

Welche Dinge? Meinst du mit Dingen, dass ich in den letzten Jahren nur noch meine kleine Familie am Laufen gehalten habe? Dass ich, seit mein gut situierter, aber psychisch kranker und nymphomanisch veranlagter Ex-Mann meinen gesellschaftlichen Status von der Frau, mit der man unbedingt befreundet sein musste, weil das eine gesellschaftliche Aufwertung bedeutete zu einer geduldeten Mitbürgerin degradierte?

„Nun ja, …“

Wieder unterbrach Elsa sie, um eine hysterische Schimpftirade loszulassen, bei der Arthur jedes Wort verstehen konnte und Tilla sich den Hörer weiter vom Ohr weghielt.

„Dein Arthur ist ja ein schönes Früchtchen! Wenn wir uns nicht schon so lange kennen würden, würde ich mal behaupten, dass er kriminell ist und in eine Anstalt für schwer erziehbare Kinder gehört. Weißt du, wir“ – und damit schloss sie alle Vorstadtmütter mit ein – „beachten alle, dass dein Mann dich verlassen hat und du nun berufstätige Alleinerzieherin bist, aber wenn du deinen Sohn jetzt nicht in den Griff bekommst, wird er außer gewalttätig auch noch drogensüchtig. Wie schnell das geht, dass diese“ – sie hatte doch tatsächlich ‚diese‘ gesagt! – „Kinder dann in die Szene abrutschen …“

Tilla schnappte nach Luft. Es war, als würde Elsa ihr ein rotes Tuch vor die Nase halten. Sie blähte ihre Nüstern und legte los: „… dann hat dir dein lieber Henri auch gesagt, warum Arthur so ausgeflippt ist? Denn das wäre an seiner Stelle wohl jeder normale Junge, wenn er von angeblichen Freunden und sogar Klassenkameraden so dermaßen beschimpft, beleidigt, ja gedemütigt wird. Ich muss sagen, dass da wohl an deiner Erziehung was ganz schief gelaufen ist und was die Behauptungen über Arthurs Vater angehen, die er ja wohl nur von dir übernommen haben konnte, muss ich dir hiermit ganz klar sagen, dass das allerletzte Klasse und so was von unter unserer Würde ist, dass ich meinem Sohn den Kontakt mit deinem unerzogenen Bengel untersagen werde. Das kannst du gerne gleich den anderen Vorstadtweibern ausrichten. Ihr habt ja sonst eh nichts zu tun.“ Tilla legte zitternd auf, so dermaßen hatte sie sich aufgeregt.

„Mama, …“

„Was? Ich darf doch wohl auch mal die Beherrschung verlieren.“

„Der hast du aber die Meinung gesagt!“, meinte Arthur anerkennend und fing an zu lachen.

Tilla blickte ihren Sohn verdutzt an und stimmte mit ein, bis sie beide schließlich erschöpft an die Mauer gelehnt am Flur saßen.

Wieder ernst blickte Tilla Arthur an. „Was machen wir denn jetzt zu deinem zwölften Geburtstag?“

„Ich will keine Party mehr machen, Mama. Nicht mit denen.“

„Ach, Atti. Das kann ich verstehen. Aber es tut mir so leid.“

„Egal, Mama. Die sind mir wurscht. Ich will niemanden von denen jemals wieder sehen.“ Er sah Tilla fest in die Augen. „Und in die Schule geh ich auch nicht mehr.“

Am Abend, als Arthur schlief, rief sie Mimi an.

„Hallo, Tilla. Das ist ja eine liebe Überraschung. Mit deinem Anruf hatte ich heute nicht mehr gerechnet."

„Wir kommen."

„Wie bitte?"

„Mimi, ich nehme deinen großzügigen Vorschlag gerne an!"

Mimi jubelte und Louis nickte lächelnd, denn er hatte es gewusst. Mimi boxte ihn in seine alten Rippen, er zog sich stöhnend zusammen, sodass sie sich besorgt über ihn beugte und er die Situation schamlos ausnutzen konnte.

12

Tilla saß mit einem Glas gutem südsteirischen Weißwein, das sie mittig perfekt ausgerichtet auf einem Untersetzer platziert hatte, in ihrer gemütlichen kleinen Küche. Arthur schlief bereits. Sie kramte ihren Kalender hervor, richtete einen Notizzettel, ihre geliebte Füllfeder und notierte, was sie in nächster Zeit erledigen musste. Die Wohnung kündigen, Atti von der Schule abmelden, ausmisten, packen, Lernstoff-Vergleich mit der neuen Schule, Lehrer kontaktieren, die Möbelpacker organisieren ... Edo anrufen. Sie musste endlich mit ihm sprechen.
Tilla seufzte und nahm einen Schluck Wein. Es lag noch ein weiter Weg vor ihnen. Sie ließ die Feder gedankenverloren auf dem Papier kreisen, wo kleine, runde Kürbisse entstanden, und gönnte sich noch einen Schluck Wein. Tante Mimi würde einen Tee mit Schuss trinken, dachte Tilla und fing an, sich zu freuen.

Als Arthur am nächsten Tag von Konrad abgeholt wurde, fuhr sie los, um Bananenkisten zu besorgen. Nach einem raschen Mittagessen fing sie an, ihren Kleiderschrank zu entrümpeln. Oh, diese Jeanslatzhose hatte sie während ihrer Schwangerschaft mit Arthur oft getragen. Dass sie die noch hatte! Ob sie noch passte? Übermütig schälte sich Tilla aus ihrem Gewand und schlüpfte in die Hose. Sie passte, und wie sie passte! Verzweifelt drehte sie sich vor dem langen Schlafzimmerspiegel in alle Richtungen. Die Waage konnte sie erfolgreich meiden, die Kleidergröße verriet die Wahrheit. Tilla hätte als schwanger durchgehen können. Frustriert riss sie sich die Latzhose vom Leib und warf sie in den schwarzen Müllsack. Wie sollte sie jemals wieder einem Mann so sehr gefallen, dass er sich auf sie einlassen wollte?

Dass der schöne Nick mit ihr ins Bett gegangen war, erschien ihr im Nachhinein wie ein Wunder. Ein attraktiver Mann, der sich mit einem hässlichen Entlein einließ, der jede Prinzessin hätte haben können, war ihr suspekt und es bestätigte ihre Theorie der einen Nacht. Tilla jedoch sehnte sich nach mehr. Es musste ja nicht gleich die große Liebe sein. Aber ein bisschen guter Sex mit Gefühl – na gut, viel Gefühl – wäre schon an oberster Stelle ihrer Prioritätenliste zu finden gewesen.

Ohne weitere Bedenken trennte sie sich von der Hälfte ihrer Garderobe, brachte sie guten Gewissens zum Carla-Shop und hoffte, dass die Sachen jemandem Freude bringen und von Nutzen sein würden. Sollte sie ihre überflüssigen Kilos jemals wieder verlieren, würde sie sich neu einkleiden. Nach dem Gewand folgten alte Bücher, was sie bestimmt irgendwann bereuen würde, Platten, CDs und Geschirr. Als sie am späten Nachmittag die letzte Kiste schloss, fühlte sie sich merkwürdig erleichtert. Sie drehte das Radio lauter, um zu einem alten italienischen Schlager ausgelassen durch den Gang ihrer Wohnung zu tanzen, als Paulina klingelte.

„Azzurro …“, sang Tilla ihrer besten Freundin entgegen.

„Aufbruchstimmung?“

Tilla nickte und sang den Text so gut sie konnte weiter mit „ma il treno dei desideri … blablabla … bei uns gibt es keinen Zug zurück“, übersetzte Tilla frei. „Mein Italienisch gehört auch mal aufpoliert."

„Da unten beginnst du besser mit einem Slowenischkurs", meinte Paulina grinsend. „Wie ich sehe, benötigst du keine Hilfe mehr?"

„Doch, ich bin mir nämlich nicht sicher, ob ich meinen geliebten Couchsessel mitnehmen soll oder nicht", ignorierte Tilla die Bemerkung ihrer Freundin.

„Dieses hässliche Ding?" Paulina verzog ihr Gesicht.

„Das ist der bequemste Lesestuhl, den ich je hatte", verteidigte Tilla das orangegelbe Möbelmonster.

„Weg damit", kommentierte Paulina trocken.

„Also gut. Ein Teil weniger." Tilla klebte einen rosa Zettel drauf. „Kennst du jemanden, der eine Küchenzeile braucht?"

„Frag doch die Nachmieter, ob sie sie dir ablösen."

„Gute Idee! Super Idee! Wieso ich da nicht von selbst drauf gekommen bin?" Tilla grinste, als Paulina wieder einmal ihre Augen rollen ließ.

„So, jetzt mache ich uns eine Flasche Wein auf."

„So lange es nicht wieder dein vom letzten Griechenlandurlaub importierter Retzina ist", meinte Paulina.

„Nein. Zugegeben, das war ein Fehlkauf. Heute gibt es einen südsteirischen Sauvignon. Damit möchte ich dich in meine neue Heimat locken."

Paulina verzog wieder ihr Gesicht. Diesmal wirkte es traurig.

„Ach, komm schon, Paulinchen!"

„Du hast es so gewollt. Da du mich bei meinem verhassten Kleinmädchenkosenamen nennst, muss ich dir sagen, dass ich es gar nicht erwarten kann, dass du in die

Pampa ziehst!“

„Ich liebe dich auch.“ Tilla kniff ihre beste Freundin spielerisch in den Arm bis diese sich zu ihr drehte und umarmte.

„Wehe du fängst wieder an, Dialekt zu reden!“

„Klingt doch so nett.“ Tilla grinste.

„Und wehe, du läufst nur noch in Jogginghose und ungeschminkt herum.“

„Paulina, ich ziehe zwar aufs Land, aber das Ende der Zivilisation ist das nicht.“

„Dem aber ziemlich nah“, murmelte Paulina.

„Wir skypen regelmäßig, wir telefonieren, wir mailen uns und wenn du frei hast, entspannst du dich bei mir im Grünen.“

„Du weißt, dass ich mich nicht entspannen kann.“

„Vielleicht finden wir eine nette Disco für dich.“ Tilla duckte sich, weil ihr ein Polster um die Ohren sauste.

„Jetzt mal im Ernst. Ich finde es mutig von dir, dass du diesen Schritt wagst. Es wird bestimmt nicht leicht, aber es ist der richtige Weg. Das fühle ich“, sagte Paulina und fügte wieder grinsend hinzu: „Im Grunde bist du immer ein Landei gewesen.“ Jetzt sauste ihr ein Polster um die Ohren.

Am nächsten Morgen räumte Tilla die Wassergläser in den Geschirrspüler, wusch die Weingläser sorgsam mit der Hand ab, entsorgte die Flasche und kochte sich einen starken Kaffee. Sie wollte die letzten Sachen, die sie mit Paulina noch nicht weggepackt hatte, durchsehen und ordnen. Ein Stapel ging an die Caritas Wien, ein Stapel an eine alleinerziehende befreundete Mutter, ein Stapel an die

Nachbarin unter ihr. Dinge, die ihr negative Energie bescherten, ihr positive raubten oder was auch immer, verabschiedete sie. Alte Briefe, Postkarten, Dokumente und Fotos vernichtete sie mit einem Verbrennungsritual. Tilla wollte komplett neu anfangen – ohne Altlasten.

13

Einen Tag vor Weihnachten machte sich Tilla mit Arthur auf den Weg nach Birkenhof. Als sie Wien hinter sich ließen und die Eisenbahn Richtung Süden rollte, überfiel sie eine selten erlebte Melancholie.

Atti redete seit Tagen nur noch das Notwendigste mit seiner Mutter. Jetzt saß er mit zusammengepressten Lippen ihr gegenüber im leeren Zweite-Klasse-Abteil und konzentrierte sich darauf, nicht zu heulen. Wahllos klickte er Internetseiten auf seinem Handy an.

Tilla war selbst mulmig zumute. Konrad war ausgeflippt, als sie ihm von ihren Plänen erzählt hatte. Wie zu erwarten hatte er mit dem Anwalt gedroht. Zum Glück war ihre Anwältin ein wirklicher Profi und hatte sich von Tillas Unsicherheit nicht abschrecken lassen. Auch ihre Bedenken, ihren Ex-Mann zu zerstören, hatte sie abgetan und Tillas mangelnde Energie für einen Siegeszug genützt. Ja, sie durfte mit ihrem gemeinsamen Sohn zu ihren einzigen leiblichen Verwandten ziehen.

Birkenhof lag nicht aus der Welt. Vater und Sohn konnten sich, wie das bei den meisten Scheidungskindern der Fall war, jedes zweite Wochenende sehen. Wie das fahrtechnisch genau aussehen sollte, konnte sich Tilla noch immer nicht vorstellen. Letztendlich hing die Entscheidung der Richterin – die der alte Steinhoff nicht einschüchtern oder beeinflussen konnte – aber von Attis Verhalten ab. Sie schien zu spüren, dass Arthur nicht gerne zu lange allein mit seinem Vater zusammen war. Darum war jedes zweite Wochenende eine akzeptable Lösung für alle.

In Wirklichkeit hatte es sich ja schon seit der Scheidung darauf eingependelt. Die seltenen Male, die Konrad mit Atti unter der Woche im Kino oder im Theater war, ließen sich an einer Hand abzählen. Er war nicht davon zu überzeugen gewesen, dass sein Sohn lieber in den Prater ging, als ins Burgtheater.

Tilla schüttelte ihre schwarzen Locken und konzentrierte sich wieder auf die Fahrt. Kurvenreich ging es über den Semmering. Im Sommer war es herrlich grün auf beiden Seiten der Zugstrecke, jetzt lag alles weiß verschneit wie in Watte gepackt da.

Die Vorstellung, dass eine Lokomotive den Semmering überqueren könnte, sorgte Mitte des 19. Jahrhunderts für Kopfschütteln. Die große Steigung des Berges und zu schwache Leistung der Lokomotive hielten den Ingenieur Carl Ritter von Ghega aber nicht davon ab, von 1848 bis 1854 den Bau der ersten Hochgebirgsbahn Europas voranzutreiben. Das technische Meisterwerk überwand 459 Höhenmeter und die Bahn fuhr durch 15 Tunnels, über 16 Viadukte und 100 gewölbte Brücken. Die Semmeringbahn war in die Liste des UNESCO-Weltkulturerbe aufgenommen worden.

„Ist das nicht schön, Atti? Wie ein ‚Winterwonderland‘?“ Sie stimmte den Weihnachtssong an und spürte tatsächlich so etwas wie Weihnachtsstimmung in sich aufkeimen. In diesem Moment fing es sogar zu schneien an und dicke weiße Flocken setzten sich sanft auf die Weiden und Wälder. Tilla blickte aus dem Fenster und dachte wehmütig an amerikanische Filme mit herrlich dekorierten Häusern, glücklichen Familienfeiern und Happy-End, auch wenn ein Streit vorangegangen sein sollte.

Ihr Sohn machte keine Anstalten zu antworten. Sie bohrte weiter: „Keine Abgase, kein Zement, kein Asphalt oder Beton. Keine Hochhäuser, keine Enge, keine gestressten Menschen oder gar Hektik. Kürbisfelder, Weite, Freiheit und Natur."

„Lass gut sein", unterbrach Atti sie. „Du bist die Einzige, die von dieser Entscheidung überzeugt ist. Glaubst du echt, dass es am Land keinen Stress gibt?"

Tilla zuckte mit den Achseln. „Ich meine doch nur …"

„Außerdem kenne ich da unten keinen Menschen!"

„Aber Atti, du hast mich, Mimi und Louis. Du kennst Edo und Ilsa."

„Ich meine Menschen in meinem Alter."

„Das wird sich doch ganz bald ändern, sobald du nach den Ferien mit der Schule beginnst."

Endlose Gespräche waren diesem bereits in Wien vorangegangen. Tilla war immer an seiner Meinung interessiert und hatte ihren Plan wegzuziehen gut vorbereitet, um ihn Arthur so schmackhaft wie möglich zu machen. Zuallererst hatte er mit panischer Ablehnung reagiert, gefolgt von Neugier, die sich in Unentschlossenheit gewandelt hatte.

Einerseits war er froh, sein bisheriges schulisches Umfeld verlassen zu können und damit seinen ehemaligen Freunden und Klassenkollegen zu entkommen. Andererseits wollte er nicht aus seiner vertrauten Umgebung gerissen werden. Daraufhin entgegnete Tilla, dass er jedes zweite Wochenende und in den Ferien zu seinem Vater fahren könne und somit in Wien wäre. Als Arthur antwortete, dass das nicht dasselbe sei und er das Landleben grundsätzlich nicht mochte, hatte Tilla keine Gegenantwort parat. Sie gab aber zu Bedenken, dass, wenn er seinen Vater nicht mehr spontan unter der Woche treffen konnte, dieser sich vielleicht bewusster Zeit für ihn nehmen würde und nicht zu den Großeltern abschob. Dem konnte Arthur nichts entgegenhalten.

Ein Pluspunkt waren Mimi und Louis, die Arthur liebte. Das konnte natürlich zum Teil an Mimis Kochkunst und Louis wertschätzender Art liegen. Dass sie beide neu anfangen konnten, tat er mit einer Handbewegung ab.

„Ich bin mir sicher, dass du bald neue Freunde finden wirst. Du bist ein aufgeschlossener, lieber Junge.“

Arthur drehte sich weg, drückte die Ohrstöpsel fester in die Gehörmuscheln und erhöhte die Lautstärke.

Natürlich war sie sich nicht sicher, ob es die richtige Entscheidung für ihr beider Leben war. Aber sie war sich sicher, dass sie nicht in ihrem alten Leben bleiben konnte. Eine andere Möglichkeit gab es nicht – und es fühlte sich stimmig an. Auch wenn sie sich keinen richtigen Reim darauf machen konnte. Sie war die Mutter, sie trug die Verantwortung, sie bestimmte. Ihr Sohn musste mitziehen. Bestimmt würde er in seinen neuen Klassenkameraden neue Freunde finden. Zudem könnte er einem Verein beitreten, das war am Land üblich.

Der Schaffner unterbrach ihre Gedanken, als er ins Abteil trat, um die Fahrkarten zu kontrollieren. „Weihnachten auf dem Land?“, fragte er nach einem Blick auf den Zielbahnhof.

Arthur nuschelte ein „leider nein“, das Tilla peinlich

war. Sie bedachte ihn mit einem strengen Blick und drehte sich entschuldigend zu dem geselligen Mann, als hinter diesem ein Schatten vorbeihuschte. Tilla schüttelte verwirrt ihren Kopf, kniff ihre Augen fest zusammen und öffnete sie rasch wieder. „Dann wünsche ich Ihnen also einen schönen Aufenthalt und ein gesegnetes Fest“, beeilte sich der Schaffner zu sagen und ging weiter.

„Ihnen auch!“, rief Tilla ihm nach. *Was muss der nur von uns denken?* Aber Tilla war, als hätte sie eben Konrad erkannt. *Das habe ich mir doch nur eingebildet.* Dennoch erhob sie sich von ihrem Sitz, trat auf den Gang und spähte in beide Richtungen. Neugierig sah sie auch ins nächste Abteil, das von einer alten Frau besetzt war, die eine bunte Haube strickte.

Natürlich war Konrad nicht da. Vermutlich war sie gestresster, als sie sich selbst eingestehen wollte. Es war Zeit, dass sie zu Ruhe und einer Form der beruflichen Anerkennung fand. Sobald sie sich am Land eingelebt hatte, würden die Sogen der vergangenen Jahre hoffentlich verschwinden. Sie kehrte über sich selbst schmunzelnd zurück zu Arthur, der noch immer gleich genervt dasaß.

Tilla hoffte, dass Atti sie eines Tages verstehen und wieder unbeschwert glücklich werden würde. Inzwischen fuhr er fort, stur aus dem Seitenfenster zu starren. Sie haderte mit sich und überlegte, ob sie ihren Sohn auf sein Gefühlsleben ansprechen sollte. Was ging im Kopf ihres zwölfjährigen Jungen vor? Trotz oder Traurigkeit? Auflehnung oder Resignation? Liebe oder Hass?

Das Leben mit all seinen Facetten erschien ihr plötzlich unergründlich und sie fühlte sich zu müde, um es zu hinterfragen. Es würde wohl schon seinen Lauf nehmen. Die Zeit heilte ja bekanntlich alle Wunden.

14

Mimi liebte Arthur mit der gleichen Intensität, mit der sie Tilla liebte. Sie wollte ihrer Nichte sagen, dass ihr Sohn sie vergötterte und dass sie eine gute Mutter war. Aber Tilla war davon überzeugt, dass sie alles falsch machte und weil sie aus dieser gezogen Logik nicht nach Instinkt vorgehen konnte, musste sie ihren Sohn in die aus Büchern angelesene richtige Richtung lenken. Dabei verwechselte sie liebevolle Konsequenz mit Verboten oder harten Vorwürfen, die selbst für einen Zwölfjährigen zu viel waren. Einmal überhäufte sie ihren Sohn mit Küssen, Zuwendung und Lob. Dann wieder verlor sie ihre Nerven und sagte ihm, dass sie ihn nicht aushielte.

Mimi wollte sich nicht einmischen. Noch nicht. Tilla musste erst wieder zu sich finden. Das war nicht die selbstbewusste junge Frau, die wie ihre eigene Tochter für sie war. Diese Frau war verstört, verunsichert und zeigte Anzeichen von Mutlosigkeit und Verbitterung. In den seltenen entspannten Momenten erkannte Mimi, dass ihre Nichte noch Kraft und Energie besaß, Ideen aufkeimen ließ, um sie zwar gleich wieder zu ersticken, aber dennoch – etwas von der alten Tilla lugte noch hervor und versuchte, sich empor zu kämpfen. Tilla selbst schien sich ihre größte Feindin zu sein. Der Verlust ihrer Eltern, die gescheiterte Ehe und ihre nicht wirklich erfolgreiche berufliche Karriere hatten Tilla im Laufe der Zeit unsicher gemacht und ihr das Selbstbewusstsein geraubt.

Nun wollte Mimi sich aber um ein schönes Weihnachtsfest kümmern. Zum ersten Mal seit Hans‘ Tod hatte sie eine große Tanne aufstellen lassen und sich gewundert, wie viel Freude ihr das Schmücken des Baumes bereitete. Das Ergebnis konnte sich sehen lassen. Rote Christbaumkugeln strahlten mit selbst gebastelten Strohsternen, Zuckerkringeln und frisch polierten silbernen Kerzenhaltern um die Wette. Mimi wollte echte Kerzen auf ihrem Christbaum haben, elektrische kamen ihr nicht ins Haus, obwohl Eduard und seine auf Sicherheit fixierte Ehefrau, einmal einig, darauf bestanden hatten. Sie ließ es sich auch nicht nehmen, ein paar Spritzkerzen aufzuhängen. Die liebte doch jedes Kind! Aber was wussten schon die beiden? Sie hatten ja keine Kinder. Natürlich glaubte Arthur nicht mehr ans Christkind. Aber es war doch wunderschön, diesen Brauch oder zumindest den Glauben daran aufrecht zu erhalten. Mimi erinnerte sich an das Weihnachtsfest als sie fünf war. Es gab wenig Geschenke, aber sie bekam ihr Allerliebstes, das sie bis heute wie einen Schatz hütete. Es handelte sich um eine Babypuppe mit beweglichen Lider und Wimpern. In buntes Geschenkpapier eingepackt lag sie unter dem Christbaum, auf dem Bienenwachskerzen dufteten und ihre selbst gebastelten Strohsterne baumelten.

Heute legte sie hübsch verpackte Geschenke unter den Baum und fragte sich, ob Arthur sich wohl über ein tragbares Mikroskop freuen würde. Tilla hatte ihr gesagt, sie solle sich nicht weiter verausgaben und dass sie ohnehin schon genug für sie täte, dass sie doch keine extra Geschenke benötigen würden. Das war ihr also bei der Wahl des Weihnachtsgeschenkes für einen Zwölfjährigen keine große Hilfe gewesen, genauso wenig übrigens wie die unerfahrene Verkäuferin im Geschäft. Mit dem Computer konnte Mimi nicht umgehen, darum also keine Online-Bestellungen. Diese schienen ihr unpersönlich und zudem unseriös.

Nichtsdestotrotz hatte sie für alle ein Geschenk gefunden und sie freute sich auf ihr erstes Weihnachten zu sechst. Die letzten zwei Jahre nur mit Eduard und Ilsa waren ihr eine Qual gewesen. Wäre Louis nicht dabei gewesen, sie hätte sich einfach früh zu Bett begeben und Weihnachten ausfallen lassen. Vielleicht aber hätte sie einen alten Film mit Louis angesehen, gut gegessen und wäre mit ihm in die Mette gegangen. Warum Edi und Ilsa sich nicht scheiden ließen, war ihr ein Rätsel. Und sie wunderte sich, warum die beiden auf einen Familienweihnachtsabend bestanden. Ratlos legte sie ihren Kopf schief und verzog ihren linken Mundwinkel.

Ihr Edi war der einzige Sohn und erbte auf jeden Fall. Auch, wenn sie ihn auf seinen Pflichtanteil beschränkte – was sie laut Hans‘ Testament nicht konnte – und Tilla, als adoptierter Tochter, alles vermachte, würde er genug haben. Wusste er das nicht? Oder war es nicht genug? Befand Eduard sich in Schwierigkeiten? Oder steckte Ilsa dahinter? Ihre distanzierte Schwiegertochter hatte sie nie durchschaut. Sie war ihr nicht unsympathisch, Mimi konnte nur nichts mit ihr anfangen. Im Grunde kannte sie die junge Frau nicht, die ihren Sohn geheiratet hatte. Er sie augenscheinlich auch nicht. Die beiden redeten nicht viel miteinander, sie schliefen wahrscheinlich auch nicht miteinander.

Mimi nahm sich vor, noch einmal mit Louis darüber zu

sprechen. Verwirrt schüttelte sie ihre altersblonden Locken, die nicht ergrauen wollten und holte vorsichtig eine große, rote Glaskugel aus der Papierschachtel. Sie wickelte sie aus dem Seidenpapier und freute sich jedes Mal aufs Neue am Glanz, der sich durch das spiegelnde Licht ergab. Die wunderschöne Tanne mit ihren dichten Nadeln duftete und verströmte ihren harzigen Geruch im gesamten Wohnzimmer. Mimi behängte sie weiter mit roten und goldenen Kugeln, Strohsternen und handgeschnitzten Holzfiguren. Zufrieden trat sie nach Beendigung ihres Werkes zurück und strahlte.

„Du hast dich wie immer selbst übertroffen, meine Liebe." Louis war hinter sie getreten und legte ihr eine Hand auf die Schulter. Mimi neigte ihren Kopf auf seine Hand und glücklich standen sie eine Weile in Erinnerung schwelgend vor dem Christbaum. Bald wären sie nicht mehr alleine. Beide freuten sich auf das zukünftige Leben im großen Haus.

„Gut, alles wird gut", murmelte Louis und umarmte seine geliebte Freundin, die sich an ihn schmiegte.

15

„Was ist denn nun mit dem Verkauf der Mühle“, wollte Gabi wissen und rekelte sich in Eduards Armen, der sich unmerklich versteifte. Der vifen Geliebten allerdings blieb es nicht verborgen und sie fing an, ihn zu streicheln damit er sich wieder entspannte.

„Ich bin dran“, versuchte er auszuweichen. Doch so einfach ließ Gabi sich nicht abfertigen. Dazu war ihr das Thema zu wichtig. Am liebsten hätte sie Mühle, Haus und Grund selbst einem Makler übermittelt. Eduard war gut aussehend, charmant, großzügig aber lasch in dieser Hinsicht.

Sie hielt es in diesem Kaff nicht mehr aus und sah darin ihre große Chance woanders ein aufregendes Leben zu führen. Die Leute redeten ständig, aber diesmal betraf es sie. Das gefiel ihr gar nicht. Sie wäre sein neuestes Flittchen. Mal sehen, wie lange es dauern würde, bis der bekannte Casanova ihrer überdrüssig wäre. Nun, das würde sie nicht zulassen.

„Was genau soll das bedeuten?“, hakte sie nach.

Eduard seufzte. Er wirkte genervt und rieb sich mit Daumen und Mittelfinger die Schläfen, als hätte er Kopfweh.

„Wie ich dir schon erzählt habe, zieht meine Stiefschwester mit ihrem Sohn jetzt bei meiner Mutter und Louis ein. Ich wusste bis vor kurzem nichts davon und muss sie also zum Ausziehen bewegen.“

„Das ist doch wirklich ein starkes Stück, dass du als einziger echter Sohn und Erstgeborener vor vollendete

Tatsachen gestellt wirst. Was hat sich deine Mutter nur dabei gedacht?"

„Ich nehme an, dass sie Tilla helfen möchte. Sie hatte irgendetwas dieser Art erwähnt."

„Deine Stiefschwester ist doch erwachsen. Außerdem lebt sie seit ewigen Zeiten nicht in Mureck."

„Ich weiß nichts Genaueres. Noch nicht."

„Das steckt doch was dahinter." Gabi überlegte kurz und fuhr fort: „Das könntest du doch als beginnende Senilität bezeichnen, die diese Tilla ausnützt."

„Bitte hör auf, so von meiner Mutter zu sprechen. Senil ist sie nun wirklich nicht. Und Tilla hat noch nie jemanden ausgenützt. Das entspricht nicht ihrem Charakter." Eduard entzog sich seiner Geliebten und reagierte zum ersten Mal unbeeindruckt auf ihren wogenden Busen und Schmollmund. Dass Gabi sich kein Blatt vor den Mund nahm, wusste er. Heute störte es ihn zum ersten Mal.

„Was hältst du davon, wenn wir an Weihnachten schick essen gehen und es uns dann bei mir gemütlich machen", wechselte Gabi das Thema und lächelte Eduard an. „Wir köpfen eine Flasche Champagner und trinken ihn im Bett", schnurrte sie.

Eduard schüttelte den Kopf und Gabis Augen verzogen sich fast unmerklich zu Katzenschlitzen, die sie sofort wieder aufriss, um ihn ungläubig anzustarren. So einen Vorschlag hatte er doch noch nie abgelehnt.

„Weihnachten feiern wir immer mit der Familie auf Birkenhof. Das ist Tradition."

Eine Träne stahl sich aus Gabis Augen. „Ich dachte,

ich sei deine Familie."

Eduard stöhnte innerlich auf. Heute war es wirklich unentspannt mit ihr und am liebsten wäre er zur Tür hinausgestürmt. Seine gute Erziehung ließ ihn einlenken. „Schau, wenn ich nicht hingehe, habe ich noch schlechtere Chancen, alle zum Ausziehen zu bewegen. Ich kann das gemeinsame Essen dazu nützen mehr Informationen zu erhalten."

Ein Lächeln zauberte sich auf Gabis Gesicht. „Du hast Recht. Tut mir leid, dass ich mich so kindisch benommen habe. Ich habe für einen Augenblick geglaubt, du wärst lieber mit deiner Frau zusammen. Wie dumm von mir." Sie schlang ihre Arme um ihn und setzte ihre Rundungen strategisch ein.

Als Eduard sie endlich küsste und auf ihr Locken reagierte, wiegte sie sich wieder in Sicherheit.

Über Nacht wollte Eduard diesmal nicht bleiben. Er murmelte eine fadenscheinige Ausrede und war froh, von hier wegzukommen. Seit langer Zeit war er an einem Freitagabend ohne Verabredung gewesen. Kurz überlegte er, ob er auf ein Bier in die „Alte Theke" gehen sollte, entschied sich jedoch dazu, nach Hause zu fahren.

Es fühlte sich seltsam an, an diesem Abend die Auffahrt zu seinem Haus hochzufahren und zu sehen, dass es unbeleuchtet war. Wo konnte seine Frau wohl sein? Um ehrlich zu sein, hatte er keine Ahnung, was sie mit ihrem Leben anfing, mit wem sie befreundet war, was sie den ganzen lieben langen Tag trieb. Sie waren seit zwanzig Jahren verheiratet und lebten ebenso lange erfolgreich nebenein-

ander her. Nur zu Geburtstagen, an Feiertagen oder anderen speziellen Anlässen traten sie gemeinsam auf. Ja, auftreten war das richtige Wort. Sie spielten Theater, sich selbst und allen anderen spielten sie etwas vor. Warum tauchten diese Gedanken gerade jetzt auf? Zudem in einer Intensität, die an eine Depression grenzte. Vielleicht lag es daran, dass er seiner Affären überdrüssig wurde. Er war jetzt 44. Was hatte er schon großartig erreicht in seinem Leben? Wenn es ihm gelänge, die Mühle zu verkaufen, wollte er tatsächlich mit Gabi ein neues Leben beginnen?
Eduard sperrte auf, trat in den dunklen Korridor und machte das Licht an. Müde setzte er sich auf die kleine Bank und zog seine Schuhe aus, die er dort stehen ließ. Er hatte keine Lust, sie ins Schuhregal zu stellen. Seinen Mantel hängte er achtlos über die Banklehne, sodass die Ärmel den Boden berührten. Langsam erhob er sich, schlenderte den Flur entlang und bog nach rechts in die geräumige Küche. Er machte Licht und ging weiter ins Wohnzimmer, von wo aus man die großzügig geschnittene Terrasse erreichte.
Eduard spazierte durch das gesamte Haus, schaltete überall das Licht ein und dachte sich, dass es sich anfühlte, als würde er es zum ersten Mal bewusst wahrnehmen. Nur vor Ilsas Zimmer blieb er stehen. Er hatte Bedenken, in ihr Reich einzutreten. Schließlich war er ein Fremder. So fremd, wie ihm seine Frau fremd war.

16

Ilsa hatte ihre gesamten Erinnerungen an den Beginn ihrer Ehe mit Eduard verdrängt und sicher in einer Ecke ihres Herzens verschlossen, die so verborgen lag, dass sie sich den Weg nach draußen nicht zumuteten. Sie musste den Augenblick leben, um nicht verrückt zu werden. Als sie vor beinahe zehn Jahren heimlich im SOS-Kinderdorf ehrenamtlich zu arbeiten begann, war sie dem Schicksal so dankbar über diese glückliche Wende in ihrem Leben, dass sie sich selbst versprach, nur noch nach vorne zu schauen.

„Illi“, so wurde sie hier von Kindern genannt. „Darf ich zwei Portionen Nachspeise haben?“ Die sechsjährige Linda blickte sie aus ihren schwarzen Kulleraugen an. Schokoladenpudding war ihre Lieblingsspeise. „Bitte.“

Sie wussten beide, dass Ilsa ihrem Liebling nichts abschlagen konnte.

„In Ordnung. Wenn du deinen Salat ganz aufisst, mache ich eine Ausnahme.“

„Kann ich dann noch ein bisschen mehr Kernöl draufhaben?“

Die Köchin sparte immer beim Salatöl. Ilsa gefiel es, dass Linda ihr eigenes Lieblingsöl als solches auserkoren hatte und goss ihrem Schützling noch etwas über den Salat. Wie flüssiger grüner Samt zogen sich die Schlieren um die Blätter. Plötzlich befand Ilsa sich in einer anderen Küche, vor vielen Jahren …

Der nussige Duft des frisch gepressten, fetten Kürbiskernöls, der aus der Mühle herüberwehte, war so verführerisch, dass Ilsa ihm nicht widerstehen konnte und ein bisschen davon auf eine Scheibe Brot träufeln wollte. Sie umfasste die dunkle Flasche am Hals. Auch diese war verschlossen. Sie sog den satten Geruch, der vom Pressen noch in der Luft hing mit geschlossenen Augen andächtig ein. Es war mit Abstand das beste Kernöl der Region, sie kannte nichts Vergleichbares. Es erinnerte sie an lustige Sommertage als Kind am See. Und nun war sie plötzlich Teil dieser Kernölfamilie. Vielleicht durfte sie, wenn Eduard irgendwann besser auf sie zu sprechen war, am Prozess der Herstellung mitwirken. Auch wenn er selbst nicht mehr in der Ölmühle mitarbeitete, so konnte sie sich mit den Abläufen vertraut machen und sich in die Familie integrieren. Sie waren beide noch jung und Ilsa wollte die Hoffnung noch nicht aufgeben, dass sie sich aussöhnen konnten. Der unvergleichliche Geruch stimmte sie zuversichtlich.

Nostalgisch öffnete sie ihre Augen zu kleinen Schlitzen, seufzte, und erspähte einige kleine, dunkle Flaschen. Sie nahm an, dass es sich um Proben handelte. Niemandem würde es auffallen, wenn sie eine davon nahm. Sie öffnete den Verschluss und kippte vorsichtig die Flasche. Zügig rann die schwarze Flüssigkeit über den Flaschenrand auf ihr Brot, das sich dunkel färbte. Sie biss voll freudiger Erwartung in ihre ölgetränkte Scheibe, leckte sich den Tropfen, der sich über ihre Lippe wagte und hielt die Flasche in der anderen, als sie die schnellen Schritte ihres frisch angetrauten Ehemannes die Treppe hinunter laufen hörte. Voller Schreck und Scham über ihren sinnlichen Genuss ließ sie das Gefäß fallen. Es zersplitterte in tausend Scherbenteile, das Öl, das auf dem Küchenboden dunkelgrün schimmerte, verbreitete sich ohne Rücksicht auf Flecken. Ängstlich flüchtete Ilsa aus der Küche und ließ die unschuldige, miauende Katze hinein.

Als Eduard die Küchentür aufstieß, fluchte er: „Was für eine Schweinerei. Diese verdammte Katze! Schade um das gute Öl!“ Verärgert tunkte er einen Finger in das Läckchen, das sich in einer Kuhle im alten Holztisch gebildet hatte und führte ihn automatisch an den Mund. Es schien seine Lippen zu elektrisieren, seine Zunge schwoll an und ein Kribbeln breitete sich in seinem Körper aus. „Fantastisch, es ist eines der besten“, murmelte er zufrieden. Versöhnt mit der Welt machte er sich daran, die Scherben aufzukehren und das Öl aufzuwischen. Er wunderte sich noch über die kleine Flasche, deren Format er nicht kannte. Vielleicht hatten sein Vater und Louis neue Proben entwickelt. Nach getaner Arbeit stellte er eine Halbliter-Flasche Kürbiskernöl auf die Küchenzeile, worum seine Mutter ihn gebeten hatte, und die Mimi später holte, um sie als Geschenk zu verpacken.

Einmal in der Woche – am Mittwochnachmittag - spielte sie mit ihren Freundinnen Tarock, und heute wollten sie Gretes 50. Geburtstag feiern. Es war zur Tradition geworden, dass Mimi eigenes Kernöl oder selbst gebackene Mehlspeisen verschenkte. Später nahm Mimi die Flasche, hüllte sie in Naturpapier, wickelte eine lilafarbene Schleife um den Hals und steckte sie in eine passende Tüte ebenso aus Naturpapier. Beim Hinausgehen blickte sie im Korridor in den großen goldumrandeten Wandspiegel und drehte sich um die eigene Achse. Leicht gewellte blonde Locken umrahmten ihr hübsches Gesicht aus dem veilchenblaue Augen leuchteten. Das neue blaue Kleid stand ihr wirklich ausgezeichnet und strahlte mit ihren Augen um die Wette. Zufrieden mit ihrem Spiegelbild machte sie sich zu Fuß auf den Weg in die Stadt. Sie war jetzt 45 Jahre alt, nahm sich vom Leben was sie nehmen konnte und hatte aufgehört, mit ihrem Schicksal als Hans' Ehefrau zu hadern.

17

Ein neuer Wohnort, eine eigene Wohnung, ein Job, ein neues Leben, ... waren Tilla, als sie mit der Schule fertig war, sehr reizvoll erschienen. Sie wollte weg – vom Land in die große Stadt. Selbst Graz war ihr zu klein – es musste gleich Wien sein. Außerdem war sie in der Hauptstadt auf kein Auto angewiesen, weil sie mit den öffentlichen Verkehrsmitteln alle gewünschten Destinationen erreichen konnte. Die enge Kleinstadtatmosphäre wollte sie auf jeden Fall hinter sich lassen und durch Anonymität ersetzen. So hoffte sie, ihr wahres Ich zu finden, ihrer Kreativität ohne Vorurteile freien Lauf lassen zu können. Das Leben hatte ihr übel mitgespielt, aber sie würde sich nicht unterkriegen lassen, sondern gestärkt aus diesem Schicksalsschlag hervortreten. Sie freute sich darauf Menschen kennenzulernen, denen Ähnliches widerfahren war und meldete sich für eine offene Gruppe an. Getroffen hatte sie Konrad und sich immer weiter von sich selbst entfernt.

Jetzt rannte sie wieder weg – nein, falsch! Sie kehrte heim. So wollte Tilla es zumindest sehen. Louis hatte angeboten, sie vom Bahnhof abzuholen, doch Tilla wollte zu Fuß gehen, um in aller Bewusstheit anzukommen. Auch das fand Arthur mehr als bescheuert von seiner Mutter, die er immer weniger verstand.

Als Tilla in die breite, geschotterte Auffahrt hoch nach Birkenhof bei der doppelten Birke einbog, war es, als wäre sie nie von zu Hause weg gewesen. Alles war ihr so vertraut, nichts hatte sich verändert. Die Birkenallee vor dem großen Gutshaus, die mit alten Steinen eingefasste

Terrasse, die in der warmen Jahreszeit mit Kräutern und wilden Blumen verwachsen war – und die Mühle. Die Mühle, die immer das Herzstück der Familie Herzog gewesen war. Tilla konnte sich ein Leben ohne die Mühle nicht vorstellen. Schon seltsam, dass Tante Mimi überlegte, sie jetzt zum Verkauf anzubieten. Während sie in Richtung des großen Tores wanderten, fing es wieder an zu schneien. Bald fielen dicke Flocken auf die aufgelassene Mühle und das angrenzende Gutshaus. Es war still.

„Schau doch nur, Atti", flüsterte Tilla andächtig und wünschte, sie könnte diesen magischen Moment in die Länge ziehen.

Selbst Arthur schien nun einen Moment lang verzaubert. Fast im selben Atemzug jedoch murrte er: „Komm, lass uns endlich ankommen, mir ist eiskalt."

„Die Realität kann sich kälter anfühlen, als die winterlichen Temperaturen", murmelte Tilla und zuckte mit den Schultern, die sie dann optimistisch straffte. Irgendwie würde sich alles zum Besseren regeln. Daran wollte sie fest glauben.

In dem Moment öffnete sich die alte Holztür mit den schmiedeeisernen Belegen und Tante Mimi trat in ihrem Schürzenkleid und gefütterten Gummistiefeln heraus. Louis folgte ihr.

„Willkommen, meine Lieben! Willkommen auf Birkenhof und daheim!" Sie breitete ihre Arme aus, um Arthur zu herzen, als ein kleines braunes-weißes, kläffendes Etwas aus der Tür in den frisch gefallenen Schnee tappste, um gleich darauf auszurutschen.

„Oje!", keuchte Mimi.

„Was ist denn das?“, rief Arthur überrascht und entzückt zugleich.

„Soeben hast du dein Weihnachtsgeschenk kennengelernt“, stöhnte Mimi enttäuscht. „Es sollte eine Überraschung unter dem Christbaum sein, aber irgendwie hat es der kleine Kerl wohl aus seinem geschlossenen Körbchen geschafft.“

„Was für ein gescheites Bürschchen“, bestätigte Atti und hob den Zwerg mit den Kulleraugen hoch, der ihn sofort abschleckte. Atti lachte. „Na, du kleines Etwas?“

Tilla umarmte Mimi und lächelte sie an. „Danke, danke, danke!“, flüsterte sie ihrer Tante zu, die verständnisvoll nickte. Gut, dass sie sich gegen das Mikroskop entschieden hatte.

Louis murmelte etwas, das wie „Willkommen“ klang, schnappte sich ein Gepäckstück und trug es nach oben.

„Lasst uns doch alle einmal reingehen und uns aufwärmen“, sagte Mimi und nahm Atti den Hund ab damit er seine Jacke ausziehen konnte. „Kommt in die Küche, ich habe frischen Tee aufgesetzt.“ Mimi war so glücklich, dass endlich wieder Leben in das große Haus einzog.

„Welche Rasse ist das?“, fragte Tilla.

„Es ist ein King Charles Spaniel“, antwortete Louis, der soeben von oben runter kam. „Sehr familienfreundlich.“

„Dann weiß ich auch schon, wie er heißt“, sagte Arthur. „Es ist doch ein Männchen, oder?“

Louis nickte.

„Wie nennst du ihn?“, wollte Mimi wissen.

„Charlie.“

„Ja, das passt gut. King Charles. Wobei er im Moment noch ein Prinz ist.“ Tilla grinste.

„Prinz Charlie.“ Atti kicherte. „Darf er bei mir schlafen?“

„Ich weiß nicht …“

„Mama, komm schon. Warum nicht?“

„Ja, warum nicht?“, fragte Mimi. „Im Wohnzimmer steht sein Körbchen. Nimm es mit hoch und schau, ob er dort bleibt.“

Arthur sprang auf und umarmte Mimi. „Danke! Können wir rauf? Ja? Komm, Charlie!“

Der kleine Hund tappste Atti kläffend hinterher. Bei den hohen Stufen tat er sich noch etwas schwer und Atti hob ihn hoch, um ihn hinaufzutragen.

„Das ist, wie du schon weißt, dein Zimmer“, sagte Mimi und lächelte Arthur an, der nur nickte. Es war groß, hell und mit einem Bett, einem Schreibtisch, einem Kasten und einigen Regalen ausgestattet. Dafür mit einer blassorangen Tapete, die Anzeichen von verblassten Ornamenten zeigte. Der laut Mimi „noch gut erhaltene“ orange Spannteppich lies Arthur endgültig verstummen.

„Ich habe alle mit deinem Namen beschrifteten Kartons von den Möbelpackern hier hineinstellen lassen. Ich denke, du magst alles alleine auspacken?“

Arthur nickte wieder und drückte Charlie noch fester an sich. Beim Anblick der Tapete im Raufaserlook hätte er heulen können. Die wuchtigen braunen Samtvorhänge verursachten einen Würgreflex bei ihm. Wütend wollte er auf den orange-braunen Spannteppich einschlagen. Es müffelte. Es war das hässlichste Zimmer, das er je betreten hatte. Wenn seine Freunde aus Wien es sehen könnten, würden sie ihn auslachen und nie wieder damit aufhören. Verspotten würden sie ihn. Die Bezeichnung „retro“ war ein Hilfsausdruck.

„Wenn du dennoch Hilfe möchtest, gib einfach Bescheid.“

„Alles ok, Atti?“ Tilla umarmte ihren Sohn, der sich aber sofort aus ihren Armen befreite und sie vernichtend aus zwei zusammengekniffenen Augenschlitzen ansah. Er tötete sie praktisch mit seinen Blicken. Tilla wandte sich gekränkt ab und ging in ihr eigenes Zimmer.

Mimi folgte ihr. „Gib ihm Zeit und wende dich nicht von ihm ab“, riet ihre Tante.

„Das ist gar nicht so leicht. Ich hoffe, ich mache das Richtige.“

„Das weiß man nie mit Sicherheit. Du gibst dein Bestes und das ist das Richtige. Dein Sohn weiß, dass er dir alles bedeutet und du immer für ihn da bist. – Meiner weiß das nicht.“

„Ach, Mimi!“, seufzte Tilla und umarmte die alte Dame, die auf einmal kleiner wirkte, sich aber sofort wieder aufrichtete und mit geradem Rücken ihre Nichte selbstbewusst ansah. „Wir finden für alles eine Lösung, Kleines!“

Hoffentlich auch für die Blumentapete, dachte Tilla und setzte sich auf ihr Bett, um Vorhänge, Holzengerl und Boden zu inspizieren. Wenigstens war in ihrem Zimmer noch der alte Holzboden drin und nicht ein hässlicher Spannteppich wie in Arthurs Zimmer. Es war ihr altes Zimmer, aber jetzt, da sie hier leben sollte, fasste sie den Entschluss, einige Änderungen vorzunehmen. Sie wollte so bald wie möglich damit beginnen, bevor sie und Arthur all ihre Sachen verstaut hatten. Sie hatte an seinem Blick gesehen, dass er an sein cooles Jugendzimmer in Wien gedacht hatte. Wer konnte es ihm verdenken oder gar übel nehmen? Der überstürzte Umzug in diese ländliche Gegend, der ihr Sohn so gar nicht zugetan war, hatte sie zur Zahlung eines Ausgleichsbetrages in Höhe eines Semesterbeitrags an seine Wiener Privatschule gezwungen, an der Konrad oder seine Eltern sich mit keinem Cent beteiligt hatten.

„Wenn du unbedingt unseren einzigen Enkel von uns fernhalten willst“, waren Steinhoffs kalte und unmissverständliche Worte gewesen, „dann rechne nicht mehr mit meiner Unterstützung.“

Als ob die jemals von Bedeutung gewesen wäre. Tillas Weihnachtsgeschenke - wenigstens musste sie ihren Ex-Schwiegereltern keine mehr machen - waren dementsprechend günstiger als sonst ausgefallen.

Als sie am nächsten Tag alle vor dem wunderschön geschmückten Christbaum standen und „Stille Nacht - Heilige Nacht“ sangen, kam sich Tilla wie in einem Märchen vor. Endlich hatte sie eine Familie, die für sie da war. Endlich konnte sie entspannen. Endlich konnte sie loslassen. Endlich würde alles gut werden. Der matte Schein der Kerzen auf dem Baum, dessen Nadeln dufteten, erhellte das große Wohnzimmer mit den hohen Decken und dem heimeligen Kamin, in dem ein gemütliches Feuerchen brannte. Sogar Atti schien einen Hauch Feierlichkeit wahrzunehmen.

„Der Baum ist wunderschön, Mimi“, flüsterte Tilla und

umarmte ihre Tante gerührt. Tränen der Dankbarkeit standen in ihren Augen.

„Genug der Sentimentalität!“, scherzte Eduard mit einem Seitenblick auf Arthur, der sich die lästige Krawatte verstohlen lockerte. „Lasst uns die Geschenke öffnen!“

In Arthurs erstem Päckchen befand sich eine knallrote Hundeleine aus feinstem Leder. Ilsa hatte einen guten Geschmack, und Tilla freute sich darüber, dass sie Arthur offensichtlich eine Freude machen wollte.

„Ich wusste von Maria Emilias Geschenk“, gestand Ilsa und lächelte ihn an.

„Danke, Ilsa. Die kann ich gut gebrauchen. Gleich morgen wollen wir unseren ersten Spaziergang machen!“ Er wirkte voller Vorfreude. Arthur grinste seine Tante dritten Grades dankbar an und wunderte sich, warum sie nicht einfach „Mimi“ sagte.

„Dann passt auch mein Geschenk genau dazu“, bemerkte Eduard und sah sich bestätigt, als er Arthurs glänzende Augen sah.

„Das ist ein Fernglas. Mama, ein echtes Fernglas! Mit dem kann ich urweit gucken.“ Das Atti in Wien aufgewachsen war, ließ sich nicht leugnen. „Danke, Onkel Eduard!“

Edi war den Beinamen „Onkel“ nicht gewohnt, aber sichtlich erfreut darüber und tat kund, ihn behalten zu wollen. „Wie fühlst du dich in meinem ehemaligen Zimmer?“

Atti bemühte sich um eine diplomatische Antwort. „Also, na ja …“

„Es ist scheußlich, nicht wahr?“ Eduard tätschelte ihm

die Schulter. „Du brauchst mir nichts zu erzählen. Der Boden war schon zu meiner Zeit zum ...“

„Edo!“ Tilla riss ihre Augenbrauen in die Höhe, dass sich ihre Stirn in fünf Falten warf und ihre Augen schienen aus den Höhlen zu treten.

„Ist schon gut, Schwesterchen. Ich weiß, was ich weiß, das er weiß.“ Er grinste Arthur an. „Ich sag nur Komplettsanierung. Wenn du willst, helfe ich dir.“

„Sehr gerne, Onkel Eduard!“

„Na dann, auf ein neues Zimmer, ein neues Leben, einen Hund!“ Er stieß mit seinem Weinglas gegen Attis Cola. „Prost!“

„Prost!“, stimmten alle anderen mit ein und ließen die Gläser klirren.

Mimi zeigte ihre Begeisterung über einen bunten Kaschmirschal von Tilla und dachte nach, wie sie auf Ilsas Geschenk - eine Infrarotleuchte - reagieren sollte. Ihrem Bein, das vom Bruch noch etwas steif war, würde die Wärme bestimmt gut tun. Sie berührte Ilsas Arm, die vor Überraschung leicht zusammenzuckte und Mimi mit großen Augen ansah. „Danke Ilsa, es ist ein äußerst nützliches Geschenk, wenn ich es mir recht überlege.“

„Ich würde sie auch gerne ausprobieren“, erklärte Tilla und inspizierte die Lampe, bevor sie dann Ilsa ihr Geschenk überreichte.

„Oh, ein Umhang. So einen hatte ich einmal als Kind. Danke, Tilla.“ Sofort legte sie sich die violette Wollstola um. Ihre Freude darüber wirkte spontan und echt. Tilla fragte sich, ob er Ilsa tatsächlich gefiel, als Eduard sie unterbrach: „Und ich? Bekomme ich auch etwas?“

„Natürlich nicht!“ Tilla kicherte und überging ihren Cousin, um Louis eine Flasche ausgezeichneten irischen Whiskeys zu überreichen.

Eduard wirkte neidisch und beäugte die Flasche von allen Seiten, um ständig zu wiederholen, was für ein edler Tropfen das doch war.

Tilla konnte sich vor Lachen kaum noch halten und überreichte ihrem Cousin und Stiefbruder sein Geschenk. Als er die Verpackung öffnete und ihr den gleichen guten Whiskey entnahm, wurde er rot und boxte Tilla in den Arm.

„Die selben Scherze wie früher“, ätzte er. „Danke.“

Eduard und Ilsa schienen sich bereits beschenkt zu haben, zumindest tauschten sie an diesem Abend keine Geschenke aus.

Als Festessen gab es gebratene Gans mit Semmelknödeln und Rotkraut. Den traditionellen Weihnachtskarpfen konnte niemand von ihnen leiden, und von Fondue hatten sie auch die Nase voll. So war Mimi auf die Gans aus biologischer Haltung gekommen, denn mit einem überzüchteten Tier hätte sich niemand anfreunden können. Darin waren sich alle einig. Nun lief ihnen bei dem knusprigen Braten das Wasser im Mund zusammen.

Die Weihnachtstafel war wahrhaft festlich gedeckt. Eine dicke weiße Tischdecke aus feinem, winterweißem Damast zierte den alten, von Gebrauchsspuren gezeichneten Holztisch, dazugehörige Stoffservietten in Silberringen vervollkommneten das königliche Diner. Silberne Kerzenleuchter mit handgefertigten weinroten schlanken Kerzen spendeten wohliges Licht und Atmosphäre. Frische Tannenzweige und -zapfen sorgten für Dekoration und Duft.

„Es schmeckt wie immer hervorragend, Maria Emilia“, sagte Ilsa freundlich und Edi nickte mit vollem Mund. Tilla hatte das Gefühl, als würde sich ihre Tante nicht viel aus dem Kompliment machen und wunderte sich einmal mehr, warum Ilsa ihre Tante in all den Jahren nicht Mimi nannte.

Anders, als Arthur seine dritte Portion aufhäufte und ausrief: „Du bist echt eine super Köchin.“

Da breitete sich ein zufriedenes Lächeln auf ihrem Gesicht aus. Warum war das Verhältnis zwischen Mimi und Ilsa so wenig herzlich? Auch zwischen ihr und Edi schien es Spannungen zu geben. Tilla wollte Mimi bei Gelegenheit dazu befragen. Sie war einfach zu lange weg gewesen. Heute war sicher nicht der richtige Zeitpunkt dafür.

Als Dessert wurde selbstgemachtes Apfelmus mit etwas Schlagobers und geriebener dunkler Schokolade gereicht. Der schwere Rotwein lockerte die Atmosphäre ein wenig auf.

Die Zeit verflog im Nu und schließlich war es für die zusammengewürfelte Familie an der Zeit, sich auf den Weg in die Christmette zu machen.

Als Maria Emilia, Louis, Eduard, Ilsa, Tilla und Arthur mit Fackeln durch den mittlerweile ein Meter hohen Schnee zur Kirche stapften, sprach niemand ein Wort. Keiner wollte diesen magischen Moment des Friedens und der Ruhe stören. Charlie musste seine ersten drei Stunden alleine zu Hause verbringen und rächte sich auf die tiereigene Weise daran. Arthur fühlte sich sehr schlecht deswegen und sehnte jede Sekunde des Wiedersehens herbei.

Spärlich aufgestellte Straßenlaternen wiesen ihnen den Weg, sie waren froh über ihre Licht spendenden Fackeln. Tilla hakte sich bei ihrem Sohn unter. Sie kostete den weihnachtlichen Frieden und die Sterne über ihnen aus. Mimi und Louis liebten die Mette seit jeher und genossen es sichtlich, dass sie dieses Jahr endlich wieder als Familie dabei anwesend waren. Heimlich drückte Louis Mimis Hand unter ihrem weiten Poncho, und sie erwiderte herzlich seine liebevolle Geste. Niemals in all diesen Jahren war ihre Liebe weniger geworden. Im Gegenteil.
Zum Glück besaß die Familie Herzog eine eigene Bank in der mehr als hundert Jahre alten Barockkirche, denn sie war bis auf den letzten Platz gefüllt. Niemand wäre auf die Idee gekommen, hier einfach Platz zu nehmen.

Tilla erblickte ehemalige Schulkollegen und sah ihre alten Freundinnen Conni, Lilo, Tina und Bine wieder, die die Mette mit ihren Familien besuchten und denen sie erfreut zuwinkte. Alle schienen ihre Rückkehr herzlich zu begrüßen und Tilla beschloss, dies als gutes Omen zu deuten. Sie beobachtete die Gemälde an den Seitenwänden, die den Kreuzgang Jesus‘ darstellten und lauschte den aufmunternden, positiven Worten des alten Pfarrers, der mit seinem weiß-goldenen Gewand vorne am Hauptaltar predigte. Tilla war nicht gläubig, zumindest glaubte sie nicht an die römisch-katholische Kirche. Sie hatte erst unlängst mit ihrem Sohn über Gott diskutiert, weil er seinen Religionslehrer provokant gefragt hatte, ob er denn tatsächlich der Überzeugung sei, dieser hätte die Welt erschaffen und Adam und Eva acht Milliarden Menschen zeugen lassen.

Als Tilla es Mimi erzählt hatte, erklärte sie ihm, dass es viele Möglichkeiten zu glauben gäbe. Sie selbst war im Glauben an Gott erzogen worden und ging gerne in die Kirche.

Louis hatte ihm gesagt, dass sein Gott die Natur war. Atti wollte sich noch nicht festlegen. Der Besuch der Mette war Teil der Weihnachtstradition.

An diesem Abend schlief Arthur zum ersten Mal wieder beruhigt und voll positiver Zuversicht ein. Charlie lag neben ihm und leckte gelegentlich über sein Gesicht, das sich im Schlaf zu einem zufriedenen Lächeln entspannte.

18

„Mama, ich weiß wo die Schule ist. Du hast mir gesagt, wo die Garderobe ist, sich meine Klasse befindet und die Klos sind. Wir sind in Mureck, hier kann man sich nicht verlaufen. Außerdem kann ich sprechen! Sofern die hier Hochdeutsch verstehen …“

Tilla seufzte. Nicht einmal an Attis erstem Schultag durfte sie ihn in ihre alte Schule begleiten. Er war zwölf, überragte sie beinahe, und dennoch war er ihr Baby. Traurig hing sie der viel zu rasch voranschreitenden Entwicklung nach, die ihr zu entgleiten schien. Seine Lehrerin war Conni, Cornelia Steger, die Tilla seit dem Kindergarten kannte.

„Mach doch kein Drama draus“, versuchte Arthur zu beschwichtigen. Tilla seufzte noch einmal und überreichte ihrem großen Sohn eine kleine Schultüte gefüllt mit seinen Lieblingssüßigkeiten.

„Ich bin doch kein Erstklässler, Mama!“, entrüstete er sich.

„Betrachte es als Startpaket.“

„Danke“, murmelte Arthur nun sichtlich gerührt und zog seinen Lieblingsschokoriegel mit Kokosraspeln heraus, den er sich gleich in den Mund stopfte. „Toller Start“. Arthur grinste verschmitzt und Tilla boxte ihrem Sohn freundschaftlich in den Oberarm.

„Ab morgen gibt es nur noch gesundes Frühstück“, rief Tilla ihm nach, als Arthur sich allein auf den Weg zur Schule durch den trüben Jännertag machte.

Sie machte auf der Stufe kehrt und ging mit verschränkten Armen zurück in die warme Küche, wo Mimi schon mit einer weiteren Tasse Kaffee auf ihre Nichte wartete. Louis befand sich auf seinem Morgenspaziergang und genoss die neue Begleitung. Der kleine Charlie machte sich ganz gut als Gefährte, das musste er zugeben. Das Ungestüme musste er ihm allerdings noch abgewöhnen. Aber er war noch so jung, verspielt und neugierig … Der kleine Hund hatte Louis‘ Herz erobert.

Hoffnungsvoll blätterte Tilla den Anzeigenteil der hiesigen Regionalzeitung durch. „Es werden fast ausschließlich Sekretärinnen gesucht“, stöhnte sie.

„Die heißen doch jetzt anders“, wollte Mimi ihre Nichte aufmuntern.

„Egal, Back-Office-Assistentin, Front-Office-Dame oder Was-auch-immer-Lady ist mir wurscht. Fakt bleibt, dass ich keinen Job habe“, konterte Tilla frustriert. „Halt! Raumpflegerinnen werden auch gesucht, vielleicht sollte ich mich als Putzfrau bewerben.“

„Verliere nicht die Geduld, meine Liebe. Du fängst gerade erst an. Außerdem gibt es noch andere Zeitungen und das Arbeitsmarktservice und was weiß ich.“

„Werden die guten, anspruchsvollen Jobs hier eigentlich offiziell ausgeschrieben oder unter der Hand vergeben?“

„Nun, es wird nicht anders als in der Großstadt laufen. Wenn man jemanden kennt, spricht doch nichts dagegen ihn oder sie einzustellen. Nicht wahr?“

„Dachte ich’s mir doch …“, seufzte Tilla.

„Jetzt warte doch mal ab. Geduld ist wirklich nicht deine Stärke. Noch nie gewesen.“

Tilla verdrehte die Augen. Ihre Tante kannte dieses Wort gar nicht. Wenn sie sich etwas in den Kopf gesetzt hatte, musste es auf der Stelle erledigt werden.

„Dafür hast du einen Ordnungs-Tick entwickelt", murmelte Mimi.

„Was sagst du?"

„Ist dir aufgefallen, dass Arthur nicht mehr hustet?"

Tilla legte ihren Kopf schief und überlegte. „Du hast Recht. Ich meine, ich habe in letzter Zeit nicht darauf geachtet, aber jetzt, wo du es erwähnst. Vielleicht lag es doch an der schlechten Luft in Wien. Wenn sich das bewahrheitet, schreibe ich unserem ehemaligen Hausarzt."

„Ich denke schon, dass es mit der Luftveränderung zu tun hat", meinte Mimi. „Ihr unternehmt gesunde Spaziergänge und tankt hier richtig gute Frischluft. Das ist schon mal ein Grund, warum es gut ist, dass du zurückgekommen bist."

„Auf jeden Fall, Mimi. Aber wenn ich hier nicht bald eine Arbeit finde, drehe ich durch." Tilla schenkte sich noch einen frischen, heißen, schwarzen Kaffee ein und legte ein Kipferl exakt mittig platziert auf ihren Teller.

„Was genau meinst du, meine Liebe?"

Tilla stöhnte und verzog ihren schönen vollen Mund. „Na ja, ich …"

„Du bist erst vor zwei Wochen hierhergezogen, hast deinen Sohn hier eingeschult, bist dabei, den oberen Stock zu adaptieren – ja, ich weiß, dass du ihn gedanklich bereits rundum erneuert hast – und gleichzeitig bist du auf Arbeitssuche. Das Gras wächst auch nicht schneller, wenn du daran ziehst." Mimi blickte ihre Nichte liebevoll an.

„Ja, schon, aber es sieht tatsächlich nicht gut aus mit den Jobs hier in der Gegend.“

„Wie meinst du das? Der Tourismussektor …“

„Ja, das hast du gesagt“, unterbrach Tilla ihre Tante. „Aber das scheint nicht so einfach zu sein.“

„Jetzt verstehe ich noch weniger.“

„Ich habe schon in Wien ein paar Telefonate geführt und E-Mails geschrieben, um ein wenig zu sondieren und mich auch gegebenenfalls gleich wo zu bewerben. Aber alle Weingüter, Thermen, Tourismusbüros und Hotels meinten, sie seien perfekt aufgestellt. Es gibt einfach im Moment keine freien Jobs.“

„Vielleicht ist es noch nicht der richtige Zeitpunkt. Die Saison geht doch erst im Frühjahr los.“

„Schon, aber Vorarbeit muss doch geleistet werden. Auch von deren Seite. Ich meine, es müssen Vorstellungsgespräche geführt werden.“

„Hab trotzdem noch ein wenig Geduld. Alles hat seinen Sinn, seine Zeit.“ Jetzt hörte sich Mimi an wie Louis.

„Ewig wird unser Erspartes nicht reichen. Mimi, ich mache mir halt Sorgen“, seufzte Tilla.

„Wir werden bald einen Käufer für die Mühle finden. Dann haben wir wieder ein bisschen mehr Luft“, versuchte Mimi sie zu beruhigen.

„Aber was, wenn nicht?“

„Was meinst du, Tilla? Du machst mich mit deinen Fragen ganz nervös.“

„Mimi, wenn wir keinen Käufer für die Mühle finden? Ich meine, ganz ehrlich, wer hat schon Verwendung für ein so großes Gebäude? Außerdem grenzt es an unser

Wohnhaus."

„Ich weiß, ich weiß. Meinst du, ich habe nicht darüber nachgedacht? Eduard und Ilsa haben mich längst darauf aufmerksam gemacht. – Wir könnten alles verkaufen."

„Das meinst du nicht ernst. Mimi, das hier ist unser Zuhause!"

Große, stille Tränen begannen über das Gesicht der alten Dame zu rinnen.

Nun fiel es Tilla wie Schuppen von den Augen. Edi und Ilsa hatten Mimi unter Druck gesetzt alles zu veräußern.

„Nicht doch, Mimi! Mimi!" Tilla stürzte zu ihrer Tante und umarmte sie. Nun versuchte sie, Maria Emilia zu beruhigen.

„Was genau hatten, oder soll ich sagen haben, Edi und Ilsa vor?", fragte Tilla direkt.

Mimi schloss kurz die Augen und atmete tief durch. „Sie wollten mich in ein Heim stecken. Nein, falsch. Es heißt Seniorenwohnung oder war es betreutes Wohnen? Als wäre ich nicht mehr in der Lage, mich um mich selbst zu kümmern. Für Louis haben sie das auch vorgeschlagen." Sie tupfte sich ihre Wangen mit einem Stofftaschentuch ab.

„Jetzt ist mir klar, warum sie so verhalten über meine Rückkehr waren. Atti und ich haben ihre Pläne durchkreuzt! Und zu Weihnachten haben sie bloß gute Miene zum bösen Spiel gemacht."

„Vielleicht meinen sie es wirklich nur gut. Auf jeden Fall bin ich gekränkt und denke nicht im Traum daran, in so eine Einrichtung zu ziehen." Mimis Kampfgeist blitzte auf.

„So ist es gut, liebe Mimi. Niemand vertreibt dich und Louis. Mich und Atti auch nicht. Wir sind endlich zu Hause.“

„Sei so gut, und mach mir doch bitte einen Tee.“

Als sich ihre Tante wieder beruhigt und Tilla sich ein Bild der Situation gemacht hatte, meinte sie: „Ich muss was tun. Hier herumzusitzen macht mich nervös.“

„Beginn doch mit den Zimmern.“ Mimi zwinkerte ihrer Nichte zu. „Ich weiß doch, dass du sie sofort neu gestalten möchtest.“

„Und es macht dir wirklich nichts aus?“

„Natürlich nicht. Im Gegenteil. Es ist schon so lange nichts mehr verändert worden und ich freue mich auf etwas Neues. Vielleicht findest du auf dem Dachboden Brauchbares. Zum Beispiel die alte Biedermeierkommode, die dir immer so gut gefallen hat.“

„Ich sprühe nur so vor Ideen“, rief Tilla erfreut aus.

„Schieß los.“

„Es geht um Teppiche und Tapeten und mehr.“ Tilla erläuterte ihrer Tante ihr Konzept der Renovierung des ersten Stockes.

„Tilla, meine Liebe. Ihr seid hier nicht nur willkommen, ihr sollt euch zu Hause fühlen. Bitte gestalte den oberen Stock, wie du es für richtig hältst. Hier wurde wirklich seit sehr langem nichts mehr getan. Und ich freue mich sehr, wenn du eine Aufgabe hast, die dich erfüllt.“

Hans Herzog hatte Veränderungen gehasst, alles musste immer seinen gewohnten Gang gehen und so bleiben, wie es war.

„Es ist an der Zeit", fügte Mimi hinzu und fühlte sich, als würde Louis aus ihr sprechen.

19

Als Arthur von der Schule heimkam und bei Haidensterz und Schwammerlsuppe – er hasste traditionelle Gerichte – von seinem ersten Tag erzählte, der seiner Meinung nach überraschenderweise sehr gut verlaufen war, erklärte Tilla ihm ihre Pläne bezüglich des ersten Stockwerks.

„Der Spannteppich aus deinem Zimmer muss entfernt werden …"

„Meinst du wirklich?" Arthur machte ein unglückliches Gesicht.

„Schatz, wenn er dir so gut gefällt …"

„Mama, das war ein Scherz. Das Ding ist zum Kotzen."

„Atti, na warte!"

Lachend verfolgte sie ihren Sohn um den Küchentisch, bis sie sich erschöpft hinsetzten und weiter planten.

„Die Tapeten aus beiden Zimmern gehören abgelöst, damit wir sie ausmalen können. Vorhänge möchte ich selbst nähen und vorher gemeinsam mit dir einen Stoff aussuchen."

So skeptisch wie er der Tatsache, dass es hier keinen McDonald's gab gegenüberstand, hörte er sich die Ideen seiner Mutter an.

„Wie sollen wir das denn alles alleine bewerkstelligen? Oder hast du das schon mal gemacht?"

Tilla schüttelte den Kopf. „Es gibt bestimmt jemanden im Dorf den man um Hilfe bitten kann", war sie sich sicher.

„Du könntest Nikolaus Veit fragen", schlug Louis vor.

„Er führt das hiesige Bauunternehmen, hat aber so eine Art Heimwerkerladen aufgemacht, führt also alle Geräte, sogar Farben soweit ich weiß, und ist sehr kompetent in der Beratung."

„In Ordnung, ich werde es mir überlegen", antwortete Tilla und überlegte, was sie schon alleine, ohne fremde Hilfe, beginnen konnte.

Gleich nach dem Mittagessen legten sie los. Möbel wurden gerückt, Bilder abgehängt, Nägel gezogen und die mehrfach überklebten Tapeten mit Seifenlauge eingeweicht.

„Mama, wie lange soll das einwirken?"

„Im Internet habe ich gelesen, dass es zwischen zwanzig Minuten und drei Stunden dauern kann, sogar, dass es über Nacht einwirken soll. Das soll heißen, ich habe keine Ahnung." Tilla zuckte die Schultern.

„Na toll", murmelte Arthur. „Nachdem zumindest in meinem Zimmer sicher drei Tapeten über einander kleben, muss ich morgen wahrscheinlich nochmal dieselbe Prozedur unternehmen."

„Ich würde sie am liebsten auch gleich auf der Stelle herunterfetzen", gab Tilla zu. „Weißt du was, lass uns doch mal die Farben überlegen. Ich möchte in meinem Zimmer weiße Wände haben, am liebsten auch im Flur."

„Ich denke, weil ich doch viele Poster habe, ist Weiß bei mir auch am besten – oder schwarz."

Tilla schluckte und sah ihren Sohn an, der sich das Grinsen kaum verkneifen konnte.

„Gut, dann hätten wir das geklärt. Bestimmt wirkt gleich alles viel heller und freundlicher."

„Tilla, wenn du magst, besorge ich die Farbe für euch“, sagte Louis, der den Schluss ihrer Unterhaltung gehört hatte. „Ich muss nämlich jetzt los, um einige Dinge zu besorgen.“

„Das ist sehr lieb von dir, Louis“, sagte Tilla, die keine Lust mehr hatte aus dem Haus zu gehen. Der unscheinbar wirkende Mann war immer zur richtigen Zeit an der richtigen Stelle mit den richtigen Ratschlägen. Es war zauberhaft.

„Ich komme mit, wenn ich darf“, rief Arthur, der froh über jede Abwechslung war.

„Dann mal los“, brummte Louis, der sich sichtlich über Attis Begleitung freute. Charlie bellte aufgeregt.

„Du bleibst bei mir“, bestimmte Tilla und kraulte den Hund hinter den Ohren. Wenn er sie mit seinen dunklen Kulleraugen anblickte, konnte er alles von ihr haben. „Du weißt, dass ich dir nichts abschlagen kann.“ Tilla hob den kleinen Gescheckten hoch und drückte ihn an sich. „Sollen wir dir in der Küche einen Hundekeks holen?“. Wie zur Antwort schleckte er ihr übers Gesicht.

Mimi, Tilla und Charlie machten es sich vor dem Wohnzimmerkamin gemütlich und schauten dem lockeren Schneetreiben mit einer guten Tasse Tee und frisch gebackenen Haferflockenkeksen zu, die auch der kleine Hund probieren durfte.

„Wenn du möchtest, nähe ich dir gerne deine neuen Vorhänge. Mit dem Ausmalen hast du bestimmt genug zu tun“, schlug Mimi vor.

„Das wäre großartig.“ Tilla schlug eine Wohnzeitschrift auf und hielt sie ihrer Tante hin. „Dieses helle Grün gefällt mir sehr gut für mein Schlafzimmer, und ich wollte dich fragen, ob ich wirklich die alte Kommode vom Dachboden holen darf. Die würde ich anstatt der alten Psyche ins Zimmer stellen."

„Das sieht bestimmt wunderschön aus, Tilla. Du hast einen sehr guten Geschmack was Einrichtung betrifft. Die Kommode passt meiner Meinung nach ausgezeichnet dazu, und du kannst sie gerne haben. Ich hoffe, die Würmer haben sie noch nicht zerfressen."

„Glaubst du, das könnte der Fall sein? Ich hoffe nicht. Dann trinke ich jetzt meinen Tee aus, sehe sie mir an und lasse sie mit Möbelpolitur ein. Wenn Louis und Atti wieder hier sind, können wir sie hinuntertragen."

„Das kann doch warten. Nimm noch einen Keks."

„Nein, Mimi. Ich bin voller Tatendrang und möchte das gerne ausnutzen."

„Dann ist es besser, du putzt sie mal gründlich und gibst die Möbelpolitur erst dran, wenn sie in deinem Zimmer steht, damit sie euch beim Transport nicht entgleitet."

„Da hast du bestimmt Recht. Sie werden ohnehin bald da sein." Tilla schluckte ihren Tee hastig hinunter und machte sich mit Glühbirne, Putzlappen und Reinigungsspray auf den Weg zum Speicher.

Im hintersten Teil wollte sie die Glühbirne auswechseln, weil die vorhandene alte nicht mehr funktionierte, und sehen, ob es noch ein Möbelstück, einen alten Sessel oder andere antike Schätze zu entdecken gab, die in die unteren Stockwerke passen könnten. In ihren abgewetzten Jeans mit Taschenlampe ausgerüstet, erklomm sie die Stufen zu dem geräumigen Speicher, auf dem sie als Kinder so gerne verstecken gespielt hatten. Erleichtert seufzte sie auf, als endlich die Glühbirne ausgetauscht war und helles Licht den hinteren Dachbodenteil erleuchtete. Tilla konnte die dunklen Ecken nicht leiden, weil sie Angst vor den dicken Hausspinnen hatte, die ihr schon beim Gedanken an sie Gänsehaut und Ekel verursachten. Vorsichtig beäugte sie die Spinnweben und stellte fest, dass es fast keine gab und der Dachboden sehr aufgeräumt und gepflegt wirkte.

Sie war überrascht, so viele vollgefüllte Säcke zu erspähen. Neugierig und voll unbekannter Vorfreude ging sie langsam auf sie zu. Was mochte wohl darin verborgen sein? Den ersten öffnete sie vorsichtig. Man konnte schließlich nicht wissen, was einem entgegensprang. Tillas Augen weiteten sich erstaunt. Ungläubig schüttelte sie ihren Kopf. Kürbiskerne, nichts als Kürbiskerne blickten ihr entgegen. Hier lagerte mindestens eine komplette Ernte kalkulierte Tilla überschlagsmäßig. Sicher war sie sich nicht, denn in Wirklichkeit konnte sie eine Erntemenge nicht ausmachen. Herrliche, dunkelgrüne Kerne, die sie durch ihre Finger rieseln lies, aus denen man bestimmt ein köstliches Kürbiskernöl pressen konnte. Warum befanden sich diese Säcke hier oben? Waren sie in Vergessenheit geraten? Ihre Farbe wirkte gesund, die Konsistenz optimal. Tilla wollte den Zustand als perfekt beschreiben. Hatten sie schlicht und einfach keine Verwendung mehr gefunden, seit Mimi die Kernölproduktion stoppen ließ? Sollten sie hier oben vergammeln oder gar verkauft werden? Was konnten sie wert sein? Was konnte man mit ihnen außer Öl noch anfangen? Fragen über Fragen stürzten auf Tilla ein.

Eine Idee regte sich plötzlich in ihr, wie ein Saatkorn, das kurz vor der Berührung mit dem fruchtbaren Boden stand. Ein Gedanke, wie aus heiterem Himmel. Konnte es sein? Sollte es sein?

Langsam, aber beschwingt und mit klopfendem Herzen stieg Tilla den Dachboden hinab und begab sich auf direktem Weg zu Mimi, die noch immer im Wohnzimmer saß. Verwundert blickte sie ihre Nichte an, die energiegeladen das Zimmer betrat und ohne Umschweife zu reden begann: „Hör mir zu, ich hatte eine Eingabe – von oben sozusagen.“ Sie kicherte.

„Ich bin ganz Ohr, meine Liebe. Die Kommode ist also brauchbar?“

„Nein, nein. Ich meine ja. Ich denke es zumindest. Ich habe sie mir nicht angesehen.“

Mimi sah verwirrt aus.

„Ich möchte etwas ganz anderes mit dir bereden.“

„Gerne. Magst du mir noch ein wenig Tee nachschenken?“

„Sicher. Am besten mit einem Schuss.“

Mimi sah ihre Nichte ein wenig verwundert an. „Wenn du meinst“ und fügte trocken hinzu: „Die Luft da oben ist dünn ...“

Als die beiden ihren Tee mit Schuss vor dem Kamin nippten, lehnte sich Mimi zurück und Tilla rutschte aufgeregt auf die Kante des alten Ledersessels.

„Wie lange hast du die Mühle geführt, Mimi?“

„Ach, liebe Tilla. Mir ist eigentlich gerade nicht danach in die Vergangenheit zu blicken.“

„Es geht auch gleich in die Zukunft. Bitte, Mimi.“

„Nun ja, nach Hans‘ Tod mehr als ein gutes Jahr lang.“

„Aber davor? Da hast du doch auch alles gemacht, oder? Ich kann mich daran erinnern, dass ich dir helfen durfte. Du hast mich das Salz den gemahlenen Kernen beifügen lassen.“

„Ja, ich erinnere mich auch. Du warst damals schon sehr gewissenhaft.“ Mimi lächelte und fügte hinzu: „Ich habe meinen Mann unterstützt, wenn du so willst.“

„Also kennst du dich mit allem aus?“

„Worauf willst du hinaus, Tilla?“

„Wir machen die Mühle wieder auf!“ Tilla sprang vom Sessel hoch.

„Tilla, mir ist nicht nach Scherzen zumute.“ Mimi schüttelte müde den Kopf und nahm einen Schluck Tee.

„Nein, Tante. Mir auch nicht. Ich habe mir alles genau überlegt!“

„In den zwanzig Minuten die du auf dem Dachboden warst?“

Tilla setzte sich wieder, wippte aber aufgeregt wie ein Schulmädchen auf der Sitzkante herum.

Nun rutschte auch Mimi an die Kante und tupfte sich mit einer Serviette die Mundwinkel, richtete sich auf und sagte: „Ich höre.“

„Wir haben eine voll eingerichtete, funktionstüchtige Mühle, richtig?“

„Abgesehen von eventuellen Wartungsarbeiten, Reparaturen und was weiß ich. Zudem entspricht die Mühle sicherlich nicht dem allerneuesten Stand“, gab Mimi zu Bedenken.

„Aber man könnte sie rein theoretisch in Betrieb nehmen?“

„Rein theoretisch ja. Aber wir haben keine Kerne, keine Arbeiter, keine Flaschen, keine Etiketten, … – ach, Tilla!“

„Mimi, du hast mal erwähnt, dass es der Gemeinde nicht so gut ginge, weil die jungen Leute aufgrund fehlender Arbeitsplätze abwandern, darum hier die Kaufkraft sinkt, Geschäfte zusperren müssen und letztendlich alles den Bach hinuntergeht.“

„So deutlich habe ich es bestimmt nicht ausgedrückt. Aber etwas Wahres ist natürlich dran“, gab Mimi zu.

„Deshalb habe ich folgende Idee entwickelt. Wir schließen uns mit den heimischen Landwirten zusammen. Wir kaufen ihre Kerne und pressen unser hochwertiges Öl. Nebenbei bieten wir Lohnpressen für sie an, damit sie ihr eigenes Öl produzieren können. Nur hier gezüchtete und geerntete Kerne, biologisch, fair trade und das ganze Pipapo. Wir stellen Leute aus dem Ort ein. Wir organisieren regelmäßig ein Schaupressen für Interessierte und Schulklassen. Wir machen Kernölverkostungen und geben einen Kernölleitfaden heraus. Vielleicht können wir sogar Rezepte mit Kernöl kochen und anbieten. Wir tun uns mit anderen Kernölproduzenten und Landwirten zusammen und gründen als Alternative zur Weinstraße eine Kernölstraße. Das grüne Gold und so weiter.“

Tilla holte Luft und blickte ihre Tante mit großen Augen an. Sie spürte wie sich in Mimi Interesse regte und nahm den Faden enthusiastisch weiter auf: „Statt des langen, konservativen Namens ‚Herzog – Die Mühle mit Herz‘, nennen wir uns anders, peppiger. Mir wird noch etwas einfallen. Was sagst du?“

„Ja, aber bis du die Leute hier davon überzeugt hast und wir ihre Kerne bekommen, können Jahre vergehen. Irgendwann funktionieren die Maschinen nicht mehr, …“

„Mimi, ich habe auf dem Dachboden Säcke voller Kürbiskerne gefunden“, schüttelte Tilla euphorisch ihren Trumpf aus dem Ärmel.

„Was redest du denn da?“, fragte Mimi verwirrt.

„Tantchen, dort oben lagern sicher zwei volle Ernten – ok, vielleicht ist es auch nur eine – und die Kerne sind, laut erster Überprüfung durch mich, vollkommen in Ordnung!“

„Tilla, ich kann das gar nicht glauben.“

„Mimi, es ist so. Ich war selbst vollkommen verwundert. Der Dachboden sieht auch sehr gut in Schuss gehalten aus. So, als würde sich jemand regelmäßig darum kümmern. Und dieser Jemand hat die Kerne absichtlich dort oben gelagert.“

„Das hört sich an, wie ein Märchen. Das kann doch nicht sein. Ich weiß nichts davon.“ Mimi ergriff die Hände ihrer Nichte und drückte sie fest und liebevoll. „Aber lass uns nichts überstürzen und eine Nacht darüber schlafen. Ich frage Louis.“

„Wir haben Kerne!“, rief Tilla noch einmal begeistert.

„Ich verstehe das alles nicht.“

„Mimi, auf dem Dachboden befinden sich einige Säcke mit guten, gesunden Kernen, die pressfähig sind“, erklärte Tilla, als könnte sie es selbst noch immer nicht glauben.

„Wo kommen die bloß her?“, murmelte Mimi.

„Keine Ahnung. Aber es scheinen unsere zu sein. Sie

lagern auf dem Speicher."

Mimi schüttelte ihren Kopf. „Ich war seit Ewigkeiten nicht mehr dort oben. Alle pressfähigen Kerne haben wir stets im unteren, dafür vorgesehenen, Lagerraum aufbewahrt.

Tilla nickte verständnisvoll aber Mimi merkte, dass sie in Gedanken längst wieder bei ihrer Idee war.

„Louis wird wissen, was es damit auf sich hat. Er muss es wissen", murmelte Mimi und beutelte lächelnd und ungläubig ihren Kopf.

„Mimi, das kann kein Zufall sein. Lass uns daran glauben!", gab sich Tilla aufgeregt ihrer ersten Euphorie hin.

„Mama!" Atti stürmte ins Wohnzimmer. „Herr Veit hat gesagt, dass sie immer Leute wie mich bei der Freiwilligen Feuerwehr suchen. Er sagt, ich sei alt genug und er sieht, dass ich stark und intelligent sei. Herr Veit …"

„Dieser Herr Veit muss ja ganz toll sein." Tilla grinste ihren fasziniert gestimmten Sohn an.

„Er ist wirklich ein sehr netter Mensch", bestätigte Mimi. „Sehr kompetent in der Beratung und ausgesprochen höflich."

„Und was bin ich?" Louis keuchte zwei Farbkübel schleppend ins Wohnzimmer, die er polternd auf dem echten Perserteppich abstellte.

„Ach, Louis", seufzte Mimi.

„Du bist der Beste!" Tilla sprang auf und umarmte ihn, woraufhin sich der alte Mann verlegen aus ihren Armen wand.

„Die jungen Dinger von heute sind so gefühlsbetont", hörte sie ihn murmeln, meinte aber ein Lächeln auf seinen

Lippen erkannt zu haben.

„Setz dich doch einmal hin, mein Lieber“, übernahm Mimi das Kommando. „Tilla, schenke ihm doch bitte Tee ein und gib einen Schuss dazu.“

Louis runzelte seine Stirn. War es soweit? Atti blickte ihn erstaunt an. Er hätte gewettet, dass er nicht runzliger hätte werden können.

Nachdem Louis es sich in seinem Lieblingsohrensessel bequem gemacht und einen Schluck getrunken hatte, platzte Tilla mit ihrer Frage heraus: „Louis, weißt du etwas über die Kerne, die am Dachboden lagern?“, fragte Tilla.“

Genüsslich und als hätte er alle Zeit der Welt nahm er noch einen Schluck und grinste. Endlich. „Weißt du, Kindchen, nicht immer ist das Wissen, aber das Tun von Bedeutung.“

Tilla gab es auf, den Freund ihrer Tante zu befragen. Je älter er wurde, desto schrulliger erschien er ihr.

Mimi verdrehte die Augen und Atti blickte verwundert von einem zum anderen.

Irgendwann, kurz vor Hans‘ Tod, hatte er ihm das Versprechen gegeben, sich immer um die Mühle und Maria Emilia zu kümmern. Louis vermutete, dass er es immer gewusst hatte. Nun war es an der Zeit, einige Dinge weiterzugeben und er begann zu erzählen, dass er, noch mit Hans‘ Hilfe, von den letzten Ernten Teile abgezweigt und säckeweise auf dem Dachboden gelagert hatte. Mehr als sie es bewusst benennen konnten ahnten sie, dass die Kerne einmal gebraucht werden würden.

„Und wir hatten immer die besten Kerne, denn unsere

Kürbisse waren die besten“, verkündete Mimi stolz.

Louis nickte. „Wir haben die ersten Bio-Kürbisse gezüchtet, wenn du so willst.“

Tilla saugte alle Informationen auf wie ein Schwamm, der seit langem kein Wasser mehr abbekommen hatte.

„Eines Tages haben Hans und ich, ich meine und wir“, er blickte Mimi – Tilla hätte den Ausdruck zärtlich verwendet, änderte ihn aber innerlich in verehrend ab – an, „beschlossen, dass wir die Frucht nicht mehr spritzen und den Boden so schonend wie möglich bearbeiten, um alle Nährstoffe zu erhalten, die Insektenvielfalt wieder zu erhöhen und so weiter. Die ersten Ernten vor beinahe zwanzig Jahren waren etwas mickrig, aber mit der Zeit hatten wir den Dreh raus.“ Louis schwelgte stolz in Erinnerungen.

„Und was habe ich an Kürbisfleisch zubereitet“, seufzte Mimi.

„Warum machst du keines mehr?“, wollte Arthur wissen.

„Gute Frage, mein Junge. Vielleicht weil du ohnehin keines essen würdest, ich nur unsere eigenen Kürbisse verwenden möchte und wir seit die Mühle still steht nichts mehr anbauen.“

„Du könntest bestimmt mit anderen biologischen Kürbissen ein ausgezeichnetes Gemüse zubereiten“, gab er zu Bedenken und schmetterte ihren Vorwurf ab.

„Du bist ein feinfühliges, intelligentes Kind“, bemerkte Mimi, „und du hast Recht. In Wahrheit hat sich seit Hans‘ Tod und der Auflassung der Mühle so viel verändert, dass ich keine Lust mehr hatte, es zu kochen.“

Tilla nickte verständnisvoll, hüpfte auf und erklärte im Auf- und Abgehen, welche Idee ihr gekommen war.

Louis blickte von ihr zu Mimi und lächelte wissend. „Dann werden wir in Zukunft einiges zu tun haben. Und jetzt entschuldigt mich bitte. Ich bin erschöpft."

„Die Mühle muss natürlich für ein Schaupressen umgebaut werden", bemerkte Tilla ohne Einleitung am nächsten Tag beim Frühstück, als Arthur sich bereits auf dem Weg zur Schule befand. Mimi und Louis warfen sich einen belustigten Blick zu, weil Tilla so impulsiv wirkte und vor Begeisterung sprühte. Tilla hustete. Sie hatte zu hastig von ihrem Butterkipferl abgebissen und während des Kauens zu sprechen begonnen. Dafür erntete sie einen scharfen Blick von Mimi, der sie an frühere Zeiten erinnerte.

Innerlich musste sie grinsen. Mit 40 Jahren fühlte sie sich wie das pubertierende Mädchen von damals, als sie nach dem Unfall ihrer Eltern und in einer schlimmen Phase der Wut und Verzweiflung zu Mimi gezogen war. Onkel Hans war voll des Mitgefühls für die Pubertierende, wusste aber nicht, wie er mit ihr umgehen sollte. Das überließ er zur Gänze seiner Frau, die sich mit liebevoller Strenge ihrer traurigen, jungen Nichte annahm. Eduard ging sie einfach nur auf die Nerven, und er hielt so viel Abstand wie er konnte. Nur Louis war wie er auch jetzt noch war. Lieb, ruhig und verständnisvoll. Damals hatte er sie gelegentlich „Fräulein Tilla" genannt.

Tilla schluckte und redete weiter: „Wir müssen uns Gedanken um unser Image machen, wie wir uns am besten vermarkten können." Sie war in ihrem Element. „Flaschengröße und -form, neue Etiketten, wir brauchen ein Logo."

„Wie sollen wir das finanzieren?", warf Mimi nüchtern ein.

„Darüber mache ich mir noch Gedanken. Ich muss recherchieren. Wir können um eine Förderung ansuchen. Am besten ist es jedoch, wenn ich einmal in der Gemeinde vorbeischaue. Mit Unterstützung des Gemeinderates und des Bürgermeisters, Stichwort Regionalprojekt, ginge es sicher leichter und die Summe würde um einiges höher ausfallen."

„Das hört sich eigentlich ganz vernünftig an. Du könntest dein Konzept bei der nächsten Gemeinderatssitzung vortragen. Die findet kommende Woche statt. Bis dahin kannst du noch daran feilen."

„Heißt das, du bist dabei? Ihr seid dabei?" Tilla platzte fast vor Spannung.

Mimi und Louis wechselten wieder einen ihrer Blicke. Die beiden schienen telepathisch miteinander zu kommunizieren.

Sie musste die Antwort sofort hören. Von Mimi hing alles ab. Diese ließ sich nicht aus der Ruhe bringen, strich sich noch etwas selbst gemachte Erdbeermarmelade auf ihr Brötchen und genoss einen Schluck Kaffee. Louis starrte in seine Tasse, als wollte er Kaffeesud lesen.

„Die doppelte Birke sieht doch von Weitem wie ein Herz aus, nicht wahr?", fragte Mimi schließlich.

Tillas Gedankengänge schienen sich zu überschlagen. „Das ist es! Die Herz-Mühle mit Herz-Logo! Unser Öl heißt „Herzöl"! Wie klingt das?" Tilla hüpfte auf, lief zu

Mimi und umarmte sie stürmisch.

„Kindchen, du erdrückst mich noch!“

„Mimi, wir müssen es probieren. Ich bin mir sicher, dass es funktionieren kann.“

„Tilla, ich unterstütze dich gerne, weil ich weiß, wie zielstrebig du bist.“

„Danke, Tante! Du bist die Beste!“

Auf Louis‘ Gesicht erschien das breiteste Grinsen, das er zur Verfügung hatte. Er wirkte glücklich und bestätigt.

20

Die Woche verging wie im Flug. Abgesehen von einigen hartnäckigen Stellen ließen sich die Tapeten am nächsten Tag überraschend gut lösen.

„Wer will das Abkleben übernehmen?", fragte Tilla.

„Das kann ich machen", willigte Arthur sofort ein. Tilla legte die Böden mit Schutzpapier aus und bewunderte ihren Sohn, der mit einer ruhigen Hingabe alle Türstöcke, Fensterrahmen und Stecker gewissenhaft mit Klebeband abklebte.

Als sie fertig waren, teilten sie die auszumalenden Plätze untereinander auf und Tilla schaltete einen Radiosender mit alter Schlagermusik ein.

„Wie uncool, Mama!", stöhnte Arthur und griff sich mit der flachen Hand an die Stirn. „Du bist so peinlich."

Tilla äffte ihren Sohn grinsend nach und blieb unerbittlich.

„Damit kann ich besser malen. Zudem sieht und hört uns hier ohnehin niemand."

Fröhlich und unbekümmert sang sie lautstark mit, sodass Atti sich demonstrativ die Ohren zuhielt. Schlussendlich musste er lachen, weil seine Mutter keinen einzigen Ton traf und ihre Hüften in einer alten Jeanslatzhose wild hin und her schwang. Als ein Abba-Song gespielt wurde, flippte Tilla regelrecht aus. Arthur bog sich vor Lachen und ließ sich von seiner Mutter anstecken. Ausgelassen tanzten die beiden zwischen Farbkübeln, Leiter, Rollen und Klebebändern mit ihren Pinseln als Mikros, um dann vollkommen positiv geladen die Wände zu streichen.

Nach zwei Stunden saßen sie weiß besprenkelt mit Farbe, aber glücklich und zufrieden im Flur beisammen. Das Ergebnis konnte sich sehen lassen. Der erste Stock wirkte auf einmal viel freundlicher und größer – sogar richtig modern. Attis Begeisterung zeigte sich indem er Tilla erklärte, wo er seine Lieblingsposter aufhängen wollte und ihr versprach, seine Sachen endlich zu verräumen. Zur Belohnung schenkte ihm Tilla die Zimmerhängematte, die er sich seit zwei Jahren wünschte.

„Mama, das ist so klasse. Endlich! Danke!"

Tilla umarmte ihren Sohn, der sich kurz an sie kuschelte und seinen Kopf schräg legen musste, damit er auf ihrer Schulter ruhen konnte, weil er bereits so groß wie sie selbst war. Sie liebte diese innigen Momente, die immer seltener wurden und schmiegte ihr Gesicht in sein dichtes Haar.

„Wo willst du dein zweites Bett haben?", neckte ihn Louis, der mit Bohrer und Dübeln ausgestattet die Wände fachmännisch abklopfte.

„In meiner Leseecke", bestimmte Arthur und zeigte Louis, wie er sich seinen persönlichen Rückzugsort vorstellte. „Wie viel Gewicht hält sie aus?"

„Dich bestimmt", brummte Louis und Arthur schien trotz der kargen Antwort zufrieden zu sein. Ohne weitere Kommentare montierte Louis ihm zwei Regale und Arthur machte sich daran, seine Bücher und CDs einzuräumen. Eine Stehlampe komplettierte die gemütliche Ecke und ein zufriedenes Lächeln zauberte sich auf des Jungen Gesicht. Endlich schien er sein Zuhause gefunden zu haben. Endlich war er angekommen. Charlie machte es sich auf seinem Bett bequem, gähnte und schlief ein. Atti strich ihm liebevoll über den Kopf. Draußen fielen dicke Schneeflocken vom Himmel und tauchten die Mühle in eine weiche, weiße Haube.

„Lasst uns eine Pause machen“, schlug Tilla vor.

Sie machten es sich in der warmen Küche gemütlich, stärkten sich mit selbst gebackenem Brot und Aufstrichen und tranken heißen Tee mit Orangen-Zimt-Geschmack.

„Weißt du, Mama“, Atti kaute genüsslich, „Herr Veit meinte, dass ich im Frühling den Eignungstest bei der Freiwilligen Feuerwehr machen könnte.“

„Ja, warum nicht. Das ist eine sinnvolle Beschäftigung und du wirst neue Freunde finden.“

„Herr Veit hat mir auch schon verraten, dass es für die Kinder der Freiwilligen Feuerwehr eine Ferienwiese im Sommer gibt mit Zelten, Lagerfeuer und Raften auf der Mur.“

„Das hört sich großartig an, Atti!“, bestätigte Tilla. „Und auf diesen Herrn Veit bin ich wirklich gespannt. Der scheint genau zum richtigen Zeitpunkt aufzutauchen.“

Mimi und Louis nickten lächelnd.

„Noch Tee, meine Liebe?“, fragte Mimi.

21

So unentschlossen Tilla bei der Wahl ihrer Kleidung war, so unentschlossen war sie sich, wie sie ihr innovatives, modernes Konzept vor dem hiesigen, konservativen, alt eingeschworenen Gemeinderat präsentieren sollte. Sollte sie sich als eine von ihnen ausgeben und betonen, dass sie Arbeitsplätze in der Region zu schaffen gedenke. Oder sollte sie sich etwas distanzierter geben und als externer Profi sozusagen von außen in die Gemeinde eindringen?

Ihr Onkel Hans Herzog war von allen sehr geschätzt und beliebt gewesen. Eduard machte seinem Namen hingegen nicht alle Ehre, obwohl er im Autohandel sehr angesehen schien. Auf jeden Fall galt der Name Herzog noch immer etwas.

Tilla wollte darauf aufbauen und entschied sich, aufgrund all ihrer Überlegungen für eine hellrosa Bluse, einen hellgrauen Wollrock, der ihre Hüften kaschierte, eine blickdichte dunkelgraue Strumpfhose und altrosa Lederstiefel mit Absätzen, die sie eigentlich nicht leiden konnte – obwohl sie wunderschön waren -, weil die Sohle so glatt war und sie schlecht in ihnen laufen konnte. Aber sie wirkte größer und glaubte, dadurch überzeugender auftreten zu können. Während der Sitzung musste sie ja nicht rennen. Sie bändigte ihre Locken, schminkte sich dezent und machte sich auf den Weg.

Als Louis sie durch das verschlafene Städtchen fuhr, nahm sie, wie jedes Mal, wenn sie hier entlang kam, die alten Bürgerhäuser wahr, die die breite Straße zierten und dem Ortskern ein stattliches Ansehen verliehen. Bunte

Häuser schmiegten sich aneinander wie Fische in einem Aquarium. Die Stadt wirkte verschlafen und lebendig zugleich. Breite schmiedeeiserne Tore, zum Teil noch vergitterte Fenster und dicke Holzbalken ließen in Tilla längst vergangene Zeiten und viele Lebensschicksale lebendig werden. Sie wusste um die wunderschönen Innenhöfe und liebevoll gestalteten Gärten, in die man Fremden nicht gerne Einblick gewährte. Am liebsten mochte sie die alten Zunftzeichen, die im Mittelalter die Berufe oder Verbände kennzeichneten, und zum Glück erhalten und gepflegt wurden. Sie überlegte, ob sie das Logo der doppelten Herzbirke als Zunftzeichen darstellen lassen konnte und parkte vor dem alten dunkelorange bemalten Rathaus ein.

Vielleicht würde sich ein Mühlstein darauf gut machen?

„Fräulein Tilla“, Louis lächelte sie an. Sie hatte gar nicht mitbekommen, dass er inzwischen vor dem Rathaus eingeparkt hatte. „Alles wird gutgehen. Viel Glück!“

„Danke, Louis.“

Tilla atmete tief durch, stieg aus dem Auto und kletterte mit ihren ungemütlichen aber schönen Schuhen endlich die schmalen Stufen zum Gemeinderatssaal in den ersten Stock hoch. Etwas außer Puste sammelte sie sich einen Moment, um dann energischer, als sie sich fühlte, einzutreten. Es schienen bereits alle anwesend zu sein und es herrschte ein reges Gesprächsklima. Sie wurde herzlich begrüßt, alle waren gespannt auf ihre Idee. Es war viel spekuliert worden, warum Tilla wieder zurückgekommen war. Niemand konnte genaue Auskünfte geben. Heute würden sie mehr erfahren.

Maria Emilia blieb mit Arthur daheim. Sie wollte in der Gemeinde nicht den Gedanken aufkommen lassen, sie hätte es nötig die Mühle wieder aufzusperren oder, dass ihre Nichte auf ihre Unterstützung angewiesen wäre. Tilla sollte Stadt- und Gemeinderat mit ihrer Idee selbst überzeugen.

Sie würde ihr im Verborgenen die Stange halten und wenn nötig, im Hintergrund einige Fäden ziehen. Auch, wenn das ihrer Meinung nach gar nicht notwendig war. Eduard war bei der Sitzung natürlich anwesend, denn er war nach Hans‘ Tod in den Gemeinderat von Mureck gewählt worden. Wie er sich entscheiden würde, konnte sie nicht mit Sicherheit sagen. Ihr Sohn war ihr seit langem fremd geworden. Conni war seit kurzem im Gemeinderat, um die Frauenquote zu erfüllen und sie würde Tilla bestimmt unterstützen.

„Was meinst du, Mimi, hat Mama eine Chance?“ Arthur kaute gedankenverloren an seinem Daumennagel während das kleine Etwas zu seinen Füßen lag und beim Klang seiner Stimme den Kopf hob.

„Schwer zu sagen. Neue Projekte werden hier nicht gerne angenommen. Die Leute mögen grundsätzlich keine Veränderung. Sie wollen ihre Ruhe haben. – Hör bitte auf, an deinen Nägeln zu kauen. Sie sind ja schon ganz ausgefranst.“

„Mhm. Kann ich verstehen“, murmelte Atti und biss ein letztes Stückchen Nagel ab, das er unter Mimis missbilligendem Blick auf den Boden schnipste. „Ich wollte auch keine Veränderung. Jetzt bin ich aber froh darüber. –

Nur mit dem Namen Charlie für das Kleine Etwas habe ich mich noch nicht ganz angefreundet."

Mimi nickte wissend und etwas abwesend.

„Wenn man sie richtig nehmen kann …"

„Und wenn nicht? Müssen wir dann wieder weg?"

Mimi blickte in die orange-gelben Flammen des Kamins. Das war eine Frage, die sie sich nicht stellen wollte.

„Müssen wir dann weg?", wiederholte Arthur seine Frage und kaute wieder an seinen Nägeln.

Maria Emilia zuckte mit ihren alten Schultern. „Ich habe nicht die leiseste Ahnung", gestand sie dem Sohn ihrer Nichte.

Für Eduard war klar, dass er für Tilla stimmen würde. Nach reiflicher Überlegung ging er davon aus, dass sie scheitern würde und sie dann die Mühle und das Haus verkaufen mussten. Dann endlich würde er sein Leben leben können, wie er es wollte.

Seine Mutter hatte die kleine Tilla schon immer ihm vorgezogen. Ständig wurde Rücksicht auf die arme Waise genommen. Sollte sie doch sehen, wie sie sich in ihr täuschte. Tilla war nicht besser als er. Warum hatte seine Mutter dieses Vertrauen in sie? In ihn hatte sie es nie gehabt, so wie sein Vater auch nicht. Über seine paar dummen Fehler hätten sie als seine Eltern doch hinwegsehen können. Nichts hatten sie ihm zugetraut. Maria Emilia hatte sich zwar nie dezidiert geäußert, sie hatte seinem Vater aber auch nie widersprochen. Hatte sie nicht den Mut dazu gehabt? Er kannte sie seit jeher als resolute Frau. Oder schlimmer noch, war es ihr egal, wie streng und manchmal auch ungerecht sein Vater mit ihm umging? Seit Tilla zurückgekehrt war, spukten diese Fragen in seinem Kopf herum. Warum konnte sie nicht in Wien bleiben oder wo auch immer hinziehen?

Gut sah seine Cousine und Stiefschwester heute aus, das musste er zugeben. Sie hatte in den letzten Jahren zwar ordentlich zugelegt, aber das tat ihrem Aussehen keinen Abbruch, es unterstrich ihre Weiblichkeit. In den letzten Wochen hatte sie außerdem sichtlich ein wenig an Gewicht verloren.

Sie lächelte Eduard freundlich zu. Für einen kurzen Moment öffnete sich sein Herz. Als Kinder waren sie beinahe unzertrennlich gewesen. Wie richtige Geschwister … Er konnte spüren, wie aufgeregt sie war. Ständig nestelte sie an ihrer Präsentationsmappe und zupfte an einer widerspenstigen Locke herum, die ihr ins Gesicht fiel. Eduard amüsierte sich. Endlich machte er sich einmal nicht zum Gespött. Er lächelte zurück.

Als Tilla schließlich ihre Idee präsentierte konnte er nicht umhin zuzugeben, dass ihr Vorhaben sehr plausibel und machbar klang. Zum ersten Mal fand er es schade, dass er ihren Vorschlag, das Konzept mit ihr gemeinsam durchzugehen, brüsk abgelehnt hatte. Warum musste sie aber auch jetzt hier auftauchen und Ideen zur Aktivierung der Mühle anstellen? Seine Pläne bezüglich des Verkaufs und eines Neuanfangs bekamen Risse. Wenn auch nur ganz feine, so schlichen sich doch Zweifel ein.

„… und wenn wir die Förderung bekommen, können wir sofort mit dem Umbau beginnen. Auch dafür würde ich hiesige Betriebe anheuern. Ich denke, dass das gesamte Projekt auf lange Zeit gesehen für alle hier rentabel sein kann."

„Wie lange soll diese Zeit sein? Und was, wenn dieser Plan nicht funktionieren sollte? Was, wenn die Rechnung nicht aufgeht und es nicht klappt? Dann bricht Frau Herzog ihre Zelte wieder ab und hat allen unnötig Hoffnung gemacht, die aber zurückbleiben."

Tilla schnappte nach Luft. Es hatte so gut für sie ausgesehen und jetzt stürmte ein junger Gemeinderat zum Schluss der Sitzung herein und zweifelte alles an. Wie viel von ihrem ausgeklügelten Konzept hatte er denn überhaupt mitbekommen? Was bildete er sich eigentlich ein? Wütend erhob sie sich und funkelte den Aufrührer an, der sich nun aufgebracht zu ihr umdrehte.

Der Moment des Erkennens trat sofort ein. Tilla schnappte nach Luft und stammelte entsetzt „der Urknall".

„Das ist Gemeinderat Diplomingenieur Nikolaus Veit, einer unserer größten Unternehmer hier", stellte Conni ihn ihr vor und fuhr fort: „Ich denke, wir sollten Frau Herzogs Konzept prüfen und ihr eine Chance geben. Es hört sich durchdacht an und könnte eine gute Möglichkeit für die Region sein, sich weiterzuentwickeln."

Der Bürgermeister nickte zustimmend und nahm Nikolaus Veit in Beschlag. Den Rest bekam Tilla nur noch am Rande mit. Die Gemüter hatten sich erhitzt. Endlich gab es wieder etwas Spannenderes als die Sanierung des hiesigen Sportplatzes zu diskutieren. Die Beschlussfindung wurde auf einen anderen Termin verschoben und die Räte erhoben sich. Ausgerechnet in ihrem Heimatort begegnete er ihr wieder. Aber was für ein unsympathischer Mensch er nüchtern betrachtet war.

„Ist alles in Ordnung, Tilla?“, fragte Conni besorgt. „Du siehst so blass aus.“

„Ich bin nur müde“, antwortete Tilla ausweichend.

„Das glaube ich dir gerne. Dein Konzept ist sehr gut vorbereitet und deine Präsentation war unglaublich professionell. Es ist gut gelaufen, das spüre ich. Wahnsinn, wie du das in so kurzer Zeit geschafft hast.“ Aufmunternd umarmte sie ihre Freundin. „Soll ich dich heimbringen?“

„Nein, danke. Ich brauche jetzt ein wenig frische Luft. Danke, dass du auf meiner Seite bist.“

„Das ist doch selbstverständlich. Dann flitze ich jetzt zu Hannah. Ciao.“

„Grüß sie von mir. Bis bald.“

Tilla atmete tief durch und zog ihren Mantel fester um sich, als sie das Tor zum Rathausplatz aufstieß, um nach Hause zu laufen. Es war eiskalt. Sie schritt energisch aus, ihr linker Absatz traf die schneebedeckte Eisplatte und wie in Zeitlupe schwang sich Tillas Bein nach oben, um sie gleich auf den Po zu setzen, wenn nicht zwei kräftige Arme sie rechtzeitig aufgefangen hätten.

„Schicksal, oder?“, flüsterte Nick ihr von hinten seitlich ins Ohr. Sie konnte spüren, wie er grinste und strampelte sich wütend frei, um gleich wieder auszurutschen. Diesmal fiel sie ihm von vorne in die Arme.

„Genauso stürmisch hatte ich dich in Erinnerung.“

„Lass mich los, du Saboteur“, keuchte Tilla.

„Ich fahre dich gerne heim“, ließ er sich nicht beirren.

„Auf keinen Fall. Lieber erfriere ich auf der Strecke.“

Nick zuckte mit den Achseln. „Wie Madam wünschen.“ Er drehte sich um und ging davon. Sie hörte ihn lachen, bis er in seinem Auto saß.

„Na, dem hast du es aber gezeigt“, hörte Tilla hinter sich. Eduard kam auf sie zu. „Alles in Ordnung?“

Tilla nickte.

„Komm, ich bring dich nach Hause. Du fährst doch wieder im Auto mit?“

Wieder nickte Tilla. „Ja. Nicht gerne. Aber vor allem bei kleinen, vertrauten Strecken macht es mir nichts mehr aus.“ Dankbar hakte sie sich bei ihrem Stiefbruder unter – das Laufen war ihr vergangen –, der ihr dann noch galant die Beifahrertür öffnete.

„Was denkst du, Edo, wie ist mein Projekt angekommen? Außer bei Herrn Veit, meine ich. Dessen Meinung ist ja ziemlich eindeutig.“

Eduard startete den Wagen und fuhr los. Mit seiner Antwort ließ er sich Zeit. „Ich finde, dass dein Konzept sehr professionell ausgearbeitet ist. Bis auf die Details natürlich, die im Laufe der Umsetzung geklärt werden müssten. Aber du musst doch noch wissen, wie es hier am Land läuft. Zuerst ist jeder einmal skeptisch, wenn nicht von vornherein dagegen.“

Tilla lachte auf. „Ja, da hast du recht.“

Eduard fuhr die Birkenallee hoch und hielt vor der Haustür, stellte den Motor aber nicht ab.

„Kommst du noch auf einen Tee mit hinein?“

„Heute nicht mehr. Sag Mama, Louis und Atti einen lieben Gruß. Gute Nacht!“

„Gute Nacht, Edo. Und danke fürs Heimbringen.“ Sie drehte sich zu ihm und küsste ihn auf die Wange, bevor sie die Autotür aufstieß, kräftig zuschlug und auf ihren Absätzen zur Tür schlitterte.

Eduard gab Gas und brauste davon. Tillas spontaner Gute-Nacht-Kuss hatte ihn aus der Fassung gebracht. Ein längst begrabenes Gefühl regte sich in ihm. Zuneigung.

„Neeeiiin!“, kreischte Paulina. „Das gibt es doch nicht. Ich fasse es nicht. Ich krieg mich gar nicht mehr ein! Unglaublich. Unwirklich. Unmöglich sogar!“

Tilla musste das Telefon vom Ohr weghalten, weil ihre beste Freundin vollkommen aus dem Häuschen geriet.

„Uuund? Wie sieht er aus?“ Paulina dehnte plötzlich alle Vokale.

„Keine Ahnung.“

„Was heißt keine Aaahnung?“

„Ich habe ihn nicht so genau angeschaut.“

„Du fällst ihm zweimal in die Arme und bist ihm so nahe, dass du sein Flüstern hören kannst und hast ihn nicht angeschaut?“

„Doch, schon.“

„Aaalso?“

„Also er sah gut aus. Sehr gut. Aber er hat mich so wütend gemacht, dass ich das verdrängt habe.“

„Naaa, komm!“

„Nichts na, komm, und hör auf, alle Wörter zu dehnen! Wenn er die anderen gegen mich aufbringt, ist meine Existenz gefährdet – und die Attis und Mimis. Und Louis‘. Ich mag gar nicht daran denken, dass wir wieder von hier weg und neu anfangen müssen."

Tilla fing an zu schluchzen. „Atti hat sich gerade in der Schule eingewöhnt. Conni sagt, er sei ein guter Schüler. Sie kommt gut mit ihm zurecht. Er versteht sich gut mit ihrer Tochter Hannah. Er liebt Mimi und das kleine Etwas tut ihm gut. Den Hund könnten wir in einer Wohnung nicht halten. Er hat sogar abgenommen."

„Was, der Hund?"

„Ach, Paulina!"

„Tilla, ich bin ganz durcheinander. Entschuldigung. Ich nehme mir frei und mache mich morgen auf den Weg in die Pampa. Gemeinsam fällt uns bestimmt was ein."

22

„Wo ist denn nun deine tolle Dorfdisco?“ Paulina rempelte Tilla spielerisch in die Seite.

„Geht doch zur alten Mühle“, mischte sich Mimi ein.

„Wie viele Mühlen gibt’s denn hier? Wie darf ich mir das vorstellen?“

„Was heißt, wie darfst du dir das vorstellen?“ Tilla zog die Augenbrauen zusammen. „Das ist ein Lokal. Wir sind …“

„… hier am Land“, unterbrach Mimi ihre Nichte und sah sie augenzwinkernd an. „Ich denke, ihr geht am besten zur „Alten Theke“. Tilla verstand und spielte mit.

„Theke, Barhocker, Tische und Sessel im vorderen Teil …“

„… Podest mit Band und Tanzfläche im hinteren Teil, etwas verraucht.“ Mimi verzog angewidert ihr Gesicht.

„Fantastisch! „‘Alte Theke‘ …“, rief Paulina entzückt. „Das stell ich mir vor wie in den amerikanischen Filmen. Vorne trinken die Cowboys ihr Bier am Tresen und hinten wird dann mit ihren Freundinnen ‚square dance‘ getanzt.“

„So ähnlich“, bestätigte Mimi.

„Wie konntest du mir das nur verschweigen!?“ Paulina blickte ihre Freundin vorwurfsvoll an.

„Ein bisschen Ähnlichkeit mit dem Wilden Westen hat es schon“, gab Mimi zu Bedenken.

„Na ja, Dirndl und Lederhose tragen die dort aber nicht“, warf Tilla ein.

„Gut, dass ich mein neues Dirndl eingepackt habe. Ich hatte da schon so eine Ahnung, und ich passe mich gerne den Gegebenheiten an."

„... und viele Einheimische. Also, vor den südsteirischen Cowboys würde ich mich in Acht nehmen, liebe Paulina", redete Mimi weiter.

„Das wird ja immer interessanter. Jetzt zeig ich denen mal, was so eine Stadtlady drauf hat." Paulina war voller Vorfreude und stürmte energiegeladen in das Gästezimmer, um sich umzuziehen.

„Sie wird mich umbringen", kicherte Tilla.

„Sie wird eine neue Vorstellung vom Leben in der – wie hat sie gesagt? - Pampa haben."

Paulinas rot-weiß-kariertes Modedirndl war verboten kurz, der Ausschnitt verboten tief. Sie hatte ihre langen, schwarzen Haare zu zwei Zöpfen geflochten und ihre Pumps gegen Lederstiefel mit ebenso hohen Absätzen getauscht. Tilla wusste nun, warum ihre Freundin einen so großen Koffer für ein Wochenende mitgeschleppt hatte. Ihre halbe Garderobe befand sich darin. Paulina hatte ihre Wimpern künstlich verlängert und ihre Lippen knallrot geschminkt. Sie sah aus, wie eine steirische Texanerin. Louis pfiff anerkennend, als sie die Stufen herunterschritt. Bestätigt vollführte sie eine perfekte Drehung, sodass ihr weißes Mini-Spitzenunterröckchen nur so flog. Tilla verdrehte die Augen.

„Bist du nicht ein bisschen underdressed?" Paulina schüttelte den Kopf und verzog ihre Mundwinkel.

„Ach, ich trage doch sonst immer Tracht."

Sie hatte sich für dunkle Bluejeans, zwei legere übereinander angezogene Langarmshirts in unterschiedlichen Blau- und Silbertönen und braune Wildlederstiefletten mit

Absatz entschieden. Ihre Locken hatte sie zu einem Pferdeschwanz gebändigt, so kamen die großen silbernen Ohrringe gut zur Geltung und ihre blauen Augen strahlten.

„Tschüss, Mama. Tschüss, Paulina!“, schrie Arthur vom oberen Stock hinunter.

„Danke!“, riefen beide gleichzeitig zurück.

„Atti, mach bitte nicht zu spät, ja?“

„Mama, es ist Wochenende.“ Atti verschwand in seinem Zimmer, dicht verfolgt vom kleinen Etwas.

„Mach dir keine Sorgen, Tilla. Wir machen uns auch einen schönen Abend und spätestens um Mitternacht ist dein Sohn im Bett.“

„Danke, Mimi.“

„Ich wünsche den Damen viel Spaß.“ Louis hielt ihnen die Haustür auf. „Fräulein Tilla, wenn es zu spät wird“, drückte er sich höflich aus, „kann ich euch gerne abholen.“

Tilla umarmte ihn. „Danke, lieber Louis. Wir werden es schon nicht übertreiben.“ Sie küsste ihn auf seine faltige Wange und er wandte sich verlegen um. Mimi lächelte belustigt. Das waren eindeutig zu viele Frauen für ihren schüchternen Freund.

„Ihr seht beide sehr gut aus. Amüsiert euch!“

„Puh, ist das kalt!“ Paulina zitterte in ihrem Outfit, obwohl sie einen dicken Mantel übergezogen hatte. „Das schaffe ich nicht zu Fuß. Komm, wir fahren!“

„Die paar Meter können wir doch wirklich laufen“, entgegnete Tilla, die noch immer nicht gerne in ein Auto stieg.

„Meine Liebe, hier in der Pampa bist du ohne Auto

aufgeschmissen. Es wird Zeit, dass du deine Ängste überwindest und den Führerschein machst“, entgegnete Paulina.

In diesem Moment trat Louis aus der Tür, bekleidet mit seinem Wintermantel. „Ich bringe euch hin und hole euch ab.“ Die kleine Strecke im vertrauten Ortsgebiet war für Tilla eine zu überwindende Zumutung.

„Na also, ein paar Kilometer waren das jetzt aber schon“, kommentierte Paulina, als sie nach drei Minuten Fahrzeit vor einem schwach beleuchteten Lokal mitten im Ort hielten.

Tilla grinste ihre beste Freundin an. „Du wirst wohl nie gerne zu Fuß gehen.“

„Jedem das Seine. So, jetzt lass uns da mal rein. Ich komme um vor Neugier. Danke lieber Louis fürs Fahren. Meine Freundin wollte mich eiskalt erfrieren lassen.“

Louis grinste und Tilla winkte ab.

„Wieso nennen Sie sie eigentlich ‚Fräulein Tilla‘?“

„Das macht er schon immer“, stellte Tilla fest, „stimmt’s Louis?“

Er nickte. „Sie war schon als kleines Mädchen ein Fräulein. Und sag doch du zu mir.“

„Gerne“, sagte Paulina und stieg aus dem Auto.

„Erwarte dir bloß nicht zu viel“, murmelte Tilla und verabschiedete sich von Louis. Dann hielt sie ihrer besten Freundin die Tür zum Lokal auf.

„Wie schön, heute wird mir ständig die Tür aufgehalten. So viel Höflichkeit bin ich gar nicht gewöhnt.“ Voller Schwung betrat sie die „Alte Theke“ und stieß mit einer blonden, sehr wütenden jungen Frau zusammen. „Entschuldigung“, sagte Paulina, während die Blondine ohne Worte an ihnen vorbeirauschte. Paulina schüttelte nur ihren Kopf, wie um das Erlebnis abzuschütteln und ging forschen Schrittes weiter. Tilla konnte den Luftzug spüren – und wie alle Augen sich auf sie richteten. Es war, als würde ein Raunen durch die Menge gehen. Anstatt Einheimischen in alter oder auch moderner Tracht erblickte Paulina Menschen unterschiedlichen Alters mehr oder weniger stylish gekleidet. Leute an der Theke, die aus einem einzigen Holzteil gefertigt worden war. Viel Glas, Stein und gemütlich gruppierte Tisch-Bank-Ecken, gedimmtes Licht und coole Musik. Sehr Lounge, sehr chillig. Keine heimische Lifeband, kein Tanzpodest weit und breit, kein Westernstyle, nicht mal Polka oder Walzer - niemand tanzte auch nur irgendwo. Nach gefühlten fünf Minuten drehte sich Paulina zu Tilla und flüsterte lächelnd „ich bringe dich um.“

Tilla hob entschuldigend ihre Schultern und war noch nie so froh, Conni zu erblicken, die die beiden zu sich an den Tisch winkte, wo sie mit der ganzen Mädelsrunde saß. Küsse und Hallos wurden ausgetauscht. Tilla fühlte sich, als wäre sie nie weggewesen.

„Tequila für die Heimgekehrte und ihre Begleiterin“, rief jemand von der Theke. Tilla spähte hinüber und erkannte Tom, ihren Verehrer aus Jugendtagen.

„Danke!“, rief Tilla über die Köpfe ihrer alten Freundinnen hinweg und winkte ihm.

„Und für die Damen auch“, fügte er großzügig hinzu.

„Du bist ja heute richtig spendabel“, ätzte Conni.

„Mach nur weiter so, der Abend ist lang!“, kommentierte Lilo.

„Und wir sind durstig!“, johlte Bine.

„Und du?“ Nina blickte Paulina an.

„Ich denke, sie hat die Dirndl-Probe bestanden!“, erklärte Tilla und Paulina fing an zu lachen, dass ihr die Tränen kamen.

„Prost die Damen! Ich bin Paulina, die Stadt-Tussi, und die nächste Runde geht auf mich!“

„Jawoll!“, fand sie einhellig Zustimmung.

„Sagt mal, wer war denn die Blonde, die vorhin gegen Paulina gerannt ist?“, erkundigte sich Tilla .

Die Freundinnen ließen ihre Blicke durch die Runde gleiten. „Du weißt wirklich nichts?“, fragte Bine.

Tilla schüttelte den Kopf. „Ich habe diese Frau noch nie gesehen.“

„Sie ist Eduards ...“, Conni überlegte welches Wort sie verwenden sollte.

„Nein.“ Tilla riss ihre Augen auf. „Aber er ist doch mit Ilsa verheiratet.“

„Du hast über all die Jahre nichts mitgekriegt?“ Lilo war fassungslos.

„Was denn? Ich meine, dass die beiden nicht das glücklichste Ehepaar sind, habe ich schon bemerkt.“

„Dein Bruder hat ständig Affären. Und das ist seine aktuelle“, sagte Nina.

„Puh, das sind ja gleich mal Neuigkeiten“, stöhnte Tilla und nahm einen Schluck Bier.

„Themenwechsel“, beschloss Paulina. „Ihr seid die, mit denen Tilla heimlich Maiszigaretten geraucht hat?“ Einhelliges Nicken.

„Erste Disco!“, kicherte Lilo.

„Die gibt es hier also doch?“ Paulina blickte Tilla finster an und sie beeilte sich zu erklären, dass das lediglich ein Partyraum für Jugendliche im Keller des Gemeindesaals war.

Getratsche, Gekichere und ein paar Shots später lehnte sich Tilla zurück. Das waren ihre Mädels. Sie fühlte sich angekommen, zu Hause und glücklich. Hier war es egal, wie viele Kilos man wog, was man arbeitete oder wie ehrgeizig die Kinder waren, denn meistens waren es ohnehin die Eltern, die ihre Sprösslinge antrieben. Hier musste Tilla sich nicht verstellen oder unter Beweis stellen, sie konnte einfach sie selbst sein. „Prost, ihr Lieben! Ich habe euch vermisst!“

„Wir dich auch!“ Die rührselige Lilo wischte sich ein paar Tränen aus den Augenwinkeln.

„Mhm, ist gut, dass du wieder da bist“, kommentierte Bine in ihrer reschen Art. „Jetzt bleibst du aber da“, befahl sie, und Conni stimmte nickend zu.

„Mädels, ich heule auch gleich“, mischte sich Paulina ein. „Wollt ihr mich adoptieren?“

In diesem Moment ging die Tür auf und Nick spazierte hinein. Tilla hielt die Luft an.

„Guten Abend, die Damen.“ Als er Tilla erblickte, zwinkerte er ihr schelmisch zu und schlenderte lässig weiter Richtung Tresen.

„Hallo, Nick!“, rief Lilo gut gelaunt.

„Das ist er?“ Paulina riss ihre Augen auf. „So gut aussehend hatte ich ihn gar nicht in Erinnerung ...“

„Was meint sie damit?“, wollte Conni wissen. Tilla

verdrehte die Augen und zuckte die Achseln.

„Wenn du es nicht erzählen willst, dann tu ich es“, grinste Paulina.

„Wir sind uns in Wien begegnet“, sagte Tilla.

„Halt! Ich erzähle, sonst wird das nichts“, übernahm Paulina das Wort und gab Tillas Urknall-Geschichte großzügig ausgeschmückt preis. „So, jetzt sind wir quitt.“

„Das ist ja krass“, meinte Conni ungläubig.

„Und jetzt bist du hoffentlich nicht verliebt“, sagte Nina trocken.

„Das wäre nämlich ein fataler Fehler“, ergänzte Lilo.

„Aber nein. Warum denn? Nach einem Mal …“

„Na ja, wenn's so toll war.“

„Urknall und so.“

„Was meint ihr überhaupt?“

Die Freundinnen tauschten wissende Blicke untereinander aus.

„Ich will auch hier wohnen“, entschlüpfte Paulina.

„Na, los. Raus mit der Sprache.“

„Nick geht keine Beziehungen ein“, erklärte Conni und die anderen nickten.

„Ich bin vom Wunsch nach einer Beziehung meilenweit entfernt“, ereiferte sich Tilla und schüttelte energisch den Kopf.

„Und wieso wisst ihr das alle?“, bohrte Paulina nach.

„Weil wir, na ja, weil die meisten von uns, …“, stotterte Lilo.

„Ich nicht“, sagte Conni.

„Ich auch nicht“, sagte Nina.

„Was war denn das letztes Jahr beim Stadtfest?“, wollte Bine jetzt wissen.

„Wir haben nicht. Ich meine, ich bin allein heimgegangen. So, jetzt wisst ihr's."

„Aber uns glauben lassen, dass da was gelaufen ist", knurrte Bine.

„Da glaubt man, jemanden in und auswendig zu kennen …"

Nina zuckte mit den Achseln. „Ich bin jetzt seit achtzehn Jahren mit Klaus zusammen und er hat mich noch immer nicht gefragt. Mir reicht es. Und da habe ich beschlossen, ihn eifersüchtig zu machen und mich an Nick herangemacht. Das war zumindest mein Plan."

„Und woran ist er gescheitert?", fragte Tilla neugierig.

„Zum einen daran, weil mein Herzblatt schon etwas zu viel Bier intus hatte und mit unserem Dorfpolizisten in ein Gespräch über Fußball verwickelt war und gar nichts mehr von meinem Plan mitbekommen hätte. Zum anderen, weil Nick nichts von meinem Vorhaben gehalten hat."

„Das scheint ja ein richtiger Gentleman zu sein", fasste Paulina zusammen.

„Er ist einfach unglaublich nett", schwärmte Lilo, die in einer glücklichen Beziehung lebte und ihre drei Kinder bei ihrem Ehemann allein daheim bestens aufgehoben wusste. „Ich kann mir gut vorstellen, dass er öfter von frustrierten Frauen angebaggert wird und sie dann abweist, um sie nicht zu verletzen."

„Sicher, ich müsste auch ständig jemanden abwimmeln, nur erbarme ich mich all der Unglückseligen, die es mit mir treiben wollen."

„Paulina!", zischte Tilla und sah sich im Lokal um, um

sich zu vergewissern, dass ihnen niemand zugehört hat während ihre Kindergartenfreundinnen lachten, dass ihnen die Tränen von den Wangen kullerten.

„Ist ja wahr. So gutaussehend er auch ist.“ Sie rollte ihre Augen. Das konnte sie großartig. Niemand konnte seine Augen kreisen lassen wie Paulina. „Typ einsamer Wolf“, spann sie ihre Gedanken weiter. „Habe ich Recht?“ Sie blickte Zustimmung erbetend in die Runde.

„Irgendwie schon“, gab Lilo zu. „Er redet nicht viel über sich. Das heißt, wir alle wissen eigentlich nichts Privates über ihn.“

„Nur Intimes!“ Paulina wieherte vor Lachen. Bine, Nina, Conni und Lilo stimmten lauthals mit ein.

„Nein“, sagte Lilo wieder ernst. „Ich denke, weil wir Tillas Rückkehr feiern, soll heute auch der Tag der Wahrheit sein.“ Sie blickte in die Runde und alle nickten zustimmend. „Wir hätten sicher alle gerne …“

„Oder würden gerne …“ Bine, die seit neun Jahren glücklich mit dem Murecker Bäcker verheiratet war und zwei Kinder mit ihm hatte kreischte, als Conni sie in die Seite stupste. Nina hob die Augenbrauen und fuhr fort: „Also, jede hier hat sich schon einmal vorgestellt, was mit Nick zu haben. Ich meine, er sieht doch zu gut aus.“

„Und witzig ist er auch“, unterbrach Bine wieder. Diesmal lies Conni sie in Ruhe und fügte hinzu: „Intelligent ist er auch.“

„Das scheint ein wahrer Märchenprinz zu sein“, kommentierte Paulina und Tilla meinte, dass sie gerne das Thema wechseln würde. „Jetzt doch nicht, wo es gerade so spannend ist“, tat Paulina sie ab und Bine plauderte weiter.

„Er hatte eine Beziehung mit einer Frau, die wir alle nicht kennen, als er ein Auslandsjahr in Schweden verbrachte. Sie dürfte ihn sehr verletzt haben, sodass er dann beschlossen haben muss, sich für keine andere mehr zu öffnen."

„Er hat viele Freunde hier. Ich meine, er ist bei allen sehr beliebt, weil er hilfsbereit, charmant, humorvoll und großzügig ist, wir mögen ihn alle. Aber er ist doch irgendwie – wie soll ich sagen? – reserviert", sagte Nina.

„Einsamer Wolf mit Bindungsphobie", fasste Paulina nüchtern zusammen.

Die Damen nickten zustimmend. Jede schien Erinnerungen mit Nick nachzuhängen.

„Und wirklich keine von euch hatte echten, nicht nur imaginär erlebten Sex, mit ihm?"

„Paulina!" Tilla funkelte ihre Freundin an.

„Süße, du weißt doch, wie neugierig ich bin." Sie lächelte entschuldigend.

„Ihr könnt ruhig antworten", keifte Tilla und ärgerte sich, weil ihr das Gespräch auf die Nerven zu gehen begann. Immerhin handelte es sich um ihren Urknall.
Wieder nickten alle.

„Also ich habe echt keine Lust mehr, den ganzen Abend über diesen Typen zu reden", seufzte Tilla.

„Welchen Typen?" Nick hatte sich unbemerkt an ihren Tisch gestellt. Erschrocken blickten ihn zehn Augenpaare an.

„Ihr redet doch nicht über mich?" Ein breites Grinsen erstrahlte über sein Gesicht.

„Nein."
„Sicher nicht."
„Wie kommst du denn darauf?"
„Warum sollten wir?"
„Wir haben gänzlich andere Themen."
„Gänzlich andere, soso. Na dann, die Damen. - Hallo, Tilla."

Er blickte sie kurz an und Tilla bekam weiche Knie unter seinem intensiven Blick, woraufhin sie sich über sich selbst ärgerte und ihm nur kurz zunickte. Der Typ war wirklich unverschämt. Was hatte sie sich nur in Wien eingebildet?

„Ich wünsche euch noch einen schönen Abend." Er zwinkerte ihr zu, und weg war er. Tilla spürte, wie sie rot geworden war.

„Wow! Der hat es echt drauf. Mir gefällt er", kicherte Paulina.

Tilla schlug ihr auf den Oberschenkel.

„Aua, spinnst du?"

„Du kriegst nichts mehr zu trinken", bestimmte Tilla.

„Der Abend ist aber noch so jung", grinste Paulina und fügte hinzu: „An der Theke habe ich einen netten Cowboy entdeckt!"

„Komm, ich stell ihn dir vor", sagte Bine und gesellte sich mit ihr an die Bar. „… und bei euch gibt es immer frische Semmeln?", hörten sie Paulina noch fragen.

„Deine Stadt-Freundin ist sehr lustig. Die darf wieder kommen", bestätigte Conni.

„Und was ist jetzt zwischen Nick und dir?", wollte Nina genauer wissen.

„Was soll schon sein? Nichts natürlich."

„Eure Blicke vorhin haben etwas anderes ausgedrückt", meinte Lilo und nickte unterstützend mit dem Kopf.

„Seit der letzten Gemeinderatssitzung kann ich ihn nicht ausstehen."

„Aber warum denn nicht?", wollten Nina und Lilo unisono wissen.

„Er will mein Projekt verhindern."

„Du meinst das Ölmühlenprojekt?" Die Frauen rückten näher zusammen, beugten ihre Köpfe vor, sodass sich ihre Hälse ähnlich denen von Straußen reckten, und Tilla erklärte ihren alten Freundinnen, was sie vorhatte.

„Das ist eine großartige Idee!" Nina war begeistert.

„Wir werden dich unterstützen", bekräftigte Bine, die wieder an den Tisch zurückgekehrt war.

„Nick allein kann nichts entscheiden, obwohl er hier in der Gemeinde einiges zu sagen hat", sagte Conni. „Aber wenn du Konkreteres bei der nächsten Sitzung vorlegen kannst und er sieht, dass es dir ernst ist, wird er den Plänen schon zustimmen", gab sie sich überzeugt.

„Danach hat es aber gar nicht ausgeschaut", meinte Tilla.

„Was sagt eigentlich Eduard dazu?", fragte Bine.

„Nicht viel", gab Tilla zu. „Ich habe ihn natürlich sofort in meine Pläne eingeweiht, schließlich hängt von seiner Zustimmung einiges ab. Allerdings hat er nicht, wie von mir erwartet, mit unbändiger Begeisterung reagiert. Im Gegenteil. Er hält sich zurück, meint, er hätte im Moment keinen Kopf dafür, wegen Stress in der Arbeit."

„Bei der Gemeinderatssitzung hat er aber durchaus interessiert gewirkt“, warf Conni ein. „Also ich bin mir sicher, dass du auf seine Stimme zählen kannst, wenn er schon nicht vor Ort mitmacht.“

„Wärt ihr ein Paar, gäbe es keine Probleme“, überlegte Lilo laut.

„Wie bitte? Eduard ist sozusagen mein Bruder.“

„Doch nicht Eduard! Nick!“

„Das ist es!“, rief Nina aus. „Das ist die Jahrhundertidee. Wir müssen euch zusammenbringen, dann stimmt er deinem Mühlenprojekt garantiert zu und du hast den Mann, in den du dich verliebt hast an deiner Seite.“

„Spinnt ihr jetzt alle? Ich war zu lange in der Großstadt, daran bin ich echt nicht mehr gewöhnt.“

„Nein, nein“, sagte Conni und zog an ihrem Cocktailstrohhalm. „Der Gedanke hat was.“

„Frag doch Louis und Mimi nach dem Tropfen“, warf Bine aufgeregt wegen Lilos alles lösender Idee ein. Die anderen nickten begeistert.

„Sagt mal, ihr glaubt doch nicht wirklich an dieses Märchen?“, stöhnte Tilla.

„Das ist kein Märchen“, entrüstete sich Bine.

„Denk an die Kindergärtnerin“, bestätigte Nina.

„Oder an die ehemalige Bäckerin, von der mein Mann die Bäckerei übernommen hat. Sie lebt jetzt glücklich mit ihrem Allerliebsten auf irgendeiner Südseeinsel.“

„Ach, Mädels“, seufzte Tilla. „Meine Mutter hat mir, als ich noch klein war, einmal etwas von dem Liebesöl, wie sie es nannte, erzählt. Ich kann mich daran erinnern, dass es sich um eine wunderschöne Geschichte handelte.

Und das ist es auch. Eine Geschichte, ein Märchen, eine Sage – auf keinen Fall gibt es das Öl tatsächlich. Mimi und Louis sind doch keine Zauberer." Tilla schüttelte lächelnd ihren hübschen Lockenkopf. „Und verliebt bin ich auch nicht."

Erstaunt blickten ihre alten Freundinnen sie an. Konnte es sein, dass die vielen Jahre in der Großstadt sie unempfänglich für die Magie der Liebe gemacht hatten? Konnte es sein, dass sie als Einzige in ganz Mureck nicht an den Zauber des Liebesöls glaubte? Tilla, die nun praktisch an der Quelle lebte, musste doch um das Geheimnis Bescheid wissen. Seit die Mühle nicht mehr in Betrieb war, hatte niemand mehr geheiratet. Das war doch kein Zufall. Zufälle gab es überhaupt nicht.

„Lasst uns jetzt den lustigen Abend genießen, morgen sperrt nämlich meine Mitarbeiterin das Café auf und meine Schwiegermutter hat Kinderdienst. Hier kommt auch schon die nächste Runde!", wechselte Bine entschieden das Thema.

Nachdem Tilla und Paulina sich am nächsten Tag ausgeschlafen hatten, bekamen sie von Mimi einen köstlichen Sonntagsbrunch serviert.

„Du bist die allerbeste!" Tilla umarmte ihre Tante und tanzte mit ihr durch den Salon.

„Na, na, na, junge Dame. Etwas sachter."

Tilla setzte Mimi behutsam ab und fragte besorgt: „Geht's dir nicht gut, Mimi?"

„Meine Liebe, es ist mir nie besser gegangen. Mach dir doch nicht immer so viele Sorgen." Tilla fiel ein Stein vom Herzen. Eine kranke Maria Emilia passte einfach nicht in ihr Bild.

„Hattet ihr Spaß gestern?“, fragte Mimi und schenkte den beiden frischen, herrlich duftenden Kaffee ein.

Paulina grinste sie an. „Und wie! Mein Dirndl war der große Renner. Tolle Bar!“

„Da hab ich anscheinend was verpasst“, kommentierte Arthur und schnappte sich einen Keks.

„Paulina war nicht auf ein ‚normales‘ Lokal eingestellt“, kicherte Tilla. „Sie dachte, so was gäbe es bei uns nicht.“

„Na ja“, gab Atti lachend zu bedenken. „Ich hatte anfänglich auch so meine Vorurteile dem Landleben gegenüber.“

„Komm, wann du immer du möchtest“, sagte Mimi. „Du bist immer bei uns willkommen.“

„Das mache ich sehr gerne. Es ist wunderschön hier und die Menschen sind großartig. Ich hoffe, dass das Mühlenprojekt sich umsetzen lässt und ein voller Erfolg wird. Wenn ich irgendwie helfen kann, lasst es mich wissen.“ Paulina drückte Tillas Hand und stopfte sich mit der anderen ein Butterkipferl in den Mund.

Tilla konnte es fasst nicht glauben. Ihre Kalorien zählende Freundin, die ihren Blick spürte, genehmigte sich ruhigen Gewissens ein fettes Butterkipferl.

„Das arbeite ich selbstverständlich mit ein paar Extraeinheiten im Fitti ab“, murmelte sie, ohne hinuntergeschluckt zu haben. Sie grinste zufrieden wie eine Katze vor der leeren Sahneschüssel.

Es geschehen noch Zeichen und Wunder, überlegte Tilla. Vor allem hier auf diesem verwunschenen Fleckchen Erde.

„In den nächsten Tagen werde ich nur am Mühlenprojekt arbeiten“, nahm sich Tilla laut vor. „Ich spüre, dass es das Richtige ist.“

Maria Emilia blickte ihre Nichte liebevoll an. Louis nickte wissend hinter seiner Zeitung.

Tilla fühlte sich auf einmal, als wäre sie eins mit dem Universum und sich selbst. Arthur umarmte seine Mutter spontan, um dann eine Runde mit Charlie zu drehen.

„Ich hole Hannah ab“, hörte sie ihn noch rufen.

Connis Tochter war schnell zu seiner besten Freundin geworden – vielleicht, weil sie auch ohne Vater aufwuchs – und vom ersten Tag an waren die beiden unzertrennlich.

23

„Charlie!“, riefen Hannah und Arthur so laut sie konnten. Er war einem Hasen nachgejagt und nicht mehr zurückgekehrt. Alle Rufe blieben ohne Antwort. Kein Bellen, kein Knurren, kein Kläffen, kein Gejaule. Nichts. Absolut nichts. Die totale Stille umgab sie.

„Das ist unheimlich“, flüsterte Hannah.

„Hoffentlich ist er nicht zum See gelaufen und ...“ In Arthurs Stimme schwang Angst mit. „Los, lass uns nachsehen. Schnell!“ Er fing an zu laufen und Hannah folgte ihm. Weißer Atem entrang sich ihren keuchenden Mündern, gelegentlich begleitet von dem krächzenden Ruf der Krähen, der Arthur wie der Angriff eines Aasgeiers auf sein Opfer erschien.

„Schneller!“, schnaufte er und stolperte unbeholfen über die unebenen Schneefelder. Die Weiden hingen wie eiskristallverzierte, zerbrechliche Seile in den zugefrorenen See. Hannah stützte ihre behandschuhten Hände auf die Knie und während sie langsam wieder zu Atem kann und sich ihre Lungen vom raschen Einsaugen der kalten Luft beruhigten, suchten ihre wachen Augen das Ufer ab.

„Charlie!“, rief Arthur verzweifelt. „Ich kann ihn nicht sehen.“

„Kann es sein, dass dein Hund nach Hause gelaufen ist?“

„Niemals. Charlie hat mich noch nie alleine zurückgelassen.“

„Lass uns in den Weiden nachsehen und dort hinten, wo die Ferienhütten stehen“, schlug Hannah vor und Arthur war froh, dass sie bei ihm blieb. Tapfer schritten die beiden voran und riefen immer wieder nach dem Hund bis Arthur stockte. „Hast du es auch gehört?“

Hannah nickte aufgeregt. „Es klang wie ein leises Wimmern.“

Sie lauschten angestrengt.

„Dort!“ Hannah zeigte aufgeregt in eine Richtung. „Die Verlängerung des Bootssteges!“

Nun entdeckte auch Arthur seinen Hund, der sich in einer Schneewehe verfangen zu haben schien.

„Was ist da passiert? Das kann doch kein Schnee sein.“ Hannah kniff ihre Augen zusammen. „Es scheint, als hätte Charlie irgendetwas über seinem Maul hängen.“

„Ja, und seine Beine müssen auch gefangen sein“, überlegte Arthur. Er wog die Entfernung zum Ufer ab. Es schienen nicht mehr als zehn Schritte zu sein.

„Atti, wir holen Hilfe. Du bleibst hier und ich laufe zur Mühle.“

„Han, er bekommt fast keine Luft mehr. Der See ist zugefroren. Ich robbe mich rüber. Das hält das Eis schon aus“, gab sich Arthur zuversichtlicher als er sich fühlte.

„Es ist trotzdem zu gefährlich. Atti ...“

„Han, es könnte zu spät für Charlie sein.“ Arthur klang verzweifelt. Hannah wusste, wie wichtig ihm sein Hund war. Er hatte ihm in einer sehr schwierigen Zeit geholfen. Sie überlegte kurz und nickte schließlich zustimmend. Arthur flüstere „danke“, legte sich auf den Boden und begann über die kalte, leicht verschneite Seeplatte zu robben. Das Kleine Etwas schien zu spüren, dass Hilfe nahte und wimmerte, dass es Arthur im Herzen wehtat.

„Ich komme, mein Kleines, ich komme.“

Die Entfernung hatte er allerdings etwas unterschätzt. Es waren bestimmt fünfzehn Schritte, wenn nicht noch mehr. Wenigstens hielt das Eis.

„Gleich bin ich bei dir.“ Arthur versuchte seinen Hund mit monotoner Stimme zu beruhigen. Nach schier unendlicher Zeit gelangte Arthur zum Ziel und erkannte, dass sein Hund sich in einer Plastiktüte verheddert hatte. Also wirklich. Vorsichtig versuchte er mit vor Kälte starren Fingern das zappelnde Tier zu befreien. Zuerst das Maul. Charlie heulte auf und Hannah jubelte. Als die Beinchen frei waren, stürzte es auf seinen Freund und Retter zu, der versuchte, so ruhig wie möglich zu bleiben. Langsam drehte er sich um die eigene Achse, um wieder zurück zu robben, während das Kleine Etwas vor Freude zwischen ihm und Hannah hin und her lief.

„Komm her, Charlie! Komm her zu mir!“, schrie Hannah, deren Stimme vor Besorgnis fremd klang. Der Hund schien bei seinem Herrchen bleiben zu wollen, rannte wieder bellend auf Arthur zu und hopste aufgeregt vor ihm im Kreis. Später konnte er sich noch erinnern, dass das Eis knackste und die Risse sich wie in Zeitlupe dehnten. Charlie schaffte es gerade noch rechtzeitig ans Ufer, als Arthur einbrach. Dann ging alles ganz schnell. Er bekam keine Luft mehr. Das Wasser war eiskalt. Panik stieg in ihm auf.

„Hiiilfeee!“ Das war Hannahs Stimme. Die Kälte machte es ihm unmöglich zu reagieren, er wollte hoch, konnte sich aber in seiner festgesogenen Kleidung fast nicht bewegen. Die verzweifelten Schreie blieben ihm im

Hals stecken, er hatte Angst wie noch nie in seinem Leben. „Hiiilfeee!"
Als er endlich Stimmen vernahm und laute Rufe ihn erreichten, erschien ihm die mögliche Hilfe bereits zu spät. Ihm konnte nicht mehr geholfen werden. Kalt, es war so kalt.

„Junge, greif den Ast an! Mach schon!"

Egal, zu spät. Er zappelte.

„Nimm ihn! Verdammt, schnapp ihn, streng dich an!" Arthur schoss etwas hoch und sah einen dicken Ast ganz nah vor seinem Gesicht. Er schien zum Greifen nahe. *Ich will mich nicht mehr anstrengen.*
„Ergreif ihn", befahl die laute, strenge Stimme. Arthur strampelte mit seinen Beinen, um nicht komplett unterzugehen. „Verdammt, denk an deine Mutter, Junge!" *Mama, meine Mama. Ich will zu meiner Mama.* Arthur schoss noch einmal hoch, langte nach dem Ast und krallte sich an ihm fest, so gut er konnte.

„So ist es gut, bleib jetzt ruhig. Ruhig." Die Stimme schien nun anders zu klingen, sanfter, netter. War das Louis?

„Ich ziehe dich raus. Halt dich einfach fest und strample weniger. Alles wird gut. Halt durch!"

Arthur spürte, dass er über das Eis gezogen und in ein Auto gehievt wurde. Plötzlich war da eine weitere Stimme, die nicht Hannah gehörte.

„Wir bringen ihn sofort in die Klinik, weil wir nicht wissen, wie unterkühlt er schon ist. Du rufst seine Mutter an."

Nick konnte im Nachhinein nicht sagen, wie viele Verkehrsregeln er missachtet hatte. Hannah hatte ihn mit Karl Schobers Handy angerufen, weil Tilla in der Stadt und sein Büro am nächsten war, während Herr Schober Arthur aus dem See rettete. In fünfzehn Minuten waren sie vor der Notaufnahme und Nick hupte, bis ein Arzt und zwei Schwestern nach draußen gerannt kamen. „Unterkühlt, ungefähr fünf Minuten im Teich, …“ Der inzwischen fast ohnmächtige Arthur wurde ihm aus den Armen genommen und auf eine Trage gebettet.

„Sind Sie der Vater?“

Er schüttelte verneinend den Kopf. „Die Mutter wurde verständigt und ist sicher schon auf dem Weg hierher. Er heißt Arthur und ist zwölf Jahre alt.“

Der Arzt nickte, währenddessen er den Puls des Jungen zu fühlen versuchte. Er und seine Assistentinnen kommunizierten untereinander und verschwanden hinter einer Tür, zu der Nick der Zutritt verwehrt blieb. Erschöpft sank er auf einen Besuchersessel im warmen Wartebereich.

Als wenig später Tilla in den Korridor gelaufen kam und Nick ihre Sorge und ihre Angst sehen konnte, sprang er von seinem Stuhl auf.

„Wo ist er?“, keuchte sie und schien ihn nicht wahrzunehmen. „Da drin. Das Ärzteteam ist noch bei ihm.“

Tilla riss die Tür auf und stürmte hinein. „Atti ...“

Die Tür schloss sich und Nick setzte sich wieder auf seinen Stuhl. Karl Schober nahm wortlos neben ihm Platz. Als nach einiger Zeit das Ärzteteam hinauskam, fragte Nick, wie es um den Jungen bestellt sei.

„Die Mutter will ihn mit nach Hause nehmen. Das ist

auch gut so. Er hat wahnsinniges Glück gehabt, weil er nur ganz kurz im Wasser war und Sie so rasch und überlegt gehandelt haben."

Karl Schober erhob sich. Er schien um Jahre gealtert. Müde nickte er Nick zu und schickte sich an zu gehen, als Tilla mit Arthur auf einem Rollstuhl aus dem Krankenzimmer trat.

„Herr Schober, bitte, warten Sie." Sie blickte zu Nick, der Arthur übernahm und schritt auf Herrn Schober zu, den sie fest umarmte.

„Danke", flüsterte sie. „Danke."

Der ältere Mann war darauf nicht gefasst, entwand sich sichtlich gerührt, beugte sich zu Arthur, dem er unbeholfen über die getrockneten Haare strich und machte sich „hätte doch jeder getan, damals war es zu spät" murmelnd auf den Weg. Tilla konnte mit seinen Worten nichts anfangen und wandte sich Nick zu.

„Danke!", sagte sie nun zu ihm. In ihrem Blick lag nicht nur die Dankbarkeit einer Mutter, deren Kind gerettet worden ist. Im Bruchteil weniger Sekunden offenbarte sich eine innige Verbundenheit zwischen ihnen. Nick nickte ergriffen und begleitete sie und Arthur auf dem Weg zum Auto, um ihm dann hineinzuhelfen. Der blasse, stille Junge wurde auf den Beifahrersitz verfrachtet, seine Mutter nahm auf der Rückbank Platz. Während der gesamten Fahrt sprach keiner ein Wort.

„Komm doch später auf einen Tee vorbei", bat Tilla als sie auf Birkenhof ankamen und legte ihre Hand sachte auf Nicks rechten Unterarm. Er drehte seinen Kopf nach hinten zu Tilla, als Mimi schon aufgeregt die Beifahrertür aufriss und Atti schluchzend an sich zog. Louis beobachtete das Geschehen ohne Worte.

„Kindchen, was machst du denn für Sachen! Ist alles in Ordnung mit ihm? Atti, wie geht es dir? Mein Gott, Junge! Komm rein! Leg dich gleich ins Bett. Ich habe schon Tee aufgestellt und das Bett vorgewärmt. Braucht er Medizin?“, wandte sie sich an Tilla. Ihrer Tante kullerten Tränen über die Wangen.

„Danke, Mimi“, sagte sie und stieg aus dem Wagen. „Wir können alle einen starken Tee gebrauchen und Atti geht wohl gerne gleich ins warme Bett. – Es ist noch mal gut ausgegangen.“

Mimi hatte nur Augen für Arthur und bugsierte ihn liebevoll ins Haus. Tilla beugte sich spontan hinein zu Nick und umarmte ihn in der Beengtheit des Autos. Er erwiderte die Umarmung und strich ihr behutsam über Haar und Wange. Als sie sich lösten, fühlte Tilla sich ruhig.

„Oje, wie kommst du denn jetzt zu deinem Auto? Soll ich dich bringen?“

„Nein, du solltest jetzt nicht fahren und bei Atti bleiben. Vielleicht kann Louis mich zurückbringen?“

Louis nickte und murmelte, dass er nur noch seine Jacke holen würde.

„Danke. Danke für alles.“ In Tillas Blick lagen Erleichterung und Angst. Sie verabschiedete sich von Nick und folgte ihrem Sohn und ihrer Tante ins Haus.

In dieser Nacht träumte Tilla den schlimmsten Alptraum seit dem Unfall ihrer Eltern. Noch so einen Tod hätte sie nicht verkraftet.

Nick fuhr mit Louis zum Krankenhaus und setzte sich in seinen Pick-up. Mutter und Großtante sollten sich nun um den Jungen kümmern und sich gegenseitig stärken. Er würde sich später oder morgen nach Arthurs Befinden erkundigen. Jetzt wollte er noch bei Conni und Hannah vorbeifahren, um sie zu informieren und auf dem Laufenden zu halten. So war das in ihrer Kleinstadt – alle hielten zusammen. Gut, dass der alte Karl genau zu diesem Zeitpunkt am See unterwegs war. Zum Glück war dieses Abenteuer gut ausgegangen.

Nick dachte an Tilla. Er bewunderte sie. Niemand hatte so viel Energie und Begeisterungsfähigkeit wie sie. Diese Frau lebte, wollte etwas bewirken. Sie war laut, sie war fordernd, sie war unberechenbar, was ihre Emotionalität betraf. Wenn es jemand schaffte, die Mühle wieder in Betrieb zu nehmen, dann sie. Nick wollte ihr sagen, dass er sie unterstützen wollte. Aber sie hatte seine Überlegungen bei der ersten Gemeinderatssitzung komplett missverstanden – naja, er war sich damals auch noch nicht bewusst gewesen, dass es sich um sie handelte. Ausgerechnet um sie. Wie oft hatte er bei ihr angeläutet, um dann von einer Nachbarin zu erfahren, dass sie weggezogen war. Die Enttäuschung war tiefer gesessen, als er es sich gedacht hatte. Die unbekannte Frau mit dem trockenen Humor, ihrer Natürlichkeit und durchblitzenden Verletzlichkeit und ihren weiblichen Rundungen hatte ihn beinahe um den Verstand gebracht. Wie hatte er sich nur auf ihren Vorschlag einlassen können? Er hätte sie sofort um ein nächstes Rendezvous bitten müssen. Gott, das war die genialste Nacht seines Lebens seit Rika gewesen und er ließ diese Frau ziehen. Als er realisierte, dass er sie nie wieder sehen würde, machte ihm das Ausmaß seiner Enttäuschung zu schaffen. So grausam konnte das Schicksal doch nicht sein! Und dann war es gnädig und schickte sie nach Mureck. Was sollte das bedeuten? Als er sie erkannte, meinte er, keine Luft mehr zu bekommen, sein Herz würde stehen bleiben.

Es war zu abstrakt. Eine schwarzgelockte Versuchung stand vor ihm. Sie sah wunderschön aus. Weiblich, lockend – wütend. Wenn sie nur nicht so stur wäre! Er wollte ihr Konzept doch gar nicht von vornherein ablehnen. Aber es musste gut durchdacht sein. Außerdem schien es innerfamiliäre Differenzen zu geben. Nick kannte Eduard nicht persönlich. Sie saßen gemeinsam im Gemeinderat und natürlich wusste er im Groben über die Geschichte der Familie Herzog Bescheid. So richtig einschätzen konnte er ihn allerdings nicht. Eduard Herzog war immer höflich und freundlich, ein sympathischer Zeitgenosse mit Witz und Esprit, doch auch ein wenig distanziert. Ihm eilte ein Ruf als Frauenheld voraus und hinter vorgehaltener Hand wurde von seinen Affären berichtet. Seine Frau Ilsa Herzog traf man sehr selten, sie schien sehr zurückgezogen zu leben. Kinder hatten sie keine. Was sie verband interessierte Nick nicht, da er nichts auf Klatsch und Tratsch hielt. Aber die Stadt lag ihm am Herzen. Er war mit 17 Jahren mit seiner Mutter hierhergezogen und hatte nach dem Tod seines Vaters neu angefangen. Leicht war es bestimmt nicht gewesen, aber hier halfen die anderen einem in der Not. Auch, wenn sie nicht immer viel redeten, sie hörten zu und waren da. Nick wollte, nachdem auch seine Mutter jung gestorben war, nie wieder von hier fort und fühlte sich der kleinen Stadtgemeinschaft verpflichtet. Wenn jemand eine Idee zur Weiterentwicklung der Gemeinde hatte, dann musste sie von ihm zumindest geprüft werden.

Diese Tilla machte ihm einen Strich durch die Rechnung, wenn sie einfach so wie aus dem Nichts auftauchte und glaubte, ein Projekt mit Langzeitwirkung aus dem Ärmel schütteln zu können. Er und die restlichen Gemeinderäte überlegten schließlich seit Jahren, wie sie die Wirtschaft ankurbeln, die Arbeitslosenrate weiter senken und attraktive Arbeits- und Lehrlingsplätze für die Jungen schaffen konnten, um sie und in Folge ihre Familien in der Region zu halten. Das bedurfte guter Gedankenarbeit, regionaler Netzwerke, seriöser Wirtschaftspartner und sehr genauer Planung. Pah, einfach hier hereinzuschneien …

Als Nick am nächsten Morgen gut ausgeschlafen aus der heißen Dusche stieg, nahm er sich vor, Tillas Ölmühlenprojekt noch einmal sorgfältig zu studieren. Im Grunde war es doch eine gute Idee, das musste er sich bei einem frisch gekochten Kaffee eingestehen.

24

Tilla wollte Nick ihre immense Dankbarkeit auf besondere Art und Weise zeigen. Was sollte sie sagen? Dass, wenn er und der alte Schober nicht gewesen wären, Arthur jetzt tot wäre? Allen war klar, dass ihr Sohn seinen Hund, sein Ein-und-alles, retten wollte. Allen war klar, dass er ohne Schobers und Nicks Hilfe gestorben wäre. Mist! Was sollte sie tun? Bei Herrn Schober hatte sie sich ausführlich mit Blumen, Wein und selbst gebackenem Kuchen bedankt. Was konnte für Nick passen? „Danke" hatte sie ja wohl schon oft genug gesagt. Wenn Nick nicht auch so beherzt reagiert hätte wie Karl Schober, wäre ihr Atti vielleicht wirklich nicht mehr am Leben. Mimi meinte, sie könne mit ihm ausgehen und ihn auf ein gutes Essen und das gesamte Drumherum einladen. Was, wenn er nicht darauf einging, ihren Vorschlag nicht annehmen wollte? Würde sie dann ewig in seiner Schuld stehen? Allein der Gedanke bereitete ihr Unbehagen. Sie seufzte und wählte seine Nummer.

Nick nahm ihren Vorschlag gerne und ohne zu zögern an. Jedoch hatte er sich statt des von Tilla vorgeschlagenen Nobelrestaurants auf der steirischen Weinstraße für etwas gänzlich anderes entschieden. Das sah ihm ähnlich. „Wir werden wohl nie einer Meinung sein", kommentierte Tilla.

„Ach, komm. Ich finde es großartig, dass du mich um ein Date bittest!"

„Äh, also, … glaub nicht, … es ist nicht gerade …", stotterte Tilla, die sich überrumpelt fühlte. Nick schaffte es doch tatsächlich immer wieder sie aus der Fassung zu bringen. Was bildete er sich eigentlich ein?

„Lass dich überraschen, ich hole dich um 18 Uhr ab."

„Gut, aber du musst mir wenigstens verraten, was ich anziehen soll."

„Was Nettes. Bis dann." Aufgelegt.

„Dieser Mann macht es einem wirklich nicht leicht", stöhnte sie.

„Was meinst du, meine Liebe?"

Tilla musste den Gesprächsverlauf für ihre Tante wiederholen. „Und was soll ich jetzt anziehen?"

„Mit einem Kleid liegst du nie falsch", sagte Mimi und verzog sich schmunzelnd in die Küche.

Die Fahrt Richtung Gamlitz war kurzweilig verlaufen. Nicks sicherer Fahrstil, der Tilla auf der kurvigen Strecke sofort auffiel, beruhigte sie. Weil es schon finster war, gab es aber leider keine Gelegenheit die wunderschöne Hügellandschaft zu bewundern. Sie unterhielten sich über Arthurs Rettung. Mit keinem Wort verriet er Tilla das Ziel und sie konnte erst auf den letzten Metern ahnen, wohin es führte. Es ärgerte sie, dass sie rot wurde, weil sie plötzlich an ihr erstes gemeinsames Bier in Wien denken musste, und es ärgerte sie noch mehr, dass Nick es sah und sie meinte, ein Grinsen auf seinem Gesicht zu erkennen.

„Werde nur nicht frech jetzt", bemerkte Tilla resch. „Nur weil wir uns duzen und uns etwas kennen, heißt das …"

„… dass wir unseren Abend jetzt gemeinsam und so unbeschwert wie möglich genießen", vollendete Nick den Satz. Tilla warf einen Blick auf ihn, um sich zu vergewissern, wie er das eben Gesagte meinte. Sein schönes Gesicht zeigte keine Spur von Sarkasmus und auch in seiner Stimme war kein ironischer Unterton herauszuhören.

Nick parkte und berührte kurz Tillas Arm, um ihr zu signalisieren sitzenzubleiben. Er stieg aus, umrundete das Auto und machte ihr die Tür auf.

„Wie galant“, bemerkte sie geschmeichelt und ließ sich an seinem Arm zum Eingang von „Marys Brauerei“ begleiten, wo er ihr wieder die Tür aufhielt. Tilla hatte von der kleinen Hausbrauerei gehört, war aber noch nie hier gewesen. Grobe, schmale Holztische und -bänke standen in einem winzigen Raum, der durch eine Glaswand vom Brauzimmer getrennt war.

Tilla war fasziniert. Hier konnte sie dem Prozess des Bierbrauens hautnah beiwohnen.

„Aber ja, ein Bier wäre jetzt schön.“

Da kam auch schon die Wirtin auf sie zu. Tilla staunte, mit welcher Eleganz sie ihre mächtigen Hüften durch die engen Reihen schwang. Ihre dichten grauen Haare waren zu einem lockeren Knoten gebunden, der widerspenstige Strähnen frei gab und ihr ein hexenhaftes Aussehen verlieh.

„Was darf’s denn sein, meine Lieben?“

„Zwei Hausbräu, bitte“, bestellte Nick, ohne Tillas Antwort abzuwarten.

„Aber die Rechnung geht auf mich?“, wollte Tilla fragend klarstellen.

„Ihr habt eure Rollen wohl noch nicht verteilt!“ Mary zwinkerte freundlich und tänzelte in Richtung Ausschank.

Tilla war wieder rot geworden. Nick lächelte sie an. Er

sah unverschämt gut aus mit seinen Jeans aus denen getragene, braune Lederstiefel hervorlugten, dem weißen T-Shirt, den schwarzen Haaren, die vergebens gekämmt worden waren und dem Drei-Tage-Bart. Sie erinnerte sich an eine Levis-Werbung vor vielen Jahren.

„Kompliment, du siehst toll aus Tilla", sagte er. „Das Kleid steht dir hervorragend. Es unterstreicht das Blau deiner Augen."

Tilla beobachtete ihren Begleiter skeptisch. Das sanfte Lächeln, das seinen Mund umspielte und die Wärme seiner Augen ließen sein Kompliment echt wirken.

„Danke", sagte Tilla und lächelte. „Du siehst heute Abend auch gar nicht mal so schlecht aus."

„Ach", neckte Nick und seine grünen Augen funkelten. „Ich sehe immer gut aus." Dieser Mann strotzte nur so vor Selbstbewusstsein. Tilla kam sich wie ein graues Mäuschen vor und überlegte, wie sie spontan etwas Schlagfertiges entgegnen konnte. Ihr kam beim besten Willen nichts in den Sinn.

Da kam auch schon Mary mit den zwei Hausbräu wieder. „Na, habt ihr die Rollen verteilt?"

„Er bestellt, ich bezahle", kommentierte Tilla trocken, weil ihr nichts anderes eingefallen war.

„Unbedingt!", bestätigte Nick. „Ich esse und trinke heute nämlich besonders viel." Er grinste sein smartestes Junggesellenlächeln.

Tilla legte ihren Kopf zur Seite und lachte. Nick war der charmanteste Mann, den sie je kennengelernt hatte. Er wirkte wie ein kleiner Junge, der seine Neugier und Lust aufs Leben nicht zügeln konnte. Gleichzeitig schien er fürsorglich und besonnen zu sein. Seine faszinierenden Augen blitzten lustig.

„Was darf es also sein, junger Mann?“ Sogar Mary schien seinem Charme zu erliegen. Tilla versuchte, ihr Gegenüber einzuordnen. Nick war unglaublich …, ja was? Welches Wort traf auf ihn zu? Sie fand, dass er unglaublich süß war und musste schmunzeln, weil sie das seit ihrem 17. Geburtstag von keinem Jungen mehr behauptet hatte, und nun saß sie einem erwachsenen Mann gegenüber, den sie „süß“ fand.

„Einmal gemischt“, hörte sie ihn bestellen. Mary nickte, murmelte „gute Wahl“ und schickte sich an, ihren Gästen eine Auswahl an Köstlichkeiten zuzubereiten. Laugengebäck mit frischen Kräuteraufstrichen, Gemüse-Sticks zum Dippen sowie Bier- und Salamistangen aus heimischer Produktion. Tilla notierte im Stillen für sich, dass geröstete Kürbiskerne gut zu dieser Jause passen würden.

Nick nahm sein Glas, prostete Tilla zu, und sie stießen kurz miteinander an.

„Schade, dass wir uns schon duzen.“ Nick grinste. Tilla verstand nicht schnell, was er meinte und hob fragend ihre linke Augenbraue.

„Hak‘ ein!“, verlangte er und bot ihr seinen abgewinkelten Arm da, in den sie wortlos ihren verhakte ohne ihn aus den Augen zu lassen. Ineinander verschlungen und ohne den Blick zu senken, tranken sie einen Schluck. Das Bier war herrlich kalt und Tilla nahm noch einen großen Schluck. Sie spürte, wir ihre Aufregung einer gelösten Vorfreude wich. Niemand von ihnen wand seinen Blick ab, und ihre Lippen näherten sich – wie es der alte Brauch des Bruderschafttrinkens wollte. Als sie sich endlich berührten, schloss Tilla ihre Augen und erlebte einen Stromstoß, der ihre Münder elektrisierte. Nick hatte seine Augen ebenso geschlossen und schien das weiche Fleisch ihrer Lippen zu genießen.

„Wir können jetzt offiziell ‚du' zueinander sagen", murmelte er.

Tilla öffnete die Augen, nickte und fügte hinzu: „Danke noch einmal, dass du meinem Sohn das Leben gerettet hast."

Nick schlug seine Augen auf, war wieder ganz da, der Zauber war verflogen. „Tilla, das war selbstverständlich. Jeder hätte es getan. Ich bin froh, dass Karl just in dem Moment dort war und ich auch gleich mit dem Auto dort sein konnte."

Sie nickte, nahm noch einen Schluck Bier und entspannte sich. Es war Zeit für einen Themenwechsel. Lediglich ihre Lippen hatten sich berührt.

„Warum hast du meine Einladung angenommen?"

„Tilla, seien wir uns doch ehrlich. Wenn Arthurs Unfall nicht passiert und ich nicht zufällig da gewesen wäre, hättest du dich nicht wieder mit mir verabredet, oder?"

„Nun ja", gab Tilla zu, „deine negative Einstellung zu meinem Mühlenprojekt lässt diesen Schluss zu."

Nick blickte sie ernst an. „So kann man …"

Tilla war froh über die Unterbrechung, als ihre gemischte Platte serviert wurde. Schweigend begannen sie zu essen.

„Nick, ich weiß nicht, welche Befürchtungen du hegst." Sie legte ihr Besteck zu Seite und atmete tief durch. „Ich versuche, mir gemeinsam mit meinem Sohn ein neues Leben hier aufzubauen. Ich bin gerne zurückgekommen und will nicht wieder weg. Atti würde es auch nicht gut tun. Die Stabilität hier gibt ihm Halt. Mimi und Louis, Conni und Hannah tun ihm gut, der Hund, die Luft, die Natur …“ Sie stockte kurz, weil ihr der See einfiel. „Ich brauche dringend einen Job. Wochenlang habe ich recherchiert und nichts gefunden. Und dann hatte ich die Idee mit der Mühle.“

Nick beobachtete jede ihrer Gesten, den Ausdruck in ihren wunderschönen blauen Augen, horchte auf den Klang ihrer leicht rauchigen Stimme und schwieg.

„Nick, bitte, ich …“ Tilla hatte keine Lust, sich mit diesem gutaussehenden Mann und Lebensretter ihres Sohnes zu streiten. Am liebsten hätte sie einfach nur den Abend mit ihm genossen. Wie lange war sie schon nicht mehr mit einem Mann aus gewesen. Genauer genommen das letzte Mal mit ihren Freundinnen.

Tilla war sich aber mehr als bewusst, dass ihrer aller Existenz vom Gelingen ihrer Idee abhing. Sie musste Nick davon überzeugen, dass sie es schaffen konnten. Wenn er ihr nur Vertrauen und eine Chance schenken wollte.

„Ich kann es noch immer nicht fassen, dass ich dich hier, ausgerechnet in Mureck, wiedergetroffen habe. – Du hast mir deinen richtigen Namen genannt.“

Tilla atmete durch. Er schien ihr wohlgesonnen. Es fühlte sich gut an. „Du mir auch.“

„Dein Vorschlag war zu ungewöhnlich, um mir einen anderen ausdenken zu können.“

Nick langte über den Tisch und berührte ihre Hand. Sachte streichelte er ihren Handrücken. Tilla, die nicht mit dieser Berührung gerechnet hatte, durchfuhr erneut ein Stromstoß. Sie wünschte, dieses aufregende Gefühl dem Genuss des Hausgebräus zuschreiben zu können. Leise erzählte Nick Tilla, dass er bei ihr geläutet hatte und wie enttäuscht er gewesen war, als er erfahren hatte, dass sie weggezogen war.

„Wirklich? Warum?“ Tilla war verwirrt. Er konnte doch nicht sie meinen? Nick war ein Mann, der alle haben konnte. Er sah unverschämt gut aus, war augenscheinlich kultiviert und anscheinend erfolgreich in seinem Job. Er schien es dennoch ernst zu meinen.

„Weil ich seit langem nicht mehr so viel Spaß mit einer Frau gehabt habe. Weil du irgendetwas mit mir gemacht hast. Du hast mich verzaubert. Ich wollte - nein, ich will! - dich näher kennenlernen.“

„Flirtest du mit mir?“

„Natürlich!“ Nick grinste. Also doch ein Casanova. Tilla fand ihn anziehend und - zumindest im Moment - fühlte sie sich begehrt und gut. Alles Schwere fiel von ihr ab. Ihre Lippen lächelten, ihre Wangen glühten, ihre Augen glänzten. *Ich träume*. Heimlich kniff sie sich unter dem Tisch in den Oberschenkel. War das Schicksal? Sie traf den Mann, für den sie die letzten Wochen geschwärmt hatte, ausgerechnet in Mureck - ihrer alten, neuen Heimat - wieder. Und er schien ebenso von ihr angetan zu sein. Vielleicht konnten sie eine Nacht wie damals wiederholen. Tilla verlor sich in Gedanken und es kostete sie einige Mühe, ihre zügellose Fantasie auf den Boden zu holen.

Sie atmete tief durch und konzentrierte sich auf Nicks Nase, die etwas gebogen war und das perfekte Gesicht zu relativieren versuchte.

„Wie kann es sein, dass wir uns als Jugendliche nie über den Weg gelaufen sind?“, überlegte Nick, ohne den Blick von ihr zu wenden oder ihre Hand loszulassen. „Ich war 17, als ich mit meiner Mutter hierhergezogen bin. Das war vor 26 Jahren.“

Tilla rechnete nach. „Da war ich vierzehn.“ Ein trauriger Ausdruck verdunkelt für einen kurzen Moment ihre Augen. „Meine Eltern sind bei einem Autounfall gestorben.“

Nick drückte mitfühlend ihre Hand. „Davon habe ich damals gehört. Es war in aller Munde“, sagte er leise.

„Ja, meine Eltern waren unglaublich liebe Menschen und hatten viele Freunde. Es war eine sehr schwierige Zeit. Ich habe mich ein Jahr lang bei Mimi verkrochen. Wie du vielleicht weißt, ist sie die Cousine meiner Mutter und sie hat mich adoptiert. Sie und Hans Herzog. Ich hatte weiterhin das Glück, in einer Familie, die mich liebte, aufzuwachsen. Dennoch war es für mich nicht dasselbe und ich konnte es damals nicht schätzen. Ich war so traurig und wütend. Ich wollte fliehen. Zuerst habe ich die Schule gewechselt und bin jeden Tag mit dem Bus ins Gymnasium nach Leibnitz gefahren. Wenn ich ausging, dann auch nur dort. Mit Mureck waren zu viele Erinnerungen an sie verbunden. Mein Elternhaus wurde verkauft und das Geld in meine Ausbildung investiert. Als sich mit 18 die Gelegenheit bot wegzugehen, tat ich das und zog nach Wien, um dort zu studieren.“

Nick nickte verständnisvoll. „Das kann ich verstehen. Mein Vater ist gestorben als ich sechzehn war. Meine Mutter wollte von Graz weg und wir sind deswegen hier gelandet. Sie fand die Murauen so wunderschön und ging dort jeden Tag spazieren. Ich selbst ging in ein Internat, weil ich eine spezielle technische Schule absolvierte. Weil meine Mutter nach Vaters Tod so rastlos war, machten wir beinahe jedes Wochenende Ausflüge und in den Ferien habe ich mit ihr die ganze Welt bereist. Mit 21 ging ich dann für ein Studienaustauschjahr nach Schweden.“ Er schien einen Augenblick lang in der Vergangenheit zu verweilen bevor er fortfuhr. „Wir hatten also praktisch keine Möglichkeit, uns zu treffen.

„Na ja, meine Freundinnen haben mir schon das eine oder andere Mal von dem gutaussehenden ‚Zuzug‘ erzählt. Das war damals schließlich auch eine Neuigkeit.“ Tilla lächelte. „Wahrscheinlich sind wir uns auch gelegentlich kurz über den Weg gelaufen beim Bäcker zum Beispiel. Aber ich war für nichts und niemanden offen.“

„Doch, ich erinnere mich. Dein Lockenkopf taucht gerade vor meinem inneren Bild auf und mir fällt ein, dass ich mir gedacht habe, wie leid du mir tust. Aber für mich warst du noch ein Kind und ich habe mir weiter keine Gedanken gemacht.“ Nick grinste.

„Zudem haben wir in Eichfeld gewohnt. Meine Mutter hat das kleine alte Bauernhaus auf der linken Seite stadtauswärts restauriert. Damals, vor der Gemeindezusammenlegung, waren Mureck und Eichfeld verschiedene Welten. Ich habe dort bei der Freiwilligen Feuerwehr angefangen, wir hatten praktisch jedes Wochenende eine

Übung, einen Einsatz oder ich war mit meiner Mutter unterwegs", erinnerte sich Nick.

Tilla zuckte mit den Schultern, tat die Vergangenheit ab und redete weiter. „Ich bin so selten wie möglich hierhergekommen. Dadurch habe ich meine Wurzeln verloren. Das wurde mir vor kurzer Zeit klar und ich bin zurückgekehrt." Sie sah Nick direkt in die Augen. „Warum hast du das Haus verkauft?"

„Nun, für mich war es zu sehr mit Erinnerungen an meine Mutter verbunden. Dennoch wollte ich die schöne gemeinsame Zeit hier nicht aus meinem Gedächtnis verdrängen und bin in der Nähe geblieben. Das Geld aus dem Verkaufserlös habe ich dann in den Kauf des Geschäftsgebäudes gesteckt. Die Wohnung darüber genügt meinen Ansprüchen. Für Gartenarbeit habe ich keine Zeit."

Tilla nickte verständnisvoll. „Das kann ich gut nachvollziehen. Auch, dass du hierbleiben wolltest. Darum ist es für mich so wichtig, hier wieder Fuß zu fassen. Nick, was ist mit meinem Projekt?" Die Frage war ihr einfach so über die Lippen gekommen und sie bemerkte mit Unbehagen, wie sich seine Gesichtszüge verhärteten.

„Tilla", sagte er nach einer Weile, als müsste er sich alle Worte genau überlegen. „Es muss gut durchdacht sein. Es darf keine falschen Hoffnungen wecken. „Was stellst du dir vor? Alle hätten nur auf dich gewartet?"

Bumm, das saß. Sie entzog ihm ihre Hand. Die Magie der letzten Minuten war verflogen. Sie hatte sich in Luft aufgelöst.

„Nein, lieber Herr Veit, Alleskönner und Verhinderer, das glaube ich nicht." Sie klang bissiger, als beabsichtigt.

„Wer soll schon auf mich gewartet haben? Ich glaube aber, dass wir eine Chance haben. Eine wunderbare, reelle Chance!"

Nick betrachtete sie schweigend. Nach gefühlten zehn Minuten nickte er mit dem Kopf. „Möchtest du mir dein Konzept präsentieren?"

„Was? Hier und jetzt?"

„Warum denn nicht? Ich habe bei der Gemeinderatssitzung nur einen kleinen Einblick gewonnen", gab Nick zu.

„Also gut", murmelte Tilla. Sie richtete sich auf, straffte ihre Schultern und legte los: „Die Mühle ist nicht nur das Herzstück der Familie, sondern auch der Region. Du weißt, dass die Herzog-Mühle eine der ersten in der Südsteiermark war und seit mehr als hundert Jahren in Betrieb ist. Sie ist praktisch ein Denkmal, das es zu schützen gilt." Tilla war in ihrem Element. Ihre Wangen röteten sich, ihre Stimme wurde lauter und ihre Hände fuchtelten durch die Luft, um das Gesagte zu bekräftigen. Nick fühlte sich hingerissen von dieser energiegeladenen Frau. Ermuntert durch seinen Blick fuhr sie fort: „Ich habe Kerne gefunden, gute Kerne, die pressfähig sind für ein ausgezeichnetes Öl aus heimischen Kernen - heimische Produktion. Unser Öl!" Tilla sah Nick erwartungsvoll an.

„Und weiter?", wollte er interessiert aber ungerührt wissen.

„Bis wir hiesige Bauern angeworben und Leute angestellt haben und wissen, wie wir mit der Vermarktung vorzugehen haben, ist das ein optimaler Puffer. Inzwischen lasse ich die Etiketten neu drucken, etabliere den neuen Namen, mache uns über die Region hinaus bekannt."

„Was, wenn es nicht funktioniert?"

Tilla blickte Nick über den Holztisch hinweg genervt an. „Warum sollte es denn nicht funktionieren?"

„Das kann man nie mit genauer Sicherheit behaupten."

„Eben darum. Sollte es unwahrscheinlicher Weise nicht klappen, hat es auch irgendeinen Sinn", erwiderte Tilla sichtlich genervt.

„Ich will dich nicht demotivieren oder dir die Idee ausreden", erklärte Nickt. „Ich möchte nur sicher gehen, dass es dir ernst ist und du nicht nur einer spontanen Laune folgst."

Was bildete dieser Dorfmensch sich eigentlich ein? Tilla nahm noch einen großen Schluck Bier, atmete tief durch und setzte zu ihrem Schlussplädoyer an: „Die Mühle ist funktionstüchtig. Wir könnten auch chinesische Kerne pressen."

Nick zog die linke Augenbraue hoch. Er sagte kein Wort. Tilla meinte, seine Gedanken lesen zu können. Mittlerweile herrschte Kampfstimmung zwischen ihnen.

„Nichtsdestotrotz ist es meine Idee, heimische Bauern mit heimischen Kernen zu unterstützen und die Werbung gezielt darauf abzustimmen. – Der Bedarf ist da."

„Hast du eine Bedarfserhebung veranlasst?", wollte Nick wissen.

Tilla funkelte ihn an.

„Weißt du überhaupt, was das ist?" Autsch, das saß.

„Das weiß ich", zischte sie und ihre Augen schienen Blitze aus zusammengepressten Schlitzen zu schießen.

„Die Rechnung?", zwitscherte Mary augenzwinkernd und verfolgte gespannt den intensiven Blickwechsel ihrer

Gäste.
„Ja, bitte“, antwortete Tilla, ohne Nick aus den Augen zu lassen. Was war das? Wer sieht als erster weg? Welches Spielchen trieb ihr schöner Begleiter?

„Tilla, ich finde deine Idee großartig und hoffe, dass dein Projekt ein Erfolg wird. Aber ich denke, dass es mehr ... wie soll ich es ausdrücken?“, überlegte er laut, „mehr statistische, mehr technische Daten geben sollte.“

Tilla schnaubte, zückte ihre Geldtasche, gab großzügig Trinkgeld und würdigte ihren Begleiter keines Blickes mehr.

Beim Hinausgehen wurden sie von Mary gestoppt. „Hier kommt mir keiner ohne ein entspanntes Gesicht hinaus.“ Entschlossen hielt sie Tilla ein Schnapsglas mit einer dunklen Flüssigkeit entgegen.

„Was ist das?“

„Meine Liebe, das ist ein Zirberl. Genieß es! Du kannst es brauchen.“

Tilla schnaubte entrüstet und wollte sich das Stamperl genehmigen, als Nick plötzlich hinter ihr stand. Unentschlossen stieß sie mit ihm an, der es nach ihr ex hinunterkippte.

„Das geht aber besser“, erklärte er ihr.

„Ach so?“ Tilla war endlos genervt von ihm.
„Mary, zwei bitte noch!“, bestimmte Nick.

Das Zirberl war richtig gut, bemerkte Tilla und machte Mary Komplimente dafür.

„Schatzerl, wennst einmal Probleme hast, dann ein Zirberl, das hilft sofort“, war ihr Rat. Tilla stellte sich vor, dass sie auch in Zukunft ihre Probleme ohne Alkohol lösen würde. Nach dem dritten Zirberl, das sie mit der Hausherrin trank, weil Nick fahren musste, fühlte sie sich herrlich entspannt und ließ sich beruhigt von Nick nach Hause fahren. Sie war im Auto sofort eingenickt und erst wieder wach geworden, als Nick vor der Mühle parkte und ihr beim Aussteigen helfen wollte.

„Das schaff ich schon“, ätzte sie unfreundlich, um gleich darauf in seine Arme zu fallen, die sie bis zum Haustor stützten.

„Scheint unser Schicksal zu sein“, kommentierte Nick trocken.

„Danke, Herr Veit, für den schönen Abend“, säuselte Tilla während sie sich langsam zu Nick drehte, der den Hausschlüssel für sie ins Schlüsselloch steckte.

„Ich habe zu danken“, sagte Nick und grinste, als seine Begleiterin ihn wieder anfuhr. „Das schaffe ich auch allein.“

Auf einmal stand Mimi vor ihnen.

„Guten Abend, Frau Herzog.“ Nick deutete eine kurze Verbeugung an. Sie würdigte Nick eines kurzen Blickes, nickte wortlos mit ihrem Kopf, nahm Tilla entgegen und schlug die Haustüre zu.

Nick lachte laut auf. Also langweilig wurde es mit dieser Tilla nie. Bester Laune startete er seinen Wagen und machte sich auf den Weg nach Hause.

25

„Was machen wir, was brauchen wir?" Tilla war übermüdet, leicht verkatert, genervt und voll des Bedürfnisses etwas tun zu müssen; eine explosive Mischung. Die erweiterte Familie, wie Atti sie seit kurzem gelegentlich nannte, saß am späten Nachmittag im Wohnzimmer, Tilla wippte nervös auf ihrem Stuhl hin und her, und Louis schenkte sich gemächlich einen Whiskey ein.

„Wie war es denn früher?", drängte sie ihn.

„Zweieinhalb bis drei Kilogramm Kerne für einen Liter Öl", antwortete er trocken.

„Und weiter?"

„Händischer Betrieb. Putzen, Trocknen auf Planen am Boden, dann das Pressen – kleine Betriebe hatten vielleicht nur eine Presse – Spindeln wurden am Plafond angebracht, die haben gerührt."

„Das war's?"

„Metallplatten wurden in die Presse gesteckt, um Ölkuchen zu pressen."

„Ha! Das hast du mir als Kind einmal gezeigt. Und dann?" Tilla war am Höhepunkt des Genervtseins angelangt. Louis schwenkte sein Glas langsam hin und her und betrachtet die golden schimmernde Flüssigkeit. Bevor er weiterredete genehmigte er sich noch einen Schluck, den er sich sichtlich genoss und der seine Zunge lockerte.

„Am Montag fand immer das Lohnpressen statt. Die Bauern aus der Gegend, die keine eigene Presse hatten und das waren die meisten, kamen mit ihren Kernen. Der Wecker war auf 5 Uhr gestellt, dann ging es los. Das

Frühstück gab es erst um 8 Uhr."

Louis seufzte, weil Tilla immer wilder mit ihren Beinen auf und ab wippte. „Wenn du noch was wissen willst", er schwenkte sein Glas und lächelte Mimi an, die mit dem Teetablett eintrat. „Es gab einen Angestellten, den Josef, und die Mitzka, das Mädchen für alles."

Mimi nickte und murmelte: „Die gute Mitzka. Sie war eine Perle."

„Der Baderaum war neben der Küche. In einem Holzbottich wurden die Kinder am Samstag gebadet. Da war Badetag. Als die Kinder klein waren, wurden sie zu zweit gebadet. Das Badezimmer wurde nämlich erst in den 1960er Jahren installiert." So viel auf einmal hatte Louis noch nie geredet und Tilla starrte ihn verwundert an. „Louis!"

„Tilla?"

„Können wir es schaffen?"

„Ich denke schon."

„Erzähl mir noch etwas von früher", bat Tilla.

Louis grinste ob der Erinnerung, die ihm zu gefallen schien. „Die Arbeit verlief wie am Fließband. Die Kinder mussten mitanfassen. Alle. Das war nicht wie heute. Im Sommer, wenn es sehr heiß war, dann durften sie für zwei Stunden ins Schwimmbad oder zum See. Ich ging immer mit." Er hielt kurz inne. Seine Erinnerungen Preis zu geben fiel ihm nicht leicht. „Der See war schon immer wunderschön. Du kennst doch die mächtigen Weiden, die ihn säumen?" Er warf Tilla einen Blick zu und diese nickte. Sie verbannte Attis Unfall aus ihrem Gedächtnis.

„Sie sind sehr alt und waren damals schon da. An den

Weiden ließen wir Kinder uns ins Wasser plumpsen. Es machte so viel Spaß, dass wir manchmal die Zeit übersahen und zu spät zur Mühle zurückkehrten. Dann schimpften die alten Herzogs mit uns. Glimpflich kamen wir nicht davon. Aber es war es jedes Mal wert", versicherte Louis. Mimi lächelte, ebenso in Erinnerungen versunken.

„Wer war alles dabei? Wie kann ich mir das vorstellen?", bohrte Arthur nach.

Tilla liebte die alten Geschichten. Sie zehrte von ihnen und fühlte sich besser durch verklärte, wunderbare Szenen an längst vergangene Zeiten.

„Der junge Hans. Er war der Anführer. Immer. Immer schon gewesen ...", Louis seufzte. „Maria Emilia", Louis machte eine kurze Pause und nippte gedankenverloren an seinem Whiskey. Nicht nur dies ließ Tilla aufhorchen. Niemand sonst nannte Tante Mimi bei ihrem vollen Namen. Zudem meinte sie einen verehrenden Ton in Louis' Stimme wahrzunehmen und widmete sich noch intensiver seiner Geschichte.

„Es waren so viele Herzog-Kinder. Es ging immer fröhlich zu. Sie waren alle so kräftig und positiv. Das würde man heute vermutlich behaupten."

„Und du?" Diese Frage kam Tilla spontan über die Lippen.

„Ich war schmächtig. Ich war niemand. Die Herzogs haben mich adoptiert, weil mein Vater Hans Herzog im zweiten Weltkrieg das Leben gerettet hat. Aber sie waren immer gut zu mir. Alle. Es war das Beste, das mir passieren konnte."

„Warum hast du nie geheiratet?", wollte Tilla nun wissen.

Louis zuckte mit den Achseln und murmelte „hat sich nie ergeben."

Maria Emilia bedachte Louis mit einem liebevollen Blick.

„Hat dir nie eine gefallen? Du bist doch ein gut aussehender Mann gewesen?", stichelte Tilla nach und sah, wie Mimi nickte.

Louis überging das und fuhr fort, aus seiner Gedächtniskiste zu kramen. „Die kleine Elli. Sie war so lieb, ein Schatz. Wir liebten sie alle und sie war unser Baby. Niemand kann sagen, wie es passierte. Wir hatten immer ein Auge auf sie. Aber der See … Gott wollte diesen kleinen Engel wohl lieber bei sich haben." Louis wischte sich eine Träne mit seinem Ärmel weg.

Tilla schwieg bestürzt. Sie kannte diese Erzählungen nur von ihrer Mutter und diese hatte sie anscheinend immer sehr abgeschwächt vermittelt. Sie wollte nicht nachfragen, Louis fing von alleine wieder an zu sprechen. Es schien, als wollte er seine Seele endlich von zu viel Last befreien. Tilla hörte still zu, während Arthur sich zu Füßen seiner Mutter lümmelte und den Nacken kraulen ließ wie Charlie.

„Der schnelle Georg war auch dabei. Er war der fescheste der drei Herzog-Brüder. Immer einen guten Spruch drauf, immer freundlich, schnell bei den Mädchen, schnell mit den Autos. Zu schnell. Mit nur 27 Jahren verunglückte er tödlich. Tilla, du hättest bei seinem Begräbnis dabei sein müssen. Niemand hätte es geglaubt. All seine Verflossenen – und das waren eine Menge Frauen –

waren da. Ich dachte, es würde kein Ende nehmen." Nun grinste Louis wieder, um gleich darauf wieder ernst zu werden. „Die Familie hat sehr viel durchgemacht. Schönes, wie Trauriges. Ihre Stärke war immer, dass sie zusammengehalten hat. Und ich bin stolz, dass ich ein Teil davon war."

„Bin. Dass du ein Teil davon bist, Louis. Wir halten auch jetzt zusammen", erklärte Tilla feierlich und legte ihm die Hand auf den knochigen, alten Arm. Gleichzeitig streichelte sie Arthurs dichtes Haar. Das war ihre Familie. Maria Emilia genehmigte sich einen großen Schluck Tee, um den Kloß hinunterzuspülen, der sich in ihrer Kehle staute.

„Die schöne Renate raubte uns Jungen fast den Verstand. Als einzige hatte sie einen Zweiteiler an. Blitzblau mit weißen Tupfen. Gut, dass sie in die Schweiz heiratete", schnaubte Louis. „Sie hat hier alle jungen Männer verrückt gemacht."

„Deine Mutter Elisabeth, Maria Emilias Cousine, – Ella nannten wir sie alle – liebte den See. Sie war die beste und mutigste Schwimmerin, die ich je gesehen habe. Wir alle traten gegen sie an, aber immer gewann sie. Ohne Ausnahme." Vorsichtig betrachtete er Tilla.

„Ist gut, Louis. Der große Schmerz ist seit langem vorbei. Ich erinnere mich gerne an meine Mama und höre sehr gerne Geschichten über sie, die ich nicht kenne", ermutigte Tilla ihn weiter zu sprechen.

„Sie trug immer diesen knallroten Badeanzug, der sich von ihren fast weißen, glatten Haaren abhob, als wäre sie aus einer anderen Welt. Wie du nur so dunkle und krause

Haare bekommen konntest … Ihre waren schnürlgerade."

„Mein Vater hat sich durchgesetzt."

Louis nickte. „Einen besseren hätte unsere Ella nicht finden können. Alexander Hofbauer war der netteste, junge Mann, den sie finden konnte. Er war gescheit und ein Kavalier. Warum sie nie geheiratet haben, hat niemand von uns jemals verstanden." Louis schüttelte den Kopf.

„Sie wollten beweisen, dass ihre Liebe keinen Trauschein brauchte", erklärte Tilla. „Ich kann mich an kein böses Wort erinnern. Sie haben sich wirklich unendlich geliebt."

Eine Zeit lang herrschte Stille. Louis genehmigte sich wieder einen Schluck Whiskey, Arthur setzte sich auf einen eigenen Sessel und Charlie sprang auf seinen Schoß.

Tilla schlug ihre Beine übereinander und nahm den Faden wieder auf: „Wer noch?"

„Hans war der Älteste und auch, wenn er nicht der Älteste gewesen wäre, hätte er die Mühle übernommen. Er war der geborene Geschäftsmann. Die kleine Elli spielte am liebsten mit Georg oder ihrer Schwester Christa, die nach New York heiratete, oder mit deiner Mutter Ella. Mich mochte sie auch ganz gern, vor allem, wenn ich ihr meine Zuckerstangen schenkte. Joachim war immer schon weltfremd. Er interessierte sich nur für Musik. Schwimmen hat er nie gelernt, er saß am Ufer und schwelgte in seinen Gedanken. Wahrscheinlich komponierte er damals schon."

Tilla erinnerte sich an Onkel Joachim. Einmal hatten ihre Eltern sie zu einem Konzert mitgenommen, da war sie zwölf gewesen und sie hatte sich nicht dafür interessiert. Heute wusste sie, dass ihr Onkel ein berühmter Dirigent war und oft im Ausland konzertierte.

„Und du?", Tilla ahmte eine Schwimmbewegung nach.

„Ich war ein Fisch", erzählte Louis stolz. „Das hat auch deine Tante Maria Emilia immer gesagt."

Das nostalgische Lächeln schien Mimis Gesicht nicht mehr zu verlassen.

Louis schloss kurz seine Augen, öffnete sie wieder, holte tief Luft und fuhr im Stakkato fort, als hätten ihn die Sätze zuvor zu viel Mühe gekostet: „Flaschen abfüllen. Halb-Liter- und Ein-Liter-Flaschen, es wurde ein Trichter aufgesetzt und mit einem Aluminiummessbecher wurde eingefüllt, dann das Gewinde abgeputzt, Verschluss drauf, Etiketten kleben, 6er-Kartons falten, Flaschen hineinstellen und Karton schließen, mit einer Rolle Klebeband verschließen und stapeln. Leerflaschen an Großvater Josef. Das Abfüllen durften nur manchmal der Hans oder ich übernehmen. Wenn genug Männer da waren, mussten die Mädchen in der Küche helfen."

„War es schön, damals?", wollte Tilla wissen.

„Es war harte Arbeit, Fräulein Tilla. Aber es war schön." Mehr war Louis nicht mehr zu entlocken.

„Und der Geruch von frischem Kernöl war betörend", übernahm Mimi, während ihr Blick in die Ferne schweifte. Louis lächelte sie an.

„Am Sonntagvormittag aß Großvater Josef immer ein Frankfurter. Wenn die Kinder brav waren, bekamen alle ein halbes mit Senf. Ich manchmal auch. Ich bin praktisch bei der Familie Herzog aufgewachsen", erinnerte sich Mimi und fügte hinzu: „Ella war natürlich auch immer dabei. Wir waren ja unzertrennlich. Damals, als wir noch alle zusammen …“ Mimi sammelte sich.

„Großmutter Maria war immer am Kochen. Es gab nicht viele Gerichte damals. Aber was es gab, war gut. Einmal war es Rindsuppe, das gekochte Fleisch haben wir dann mit Apfelkren gegessen. Das war ein Sonntagsessen. Unter der Woche gab es Gemüsesuppe, Reissuppe oder Brotsuppe, denn alle Reste wurden verwertet. Sterz mit Buttermilch oder Haidensterz mit Schwammerlsuppe. Am Wochenende gab es zudem Schweinsbraten, oder eigene Breinwurst mit Sauerkraut oder Backhendl. Das mochte Großvater Josef lieber als Brathendl.“

„Die Panier musste aber richtig knusprig sein“, meldete sich Louis wieder zu Wort und Mimi nickte.

„Was gab es noch, Louis?“ Mimi kramte in ihrer Gedächtnisschatzkiste.

„Eierfisch.“

„Was ist denn das?“ Arthur hatte davon noch nie gehört.

„Das sind pochierte Eier, die in mit Schmalz angerösteten Zwiebeln und Bröseln gewendet werden“, klärte Mimi ihn auf.

Arthur verzog sein Gesicht.

„Dazu haben wir meistens eine Semmel gegessen. Ich mochte es immer gerne. Ach ja, und Triet!“

Jetzt nickte Louis wissend – er grinste – und Tilla blickte fragend drein.

„Das sind alte Semmelscheiben die in Wein getunkt und dann gezuckert werden. Anschließend kommen sie ins Rohr.“

„Oh, mir läuft das Wasser im Mund zusammen!“, keuchte Tilla.

„Dabei haben wir noch gar nicht Großmutter Herzogs Mehlspeisen aufgezählt. Für die war sie über die Grenzen von Mureck hinaus berühmt: Apfelstrudel, Apfelschlangel, Potizen, Germmehlspeise – und erst ihre Palatschinken!“

„Bitte, lasst uns was essen!“, riefen Tilla und Atti wie aus einem Mund.

„Louis, kannst du dich an die ‚Zigarren‘ erinnern?“, fragte Mimi ihren alten Freund.

„Und ob! Kriegst du die auch so hin?“, neckte er seine Liebe aus Kindheitstagen.

„Lasst uns in die Küche gehen“, sagte Mimi und marschierte los, um sich ihre Schürze umzubinden. Die Küche war Mimis Lieblingsort. Am langen, dunklen unebenen Holztisch mit seinen Einkerbungen, die viele Geschichten wussten, tischte sie am liebsten für ihre Familie und gute Freunde auf. Dort zog sie ihren Apfelstrudel, beschriftete die Marmeladegläser, stach Weihnachtskekse aus und servierte selbstgemachten Punsch direkt aus dem heißen Topf. Sie war nie gerne allein gewesen, freute sich immer über Gesellschaft und genoss es, dass endlich wieder Leben im Haus war. Es hätte sogar noch mehr sein dürfen.

„Zigarren mit extra viel Zimt für Louis“, murmelte Mimi.

„… und extra viel Zucker für Atti“, rief Arthur.

„… und extra viel von allem“, wünschte sich Tilla.

Mimi nickte wohlwollend und richtete herrlich dampfende Topfennudeln geschwenkt in einem Butter-Zucker-

Brösel-Zimt-Gemisch an, über das sich ihre Lieben wie eine Meute hungriger Wölfe hermachten. Wie schön wäre es, wenn auch Eduard und Ilsa jetzt dabei sein könnten, dachte sich Mimi.

„Lasst uns die Anlage in Betrieb nehmen!“, rief Tilla plötzlich euphorisch.

„Was, jetzt?“, hakte Mimi nach.

„Klar, warum nicht?“, entgegnete die Nichte, deren Wange richtig gerötet waren.

Mimi blickte unsicher zu Louis, der sie anlächelte und murmelte: „Warum nicht? Wir sind gestärkt.“

„Ja, warum nicht!?“, rief nun auch Atti, angesteckt von der aufgeregten Atmosphäre und tauchte seinen Zeigefinger noch einmal in das Bröselgemisch, um es genüsslich schmatzend abzuschlecken, was ihm einen finsteren Blick seiner Großtante einhandelte.

Tilla klopfte mit beiden flachen Händen auf ihre Oberschenkel und sprang auf. „Dann los!“

Louis holte den Mühlenschlüssel, hintereinander im Gänsemarsch machten sie sich auf den Weg. Maria Emilia folgte Tilla. Arthur machte das Schlusslicht. Als Louis den schmiedeeisernen Schlüssel mit den Verzierungen ins leicht verrostete Türschloss steckte und umdrehte, sprang die alte Türe wie von selbst leicht knarzend auf. Klopfenden Herzens betraten die vier die Mühle. Arthur durfte den Lichtschalter betätigen. Der vertraute Geruch drückte Louis die Tränen in die Augen, Maria Emilia verschlug es die Sprache.

„Wow“, entschlüpfte Arthur, als seine Augen sich ans Licht gewöhnt hatten. Auch die anderen blinzelten mit den Lidern, um sich an die Helligkeit zu gewöhnen. Tilla trat zu einer Maschine.

Atti folgte ihr neugierig. „Was ist denn das?"

„Das ist die Flaschenreinigungsmaschine." Mimi hatte ihre Sprache wieder gefunden. Sie räusperte sich und fuhr stolz fort: „Die hat Hans' Vater Josef erfunden und mit seinem Freund, dem Schober-Schlosser entwickelt und gebaut. Dessen Sohn Karl hat dich aus dem Teich gefischt."

„Cool." Arthur dehnte das Wort anerkennend.

„Diese Maschine war für uns sehr wichtig, denn Ölflaschen sind extrem schwierig und aufwendig zu reinigen", erklärte Mimi.

Louis nickte. „Sie hat bis zum Schluss gute Dienste geleistet."

„Wie funktioniert sie?", wollte Arthur wissen.

Louis trat zu der runden Scheibe in die in regelmäßigen Abständen Löcher gestanzt waren. Darüber befand sich eine Hängevorrichtung. „Hier werden die schmutzigen Flaschen hineingestellt, dann positionieren sich die Bürsten und Schläuche. Das ist der Einschaltknopf.

„Und wie läuft der Pressprozess ab?", wollte Tilla nun wissen.

Louis räusperte sich: „Maria Emilia, willst du?"

Mimi übernahm das Wort. „Zunächst werden die Kerne gereinigt und getrocknet. Dann mahlen wir sie mit diesem Mahlstein." Mimi beugte sich stolz über ein altes Gerät, das aus dem Jahr 1950 stammte.

„Die schonend gemahlenen Kerne werden dann mit Wasser und Salz gemischt, geknetet und geröstet. Dann wird gepresst und genossen.“

Louis nickte anerkennend. Mimi hatte eine komprimierte Fassung geliefert, der er nichts hinzuzufügen hatte. Tilla würde ihre eigene Art zu Pressen entwickeln.

„Jetzt lasst uns ins Bett gehen“, bestimmte Mimi. „Es ist spät geworden.“ Müde, aber erfüllt stieg Tilla mit Atti die Treppen hoch, während ihre Tante die Küche noch zusammenräumen wollte und Louis etwas von „ins Bad gehen“ murmelte.

„Mama?“

„Ja.“

„Es war eine gute Entscheidung hierherzukommen.“

Tillas Herz zog sich in warmen Wellen zusammen, als sie ihrem Sohn zulächelte. „Gute Nacht, Atti.“

26

Am letzten Sonntag im Februar fand endlich das große von Mimi gewünschte Familienessen statt. Das gut drei Kilo schwere Schopfteil von einem Biobauern aus der Gegend hatte Mimi mit Knoblauch, Rosmarin, Kümmel, Pfeffer und grobem Salz eingerieben. Seit drei Stunden bruzelte der Braten gemächlich im Rohr, er roch fantastisch, und wartete auf seine Gäste.

Tilla war aufgeregt, denn sie hatte sich ebenfalls auf die Familiensitzung am großen Küchentisch mit Mimi, Louis, Arthur, Eduard und Ilsa gefreut. Sie hatte sich absichtlich für die gemütliche Küche entschieden, deren heimelige Atmosphäre auf die Menschen abfärben sollte. Gut, sie war nicht immer einer Meinung mit ihrem Cousin und Stiefbruder gewesen. Gut, sie war mit Ilsa noch nie näher in Kontakt getreten und kannte die Frau eigentlich gar nicht. Aber sie war wild entschlossen, ihre Vorurteile abzubauen und ihre Idee vor geschlossener Familie zu präsentieren.

Als es sich alle um den Tisch gemütlich gemacht hatten und serviert war, fingen sie an zu essen. Eigentlich hatte Tilla vor, bis zum Nachtisch zu warten, aber nach ein wenig allgemeinem familiärem Geplänkel hielt sie es nicht mehr aus. Sie fasste sich ein Herz, kaute ihren Bissen zu Ende und ließ ihre Ideen sprudeln. Sie war fest von ihrem Vorhaben überzeugt und hatte bereits exakte Vorstellungen davon, wie sich alles gestalten sollte. In kurzen Sätzen präsentierte sie ihr Projekt. Anfangs war Eduard gelangweilt, denn er kannte bereits Tillas Präsentation vor dem Gemeinderat. Sie erzählte, dass sie die Mühle wieder in Betrieb nehmen und mit heimischen Bauern kooperieren wollte. Dass sie eine neue Vermarktungsschiene aufbauen und etwas gänzlich Neues starten wollte. Tilla war in ihrem Element und sprühte nur so vor Begeisterung. Ilsa und auch Eduard hörten nun aufmerksam zu.

„Wir brauchen jemanden der gut aussieht, der gut mit Leuten kann, weil er es gerne tut, und sich mit Kernöl und in der Mühle auskennt.“ Tilla schob eine Gabel voller Erbsen in ihren Mund und heftete ihren Blick auf Eduard.

Mimi und Ilsa blickten von Tilla zu Eduard und wieder zu Tilla. Eduard verschluckte sich an seinem Bissen Schweinsbraten und Arthur sprang auf, um ihm auf den Rücken zu klopfen.

„Danke, Atti“, keuchte Eduard mit hochrotem Gesicht und genehmigte sich einen Schluck Wein. „Sehr witzig, Tilla-Cousinchen“, spöttelte er. So nannte er sie immer, wenn er sie auf Distanz hielt. Ansonsten war sie sein Schwesterchen.

„Das meine ich vollkommen ernst.“ Tilla legte ihr Besteck zur Seite. „Edo, du liebst es, von Menschen umgeben zu sein. Das war schon immer so. Du kennst dich in der Mühle blind aus. Du weißt alles über Kernöl. Du bist perfekt dafür. Edo, du bist unser Mann.“

Eduard schwieg. Er sah Tilla an, die ihn begeistert anstrahlte. Das war doch echt? Er blickte zu seiner Mutter, die ihn liebevoll anlächelte. Glaubte sie auch an ihn? Hatte er sich all die Jahre in ihr getäuscht und sie lehnte ihn gar nicht ab? Hatte er sich in seinem verletzten Stolz und Selbstmitleid gar selbst ein falsches Bild zusammengereimt? Sein Blick schweifte weiter zu seiner Frau, die ihm aufmunternd zunickte. Ilsa, neben der er dahinlebte, von der er nicht einmal wusste, wie sie ihre Zeit verbrachte, geschweige denn mit wem, schien ihn zu motivieren. War es schon immer so oder hatte seine Cousine all diese Veränderung bewirkt? Fragen über Fragen schossen in Sekundenschnelle durch seinen Kopf, sodass ihm schwindelig wurde. Kurz schloss er seine Augen, um sich zu beruhigen.

„Edo, ich weiß, dass du viel um die Ohren hast. Du hast mir erzählt, wie stressig dein Job ist, den du bestimmt gerne magst und gut ausübst. Aber magst du dir bitte überlegen, wie es wäre im Familienbetrieb, als Familie zusammenzuarbeiten? Ich würde es mir wünschen."

„Ich denke … – Wieso, Tilla? Glaubst du das wirklich, allen Ernstes?" Ungläubig sah er seine Cousine an, die heftig nickte.

„Natürlich, Edo. Wir sind eine Familie. Eine starke Familie, die zusammenhält und dadurch alle Schwierigkeiten meistert."

Eduard wagte noch einmal einen Blick in die Familienrunde, sah die Bejahung und fühlte sich angenommen. Ganz klein und zart spross die Hoffnung etwas vollkommen verschüttet Geglaubtes hervorholen zu können. Endlich war er wieder mit im Boot. Er spürte Zuversicht in sich aufkeimen. Fast schüchtern nahm er das Angebot an. „Ja. Ich glaube, das könnte mir tatsächlich Spaß machen." Verlegen grinste er, als alle applaudierten.

„Wollt ihr dann wieder eine besondere Edition herausbringen, wie vor vielen Jahren die kleinen Flaschen?", meldete sich Ilsa.

Mimi hielt die Luft an und blickte zu Louis, auf dessen Gesicht sich ein undefinierbarer Ausdruck ausbreitete. Es war, als hätte sich Altbekanntes wiederholt.

„Welche kleinen Flaschen?“, wollte Tilla wissen.

„Als Eduard und ich eben verheiratet waren“, Ilsa errötete leicht und sah kurz zu ihrem Mann, „da stand eine kleine Flasche mit Öl auf dem Küchentisch und ich konnte nicht widerstehen. Als ich sie gerade wieder verschließen wollte, hörte ich Schritte. Vor Schreck entglitt mir die Flasche und zersprang in tausende von Scherben. Weil ich mich wegen meiner Ungeschicklichkeit schämte, lief ich hinaus“, gestand Ilsa noch immer schuldbewusst.

„Ich kann mich noch genau daran erinnern“, murmelte Eduard. „Die Katze muss hineingeschlüpft sein, als du hinausgelaufen bist, denn ich hatte sie beschuldigt. Beim Aufräumen konnte auch ich nicht widerstehen und habe einen Tropfen vom Tisch geschleckt. Es war wirklich eines der besten. Ja, daran kann ich mich tatsächlich erinnern. Nach all den Jahren …“ Ungläubig schüttelte er den Kopf.

„Der Tropfen verbindet immer“, flüsterte Louis.

„Jetzt ist mir alles klar“, wisperte Mimi und schüttelte ihren Kopf.

„Was flüstert ihr beide denn?“, wollte Arthur neugierig wissen.

„Das verraten wir dir, wenn du alt genug dafür bist“, antwortete Mimi.

Arthur murrte und Tilla ergriff wieder das Wort. Sie war auf ihr Vorhaben fixiert. Mimi und Louis hatten Geheimnisse miteinander, seit sie sie kannte. Überhaupt schienen sie manchmal eins zu sein. In einer ruhigen Minute wollte sie diesen Gedanken weiterverfolgen. Jetzt stand ihr Vorhaben im Vordergrund. „Ilsa, würdest du bitte die Kindergruppen übernehmen?"

„Die Kindergruppen? Tilla, ich kenne mich mit Kindern doch gar nicht aus." Ilsa schlug ihre Augen nieder. Hinter ihrem Rücken verkreuzte sie die Finger. Sie hasste es, wenn sie log. Was sollte sie ihnen sonst sagen? Die Familie kannte sie nicht. Sie wussten nichts von ihr

„Ich weiß, dass du gelegentlich auf Hannah aufpasst, sie dich liebt – und ich habe dich", Tilla räusperte sich, „im Kinderdorf gesehen." Nun war es raus.

Ilsa schnappte nach Luft und blickte unsicher in die Runde.

„Was soll das heißen?" Eduard blickte seine Frau erstaunt und mit neuen Augen an.

Mimi und Louis enthielten sich eines Kommentars. Sie beiden hatten es auch gewusst. Sie wussten immer, was in ihrem Städtchen passierte. Vielleicht war jetzt die Zeit reif, dass Ilsa sich zeigen konnte, wie sie war und wer sie war.

„Das war eine meiner Berufsänderungsüberlegungen", gab Tilla zu. „Ich habe überlegt, Pflegemutter zu werden. Als ich hinfuhr, sah ich dein Auto. Ja, ich war überrascht und neugierig. Ich habe eine Runde gedreht und dich mit den Kindern gesehen. Ich denke, du liebst sie – und sie lieben dich."

Ilsa hielt den Blick gesenkt. Was sollte sie schon sagen. Über all die Jahre hatte sie sich ein Doppelleben aufgebaut. Niemand hatte sie beachtet oder je nach ihr gefragt. Die Kinder gaben ihr Rückhalt, Sinn und nicht kalkulierte Liebe. Bei ihnen konnte sie sein, wie sie war. Die Kinder ließen sie überleben. Für sie hätte sie alles getan.

„Ich finde es großartig, dass du dich für Waisen engagierst", fuhr Tilla fort. „Bitte, bring sie doch einfach hierher."

Ilsa blickte in Tillas enthusiastisch leuchtende blaue Augen. Sie schien es tatsächlich ernst zu meinen. Warum nicht? Ilsa murmelte: „Ich werde es mir überlegen."

Tilla honorierte ihre positive Antwort mit einer spontanen Umarmung, die Ilsa die Tränen in die Augen trieb.

Nach dem Essen schlug Eduard seiner Frau einen Spaziergang zur Murmühle vor. Ilsa blickte ihn überrascht an. Ob Interesse oder Neugier in ihrem Blick lagen, war schwer auszumachen. In all den Jahren war es nie vorgekommen, dass sie gemeinsam spazieren gegangen wären. Mimi, Louis und Tilla warteten Ilsas Antwort mit angehaltenem Atem an. Als sie annahm, schien auch Eduard erleichtert auszuatmen.

Eine Zeitlang gingen sie schweigend. Es war fremd, zu eigenartig, um unbeschwert nebeneinanderher zu schlendern und zu plaudern. Als sie zum Fluss kamen, blieben sie bei der Schleuse, die bei Hochwasser geöffnet wurde und die Wassermengen in den Mühlgang leitete, stehen.

Ilsa umklammerte das Holzgeländer, sodass ihre Knöchel weiß wie Elfenbein hervortraten.

„Ilsa, ich …" Eduard stockte. Er hatte keine Worte vorbereitet, er spürte lediglich, dass jetzt der Zeitpunkt gekommen war, um zu reden. „Ilsa“, begann er von vorne. „Ich weiß, dass ich dir kein guter Ehemann war. Ich war blind vor Wut und habe mich in dieser Wut verkrochen, anstatt mein Leben in die Hand zu nehmen und diese lächerliche Opferrolle aufzugeben. Doch es war einfacher, als mir selbst einzugestehen, dass ich Fehler gemacht habe. Lieber habe ich dir die Schuld an meinem verpatzten Leben gegeben. Seit Tillas Rückkehr und ihrer Idee hat sich etwas geändert. Ich sehe die Dinge plötzlich anders; als hätte sie mir die Augen geöffnet. Und seit ihrem heutigen Angebot kommt Hoffnung dazu und das Gefühl, eine zweite Chance zu erhalten. Ich möchte sie unbedingt nutzen. Ich möchte von vorne anfangen. Ich möchte dich kennen lernen und wissen, mit wem ich seit 20 Jahren verheiratet bin, ohne diesen Menschen, den ich so sehr verletzt habe, zu kennen. Ilsa, möchtest du mit mir darüber reden?“

Ilsa atmete tief ein und aus. Ihr war schwindlig und sie hörte ihre Schläfen pochen. Hätte sie sich nicht am Geländer festgehalten, wäre sie ohnmächtig geworden. Langsam beruhigte sie sich. Eduard blieb die ganze Zeit an ihrer Seite ohne sie zu bedrängen. Schließlich fasste sie sich ein Herz und fing an zu reden. Erst etwas stockend und den Blick starr geradeaus zum gegenüberliegenden Flussufer in Slowenien gerichtet. Wenn sie die Grenze überschreiten wollte, durfte sie ihn nicht ansehen, denn dann wäre es aus mit ihrem Mut.

Eduard wagte es nicht, sie zu unterbrechen und stützte sich ebenfalls am schützenden Geländer ab. Gelegentlich schielte er seine Frau aus den Augenwinkeln an. Ilsa –

wer war diese, seine Frau, die er nicht kannte und mit der er seit Jahren sein Leben teilte.

Sie sprach von ihrer Liebe zu ihm, dem verlorenen Kind, der unendlichen Kränkung und Einsamkeit, den langen Tagen und noch viel längeren Nächten. Ein Hauch von Bitterkeit und Resignation waren aus ihrer Stimme zu hören, die übertönt wurde von Freude, wenn sie von ihrer Zeit mit Hannah und den Kindern im Kinderdorf sprach.

Er beobachtete Ilsa nun aufmerksamer denn je und bemerkte, dass sie sehr jung wirkte. Ihre Haut war wunderschön und glatt, rosig von der Kälte. Ihre schlanke Figur wirkte zart und sehnig, er konnte ihre Energie spüren.

Ilsa hielt inne und starrte auf den Fluss, dessen Wasser unbeirrt seinen Weg bestritt. Es war alles gesagt.

Eduard fasste sie an den Schultern und drehte sie langsam zu sich, sodass sie nun ihn anblickte. Sanfte, rehbraune Augen sahen zu ihm auf. Ilsa, seine Frau Ilsa war schön, klug, verletzlich und stark. Er schämte sich und fühlte den großen Schmerz des unwiederbringlich Verlorenen.

„Verzeih mir Ilsa. Wenn das überhaupt möglich ist.“

Kein Groll oder gar Hass schienen in Ilsas Blick zu liegen. Er war leer.

„Es gibt nichts, was ich zu meiner Entschuldigung sagen könnte“, fuhr Eduard fort. Es war, als wäre er aufgewacht. „Ich kann nie wieder gut machen, was ich dir angetan habe. Aber ich möchte es versuchen. Aus innigstem Herzen und vollster Ehrlichkeit möchte ich retten, was zu retten ist. Ilsa. Glaubst du, du kannst mir verzeihen? Ilsa?“

Er, ihr Prinz Eduard, nannte ihren Namen. Er wollte

um sie kämpfen. Endlich. Aber ihr Herz war leer. Es schlug nicht mehr für ihn, bebte nicht mehr, wenn er in ihrer Nähe war.

„Ich weiß es nicht", flüsterte sie.

Eduard nickte. Er verstand. Aber er wollte um sie kämpfen. Endlich hatte er ein Ziel vor Augen, für das es sich zu kämpfen lohnte. Er wollte seine Frau, seine Familie nicht verlieren. Als er Ilsas Hand schüchtern berührte, entzog sie sie ihm nicht. Das war sein Zeichen. Er wollte alles tun, um ihr Herz zu gewinnen.

Eduard wusste, was er zu tun hatte. Nachdem er Ilsa nach Hause gebracht hatte, entschuldigte er sich und sagte, dass er noch einmal kurz weg müsse. Auf direktem Weg fuhr er zu Gabi, klingelte und hoffte, dass sie da wäre. Keuchend und mit Schwung öffnete sie die Tür. „Das ist ja eine Überraschung, mein Lieber! Ich mache gerade mein Fitnessprogramm. Aber komm doch rein. Wir können gemeinsam Übungen machen." Sie lächelte lasziv, zog ihn herein und warf die Tür hinter sich zu. Eduard entwand sich ihrer Umarmung und ihren Küssen.

„Was ist denn los?", fragte Gabi alarmiert.

„Ich möchte mit dir reden. Können wir uns setzen?"

„Ja, lass uns in die Küche gehen." Gabi ging voraus und holte einen Weißwein aus dem Kühlschrank während Eduard sich auf einen Sessel setzte.

„Danke, ich möchte nichts trinken", wehrte er ab, als sie ihm ein Glas hinstellte.

„Meinst du, ich sollte mir gleich etwas Stärkeres holen?"

„Gabi, wir verkaufen die Mühle nicht. Ich beteilige mich an Tillas Projekt und steige ins Familiengeschäft ein."

„Was? Wieso denn auf einmal? Du wolltest doch mit all dem nichts mehr zu tun haben? Wie kommt dieser plötzliche Sinneswandel? Mit dem Geld wollten wir doch irgendwo anders neu anfangen?" Gabis Stimme war lauter und höher geworden.

Eduard meinte, Panik und Enttäuschung herauszuhören. Wie sollte er nur erklären, dass er nirgendwohin mehr wollte, weil er diese Chance bekam, und dass er vorhatte, seine Frau zu erobern, weil irgendetwas seine Augen und sein Herz geöffnet hatten.

„Gabi, ich möchte hierbleiben." Er atmete tief durch. „Und ich möchte meine Ehe retten."

Wie eine Furie stürzte sie sich auf ihn, sodass Eduard mit seinem Sessel umfiel und sie auf ihm lag. „Wie kannst du es wagen? Du machst mir Versprechungen, erzählst mir das Blaue vom Himmel, lässt mich glauben, dass deine Ehe so gut wie nie existiert hat und du mit mir neu anfangen möchtest?", brüllte Gabi ihn an und schlug ihm ins Gesicht. Mit einem Ruck befreite sich Eduard aus ihrer Umklammerung und rappelte sich auf.

„Das war nicht geplant", presste er hervor. „Versprechungen habe ich dir nie gemacht. Wir haben ein Weggehen gemeinsam angedacht. Konkrete Pläne gab es nicht. Und meine Ehe oder Nicht-Ehe geht dich nichts an. Genauso wenig wie der Verkauf der Mühle."

Gabi sprang auf und schrie hasserfüllt: „Verschwinde, du mieser Scheißkerl. Deine beschissene Ehe ist mir egal, und deine verfluchte Mühle soll abbrennen!“

27

Mimi und Louis saßen in der Küche bei einem Vogerlsalat mit Kernöl, einem Öl, das Mimi von einer ihrer Kartenspielfreundinnen geschenkt bekommen hatte.

„Es ist nicht schlecht“, kommentierte Louis, der sich zu einer positiven Aussage verpflichtet fühlte.

„Es ist Durchschnitt“, entgegnete Mimi trocken und fügte bissig hinzu: „Grete hat dir schon immer gefallen. Ihr Öl kann mit unserem nie mithalten.“

„Natürlich nicht, meine Liebe“, bestätigte Louis. „Mit dir auch nicht.“ Er grinste sie über beide Ohren an, zog sie von ihrem Stuhl hoch und auf seinen Schoß. Mimi boxte ihn in die Seite, um ihn gleich darauf in den Arm zu nehmen.

„Kein Hauch von Magie.“

Es läutete an der Tür und Maria Emilia erhob sich stöhnend und ungern von Louis‘ Schoß. So rasch ihre alten Beine sie trugen lief sie zum Haustor, um wenig überrascht den alten Volksschuldirektor hereinzubitten.

„Maria, wir tarockieren seit gut fünfzehn Jahren miteinander. Du weißt um mich Bescheid. Gustav ist seit sieben Monaten tot. Wir sind nicht mehr die Jüngsten. Ich weiß, dass Anna dasselbe für mich empfindet. Wir … ich brauche das Öl.“

Maria Emilia atmete tief ein und aus. „Komm doch rein. Louis und ich sitzen in der Küche. Ein Glas Wein wird auch dir gut tun.“

„Sieh an, der Rudolf. Es ist also soweit.“ Louis wirkte in keinster Weise erstaunt, den ehemaligen Direktor zu sehen und schenkte sich Wein nach.

„Guten Tag, Louis. Ich … ja, also, wie ich bereits zu Maria sagte …“ Er hätte schwören können, ihn von einer Aura des Außergewöhnlichen umgeben zu sehen und blinzelte dreimal mit den Augen.

„Setz dich doch, Rudolf.“ Mimi drückte ihn auf einen Sessel neben Louis, sodass er meinte, seine alten Knochen wieder gerade rücken zu müssen, stellte ein Weißweinglas auf den Tisch und Louis schenkte ihm von dem ausgezeichneten Sauvignon blanc ein.

„Guter Jahrgang“, murmelte er. „Prost!“

„Zum Wohl.“

„Auf die Zukunft.“ Mimi blickte ihren alten Schulfreund mitfühlend an. Rudolf war seit der Abschlussklasse in Anna verliebt. Seine Schüchternheit hatte ihn die große Liebe seines Lebens entwischen lassen, weil Gustav sie beim Maturaball um den ersten Tanz bat und nicht mehr aus seinen Armen entließ. Annas Schüchternheit hatte sie ein jahrelanges Eheleben in Unterdrückung führen lassen. Nun hatte sie Angst vor dem Gerede der Leute, wenn sie sich so kurz nach Gustavs Tod oder überhaupt auf die Beziehung mit Rudolf einließ. Das tat man nicht. Schon gar nicht in ihrem Alter.

„Ich weiß, dass sie mich auch liebt“, sagte Rudolf bestimmt. Der Wein hatte seine Zunge etwas gelockert.

„Das wissen wir alle“, stimmte Mimi zu und erntete einen dankbaren Blick.

„Wie kommst du darauf, dass wir dir helfen können?“ Louis drehte sein Glas zwischen den knochigen Fingern.

Rudolf hob seine linke Augenbraue und runzelte dann

erstaunt seine Stirn. „Aber dass ihr beide das Liebesöl macht, wissen doch alle im Dorf.“

„Mureck ist eine Stadt und das Öl eine Geschichte“, schnauzte Louis trocken. „Ich wusste gar nicht, dass du an Märchen glaubst.“

Rudolf blickte ihn entgeistert an und genehmigte sich einen großen Schluck Wein.

Mimi schüttelte energisch ihren Kopf. So vehement war ihr Louis selten. „Ach, Louis“, mischte sie sich ein. „Haben wir nicht immer gesagt, dass, wenn es sich um einen Notfall handelt …“

„Maria Emilia“, unterbrach Louis seine Freundin. „Ich denke nicht, dass es sich um einen Notfall handelt. Wenn Anna ihn auch liebt, und das tut sie, dann werden sie zusammen sein.“

„Aber du hast Rudolf doch gehört. Anna macht sich zu viel aus dem Gerede der Leute. Sie bringt sie beide um ihr Glück.“

Rudolf nickte und beobachtete mit wachsendem Interesse das Wortgefecht der beiden. Dann war die Geschickte mit dem Öl der beiden also doch kein Märchen.

„Wir dürfen diesen Aberglauben nicht unterstützen“, blieb Louis stur.

„Bitte entschuldige uns einen Augenblick“, sagte Mimi und machte Louis ein Zeichen, ihr zu folgen. Dieser erhob sich widerwillig von seinem Stuhl und genehmigte sich trotzig noch ein Schlückchen, ehe er ihr ins Wohnzimmer folgt, wo Mimi die Tür hinter sich schloss.

„Seit wann bist du so gefühlskalt?“, herrschte Mimi ihn an. Oh, er kannte diesen Ton. Jetzt hieß es auf der

Hut zu sein.

„Das bin ich nicht, meine Liebe. Aber wir sollten vorsichtiger damit umgehen, sonst rennen uns vielleicht irgendwann Leute die Tür ein, nur weil sie sich aus Jux an jemanden binden wollen."

„Das haben wir doch besprochen, mein Lieber. Nur, die die den Tropfen haben sollen, werden den Weg zu uns finden. Und das ist so ein Fall. Die meisten im Ort glauben doch ohnehin, dass es sich um eine Mär handelt."

„Wir haben nur noch ein kleines Fläschchen", gab Louis zu bedenken.

„Ja, ich weiß. Tilla wird sich beeilen müssen. Wenn sie das Erbe überhaupt antreten kann."

Mimi und Louis wussten beide, dass nur ihre Liebe, dieses unendlich zarte wie starke Band, das sie vereinte, für die verbindende Wirkung des Liebestropfens verantwortlich war.

„Es wird passieren. Ebenso zu zweit."

Mimi zog ihre Augenbrauen in die Höhe. „Du wirst ihr doch helfen?", bohrte sie nach.

„Das wird nicht nötig sein."

„Wie meinst du das?"

„Es wird alles gut." Mehr war Louis nicht zu entlocken.

„Alter Sturkopf", fauchte Mimi.

„Ebenfalls", murmelte Louis.

„Nun, was gedenkst du also in Sachen Rudolf und Anna zu tun?" Ihr Ton war eisig.

„Also gut", willigte Louis ein. Er grinste, weil er von Anfang an gewusst hatte, dass er einknicken würde. „Die beiden können tatsächlich ein bisschen Nachhilfe gebrauchen.“

Mimi umarmte ihn spontan. Das war ihr Spiel. Wieder einmal hatte sie ihn überredet.

28

Der Frühling zog mit einer Schnelligkeit ins Land, dass Tilla sich fragte, ob jemals Winter gewesen war. Von einem Tag auf den anderen schienen die Krokusse, Schneeglöckchen und Frühlingsknotenblumen aufzublühen, der letzte Schnee, der sich im Schatten der Sträucher und Büsche gehalten hatte, schmolz in den zaghaften, aber doch entschlossenen Sonnenstrahlen dahin, und auch die Vögel zwitscherten lauter und fröhlicher. Selbst an ihren Wintergerippen, wie Tilla die Birken entlang der Hofauffahrt nannte, konnte man das zarte Grün der ersten Blätter ausmachen. Die Tage in Birkenhof wurden minütlich länger und Tilla überlegte am Frühstückstisch, ob sie bereits ein Frühbeet, in dem sie eigenen Salat, Tomaten und Radieschen ziehen wollte, anlegen sollte.

„Vergiss die Eisheiligen nicht!“, ermahnte Mimi sie.

„Wie heißen die drei noch mal?“

„Eigentlich sind es fünf“, korrigierte Mimi. „Die Bauernregel besagt, dass Mitte Mai Mamertus, Pankratius, Servatius, Bonifatius und die kalte Sophie Kälte bringen. Hier bei uns reden wir eigentlich nur von den letzten vier oder drei. Also, überlege dir, ob du jetzt wirklich schon etwas setzen möchtest.“

„Wir könnten einen Gemüsetunnel bauen, um Kürbispflänzchen vorzuziehen“, schlug Tilla begeistert vor.

„Von mir aus gerne. Das ist sogar eine sehr schöne Idee. Frag doch Louis, der kennt sich mit allem gut aus.“

Tilla meinte so etwas wie Stolz in der Stimme ihrer Tante mitschwingen zu hören und sah sie einen Moment lang genauer an, um sich dann ihrem nächsten Einfall zu widmen.

„Atti, magst du mir helfen?“ Tilla erzählte ihrem Sohn von ihren Plänen. „Die Direktaussaat der Kürbiskerne erfolgt erst ab Mai. Wir könnten einige Kerne abzweigen und vorziehen. Dazu benötigen wir ein Gewächshaus.“

„Klar. Wir können das Holz aus dem alten Hühnerstall nehmen.“

„Gute Überlegung! Ich wusste gar nicht, dass du dich hier schon so gut auskennst.“

„Mama, was soll ich hier sonst den ganzen Tag tun? Ich streife herum und erkunde die Gegend. So bin ich auch auf den Hühnerstall gestoßen.“

„Wollen wir gleich loslegen?“

„Warum nicht. Es ist Wochenende und ich habe gerade ein Loch in meinem übervollen Terminkalender.“

Tilla grinste ihren Sohn an. Diesen neuen schwarz gefärbten Humor fand sie sehr charmant. Sie wusste, dass er Wien und die Möglichkeiten der großen Stadt gelegentlich vermisste. Sie war sich inzwischen aber auch sicher, dass er sich in Mureck gut eingelebt hatte und gerne hier zu Hause war.

Tilla schlüpfte in ihre geliebte Latzhose, einen dicken grünen Wollpulli und neue knallrote Gummistiefel mit weißen Punkten. Knallgelbe Gartenhandschuhe steckte sie in ihre Hosentasche. Gut gelaunt schritten die beiden zur Tat und holten sich Spaten und Schaufeln aus dem Schuppen, der von Spinnweben durchsetzt war. Louis wollte noch in Ruhe seinen Kaffee austrinken.

„Mama, was ist denn das da oben?“

Tillas Nackenhaare sträubten sich, denn sie befürchtete, eine dicke Spinne würde sich gleich auf sie herabseilen.

„Wo denn?“ Sie suchte leicht geduckt die Wand ab und schützte mit der hinteren Hand ihren Kopf. Der Gedanke, dass sich eine Spinne in ihren Haaren verfangen könnte, ließ sie erschaudern.

„Dort, in der Ecke.“ Atti streckte seinen Arm aus und Tilla folgte seinem verlängerten Zeigefinger.

„Raus. Schnell!“ Sie schubste ihren Sohn so heftig, dass er aus dem Schuppen flog und vor Louis’ Füßen landete.

„Mama!“

„Tut mir leid, mein Schatz. Das ist ein Wespennest!“, keuchte Tilla aufgeregt.

Louis, der sich unbemerkt genähert hatte, bekam einen Lachanfall und krümmte sich, dass Tilla schon Sorgen hatte, der alte Mann würde in sich zusammensacken und ebenso auf dem Boden landen.

„Fräulein Tilla, du hast wirklich zu lange in der Stadt gelebt. Komm, mein Junge, steh auf.“ Er zog Arthur mit einer Kraft hoch, die Atti ihm gar nicht zugetraut hätte. „Deine Mutter hat vergessen, dass die Nester im Winter leer sind. Du kannst wieder rein und deine Geräte holen, keine Sorge.“

„Lieber Vorsicht als Nachsicht“, murmelte Tilla mit hochrotem Kopf.

„Ich würde draußen aber noch nichts anpflanzen. Die Eisheiligen waren noch nicht da“, bemerkte Louis.

„Wir wollen einen Tunnel bauen“, erklärte Arthur eifrig.

Louis nickte zustimmend. „Wir haben einen. Hinter dem Apfelgarten. Allerdings ist er mehr als desolat."
„Ja, genau", ich erinnere mich. „Dort, wo der weiße Flieder bald blühen wird." Automatisch holte Tilla tief Luft, reckte ihr Gesicht der Frühlingssonne entgegen und bildete sich ein, den Duft des Flieders zu riechen.

„Dann können wir ihn vielleicht reparieren?", überlegte Arthur, ohne auf seine Mutter zu achten. Louis nickte. „Lass uns gleich nachschauen, Mama." Arthur war nicht mehr zu bremsen.

Zu dritt zogen sie los und besichtigten den halb verfallenen Tunnel. „Ach, du meine Güte", stöhnte Tilla. „Der sieht so aus, als müssten wir ihn komplett abreißen."

„Aber nicht doch", beschwichtigte Louis. „Das sieht schlimmer aus, als es ist. Mit ein paar Handgriffen …"

„Und ich kann euch auch helfen."

„Hallo Onkel Eduard!"

„Hallo Edo. Das ist lieb von dir. Toll, wenn du uns auch hilfst."

Louis gab knappe Anweisungen, die sie alle gerne befolgten. Tilla und Atti lernten von Louis, wie man die Säge richtig ansetzte, wie man den Spaten am besten benutzte und Nägel perfekt einschlug.

„Etwas Folie müsste noch im Schuppen sein. Wenn es nicht reicht oder sie porös ist, dann fahren wir nachher zu Veits Laden", sagte Louis. Die Erwähnung des Namens ließ Tillas Herz aufgeregt schlagen. Dass sie jedes Mal so auf ihn reagierte machte sie wahnsinnig. Um sich abzulenken krempelte sie die Ärmel ihres alten Wollpullis hoch und machte sich auf den Weg zum Schuppen, unentschlossen, ob sie sich wünschen sollte, dass genug Folie da war oder sie doch welche besorgen mussten.

„Ich denke, wir sollten neue besorgen?“ Eduard stand grinsend hinter ihr.

Tilla spürte, wie sie rot wurde. „Nichts da, die tut es noch. Hilf mir lieber, sie rauszuschaffen.“

Nach knapp drei Stunden und schweißgetränkten T-Shirts waren sie stolze Besitzer ihres ersten eigenen Gemüsetunnels, sowie eines kleinen selbst gezimmerten Hochbeets, das sie in Terrassennähe aufstellten.

„Ich falle um vor Hunger“, stöhnte Atti und hielt sich die Hand an den Bauch. Sein Magen knurrte unüberhörbar. In dem Moment ging die Terrassentür auf und Mimi erschien in ihrer Kochschürze. „Das Essen ist angerichtet. Kommt herein, aber zieht vorher die Stiefel aus und wascht euch die Hände.“

„Mama, hast du genug, dann rufe ich Ilsa an, ob sie auch kommt.“

„Das habe ich schon erledigt, mein Lieber. Sie ist auf dem Weg.“

Es gab ein sättigendes Erdapfelgulasch, über das sich Tilla und Atti hermachten, als hätten sie seit Tagen nichts zu essen gehabt.

„Das schmeckt wie immer köstlich“, lobte Ilsa und Mimi drückte ihr dankend den Arm. Seit dem gemeinsamen Essen im Februar war auch Ilsa viel zugänglicher geworden.

Nach dem verspäteten Mittagessen beschlossen sie aus einem spontanen Impuls heraus zum hiesigen Gärtner zu fahren, wo sie gleich noch Tomaten- und Paprikapflanzen einkaufen wollten. Tilla schwang sich auf das alte schwarze Puch-Rad mit dem geflochten Korb auf der Lenkstange. Atti fuhr mit Louis im Auto mit. „Es ist nicht weit, aber in deinem Körbchen werden wir nicht alles unterbringen.“ Eduard und Ilsa verabschiedeten sich und fuhren nach Hause.

Tilla hielt vor einem Haus, das seine besten Zeiten längst hinter sich hatte. Es wirkte verlassen und unbewohnt. Sie parkte ihr Fahrrad unter dem Dach eines angrenzenden Heustadels, der ebenso vom Verfall bedroht zu sein schien. Tilla hatte Angst, unten durchzugehen. Louis‘ verbeulter Lieferwagen stand vor dem Eingangstor und sah aus, als würde er zu dem verwahrlosten Gebäude gehören. Die beiden mussten schon reingegangen sein und Tilla folgte etwas verunsichert einem Weg, der hinter das Haus führte, wo sie die Treibhäuser mit ihrem milchigen Glas in Erinnerung hatte. Jeder Fleck war vollgestellt mit Blumentöpfen, Säcken voller Komposterde, Mulchhäufen, Strohballen, Körben mit Blumendrahtspulen, drei Scheibtruhen und allerhand Geräten. Es war das reinste Chaos. Doch als sie den ersten Tunnel betrat, eröffnete sich eine andere Welt. Tilla befand sich in einem akkurat gepflegten, riesigen Gewächshaus, das von Salatpflänzchen bis zu Blumenzwiebeln und Kräutern alles beherbergte, was sich das Gärtnerherz erträumen konnte. Tief sog sie Duft und Atmosphäre ein. Die Reihen waren perfekt angeordnet, so auch die Pflanzen. Alles war ordentlich beschriftet, die Bewässerungsanlage, die modernste, die am Markt zu haben war, Beleuchtung und Belüftung perfekt. In der rechten Ecke befand sich eine kleine Nische, die ein halb

geöffneter schwerer, dunkelblauer Samtvorhang freigab. Dahinter erspähte Tilla einen alten Perserteppich und eine breite Ledercouch. Sie schmunzelte bei dem Gedanken, dass der Gärtner bei seinen geliebten Pflanzen lebte.
„Mama, sieh dir das an!", rief Atti aufgeregt vom Ende der fünften Reihe. „Das sind mindestens 20 verschiedene Kürbissorten."

Tilla erreichte die drei Männer und wollte dem Gärtner die Hand schütteln.

„Ist nicht notwendig, bin ja voller Erde", brummte er gutmütig.

Tilla lachte. „Das macht mir doch nichts aus!"

„Ihr wollt also Kürbis vorziehen?"

„Ja, ich möchte gerne ein paar neue Sorten für den Hausbedarf probieren. Ansonsten möchte ich mich in Zukunft mit dem hiesigen Speisekürbis beschäftigen."

„Cucurbita pepo var styriaca."

Arthurs Augen wurden groß. Interessiert fixierte er den alten Gärtner, der ihn geduldig aufklärte.

„Das ist der lateinische Ausdruck des steirischen Ölkürbisses mit den schalenlosen Kernen."

„Wir haben hier einen eigenen Kürbis?"

„So ist es, junger Mann."

„Das ist genial, Mama! Du hast eine Ölmühle, willst Kernöl pressen und es gibt hier einen eigenen Kürbis dazu. Mann, bin ich froh, dass wir hierher gezogen sind."
Louis zwinkerte Tilla zu, deren Herz wie die warme Frühlingssonne strahlte. Sie lächelte ihn an und fuhr dann zum alten Gärtner gewandt fort: „Mit Paprika und Tomaten wollten mein Sohn und ich auch schon beginnen."

„Wir haben ein eigenes Hochbeet dafür gebaut", erklärte Atti stolz.

„Also das Vorziehen oder die Anzucht passiert spätestens ab Ende Jänner. Jetzt, Mitte März seid ihr auf jeden Fall zu spät dran."

„Danke für die Aufklärung, wir sind Anfänger." Tilla lächelte. „Dann würden wir fertige Pflänzchen von Ihnen mitnehmen. Und auch gleich die richtige Erde und etwas Dünger. Was sollen wir bezüglich der Kürbispflanzung noch beachten?"

„Für die Pflanzen, die Sie bei mir bekommen, reicht ein heller Platz auf der Fensterbank oder in Ihrem Gemüsetunnel. Mitte Mai können Sie sie aussetzen. Der Anbau am Acker erfolgt auch erst ab Mai. Jetzt ist es noch zu früh, es könnte wirklich noch frieren, obwohl man das heute mit diesem lauen Wind und den 15 Grad plus nicht annehmen würde."

Louis und der alte Gärtner gingen bedächtig eine Pflanzenzeile entlang allein, gestikulierten mit ihren alten, verknöcherten Fingern und schienen sich über alles Mögliche zu unterhalten. Tilla meinte die Wörter „Öl" und „Tropfen" gehört zu haben. Sie wollte nicht lauschen, vernahm aber noch den Gesprächsfetzen „würdige Nachfolge" und sah, aus den Augenwinkeln, wie der alte Gärtner sie musterte.

Tilla schlenderte mit Atti noch ein wenig herum, schnupperte an den winzigen Rosenknospen und genoss das Grün - fast als wäre sie in einem Palmenhaus. Nur die Schmetterlinge fehlten und es war nicht ganz so heiß und feucht. Zu viert luden sie schließlich zehn Steigen voller

Kürbis-, Paprika- und Tomatenpflanzen ein. Tilla konnte beim frischen Basilikum und Rosmarin nicht widerstehen. Für ihr Gemüsebeet wollte sie demnächst wiederkommen und unbedingt die weißen Melanzanisamen haben, die in ungefähr zwei Wochen geliefert werden sollten.

„Es gibt bald eine tolle Pflanzentauschbörse im Schloss Obermureck, gleich über die Grenze und den Berg rauf“, verriet der alte Gärtner. „Dort habe ich zum Beispiel die Kipfler-Bohnen gegen Stevia-Samen getauscht.“

Tilla hatte schon davon gehört, dass die ehemalige Irrenanstalt in Slowenien sich für allerlei Kunst-, Kultur- und sonstige Veranstaltungen anbot. Sie bedankte sich für die Informationen und beschloss, einige ihrer Kürbissamen gegen andere Kuriositäten zu tauschen. Das machte bestimmt Spaß, sie konnte viel dazu- und neue Leute kennenlernen.

Tilla war so froh, etwas gemeinsam mit ihrem Sohn zu unternehmen, das ihm Freude zu bereiten schien, dass es ihr egal war, ob sie die Tomaten draußen oder drinnen pflanzten.

„Mama, es ist schon so warm, es klappt bestimmt im Freien“, war sich Arthur sicher, als sie wieder zu Hause waren.

„Ok, dann machen wir es so“, stimmte Tilla, entgegen der Warnungen, zu und sie bereiteten das Hochbeet vor.

Nie wieder wollten sie in Zukunft die Ratschläge Mimis, Louis‘ und des alten Gärtners missachten, denn nach drei Tagen waren ihre zukunftsträchtigen Stauden abgefroren - dabei waren es nicht einmal die Eisheiligen. Der

kleine Winter war zwar kurz, aber seine Schneemengen brachen die stärksten Äste ab, ließen zarte Pflanzen abfrieren und verbannten die schon aufgekeimten Frühlingsgefühle. Auch die Wintergerippe machten ihrem Namen wieder alle Ehre.
Arthur ließ sich davon erstaunlicherweise nicht großartig irritieren, er beschäftigte sich von nun an mit Gemüseanbau via Internet. Tilla unterstützte das neu erworbene Hobby nach Kräften und auch Mimi bestärkte den Enkel ihres Herzens, indem sie ihm Fachliteratur aus der kleinen Stadtbibliothek zukommen ließ.

Bald war der kleine Gemüsetunnel voller Pflänzchen, die er akkurat beschriftete. Kurz darauf erstand Arthur seinen eigenen Bibliotheksausweis und fand Gefallen am Ausleihen von Krimis und Fantasy-Literatur. Tomaten, Paprika und Kräuter bekamen Konkurrenz von Harry Potter und seinen Freunden. Dennoch verlor er sein jugendliches Interesse nicht an Pflanzen, die er säen, wachsen sehen und ernten konnte. Der selbst gebraute Zaubertrank à la Potter wirkte nur leider nie, wie er es sich erhoffte. Tilla und Mimi hörten irgendwann auf, die Experimente zu zählen.

Tilla selbst stöberte ebenso gerne den Bestand der gemütlichen kleinen, aber gut sortierten Bibliothek durch, die immer nur montags und mittwochs für zwei Stunden am Nachmittag geöffnet hatte und ehrenamtlich von drei netten Damen betreut wurde. Am liebsten setzte sie sich mit einem Buch in die Leseecke mit dem abgewetzten weinroten, schon etwas durchgesessenen Ohrensessel, deren altes Sprossenfenster in einen verwilderten Innenhof zeigte. Oft schweifte Tilla mit ihren Gedanken ab, vergaß, sich auf den Text zu konzentrieren und reiste mit offenen Augen durch Zeit und Raum.

Ihre Eltern hatten sie als Träumerin bezeichnet. Als Kind war sie manchmal so sehr in ihre Gedankenwelt versunken, dass sie gegen Laternenpfähle rannte oder über Bordsteinkanten stolperte.

Auf dem Heimweg machte Tilla gerne einen Abstecher zum Greißler oder Bäcker und kaufte etwas zum Naschen oder für ein leckeres Abendessen ein. Etwas abseits der Hauptstraße fand auf dem Lorbeerplatz hinter dem Rathaus jeden Samstag ein Bauernmarkt statt. Durch den mächtigen Torbogen gelangte man in eine andere Welt. Regionale Landwirte boten frische Ware wie Gemüse, Würste und selbst gebackenes Brot auf Holztischen an. Es herrschte beinahe eine mittelalterliche Marktatmosphäre, wo feilgeboten und getratscht wurde. Tilla liebte die entzückende Altstadt und dass es hier keine Supermärkte oder Modeketten gab, die jedes Zentrum beinahe gleich aussehen ließen. Ihre Freundin Lilo besaß ein kleines, feines Modeatelier und nähte ausschließlich Einzelstücke nach Maß. Sie hatte sich bereits über die Ortsgrenzen hinaus einen Namen gemacht. Besonders gerne kreierte sie ausgefallene Faschingskostüme für die hiesigen Volksschulkinder. In Emmas Blumenladen waren nicht nur wunderschöne Gestecke und Blumensträuße zu bewundern. Es gab die herrlichsten Gartendekorationen, Ideen für Haus und Wohnung und man konnte eine Grabbetreuung in Auftrag geben. Der alte Sportgeschäftsbesitzer vergab gerne großzügige Rabatte und es gab kein Kind im

Ort, dem er noch nicht die Schlittschuhe gebunden hätte. Er half jedes Jahr ehrenamtlich am Eislaufplatz aus, wenn Eintritt zu kassieren, heiße Limonade zu servieren oder die Lichter und die Musikanlage zu bedienen waren. Alle waren miteinander verbunden – ein einzigartiges Gefüge, das an ein sorgfältig und liebevoll gesponnenes Netz erinnerte.

Als Tilla an einem Mittwochnachmittag Anfang April voll beladen mit Büchern und Zeitschriften in Gedanken an die Ausschmückung ihrer neu gestalteten Website mit geschichtlichen Details versunken aus der Bibliothek trat, stieß sie so unvermutet mit Nick zusammen, dass alle Druckwerke durch die Luft segelten. Beide ruderten mit den Armen, um alles aufzufangen, damit nichts auf dem feuchten Asphalt landete. Geistesgegenwärtig schlang Nick seine kräftigen Arme um Tilla, zog sie rasch an sich und Bücher wie Zeitschriften landeten in einem improvisierten Korb. Tilla war ihm so nahe, dass sie sein herbes Aftershave, das sie an eine Mischung aus Tabak und Whiskey erinnerte, riechen konnte. Ihr Herz flatterte.

„Das ist ja noch mal gut gegangen.“ Nick grinste sie an.

„Hallo. Tut mir leid, ich war in Gedanken“, entschuldigte sich Tilla leicht errötet und löste sich von dem attraktiven Mann, der ihre Bücher stapelte und für sie festhielt.

„Woran?“, wollte er wissen.

„Wie bitte?“

„Woran hast du gedacht?“

Tilla musterte ihn. „Du bist ganz schön neugierig.“ Unwillkürlich musste sie auch grinsen. Sie hatte sich wieder gefasst.

„Interessiert“, korrigierte er und lächelte schelmisch. „Also, willst du es mir verraten?“

„Ich überlege eben, wie ich meine Homepage optimal gestalte.“

Nick legte seinen Kopf leicht schräg und musterte sie aufmerksam. „Hast du Zeit und Lust auf einen Drink, um mir mehr zu erzählen?“

„Warum nicht?“ Tilla musste zugeben, dass sie sich über die Einladung freute. Nick bestand darauf ihre Bücher zu tragen und schaffte es dennoch ihr die Tür zum Kaffeehaus zu öffnen.

Bines Stadtcafé verfügte über zwei Räume. Im ersten gab es ein großes Fenster zur Straße hin mit einer Sitzbank, um die Menschen draußen zu beobachten. An einer geschwungenen Theke aus geschliffenem Buchenholz wurden frische Palatschinken gebacken, Tee gekocht, Kaffee aufgebrüht und selbst gebackener Kuchen serviert. Im hinteren Raum war eine Kinderecke eingerichtet, ein gut bestücktes Bibliotheksregal lud zum Büchertausch ein. Alle Tische und Stühle waren unterschiedlich, kein Stück glich dem anderen. Bine hatte in monatelanger Vorlaufzeit alle Floh- und Fetzenmärkte abgesucht, Freunde und Bekannte hatten ihre Keller und Speicher durchforstet. Das bunte Ambiente strahlte Gemütlichkeit und Frohmut aus. Jung und Alt fühlten sich willkommen und wohl. Im hinteren Teil des riesigen Altbauhauses befand sich die Bäckerei mit separatem Eingang, die Bines Mann Christian vor Jahren von seiner ehemaligen Lehrmeisterin, die kinderlos war, übernommen hatte.

Als Tilla und Nick gemeinsam in das Stadtcafé traten, blickte Bine ungläubig von einem zum anderen. „Hallo, Tilla. Hallo, Nick. Was darf ich euch bringen?“

Tilla nickte ihrer Freundin kurz verlegen zu. Sie fühlte sich wie eine Teenagerin, die bei ihrem ersten, heimlichen Rendezvous ertappt worden war. Schnell schüttelte sie diesen Gedanken ab. Sie war erwachsen und ging auf ein Getränk mit dem Mann, den sie von ihrem Projekt überzeugen musste. Es ging wirklich nur ums Projekt, sagte sie sich selbst.

Tilla liebte Bines Teeauswahl. Von Earl Grey, den sie selbst gerne zum Frühstück trank, oder am späten Nachmittag mit ein paar Keksen, über Darjeeling, die Klassiker wie Kamille (konnte Tilla noch nie leiden) und Pfefferminz über Brennessel und Grünen Tee bis hin zu feinen Chais, servierte Bine alles – auch ihre selbst kreierte Kräutermischung, die nach Verfügbarkeit variierte und auf alle möglichen Frauenbeschwerden und Männerleiden einging. Tilla fiel die Teezeremonie ein, der sie einmal außerhalb Tokios beiwohnte. Sie hatte die Präzision, Hingabe und Ruhe bewundert und war damals zu einer Teeliebhaberin geworden. Für Abwarten und Tee trinken war sie seit jeher zu ungeduldig gewesen, der Gedanke gefiel ihr aber und sie arbeitete daran.

Tilla und Nick nahmen im vorderen Teil Platz und Nick platzierte die Bücher sorgfältig auf der Sitzbank. Neugierig studierten sie die Wandtafeln auf denen in Kreide die köstlichsten Gerichte und Getränke in Bines schöner Schrift geschrieben standen.

„Weißt du, was hier echt hervorragend ist, und worauf ich jetzt Lust hätte?“, fragte Nick.

Tilla schüttelte den Kopf.

„Auf einen caffè corretto. Was meinst du, magst du auch einen?“

„Ich weiß nicht … Eigentlich wollte ich … Obwohl, das hört sich sehr verlockend an.“

„Probiere ihn doch aus. Wenn er dir nicht schmeckt, trink ich ihn.“ Nick lächelte sie an.

Er war so unglaublich schön. Tilla konnte sein Gesicht stundenlang ansehen.

„Gerne. Dann also zwei kleine Kaffee mit Schuss“, stimmte sie zu.

Nick gab Bine ein Zeichen und sie verschwand lächelnd in ihrer Küche. Vielleicht hatten die beiden gar keinen Tropfen nötig? Sie würde ihrem Espresso ein bisschen mehr Cognac hinzufügen. Man konnte schließlich nicht gastfreundlich genug sein.

29

Die Apfelbäume im Garten hinter der Mühle standen in voller Blüte, die Bienen summten so laut, dass Tilla nicht umhin kam zu bemerken, dass sie in der Stadt dieses Geräusch seit Jahren nicht mehr gehört hatte. Entzückt und fast andächtig lauschte sie der Natur, nahm unterschiedliches Vogelgezwitscher wahr sowie einen verfrühten Maikäferflug.

Einige Tage später sollte sie die braun-goldenen Panzer auf der Straße entdecken, weil sie unachtsamerweise auf einen, allerdings schon toten, getreten war.

Der April brachte einen starken Südwind, vor dem Mimi sie warnte: „Wenn du deine Wäsche draußen aufhängen willst, befestige sie lieber mit drei Kluppen. Und gieße deine Pflanzen etwas mehr. Der Wind trocknet die Erde aus.“

„Jawohl, Tantchen!“

„Spotte du nur. Du wirst sehen, dass ich recht habe.“

Davon war Tilla überzeugt. Sie schätzte Mimis Ratschläge mehr denn je und befolgte fast alle von ihr.

„Noch etwas.“

„Ja?“

„Gib nicht zu viel auf das, was die Leute jetzt sagen. Der Wind macht alle ein wenig seltsam.“

„Jetzt nimmst du mich aber auf den Arm?“ Tilla schüttelte ungläubig ihren hübschen Lockenkopf und lachte sie aus.

„Du wirst schon sehen“, behauptete Mimi steif und fest und zog ihre linke Augenbraue hoch. Tilla hatte in jungen Jahren immerhin einige Zeit bei ihrer Tante gelebt. Etwas Derartiges war ihr nie aufgefallen. Allerdings musste sie sich eingestehen, dass sie all die Jahre in einer Art Trancezustand verbrachte, um ihren Schmerz über den Verlust ihrer beider Eltern zu überleben. Kopfschüttelnd und schmunzelnd machte sie sich zu Fuß auf den Weg. Die Wiese zu ihrer Rechten war übersät von Löwenzahn und die Bienen flogen von einer Blume zur anderen, um sich ihren kostbaren Nektar zu holen. Dabei kam ihr der Gedanke, dass sie Löwenzahnhonig ansetzen könnte. Mimi wusste bestimmt, was dabei zu beachten war. Tilla verharrte einen Moment am Wegrand und bewunderte den gelben Wiesenteppich. Zudem erkannte sie Storchenvogel und vereinzelt Margeritenknospen, die sich in ungefähr zwei Wochen öffnen würden. Der Himmel war blau und von dicken Schäfchenwolken bevölkert. Sie atmete tief die frische Luft ein und blickte dankbar für all das Schöne, das ihr in kurzer Zeit widerfahren war, in die Ferne, wo ein grelles Aufblitzen sie irritierte und aus ihren Gedanken holte. Sie kniff ihre Augen zusammen und hielt die rechte Hand in die Höhe, um die Sonne abzuschirmen. Da war doch ein Mann, der sie von dem kleinen Wäldchen hinter dem Feld aus zu beobachten schien. *War das etwa Konrad mit einem Fernglas in der Hand?* Die Haltung, die Statur, die sie auf diese Entfernung abschätzen konnte, erinnerten sie an ihren Ex-Mann. *Aber was sollte er hier wollen*? Sie beschloss, dem unverzüglich auf den Grund zu gehen. Als hätte er ihre Absicht erkannt, drehte er sich um und verschwand schnell hinter den Bäumen.

Sie machte kehrt und marschierte schließlich zügig

weiter. Bald tat sie das eben Erlebte als Einbildung ab und schalt sich selbst. *Ich leide an unbegründetem und unbestätigtem Verfolgungswahn. Ha, ha, der Wind hat mein Gehirn doch etwas beeinträchtigt*. Lachend erreichte sie das Gemeindeamt mit rosigen Wangen.

„Hallo", begrüßte sie den Pförtner, der zwei Klassen unter ihr in die hiesige Schule gegangen war. Er nickte ihr freundlich zu. „Du willst bestimmt zum Bürgermeister."

„So ist es."

Er sah sie an, ohne weiter auf sie zu reagieren.

„Kann ich gleich zu ihm durch?"

„Nein." Freundliches Lächeln, aber kein weiterer Kommentar.

Tilla runzelte die Stirn. „Willst du mich dann bitte ankündigen?"

„Nein."

Langsam wurde Tilla ungeduldig. „Was ist jetzt?"

„Er ist nicht da."

„Und wann kommt er wieder?" Das war doch die Höhe. Sie war versucht, ihn zurechtzuweisen.

„Das weiß der Wind."

Der Wind … Tilla schüttelte Stirn runzelnd ihren Kopf. Der Wind. Echt jetzt? So wenig sie abergläubisch war, so wenig wollte sie sich mit diesen mystischen Dorfweisheiten abgeben.

Bezüglich ihrer Pläne hatte sich noch immer nichts ergeben. Langsam wurde sie unruhig und immer öfter stellte sie sich die Frage, ob ihre Entscheidung, mit Arthur hierherzuziehen und ihren guten, wenn auch nervigen Job in Wien aufzugeben, richtig gewesen war. In ihrer Verzweiflung hatte sie alles riskiert. Was anfangs noch wie ein Ausweg ausgesehen und nach einer guten Idee geklungen hatte, war nun, mit dem Dahinschmelzen der Zeit, zu einem schier unüberwindbaren Berg angewachsen. Tilla wusste zwar theoretisch, wie man Kernöl herstellte und das Vermarktungssystem hatte sie fix und fertig im Kopf. Aber sie hatte wenig Ahnung von der Arbeit in der Mühle an sich. Als Kind hatte sie Louis einige Male geholfen und oft zugesehen. Aber wie genau wurden die Maschinen bedient? Was, wenn es zu einem technischen Gebrechen kam? Und noch schlimmer: Was, wenn ihr Kernöl nicht gut geriet?

Um in Zukunft gute Kerne zu bekommen, wollte sie sich mit Bio-Bauern aus der Gegend zusammentun und ein neues, zertifiziertes, unabhängiges Label kreieren. Sie wollte auf professionelles Marketing und beste Qualität setzen. Sie wollte, sie wollte, sie wollte. Schwungvoll stieß sie die Tür zum Servicecenter auf und krachte mit Nick zusammen.

„Scheint unser Schicksal zu sein“, grinste er sie an, während sie sich die Nase rieb.

„Oh Gott, hast du dir wehgetan?“ Reflexartig beugte er sich über sie und strich sanft mit seinem Daumen über ihre Nase. Er war ihr so nahe, dass ihre Beine zu zittern begannen.

„Geht schon“, stöhnte Tilla, wich einen Schritt zurück und zog ihre Nase kraus, sodass Nick lachen musste.

„Schön, dass ich dich immer wieder amüsiere.“ Tilla schmollte und rieb sich ihren Nasenrücken.

„Sorry. Ich mach’s wieder gut. Gehen wir zu Bine?

Vielleicht magst du dir was Kühles auflegen lassen."

Tilla war so überrumpelt, ob der netten Fürsorge, dass sie ohne zu überlegen zustimmend nickte. „So schlimm ist es nicht. Geh schon mal vor. Ich komme gleich nach."

Nachdem Tilla noch einmal zum Pförtner gegangen und einen persönlichen Gesprächstermin mit dem Bürgermeister vereinbart hatte, schlenderte sie klopfenden Herzens ins Stadtcafé. Sie musste sich eingestehen, dass sie sich freute Nick wieder zu treffen.

„Hallo, Tilla!", begrüßte Bine ihre alte Freundin. „Schön, dass du vorbeischaust. Kaffee?"

„Sehr gerne."

„Bleibst du gleich hier bei mir an der Theke?"

Tilla errötete leicht und murmelte: „Ich setze mich zu Nick."

Ein Grinsen breitete sich auf Bines Gesicht aus und Tilla warf ihr einen gespielt bösen Blick zu.

„Geh nur nach hinten, ich bring ihn dir sofort."

Nick saß auf der gemütlichen Holzbank im hinteren Bereich vor der Bücherwand, den rechten Arm lässig auf der Lehne abgestützt. Er sah umwerfend aus, wie er sie entspannt musterte, als sie auf ihn zuging. Eine dunkle Haarsträhne fiel ihm ins Gesicht. Till räusperte sich leise, da ihr Hals plötzlich wie ausgetrocknet schien. „Hallo, Nick."

„Hallo, Tilla. Was gibt es Neues bezüglich deiner Pläne?", fragte er ohne Umschweife bevor sie sich hingesetzt hatte.

Schade, das war also der eigentliche Grund für das vorgeschlagene Treffen und die Besorgnis nur gespielt.

Nick wollte wissen, wie es mit dem Ölprojekt voranging. Egal, spätestens bei der nächsten Gemeinderatssitzung würde er es erfahren, da konnte sie ihm genauso gut jetzt Rede und Antwort stehen.

Tilla nahm ihm gegenüber Platz, um so viel Abstand wie möglich zwischen sie beide zu bringen. „Wie du weißt, sind die Förderanträge längst gestellt worden und wir warten noch immer auf eine Antwort. Die Einreichfrist ist seit fünf Wochen vorbei, ich weiß nicht, wie lange es dauert, bis alle Anträge geprüft sind."

„Das hängt sicher von der Zahl der Anträge ab", gab Nick zu bedenken.

Tilla nickte und bedankte sich bei Bine für den gebrachten Kaffee.

„Welches Gefühl hast du?", wollte er wissen. Tilla blickte ihn an und las echtes Interesse in seinen Augen.
„Das weiß ich nicht. Ich bin voller Hoffnung, habe aber gleichzeitig auch Angst, mir zu große Hoffnungen zu machen."

„Das kann ich gut verstehen." Er hob seine Tasse und trank ihr zu. „Wie lenkst du dich ab?"

Mit dieser Frage schien sie nicht gerechnet zu haben. Tilla trank einen Schluck Kaffee und überlegte.

Nick fand sie unwiderstehlich, wie sie in Gedanken versunken an der Tasse nippte und dann ihren Mund leicht spitzte, weil sie den frischen Kaffee genoss. Am liebsten hätte er den leicht herben Kaffeegeschmack von ihren Lippen geleckt. Sie riss ihn aus den Gedanken, als sie schließlich antwortete und er musste sich mit aller Gewalt auf ihr Projekt konzentrieren.

„Ich habe inzwischen die gesamte Marketingstrategie entwickelt, die Website konzipiert, Texte geschrieben, recherchiert und was so dazu gehört. Ich habe wieder angefangen zu laufen. – Warum ich dir das erzähle, weiß ich auch nicht.“ Sie grinste.

Nick hatte bemerkt, dass Tillas Gesicht schmäler geworden war. Es wirkte nun herzförmiger, was ihr ausgezeichnet stand und sie noch hübscher machte. Ihre Augen wirkten heute veilchenblau und ihre Lippen rosiger als sonst. Er überlegte, wie es wohl wäre, sie jetzt, gleich hier in Bines Café, zu küssen.

„Woran denkst du gerade?“

Verlegen wandte er sich ab und suchte nach einer Ausrede. „Mir ist eingefallen, dass ich gleich einen Termin habe und los muss.“ Hastig erhob er sich, wobei er den Tisch leicht anrempelte und den Rest von Tillas Kaffee verschüttete. „Oh, Mist. Tut mir leid. Ich besorge dir einen neuen.“

„Ist doch nicht so schlimm.“ Tilla betrachtete ihn argwöhnisch.

„Sorry, dass ich jetzt sofort aufbrechen muss. Termin vergessen. Ich übernehme das. Hat mich gefreut, Tilla. Bis bald!“

Nick flüchtete an die Theke, auf die er einen Schein knallte und war aus der Tür bevor Tilla einen klaren Gedanken fassen konnte. Hatte sie etwas Falsches gesagt? Nikolaus Veit war ihr unbegreiflich.

Bine setzte sich zu ihr. „Der ist ja auf und davon, als hätte ihn die Tarantel gestochen. Was läuft zwischen euch?“, wollte sie geradeheraus wissen.

„Keine Ahnung, ich meine nichts … Er will ständig wissen, wie es mit meinem Projekt vorangeht. Manchmal fühle ich mich, als würde ich einer Prüfung unterzogen werden“, seufzte Tilla.

„Und, wie geht es voran?“

„Ich stecke fest. Im Moment hänge ich etwas in der Luft, weil ich auf die Förderanträge warte, noch weitere Bio-Bauern akquirieren muss, mich noch für keine Umbauvariante entschieden habe und noch nach weiteren Marketinggags suche.“

„Mir ist was eingefallen, Süße.“ Bine gab sich ganz geschäftstüchtig, was sie definitiv auch war.

Tilla blickte ihre Freundin aufmerksam an und strich sich eine losgelöste Locke hinters Ohr. „Schieß los.“

„Ich dachte, wenn dein Herz-Öl fertig ist, können wir es gerne in meinem Café verwenden. Du wolltest doch Rezepte mit Kürbiskernöl anpreisen, ich kann dir gerne die Kernöleierspeis kochen und auf meine Menütafel setzen.“

„Du bist ein Schatz, Bine!“ Tilla war sofort wieder guter Laune und zuversichtlich. „Das ist es. Indem du mein Öl einsetzt, wird es nicht nur durch dich beworben, sondern deine Gäste bekommen auch gleich das Rezept oder die Idee, was man damit alles machen kann, geliefert.“

„Lass uns mal mit den Mädels brainstormen, was ihnen noch einfällt“, schlug Bine vor.

„Das ist schon wieder eine geniale Idee!“

„Ich weiß, ich bin die Beste“, erwiderte Bine bescheiden und grinste. „Wir berufen alsbald ein Treffen ein. Jetzt muss ich aber wieder hinter die Theke. Du entschuldigst mich."

Die beiden Freundinnen umarmten sich. „Bis bald!"

Am nächsten Tag schlenderte Tilla durch einen kalten, triste wirkenden Garten zum Gemüsetunnel und begann, das vom Schnee eingedrückte Dach zu inspizieren. Kaum zu glauben, dass gestern die Sonne geschienen hat und Bienen summend herumgeflogen sind. April, April, der macht, was er will. Kurz entschlossen holte sie ihr Werkzeug, streifte ihre Arbeitshandschuhe über und richtete das Häuschen her, was ihr überraschender Weise gut gelang, da sie es zum ersten Mal machte. Es gestaltete sich als relativ einfach, die Folie wieder glatt zu ziehen und mit zusätzlich eingeschlagenen Nägeln zu befestigen. Die Pflanzen, die sie in übereinander gereihten Bahnen gestapelt hatten, wirkten zufrieden. Nur einige Töpfe waren umgefallen, die richtete sie wieder auf. Tilla atmete tief durch und schlenderte durch den Garten Richtung Terrasse. Ihr tolles Hochbeet sah auf einmal mickrig aus und von den Tomaten- und Paprikapflänzchen waren nur noch kümmerliche Gerippe übriggeblieben. Hoffentlich waren ihre Ideen und Zukunftspläne nicht einem ähnlichen Schicksal gewidmet. Fröstelnd schlang sie ihre Arme um sich.

Tilla holte sich eine wärmere Jacke, setzte sich eine Haube auf und rief nach Charlie. Sie wollte mit ihm einen langen Spaziergang durch die Murecker Au unternehmen. Der Hund war von dieser Gelegenheit nach draußen zu kommen begeistert und kläffte aufgeregt. Tilla warf Stöckchen, das Charlie stets brav zu ihr zurückbrachte. Sie lief mit dem Hund um die Wette der Mur entlang. Atemlos hielt sie auf einem abgesägten Baumstamm inne. Endlich war sie zu Hause. Sie hatte das Lebendige der Großstadt Wien und ihre grantigen, aber ehrlichen Bewohner geliebt. Jetzt aber spürte sie, was den Unterschied zu Mureck ausmachte. Es war der Geruch nach Laub, das lustige oder aufgeregte Plätschern der Mur, das Rauschen der saftig grünen Blätter in der Au, die Straßenbiegung an der sie sich die Knie aufgeschürft hatte, als sie zum ersten Mal Rad fahren übte, die rosarote Volksschule, heimlich Maiszigaretten mit den Freundinnen, die sie seit dem Kindergarten kannte rauchen und der erste Kuss auf der roten Bank hinter dem alten Kinosaal. Sie war zu Hause. Endlich war sie wieder zu Hause und die Sonne bahnte sich wieder einen Weg durch den grauen Himmel. Sie lachte laut auf und Charlie blickte sie verwundert an. „Wir schaffen es, kleiner Charlie. Wir schaffen das!“ Tilla kehrte mit roten Backen, hoch motiviert und ausgeglichen heim, wo ihr Mimi einen starken Tee kochte und sich ihre neuen Ideen gerne anhörte.

„Es gibt jede Menge Biobauern mit coolen Ideen. Die wirken so innovativ wie natürlich. Im Internet habe ich bei meinen Recherchen viele Betriebe entdeckt und durch ihre Geschichten neue Anregungen bekommen“, schwärmte Tilla.

„Besuch sie doch vor Ort. Rede mit den Menschen“, schlug Mimi vor.

„Das habe ich mir auch schon überlegt. Würdest du denn mitkommen?“

„Liebling, ich mache nicht mehr gerne anstrengende Ausflüge. Das ist etwas für junge Leute. Nimm doch Atti mit, ihr könnt ja mit dem Rad fahren."

Arthur hatte keine Lust, er wollte sich lieber mit Hannah treffen, die ein weiteres Level auf ihrem neuen Nintendo geschafft hatte und es ihn auch probieren lassen wollte. Conni musste Schularbeiten korrigieren und Louis war irgendwo unterwegs. Kurz entschlossen rief sie Bine im Stadtcafé an.

„Hallo, Tilla. Alles klar bei dir?" Hinter ihr war es so laut, dass sie brüllen musste.

„Alles klar. Hör zu, kommt dein Laden einen Moment ohne dich aus? Ich möchte einen Biobauern hier in der Nähe besuchen und habe keine Lust, alleine hinzufahren. Ganz ehrlich gesagt, mag ich auch nicht mit dem Rad fahren, denn es sind doch einige Kilometer und ich hatte gehofft, du würdest mit mir mit deinem Auto fahren."

Seit Arthurs Rettung, die auch aufgrund der schnellen Einlieferung ins Spital durch ein Auto passiert war, war ein Großteil von Tillas Ängsten bezüglich Automobilen abgefallen. Was ihr ihre Eltern genommen hatte, hatte ihren Sohn gerettet. Sie überlegte sogar, den Führerschein zu machen. Am Land ausschließlich auf die öffentlichen Verkehrsmittel oder Freunde angewiesen zu sein war nicht einfach.

„Süße, jederzeit gerne. Gerade eben, wie du vielleicht hörst, ist hier aber die Hölle los. Ich kann nicht weg."

„Schade", murmelte Tilla.

„Was? Nein, … einen Moment, … Tilla … klar …"

„Redest du mit mir? Bine?" Sie vernahm nur noch Gesprächsfetzen von ihrer Freundin. Sie schien den Hörer mit der Hand abzudecken. Verwundert schüttelte sie ihre schwarzen Locken.

„Tilla bist du noch dran?“

„Ja, natürlich. Bei dir scheint sehr viel los zu sein? Ich konnte dich nicht mehr verstehen. Wir können ruhig Schluss machen.“

„Ja, viel los. Nick war eben auf einen Kaffee hier. Er hat unser Gespräch mitgehört. In zehn Minuten holt er dich ab. Tschüs.“ Aufgelegt.

Tilla sah ihr Handydisplay an, es wurde langsam schwarz. Was hatte Bine gesagt? Nick wollte sie abholen? Warum das denn? Röte überzog ihr Gesicht, sie war aufgeregt. Er hatte doch sicher andere Pläne. Bestimmt hatte er viel zu tun und war im Geschäft. Das konnte nur einer Bines lustigen Einfälle sein. Beruhigt ließ sich Tilla auf der Küchenbank nieder als es an der Tür klingelte.

„Ja, sie ist da“, vernahm sie Mimis Stimme. „Ich hole sie.“

Tilla überlegte, ob sie sich im Garten verstecken sollte. Nein, das war doch lächerlich.

„Tilla Liebes. Nikolaus Veit ist hier und möchte mit dir zu einem Landwirt fahren?“ Ihre Augenbrauen waren leicht fragend nach oben gezogen?

„Bitte sag ihm, dass ich nicht da bin.“

Mimis sah ihre Nichte an. Ihre Miene verriet keine Gefühlsregung. Sie machte am Absatz kehrt und ließ Tilla allein in der Küche zurück.

Angestrengt versuchte sie zu verstehen wie Mimi Nick abwimmelte. Es schien nicht widerstandslos hingenommen zu werden, denn sie hörte ihn etwas sagen. Tilla lehnte sich über den robusten Holztisch und spitzte die Ohren.

Konzentriert auf das Gespräch tauchte sie ihren Zeigefinger in das Schälchen mit Kernöl, das dort stand und steckte ihn in den Mund. Es war köstlich. Genussvoll schloss sie die Augen und richtete sich auf.

Als Nick in dem Moment in die Küche trat und sah, wir ein dicker Tropfen Öl zäh von ihrer vollen Lippe rann, ging er auf sie zu ohne nachzudenken. Nie hatte er sinnlicheres gesehen. Er fuhr mit seinem rechten Daumen über ihre kernölgetränkte Unterlippe und als sie erschrocken und verwundert ihre Augen öffnete, presste er gierig seinen Mund auf ihren. Ihrer beider Lippen schienen zu explodieren. Nicks Zunge drängte sich in ihren Mund und schmeckte das nussige Öl auf ihrer. Seine Begierde wuchs ins grenzenlose als Tilla seinen Kuss erwiderte und sich an ihn schmiegte.

„Wolltet ihr nicht los?“ Mimis Stimme beendete den Zauber und riss die beiden auseinander, die sich verwirrt anblickten. Was war da eben passiert? Mimi stand plötzlich in der Tür und musterte sie lächelnd.

„Wollt ihr mein Kernöl kosten?“

„Nein“, entfuhr Tilla und Nick zugleich.

„Nicht jetzt, danke Frau Herzog“, fügte Nick hinzu.

„Dann vielleicht später.“ Mimi scheuchte sie liebevoll aus dem Haus.

Wie benommen stieg Tilla zu Nick ins Auto. Mimi stand am Hauseingang. Die Sonne schien wieder.

Nick grinste Tilla an. Sein Lächeln erschien ihr unwiderstehlich, seine grünen Augen fixierten sie, seine Lippen luden sie ein. Hilfe, schoss es durch Tillas Gehirnwindungen. Er sah verboten gut aus und war vorbildlich charmant. Sogar Mimi schien er ein Schmunzeln zu entlocken.

„Ich versichere Ihnen, dass ich Tilla wohlbehalten um spätestens sieben Uhr zu Hause abliefern werde.“

Tilla verdrehte die Augen. „Halb sieben“, korrigierte sie. Mimi nickte, und insgeheim freute sie sich über die Aufmerksamkeit.

„Ich bin rechtzeitig zum Abendessen wieder da“, erklärte Tilla bestimmt. „Arthur muss auch um diese Zeit wieder daheim sein.“

Pünktlich um 18:30 Uhr gab es Abendessen, das war schon immer so gewesen. Ausnahmen wurden sehr selten und nur ungern gemacht.

„Wohin soll es denn gehen?“, wollte Nick wissen.

„Ich wollte den Bio-Bauern Haselbacher, der diese herrlichen Fruchtsäfte produziert, besuchen“, erklärte Tilla und zog ihren blauen Sweater zurecht, den sie über blauen Jeans trug. „Meine Tante hat mir gesagt, er hätte einige unserer Kürbisäcker gepachtet.“

„Den kenne ich gut. Wir sind zusammen beim Zivildienst gewesen.“ Nick startete seinen Pick-Up und fuhr los.

Nick und kein Bundesheerdienst konnte sich Tilla kaum vorstellen. Sie schien ihn wieder falsch eingeschätzt zu haben. Welche Überraschungen hielt dieser Mann wohl noch bereit?

„Was hast du beim Zivildienst gemacht?“, fragte Tilla.

„Ich war beim Roten Kreuz.“

„ … und hast Erste-Hilfe geleistet oder die Klos geputzt?“

„Ich habe Notfälle vorgetäuscht und bin mit Blaulicht und Martinshorn mit der Rettung gefahren, um in Wirklichkeit Leberkäsesemmeln für die Mannschaft zu besorgen.“ Nick lachte laut auf, als er Tillas entsetzten Blick sah. „Das war ein Witz. Ich war als Fahrer dabei, habe aber auch Erste-Hilfe geleistet und viel gelernt. Kann ich nur jedem jungen Mann empfehlen.“

„Hast du heute keinen dringenden Termin?“, konnte sich Tilla nicht verkneifen.

Nick grinste wieder. „Nein. Die Geschäfte laufen gut und ich habe ausgezeichnete, vertrauenswürdige Mitarbeiter. Ich kann mir einen kleinen Ausflug mit dir leisten.“

Tilla wollte nach dem Warum fragen, traute sich aber nicht. Die Sonne bahnte sich endlich ihren Weg durch die letzten Regenwolken und schenkte ein wenig frühlingshafte Wärme. Tilla begann, sich auf ihren gemeinsamen Ausflug zu freuen. Verstohlen betrachtete sie ihren Chauffeur, der ebenso leger wie sie mit Jeans und Langarm-T-Shirt gekleidet war. Erleichtert fiel ihr sein besonnener und vorausschauender Fahrstil auf, als Nick ohne Stress hinter einem Traktor bleiben musste, weil die Strecke aufgrund der vielen Kurven unübersichtlich war. Sie entspannte sich und beobachtete die Landschaft. Der Weg führte sie durch sanfte Hügeltäler und frisch vorbereitete Felder. Gelegentlich sah Tilla noch eine Wiese und freute sich über die Blütenvielfalt. „Ich dachte, Wiesen sind vom Aussterben bedroht, aber hier hat man nicht den Eindruck.“

„Das liegt daran, dass sich seit einigen Jahren wieder

Störche angesiedelt haben und die sollen hierbleiben. Auf den Wiesen finden sie ihr Futter. Immer mehr Bauern legen auch Bienenstreifen an“, erklärte Nick. Tilla betrachtete ihre alte Heimat mit neuen Augen. Das saftige Grün der jungen Blätter, Vogelgezwitscher und sie meinte, den Duft des eben erblühenden violetten und weißen Flieders, der in vielen Gärten zu bewundern war durch die Scheibe zu riechen. Übermütig ließ sie das Fenster herunter und sog die würzige Luft ein. „Was für ein wunderschönes Fleckchen Erde“, seufzte sie.

„Da hast du Recht. Es wird insbesondere von vielen Radtouristen geschätzt, die bald wieder unsere Straßen säumen werden.“ Nick setzte den Blinker und sie bogen in eine große Hofeinfahrt, die von Hibiskus-, Flieder- und Lorbeersträuchern natürlich umzäunt war. „Wir sind da.“

Als sie hielten, stürmte sogleich ein großer wuscheliger Hund auf sie zu, der Tilla aufgeregt beschnupperte. „Nick! Das ist ja eine Überraschung. Was treibt dich zu mir?“

Ein Bär von Mann mit dichtem schwarzem Bart und lustigen braunen Augen umarmte Nick, sodass dieser kurz um Luft kämpfen musste.

„Hey, Jo! Ich freue mich, dich endlich wieder zu sehen. Geht’s dir gut?“

„Klar, alles bestens.“ Er drehte sich zu Tilla. „Tut mir leid, dass ich Sie erst jetzt begrüße, aber den alten Nick habe ich seit Ewigkeiten nicht mehr getroffen.“

„Ich bin Tilla Herzog, wir haben telefoniert.“

„Und jetzt bringen Sie mir meinen alten Freund mit. Ich bin der Johann.“ Er streckte Tilla seine mächtige Hand entgegen, in der ihre kleine vollkommen verschwand und war ihr auf Anhieb sympathisch. Lachend folgten sie ihm ins Haus, das komplett saniert worden war, wie er ihnen gleich stolz erklärte. „Die alten Mauern konnten wir teilweise stehen lassen, den hinteren Teil haben wir mit viel Holz und Glas an unsere Bedürfnisse und unseren Geschmack angepasst. Seht selbst, aber zuerst erwartet euch Juli in der Küche."

Seine reizende Frau Juliane war klein, zierlich und sehr temperamentvoll. In der großen, gemütlichen Küche saßen Drillinge auf dem Boden und spielten, ohne sich von den Besuchern stören zu lassen, mit einer Holzeisenbahn.

„Sind das Drillinge?" Tilla hatte noch nie welche vor sich gehabt.

Nick grinste: „Das sind die berühmten Haselbacher-Drillinge, die einzigen in der Südoststeiermark."

„Unsere anderen vier sind noch in der Schule", sagte Jo stolz.

„Sie, du", rechnete Tilla und schaute zu Juliane „ihr habt sieben Kinder?"

Juliane schüttelte ihren brünetten Bubikopf und lachte. „Mein verrückter Mann wollte zehn haben. Aber nach den Drillingen habe ich mich ihm verweigert."

Der Schalk blitzte in ihren Augen. Die beiden waren ein eingespieltes Team. Tilla wurde von einem Gefühl der Sehnsucht überfallen und meinte, einen wehmütigen Blick in Nicks Augen zu erkennen. Sie hatte nur einen Sohn, ein Leben ganz ohne Kind konnte sie sich nicht vorstellen.

Nick verscheuchte seine Gedanken an verpasste Familiengründungsgelegenheiten und fing an, seinen Freund nach dessen Landwirtschaft auszufragen. Tilla hörte gespannt zu. „Auch auf die Gefahr hin, dass sich das naiv anhört, aber nur von der Fruchtsaftproduktion kann eine neunköpfige Familie leben?"

„Wir sind zehn", warf Juliane ein. „Die Oma lebt auch noch hier."

„Wir haben eine große Apfelbaumplantage und seit letztem Jahr bauen wir auch Kürbis auf den von euch gepachteten Flächen an."

„Konventionell oder auch bio?", bohrte Tilla nach.

„Bei uns ist alles bio", sagte Juliane stolz und öffnete den Herd, aus dem sofort ein wundervoller Duft entströmte. Als sie den warmen Schokokuchen mit Apfelspalten servierte, waren die Kinder sofort zur Stelle.

„Du hast am Telefon etwas von einem Bio-Kürbiskernöl-Projekt erwähnt", sagte Johann. Tilla nickte und blickte kurz zu Nick. Ihr Projekt wieder vor ihm zu erläutern machte sie nervöser, als es Johann und Juliane zu präsentieren. Sie räusperte sich und begann mit der Vorgeschichte, weil sie sich in vertrautem Ambiente wähnte. „... so entstand die Idee, die hiesigen Bio-Bauern in das „Herz-Öl" miteinzubeziehen und eine gewisse Menge an Öl zu garantieren."

Nick legte die Kuchengabel ab und lehnte sich zurück. Tilla war es anzusehen, mit wie viel Leidenschaft, sie für ihr Projekt brannte und es war ihm ein Vergnügen sie zu beobachten, wenn sie mit den Händen die Bedeutung ihrer Worte unterstrich, ihre Stimme lauter wurde und sie sich kaum noch ruhig auf dem Sessel halten konnte.

Jo nickte bedächtig. „Ich kenne euer ausgezeichnetes Kernöl, ich bin damit aufgewachsen und ich muss ehrlich zugeben, dass ich mich an diesem Maßstab orientiere." Tilla lächelte stolz während er fortfuhr. „Wenn ich dich richtig verstanden habe, möchtest du eine Bio-Kernöl-Genossenschaft gründen."

„Ja. Ich war schon bei der Landwirtschaftskammer und habe mich erkundigt, wie das durchzuführen ist. Im Moment denke ich an etwa hundert Vertragsbauern, um ungefähr 300 Liter pro Tag zu gewährleisten zu können."

„Die durchschnittliche Ackerfläche bei unseren kleinen Feldern berücksichtigend sind wir da bei 500 Hektar", fasste der erfahrene Landwirt zusammen. „Hast du schon Zusagen?"

Tilla schüttelte ihren Kopf. „Ich bin mit dem Akquirieren noch am Anfang. Im Moment habe ich nur unsere eigenen Flächen und pressfähige Kerne auf dem Speicher."

Johann blickte seine Frau an, die Tilla aufmunternd anlächelte. „Wenn er zu rechnen beginnt, ist das ein gutes Zeichen."

„Und du Nick, was hältst du davon? Du sitzt ja noch im Gemeinderat, oder?"

„Das Projekt erscheint wohldurchdacht und eine großartige Möglichkeit für unsere arbeitsschwache Region zu sein. Es befindet sich in Prüfung. Die Ergebnisse des Föderansuchens werden erwartet", gab er sich diplomatisch.

„Wie denkst du persönlich darüber?"

Tilla hielt die Luft an und schaute gespannt von einem zum anderen. Nick blickte Tilla an. „Ich persönlich glaube, dass, wenn es jemand schafft, das durchzuzie-

hen, es Tilla Herzog ist."
Am liebsten wäre sie ihm auf der Stelle um den Hals gefallen.

„Wir sollten uns in Ruhe noch einmal unterhalten", meinte Jo an Tilla gewandt. Jetzt zeige ich euch meinen Betrieb.

Als sie drei Stunden später nach Kaffee und selbst gebackenem Kuchen, Betriebsführung und vielen neuen gemeinsamen Ideen wieder aufbrachen, rief Jo ihnen nach: „Kommt bald wieder. Diesmal darf nicht mehr so viel Zeit verstreichen."

Tilla winkte ihnen aus dem offenen Autofenster hinterher und nahm sich vor, diese außergewöhnlich nette Familie bald wieder zu besuchen.

„Danke, dass du mit mir hierher gefahren bist", sagte Tilla. „Ohne dich hätte ich bestimmt nicht einen so intensiven Einblick in ihre Landwirtschaft erhalten und vor allem hätte ich ohne dich nicht meinen ersten Vertragsbauern an Land gezogen."

„Es war an der Zeit und ich habe mir gedacht, dass du die Haselbachers besuchen würdest. Dass sie Bio-Kürbis anbauen war mir allerdings auch neu."

„Sie sind fantastisch, so authentisch. Sie kommen mir modern wie natürlich vor." Mit einem Seitenblick auf Nick fügte Tilla hinzu: „Und sie scheinen sich sehr zu lieben."

Nick drehte seinen Kopf zu Tilla und sah sie kurz an, um seine Konzentration danach wieder ganz der Straße zu widmen. Am liebsten hätte er angehalten und sie geküsst. Bestürzt über seine Gefühle gab er Gas und setzte Tilla bald darauf vor ihrer Haustüre ab.

Was Nick wohl gedacht hatte, während er sie so ansah. Tilla wurde nicht schlau aus ihm. Er musste sie mögen, denn sonst würde er nichts gemeinsam mit ihr unternehmen. Er war aufmerksam, zuvorkommend und sie hatte Spaß mit ihm. Sie hatte das Gefühl, Nick alles anvertrauen zu können. Nur was sie ihm gegenüber empfand, wollte sie zurückhalten, um sich keine Blöße zu geben. Sie war tief genug verletzt worden. Diesmal würde sie auf ihre Empfindungen und Gefühle achtgeben und sie schützen wie Fabergé-Eier.

Weil noch etwas Zeit bis zum Abendessen blieb, schnappte sich Tilla den Schlüssel zur Mühle und machte einen Rundgang, um zu sehen, ob ihre soeben gewonnen Ideen umsetzbar waren. Was Tilla an Haselbachers Biohof besonders gut gefallen hatte war, dass alles sehr überschaubar, gut eingeteilt, neumodisch, ohne viel Schnickschnack und dennoch gemütlich war.

Ihre Mühle sollte natürlich im größeren Stil betrieben werden, da sie umliegende Bauern miteinbeziehen wollte. Aber sie wollte keine verklärte Landwirtschaftsidylle zeigen, sondern moderne Produktionsweisen. Von wegen Jungbäuerin mit Dirndl und Milchkanne. Sie wollte sich diesbezüglich noch mit Eduard unterhalten. Seit er dem Familienprojekt zugestimmt hatte, war er Feuer und Flamme, besuchte sie regelmäßig und heckte ständig neue Ideen aus. Ilsa hatte sich auch schon Gedanken zu Führungen speziell mit Kindern gemacht, die Tilla ausnehmend gut gefielen. Sie wirkte unendlich entspannter und Tilla wurde sie von Tag zu Tag sympathischer. Auch zwischen ihr und

Eduard schien sich etwas verändert zu haben. Am liebsten hätte sich Tilla mit ihr darüber unterhalten, aber das war zu intim und so gut befreundet waren sie noch nicht. Eduard auf seine Geliebte, von der er sich getrennt zu haben schien, anzusprechen traute sie sich auch nicht. Im Grunde ging es sie auch nichts an. So verging die Zeit und die Pläne wurde immer konkreter.

30

Der Rauch stieg bis in den Himmel. Schwarze, ungeheuerliche Wolken, die kleine Materialfetzen meterweit durch die Luft wirbelten, bedrohten das Haus.

„Die Mühle brennt!“, schrie Arthur aus voller Kraft und rannte in Tillas Schlafzimmer, wo er die Bettdecke von seiner noch schlafenden Mutter zog.

„Was sagst du?“, krächzte Tilla, öffnete die Augen und war sofort hellwach. Das Adrenalin schoss durch ihre Adern und sie sprang aus ihrem Bett. Ein beißender Geruch kroch in ihre Nase. Charlie bellte unaufhörlich. Mit einem Satz war sie am Fenster und konnte sich von dem grauenvollen Spektakel, das sich vor ihren Augen abspielte überzeugen.

„Sofort raus!“, schrie sie und zerrte Atti zur Tür hinaus. „Mimi!“ Tilla hechtete zum Zimmer ihrer Tante, deren Tür bereits offen stand. Louis half ihr in ihren Morgenmantel.

„Schnell. Wir müssen raus!“, rief Tilla hysterisch.

„Wir kommen schon“, erwiderte Louis, der seinen Morgenrock schon anhatte, und schob Mimi bestimmt, aber sanft die Treppe hinunter.

Arthur und der Hund liefen voraus.

„Weg von hier!“ Tilla dirigierte sie die Birkenallee hinunter bis zur doppelten Birke, wo sie nach Atem ringend Halt machten und sie nach ihrem Handy fingerte, das sie geistesgegenwärtig von ihrem Nachtkästchen geschnappt hatte. Hastig tippte Tilla die Notrufnummer der Feuerwehr ein. „Hilfe, die Herzog-Mühle brennt …“

In diesem Moment heulte die Sirene los. Wenige Minuten später hörten sie den lauter werdenden Ton des Martinhorns und gleich darauf rasten drei Feuerwehrwägen, gefolgt von Polizei und Rettung die Auffahrt hoch. Gerade noch rechtzeitig sprangen sie zur Seite. Tilla machte auf der Stelle kehrt und lief den Autos hinterher.

„Atti, bleib bei mir!“, rief Mimi. „Wir können da jetzt nicht helfen.“

„Aber, Mama …“

„Sie muss dort hin.“ Louis nickte und Atti beruhigte sich.

Die Blätter der Birken verfärbten sich grau. Das herrliche Weiß der Stämme verschwand, die fröhliche Allee glich einer gespenstischen Pforte zu einem aussterbenden Reich. Tilla bekam fast keine Luft mehr und ihre Augen brannten. Ihre Gedanken wirbelten und tanzten wie die euphorischen Feuerfunken. Sie rannte auf den ersten Wagen, der das Tanklöschfahrzeug zu sein schien zu, aus dem die Feuerwehrleute sprangen. Stimmen hallten durch die Luft, es wimmelte von Menschen, Schläuchen, es war so heiß.

„Tilla!“ Eine Hand legte sich auf ihre Schultern, hektisch drehte sie sich um. Sie starrte in Nicks Gesicht, der ruhig auf sie einredete. „Tilla, geh wieder zu Mimi, Louis und Arthur. Wir geben unser Bestes. Du kannst hier jetzt nichts machen. Es ist zu gefährlich.“

„Aber … – die Mühle, das Haus, alles …“

„Du stehst unter Schock. Conni ist gleich da. Sie nimmt euch mit. Geh, Tilla. Geh!“ Er umarmte sie hastig und rannte zu seiner Mannschaft.

Wie in Trance kehrte Tilla dem brennenden Gebäude den Rücken und lief leeren Blickes die geisterhafte Birkenallee zurück. Bei Mimi, Louis und Atti angelangt umarmten sie sich, während Charlie bellend an ihnen hochsprang. Atti schluchzte, Mimi schüttelte unaufhörlich den Kopf. Louis stand regungslos da. Als Conni mit quietschenden Reifen vor ihnen hielt und aus dem Jeep sprang, sagte sie kein Wort, sondern verfrachtete sie in den Wagen und fuhr sie zu sich nach Hause. Charlie durfte ohne Korb in den offenen Kofferraum. Conni steuerte ihren Wagen langsam zu ihrem kleinen Knusperhäuschen, wo Hannah sie schon in der Auffahrt erwartete. Es war Samstag und keine Schule, so konnten sie und Arthur allem hautnah beiwohnen.

Schweigend saßen sie zu sechst am Küchentisch in Connis gemütlicher Küche mit der dunkelroten Wand, dem großen Esstisch aus Eichenholz und tranken Schwarztee, die Kinder Kakao mit Sahne. Charlie durfte vom Katzenfutter naschen. Der Rauchgeruch, der sich ihrer Kleidung anhaftete, erfüllte den Raum.

„Warum?“, flüsterte Mimi. Sie zog die von Conni geborgte Wolldecke enger um ihren Körper, während sie an dem Tee nippte. „Ich könnte jetzt einen Schuss vertragen.“

Louis nickte. Er war in seinen beigen Morgenmantel gehüllt, den sie ihm zum 68sten Geburtstag geschenkt hatte und wirkte wie ein Fels in der Brandung.

„Es ist zwar erst sieben Uhr morgens, aber angesichts der Tatsachen …“, murmelte Conni und begab sich in die Speisekammer.

„Ich halte es nicht aus“, rief Tilla nervös und hüpfte vom Sessel, dass dieser krachend umfiel. Hannah zuckte erschrocken zusammen. „Was, wenn die Flammen auf das Haus übergreifen? Dann haben wir nichts mehr. Nichts!“

„Um Gottes Willen, Tilla!“ Mimi schenkte sich großzügig ein und hatte sich nach einem kräftigen Schluck wieder einigermaßen gefasst. „Bitte lass uns jetzt nicht verzweifeln.“ Sie wischte sich eine Träne aus den Augenwinkeln. „Die hiesige Freiwillige Feuerwehr ist gut. Das sind ausgezeichnete Leute. Sie werden das Feuer in den Griff kriegen.“ Mimi versuchte zuversichtlicher zu klingen, als sie sich fühlte.

„Alles wird gut“, murmelte Louis.

„Aber was, wenn es sich schon zu weit ausgebreitet hat?“, wollte nun auch Arthur ängstlich wissen und schaute seine Mutter unsicher an.

„Hannah, geht doch in dein Zimmer. Vielleicht mögt ihr euch eine CD anhören oder Karten spielen?“, wagte Conni einen Versuch. „Oder Fernsehen?“

Arthur und Hannah schüttelten beide gleichzeitig den Kopf. Sich jetzt abzulenken war unmöglich. Atti sah seine Freundin an. „Wir wollen bei euch sein.“

Mimi nickte verständnisvoll und trank noch einen Schluck Tee. Es war ein groteskes Bild, alle im Pyjama, Nachthemd oder Morgenmantel in Connis geräumiger, bunter Küche vereint zu sehen. Fotos von ihr und Hannah als Baby im Arm, selbst gemalte Blumenbilder in farbigen Rahmen und verschiedene Magneten auf dem Kühlschrank machten den Raum persönlich und einladend.

„Ich gehe wieder hin.“

„Nein, Tilla“, mischte sich Conni ein. „Die können dich jetzt nicht brauchen. Lass sie ihre Arbeit machen. Da hast du auch mehr davon.“

Tilla bemühte sich vergebens, ihre Unruhe in den Griff zu bekommen. „Conni, darf ich rauf?“

„Sicher, das ist eine hervorragende Idee. Ich komme mit. Irgendwo muss ich noch einen Feldstecher herumliegen haben.“

Gemeinsam liefen sie in den ersten Stock. Von Connis Balkon aus konnte man dunkle Rauchschwaden erkennen.

„Hast du dein Fernglas gefunden?“

„Nein. Ich dachte, es wäre in dieser Schublade.“ Conni schob sie erfolglos zu und blickte enttäuscht zu Tilla.

„Wenn ich nur meines dabei hätte …“, murmelte Arthur und zuckte enttäuscht mit den Schultern.

„Ich glaube, ich weiß, wo unseres ist“, sagte Hannah und flitzte los, um es zu holen.

„Was auch immer passiert“, sagte Conni zu Tilla und Arthur gewandt, „ihr seid am Leben. Das ist das Wichtigste. Ihr seid am Leben. Alles wird gut.“

Tilla wandte sich zu Arthur und drückte ihn fest an sich. Jetzt, da seine Freundin nicht im Zimmer war, konnte er die liebevolle und beschützende Geste seiner Mutter annehmen und erwidern.

Wenig später überreichte Hannah Tilla keuchend das Fernglas.

Tilla legte es an und versuchte, die richtige Schärfe einzustellen. „Ich weiß nicht. Da ich die Gebäude von hier aus nicht sehen kann, kann ich mir gar kein Bild machen“, meinte sie enttäuscht.

„Lass mich mal“, bettelte Atti als Tillas Handy klingelte. Sie zog es nervös aus ihrer Hosentasche. Es war Nick.

„Tilla, wir haben das Feuer eingedämmt“, kam er gleich zur Sache. „Der Dachstuhl der Mühle war nicht zu retten und Louis‘ Wohnung scheint übel dran, aber wir konnten ein Übergreifen der Flammen auf das anliegende Wohngebäude verhindern. Mehr kann ich dir zurzeit noch nicht sagen.“

Tilla weinte und jubelte zugleich. Erleichtert fielen sie und Conni sich in die Arme.

„Jetzt mach ich uns Frühstück“, bestimmte Conni und führte ihre Freunde und ihre Tochter wieder hinunter in die Küche zu Mimi und Louis, denen sie sofort Bericht erstatteten.

„Es tut mir so leid, Louis“, schluchzte Tilla, „deine Wohnung, all deine Sachen …“ und wieder kamen ihr die Tränen.

„Nicht doch, Kindchen.“ Louis saß an Connis Küchentisch und wirkte vollkommen ruhig. „Was passiert ist, ist passiert. All meine Erinnerungen trage ich in meinem Herzen.“

Mimi gönnte sich zur Abwechslung einen kräftigen Schluck Kaffee und dachte laut: „Wie konnte das nur passieren?“

Tilla zuckte ratlos mit den Schultern.

„Gestern Abend war doch noch alles in bester Ordnung. Bevor ich zu Bett gehe, sehe ich immer noch einmal hinüber zur Mühle. Das ist ein altes Ritual von mir“, erklärte sie Conni.

„Ein Kurzschluss?“, mutmaßte Arthur. „Ich hab das mal in einem Film gesehen. Da ist ein alter Fernseher in Brand geraten. Einfach so, quasi von alleine.“

„Nur, dass es in der Mühle keinen Fernseher gibt“, bemerkte Tilla trocken.

„Und ich besitze auch keinen“, bestätigte Louis, dessen Wohnung einer Bibliothek geglichen hatte.

„Und die berühmte Zigarette kann's auch nicht gewesen sein. Von euch raucht doch niemand, oder?“ Conni drehte sich zu Arthur, der rot anlief.

„Sicher nicht. Was glaubst du denn? Ich mach mir doch nicht die Lungen kaputt.“

„Ich auch nicht, Mama!“, entgegnete Hannah genervt auf den bohrenden Blick ihrer Mutter.

„Sorry, das war blöd von mir“, entschuldigte sich Conni. „Ich wollte die Situation ein wenig auflockern.“

„Hat Charlie irgendwann gebellt?“, fragte Tilla nun ihren Sohn.

„Na ja, in der Früh halt. Ich dachte, er müsse dringender raus als sonst. Ich bin dann auch sofort aufgestanden und habe gleich den seltsamen Geruch bemerkt“, erzählte Atti und schob seine Pyjamaärmel hoch.

Nachdenkliche Blicke machten die Runde. Conni sprach als erste: „Könnte es Brandstiftung gewesen sein?“

„Ach, Blödsinn“, sagte Mimi. „Lasst uns jetzt nicht irgendwelche Vermutungen anstellen. Es wird eine Erklärung geben. Solche Schicksalsschläge kommen vor. Außerdem hätte ja niemand etwas von einer abgebrannten Mühle.“

„Außer, wenn uns jemand loswerden wollen würde

vielleicht“, entschlüpfte Arthur.

„Papperlapapp“, entgegnete Mimi.

„Moment mal“, mischte sich Tilla ein. „Keine Mühle bedeutet, kein Geschäft, kein Einkommen.“

„Und ohne Mühlengebäude ließe sich vielleicht auch das Haus besser verkaufen“, fiel Conni ein.

Mimi richtete sich kerzengerade auf. „Ihr meint doch nicht …?“ Alle dachten an Eduard. Er würde am meisten davon profitieren. Wenn Tilla mit Atti wieder verschwinden, seine Mutter das Anwesen verkaufen und woanders hinziehen würde, könnte er mit einem beträchtlichen Patzen Geld rechnen.

„Er war eine Zeit lang nicht ganz … aber seit du ihm diesen Vorschlag unterbreitet hast ...“ Mimi schaffte es nicht mehr ihre Sätze zu beenden. Mit einmal fühlte sie sich kraftlos. Trotz allem war Eduard ihr Sohn, den sie liebte. Ihr wunderschönes Baby, ihr liebevolles Kind, das nie von ihrer Seite weichen wollte und sie vorbehaltlos liebte und zu ihr aufschaute. Wie hatte er ihr nur so entgleiten können?

„Mimi, weine doch nicht!“ Tilla umarmte ihre Tante. Es tat ihr so leid. Sie konnte nachvollziehen, wie schwer es für eine Mutter sein musste, ihren Sohn als Verbrecher verdächtigt zu spüren.

Louis schüttelte immer wieder seinen Kopf und hielt den Blick gesenkt. Er wirkte wie ein Buddha, der in Trance versunken in sich ruhte. „Bitte zieht keine voreiligen Schlüsse.“

„Erst, wenn der Fall abgeschlossen ist und Beweise vorliegen, können wir über den Schuldigen sprechen“, warf Arthur ein.

Tilla blickte ihn anerkennend an.

„So ist es“, bestätigte Conni. „Du bist wirklich ein schlaues Kerlchen.“ Hannah grinste.
In diesem Moment läutete es an der Tür. Es war Ilsa. „Darf ich reinkommen? Ich habe gehört, sie sind bei euch. Eduard ist bei der Mühle geblieben. Er ist vollkommen außer sich. Jetzt, wo er schon Pläne für Führungen gemacht hat …“

Die anderen senkten schuldbewusst ihre Blicke.
Wieder schlug die Türglocke an. Diesmal war es Nick, den alle mit Spannung erwarteten. Tilla fand ihn umwerfend in seiner Feuerwehruniform und schalt sich selbst, weil sie in diesem tragischen Moment solche Gedanken hegte.

„Komm doch rein“, forderte ihn Conni auf.
Nick entledigte sich seiner groben Stiefel im Flur und folgte ihnen in die Küche, den Geruch von Rauch nach sich ziehend.

„Kaffee?“

„Ja, sehr gerne. Am besten schwarz.“ Nick nahm zwischen Louis und Atti gegenüber von Tilla Platz. Er wirkte erschöpft, seine Haare standen vom Helm wirr in alle Richtungen und er hatte einige Rauchspuren im Gesicht. Tilla hing wie alle anderen an seinen Lippen, als er zu berichten begann.

„Wie schon am Telefon erwähnt, konnten wir ein Übergreifen der Flammen auf das Wohngebäude verhindern. Es war knapp, aber wir haben es geschafft.“ Nick machte eine kurze Pause und trank einen Schluck Kaffee.

„Die Mühle ist nicht so glimpflich davon gekommen. Der Dachstuhl ist den Flammen zum Opfer gefallen, Louis' Wohnung und die gesamte Einrichtung wahrscheinlich auch. Dafür stehen die Mauern noch. Zum Glück handelt es sich um ein sehr massives Gebäude."

„Und wie konnte es zu diesem Brand kommen?" Arthur stellte neugierig die Frage, die alle interessierte.

Nick nahm noch einen Schluck Kaffee und schien zu überlegen, wie er den nächsten Satz am besten formulierte. „Die Polizei untersucht den Fall noch gründlich. Man vermutet aber, dass es Brandstiftung war." Ein Raunen ging durch die Küchenrunde.

„Wer soll denn das im Sinn gehabt haben?", fragte Ilsa. Allgemeines Schweigen und Achselzucken. „Wie gesagt, die Polizei ist zuständig für die Bestimmung der Brandursache und sie arbeitet noch daran."

„Wie ist denn der Einsatz abgelaufen und welche Funktion hast du eigentlich?", wechselte Arthur das Thema.

„Ich bin stellvertretender Einsatzleiter." Tilla meinte, Stolz aus seiner Stimme zu hören, die Begeisterung für die Feuerwehr war auf jeden Fall eindeutig. „Wir haben schon vor eurem Anruf eine Meldung erhalten, der Rauch war ja bald nicht mehr zu übersehen, und dann ging die Rettungsaktion auch schon los. Von Mureck aus sind wir mit dem Tanklöschfahrzeug und dem LKW-A angerückt, ein Wagen kam von Misselsdorf und einer von Eichfeld. Wir mussten sogar den Drehleiterwagen von Bad Radkersburg anfordern. Insgesamt waren wir 19 Feuerwehrleute, die bei der Löschung geholfen haben. Der Einsatz ist noch nicht zu Ende, ich wollte euch nur schnell das Wichtigste persönlich berichten.“

Arthur und Hannah waren sprichwörtlich Feuer und Flamme und beschlossen, sich sofort gemeinsam bei der Freiwilligen Feuerwehr Mureck zu bewerben.

„Was ist ein LKW-A?“, fragte Arthur.

„Das ist ein Lastkraftwagen mit Allradantrieb. Er wird als Logistikfahrzeug eingesetzt und bei Bränden für die Wasserversorgung herangezogen.“

„Warum war auch die Rettung da?“, wollte Hannah wissen.

„Obwohl zum Glück niemand verletzt wurde, musste sie kommen. Die Rettungsmannschaft ist zum Schutz für uns da, sollte einem Feuerwehrmann etwas passieren.“

„Aber es sind doch auch Frauen dabei?“, bohrte Hannah nach.

Nick schmunzelte. „Ja, du hast Recht und ich müsste also auch Feuerwehrfrau sagen.“

„Wann können wir wieder nach Hause?“ Mimis Pragmatismus hatte wieder eingesetzt.

„Sobald die Freigabe erfolgt und ich denke, dass wird am späten Nachmittag oder gegen Abend sein. Da das Wohngebäude verschont blieb und der Mühlenbereich abgesperrt wird, sehe ich kein Problem.“

„Dann überlege ich mir jetzt ein Mittagessen für uns alle“, sagte Conni. „Bleibst du auch da, Nick?“

„Danke für die Einladung, aber ich möchte gerne unter die Dusche und aus den Klamotten raus.“ Er warf Tilla einen kurzen Blick zu, der ihr Gänsehaut bescherte, und erhob sich.

„Ich begleite dich zur Tür“, bot Tilla spontan an.

Als Nick in seine Schuhe geschlüpft war und sie sich im Korridor gegenüberstanden, fühlte Tilla das Bedürfnis, sich an ihn zu lehnen. Nick schien ihre Gedanken gelesen zu haben und umarmte sie ohne darüber nachzudenken, was er tat. Tränen sprudelten aus Tillas Augen. Verlegen versuchte sie, ein Schluchzen zu unterdrücken. Nick hob ihr Gesicht, blickte sie zärtlich an und wischte mit seinem Daumen über ihre feuchte Wange, auf der eine schwarze Spur zurückblieb. Der magische Moment wurde von Ilsa unterbrochen, die sich auch auf den Weg machen wollte. Abrupt wandte Nick sich ab und verließ das Haus.

„Bleib doch hier, Ilsa“, meinte Conni freundlich, die ihr in den Gang gefolgt war.

„Bist du sicher? Du hast schon so viele Gäste - und ich möchte Eduard nicht allein lassen“, erklärte Ilsa.

„Dann soll er auch herkommen.“

„Wir könnten eine Pizza bestellen.“ Die Stimme kam aus der Ecke. Mimi umarmte Louis spontan. Alle waren sich einig, dass das eine tolle Idee war.

Nach dem Mittagessen schauten Bine, Nina und Lilo vorbei. Da Mimi und Louis sich ausruhen wollten, bot Ilsa ihnen an zu ihnen zu kommen. „Wir haben zwei Gästezimmer“, sagte sie und blickte zu Mimi, die zustimmend nickte und ihre Schwiegertochter längst in einem neuen Licht betrachtete.

„Das ist eine gute Idee“, bestätigte Louis.

„Ich bringe euch alle mit dem Auto hin“, schlug Conni vor.

„Gerne, denn ich möchte nicht im Nachthemd durch

Mureck spazieren“, nahm Mimi dankend an.

Am späten Nachmittag klingelte es wieder an der Tür. Der Murecker Postenkommandant Karl Kellermann trat ein nachdem Conni ihm geöffnet hatte. „Ich habe gehört, die Familie Herzog ist vorübergehend bei Ihnen untergebracht, Frau Steger?“

„Ja, nein. Ich meine, es sind nicht mehr alle da. Aber kommen Sie doch bitte herein.“ Conni führte ihn in die Küche, wo alle bei einem Kartenspiel beisammen saßen.

„Hallo Karli“, begrüßte Lilo den Inspektor, der für den Bruchteil eines Augenblicks leicht verlegen wirkte und in ihre Richtung nickte. Tilla wandte sich überrascht an Bine und flüsterte: „Sie hat ihn geduzt, warum?“

„Ich glaube, er mag sie sehr“, nuschelte Bine und wirkte wie eine Bauchsprecherin in ihren Anfängen. „Der Herr Inspektor ist Stammgast bei mir“, klärte Bine sie auf und lächelte den Postenkommandanten an, der sich an Tilla wendete.

„Frau Herzog?“

Tilla erhob sich und berichtete, dass der Rest ihrer Familie bei ihrem Cousin weilte.

„Wenn es für Sie in Ordnung ist, dann kann ich Sie dorthin begleiten damit wir alles gemeinsam besprechen können.“

„Das ist sicher das Vernünftigste. Atti, magst du bei Hannah bleiben?“

Arthur wollte natürlich mit seiner Mutter mitkommen, um nichts zu verpassen. Sie verabschiedeten sich von allen und Tilla versprach, sich später bei Conni zu melden.

Als sie bei Eduard und Ilsa ankamen, fanden sie die

vier im Wohnzimmer vor, dass Tillas Meinung nach sehr geschmackvoll eingerichtet war, bei Kaffee und Kuchen vor.

„Herr Inspektor Kellermann war so nett, uns zu euch zu begleiten damit wir alles gemeinsam erfahren können."

„Nun ja, um gleich zur Sache zu kommen. Es handelt sich um Brandstiftung. Der oder die Täter haben Benzin in der Mühle ausgeschüttet und diesen mit einer selbst gebastelten Lunte entzündet. Wir haben das unmittelbare Gelände abgesucht, aber keine brauchbaren Spuren gefunden. Eine größere Suchaktion wird noch stattfinden. Haben Sie eine Ahnung, um wen es sich handeln könnte?"

Mimi, Louis, Tilla, Arthur, Ilsa und Eduard sahen sich an. Alle, bis auf Eduard schüttelten sprachlos den Kopf.

„Der Brand muss in den frühen Morgenstunden gelegt worden sein. Wo waren Sie?"

„Nun ja", ergriff Maria Emilia das Wort, „soweit ich das beurteilen kann, waren wir alle in unseren Betten.

„Ja", sagte Tilla. „Wo hätten wir sonst sein sollen?"

„Können Sie das bestätigen?", fragte Inspektor Kellermann an Ilsa gewandt.

„Ja", sagte Ilsa laut und deutlich mit einem leichten Lächeln, das nur Mimi und Louis nicht entgangen war.

Eduard begleitete den Inspektor zur Tür und vergewisserte sich, dass niemand von seiner Familie ihn hören konnte. Leise berichtete er Kellermann von den Drohungen seiner ehemaligen Geliebten.

31

„Mama, ...“

„Jetzt nicht, Atti“, antwortete Tilla geistesabwesend. Sie blickte durch die offene Terrassentür auf die verrußten Mauerreste und fragte sich, wie es nun weitergehen sollte.

„Mama, ich habe ein Auto gesehen.“

„Atti. Ja, ein Auto. Ok. Was soll an einem Auto besonders sein?“, murmelte Tilla, während sie in Gedanken noch einmal das Gespräch mit dem Postenkommandant durchging.

Mimi nippte an ihrem Tee. „Schätzchen, was willst du uns sagen?“

„Ich war doch gestern als erster auf mit Charlie und mir ist eingefallen, dass ich, als ich die Vorhänge aufgezogen habe, ein silbergraues Auto geparkt gesehen habe.“

„Wo?“

„Hinter der Mühle, beim Feldweg“, gab Arthur Auskunft.

„Und was war daran auffällig?“, fragte Tilla immer noch geistesabwesend.

„Na ja, dass das Auto zum Beispiel direkt hinter unserem Grund gestanden hat in aller Herrgottsfrühe!“, bemerkte Mimi aufgeregt.

„Vielleicht war es ein Jäger, der seinen Hund einfangen wollte“, gab Tilla zu bedenken.

„Hier bei uns gibt es keine Jagd“, sagte Mimi kopfschüttelnd.

„Ich kann doch aber niemandem, der sich in der Nähe der Mühle aufgehalten hat, die Schuld am Feuer geben.“

„Aber komisch ist es schon, dass genau an dem Tag vor dem Feuer ein fremdes Auto auf dem Feldweg hinter der Mühle geparkt hat“, ließ sich Mimi nicht abbringen.

„Wer sagt denn, dass es jemand Fremder war? Und wenn, kann es irgendjemand gewesen sein. Ein Tourist zum Beispiel. Das führt doch zu nichts“, wollte Tilla das Thema abschließen.

„Lass uns noch einmal eine Runde durch das Gelände machen“, schlug Arthur vor.

Mimi nickte. Sie war wieder voller Tatendrang.

„Die Polizei ist doch schon alles abgegangen“, startete Tilla einen letzten Versuch.

„Der Hund muss doch ohnehin raus“, sagte Mimi.

„Also gut“, meinte Tilla. „Sonst gebt ihr ja doch keine Ruhe.“ Sie erhob sich. „Wo ist denn dieses silbergraue Auto gestanden?“

Zu dritt machten sie sich auf den Weg, Arthur führte sie an. Er hatte von seinem Fenster aus einen wunderbaren Ausblick bis hinter den Apfelgarten. Als sie das Tor erreichten, öffnete Atti es und zeigte auf den Schotterweg, der links zum Fluss und rechts zum See führte.

„Etwa hier ist das Auto gestanden.“ Arthur folgte dem Hund auf das dahinterliegende Feld, wo Kürbis angebaut wurde. Mimi wandte sich dem Fluss zu. Tilla schritt den Weg Richtung See ab. Sie sollte hier öfter spazieren gehen, es war so wunderschön und beruhigend, das saftige Grün der den Weg säumenden Bäume, das Sprießen der ersten Triebe auf den Feldern zu sehen und die Stille zu genießen. Ein Sonnenstrahl verfing sich soeben am Boden und Tilla bückte sich, um zu sehen, was da so grell aufblitzte.

Als sie Konrads Zippo, das Feuerzeug, das sie ihm zum dreißigsten Geburtstag geschenkt hatte, in der Hand hielt, meinte sie, ihr Herz würde vor Aufregung zerspringen.

Mimi stieß auf eine sichtlich bewegte Tilla. „Was ist denn, mein Schatz?"

„Mimi, wir müssen reden, wenn Arthur schläft." Sie hielt ihr zitternd das Feuerzeug entgegen.

„Ich weiß nicht, was du damit meinst."

„Nicht jetzt. Arthur kommt. Es ist schrecklich."

Wie Tilla es schaffte diese furchtbare Entdeckung bis in die Nacht geheim zu halten, war ihr selbst ein Rätsel.

Nachdem Arthur endlich in seinem Zimmer war, versammelten sich Tilla, Mimi und Louis im Wohnzimmer. Es roch nach Rauch und wirkte ein wenig fremd. Die sonstige heimelige Wärme wollte sich heute nicht so recht einstellen. Mimi kippte einen großzügigen Schuss in ihren Tee und Louis betrachtete die kupferrote Flüssigkeit in seinem Glas, das er nachdenklich und gespannt in gleichmäßigem Rhythmus hin und her schwenkte. Seine Bewegungen wirkten meditativ und er strahlte Ruhe aus. Mimi wirkte wie das Gegenteil von Louis. Sie rutschte auf ihrem Sessel vor und zurück, bis sie es nicht mehr aushielt. „Schieß los, mein Schatz."

„Sofort. Ich will mir nur noch ein Glas Wein einschenken." Tilla öffnete eine Flasche Weißburgunder und setzte sich zu den beiden. „Ich habe bei unserer Erkundungstour Konrads Zippo gefunden", kam sie ohne Einleitung zur Sache und legte das Feuerzeug auf den Tisch.

Mimi starrte es an und schüttelte verwirrt den Kopf. „Was soll das bedeuten?“
„Bist du sicher, dass es seines ist?“, hakte Louis nach.
Tilla nickte. „Auf jeden Fall. Schaut, hier sind sogar seine Initialen eingraviert. Es war mein Geschenk zu seinem dreißigsten Geburtstag.“
Mimi schüttelte noch immer ihren Kopf. „Wie kommt es dahin? Und warum hat die Polizei es nicht gefunden?“
„Er hat es verloren“, fasste Louis nüchtern zusammen und genehmigte sich einen großen Schluck.
Langsam dämmerte es Mimi und sie nahm ebenfalls einen großen Schluck. „Du meinst? Ich meine … Ich will niemandem … Nein. Das ist ja allerhand.“
Tilla räusperte sich. „Ich habe den ganzen Nachmittag über nichts anderes nachgedacht. Die Polizei hat ihre größere Suchaktion für heute anberaumt, weil gestern noch einem dringenden Tatverdacht nachgegangen wurde. Das weiß ich von Eduard.“ Sie trank einen Schluck Wein und fuhr fort. „Er war hier. Dass ich das Zippo gefunden habe, ist Glück oder Zufall oder Schicksal. Kein Ahnung. Ob er tatsächlich das Feuer gelegt hat, weiß ich auch nicht beziehungsweise ich kann es nicht beweisen. Ich weiß auch nicht, ob es notwendig ist, das unbedingt herausfinden zu müssen. Damit will ich sagen, dass ich keine Anzeige erstatten möchte. Er ist und bleibt Arthurs Vater.“
„Warum sollte er uns das antun?“, fragte Mimi.
„Atti war doch in den Semesterferien bei seinem Vater und da wird er ihm von meinem Projekt erzählt haben. Konrad kann es nicht ertragen, dass ich etwas erreiche und vielleicht sogar noch erfolgreich bin.“

„Du glaubst tatsächlich, dass er unsere gesamte Existenz ruinieren und unser aller Leben vernichten“, Mimi stockte „uns umbringen wollte?“, würgte sie ungläubig hervor.

Tilla schüttelte den Kopf. „Nein, das glaube ich nicht. Ich bin mir sogar ziemlich sicher, dass er das nicht im Sinn hatte. Konrad ist kein Mörder. Er hätte zudem seinen eigenen Sohn auf dem Gewissen.“ Tilla trank noch einen Schluck Wein und fuhr fort. „Ich denke, dass er mich bestrafen, mir Schaden zufügen wollte und nicht weitergedacht hat. So etwas wie eine Kurzschlusshandlung. Da er sehr intelligent ist, kann ich es mir nur so zusammenreimen. Es war eine emotionale Tat. Er leiht sich ein Auto, fährt hierher. Weil er sich hier auskennt, weiß er, wie er unbemerkt in die Mühle gelangt. Er schüttet Benzin auf die trockenen Ölkuchenreste und Hanfsäcke, legt seine Lunte, zündet sie an, steckt hastig sein Feuerzeug in die Hosentasche und flüchtet. Dass er das Zippo verloren hat, war schlicht und einfach Pech. Ich kann mir vorstellen, dass er zugesehen hat, wie sich der Brand entwickelt. Darum hat Atti das Auto in der Früh gesehen. Er hat sein Vorhaben umgesetzt und ist gefahren.“

Mimi schüttelte noch immer ihren Kopf. „Solltest du deinen Verdacht nicht doch lieber der Polizei melden? Arthurs Vater hin oder her, er hätte uns töten können.“

„Ich habe nicht vor, ihn einfach so davon kommen zu lassen“, sagte Tilla bestimmt.

Louis blickte sie an. Ein leichtes, stolzes Lächeln umspielte seine Lippen. Mimi hatte ihre Augenbraue hochgezogen. „Was hast du also vor?“

„Ich weiß, dass Konrad psychisch labil ist. Ich bin mir sicher, dass seine Eltern, zumindest sein Vater, etwas ahnen. Immerhin hat er es immer gut zu vertuschen gewusst. Konrad hasst mich oder zumindest gibt er mir die Schuld an seinem verkorksten Leben. Er ist das ewige Opfer, ich die Gemeine. Davon ist er überzeugt. Sollte er tatsächlich den Brand gelegt haben, denke ich nicht, dass er uns umbringen wollte. Er wollte sich an mir rächen."

Tilla trank einen Schluck und redete weiter: „Ich möchte gerne mit dem alten Steinberg reden. Es ist doch so. Die Mühle ist versichert und auch, wenn der oder die Täter nicht gefunden werden, wird die Versicherung zahlen. Da ich die Mühle aber ohnehin renovieren und auf den neuesten Stand bringen will, wird mehr Geld notwendig sein. Diese Differenz soll die Familie Steinberg übernehmen." Tilla trank ihr Glas leer und setzte es ab und schaute in die kleine Runde. „Dafür werde ich schweigen. Arthur möchte ich nicht einweihen. Wir müssen ihm nur irgendwie klar machen, dass er niemandem von dem Auto erzählen darf."

„Das ist meine alte Tilla", grinste Mimi und hielt ihre Teetasse in die Höhe. „Sie kann dem Negativen etwas Positives hervorlocken. Prost!"

Nachdem Tilla den Hörer aufgelegt hatte, fühlte sie sich erleichtert. Konrads Vater hatte ihr schweigend zugehört, sich eine Stunde Bedenkzeit erbeten und als er sie danach zurück gerufen hatte, folgenden Vorschlag gemacht. Alles, was die Versicherung nicht bezahlte oder nicht reichen sollte und für die erfolgreiche Inbetriebnahme der Mühle wichtig war, würde er diskret aus eigener

Tasche übernehmen. Er würde mit seinem Sohn sprechen und dafür sorgen, dass etwas Ähnliches nie wieder passieren sollte.

Konrad würde sich einer Therapie unterziehen. Tilla hatte verstanden. Sie würde das Geld annehmen und keine Anzeige gegen ihren Ex-Mann erstatten. Arthur sollte niemals davon erfahren.

„Stell dir vor, Mama“, erzählte Arthur am nächsten Tag aufgeregt. „Papa hat mir soeben erzählt, dass er sich auf eine mehrmonatige Reise begeben möchte. Das hätte ich ihm gar nicht zugetraut. Er war doch immer so auf Wien versessen.“ Arthur schüttelte verwundert den Kopf. „Er weiß nicht mal genau, wo er Station machen möchte. Ich bin gespannt, woher ich Postkarten bekomme.“ Wieder schüttelte Arthur seinen Kopf. „Vielleicht befindet er sich in dieser komischen Midlife-Krise.“

„Du kennst dich aber aus.“ Tilla grinste.

„Hat er mit dir nicht darüber gesprochen?“

„Nein, das scheint eine sehr spontane Idee gewesen zu sein.“

„Papa und spontan. Kannst du dir das vorstellen?“

„Es gibt im Leben Momente, da muss man Neues ausprobieren, um weiter zu kommen.“

„Scheint so zu sein“, stimmte Arthur zu. „Ich finde es auf jeden Fall toll von ihm. Wenn ich größer bin, will ich auch einmal eine Weltreise machen.“

Tilla sah ihren Sohn aufmerksam an. Seit sie nach Mureck gezogen waren, war sein Selbstbewusstsein gestärkt worden. Er war auch dünner geworden. Richtig muskulös und durchtrainiert kam er ihr vor. Er war aber auch die ganze Zeit draußen mit dem Hund und Hannah unterwegs.

Selbst Tilla konnte ihre Hosen und Röcke wieder locker schließen. Kein Speck quoll mehr über den Bund, ihr Bauch fühlte sich straff und flach an. Endlich fühlte sie sich wieder wohl. Der Umzug hatte ihnen beiden gut getan. Ihr neues Leben war erfüllt und Tilla machte sich keine Gedanken mehr um den Sinn des Lebens. Sie lebte es mit allen Höhen und Tiefen.

32

Durch das Läuten an der Haustür wurde Tilla aus ihren Gedanken gerissen. Atti lief hin, um zu öffnen und rief erfreut: „Nick ist da, Mama!“

Tilla durchlief, wie immer, wenn sie seinen Namen hörte oder ihn in ihrer Nähe wähnte, ein wohliger Schauer. Was konnte er wollen?

„Hallo, Nick.“

„Hallo, Tilla.“ Er musterte sie und wie immer wurde Tilla rot unter seinen langen Blicken, die wie Röntgenstrahlen auf ihr ruhten und sie durchbohren zu schienen.

„Tilla, ich wollte dir und euch nur sagen, dass ihr beim Wiederaufbau der Mühle mit meiner vollen Unterstützung rechnen könnt.“

„Das ist sehr nobel und großzügig von dir“, stammelte Tilla. „Ich denke, wir kommen zurecht.“

Nick war offensichtlich ein Mann, der sich wohlfühlte in seiner eigenen Haut und strahlte eine Sicherheit aus, die in Tilla den Wunsch auslöste, sich an ihn anzulehnen. Er war ein Mann der Tat. Wie könnte sie seine Gegenwart Tag für Tag ertragen, ohne ihn berühren zu dürfen?

Nick blickte Tilla mit seinen klaren, grünen Augen kritisch an. Da Tilla nichts weiter sagte, erwiderte er: „Ich will mich nicht aufdrängen.“ Tilla brachte noch immer kein Wort heraus. „Na dann, alles Gute.“ Und weg war er.

„Wieso hast du ihn rausgeschmissen?“, fuhr Atti sie an.

Tilla wandte sich irritiert ihrem Sohn zu. „Wie meinst du das?“

„Nick hat ganz freundlich angeboten uns zu helfen und du hast so getan, als würde er etwas Unmögliches von dir wollen.“ Genervt stürmte er an ihr vorbei, der Hund sprang aufgeregt an ihm hoch, weil er dachte, dass er mit ihm nach draußen gehen würde.

Erst in diesem Moment registrierte Tilla, dass Nick sie tatsächlich falsch verstanden haben könnte. Dennoch erschien ihr eine Aufklärung unmöglich. Sollte er doch selbst beurteilen, wie sie das gemeint hatte. Dass sie Hilfe benötigen konnten, lag doch wohl augenscheinlich auf der Hand. Aber sie würde es auch ohne seine Hilfe schaffen. Die Versicherung würde für den Schaden aufkommen, Leute waren bestimmt leicht aufzutreiben, da sich jeder über Arbeit freute. Oder? Tilla ärgerte sich über sich selbst. Sie hätte ihn doch wenigstens auf einen Kaffee hereinbitten können. Sicher wäre es für ihn ein Leichtes, die richtigen Arbeiter zu finden und sie zu beaufsichtigen. Sie selbst hatte doch keine Ahnung. Warum hatte sie nicht einfach „ja bitte, gerne, danke“ gesagt? Warum nur musste dieser Mann sie so aus der Fassung bringen, das ihr Sprachzentrum versagte? Warum wollte er ihr eigentlich beim Aufbau der Mühle helfen, wenn er sie bei der Umsetzung des Projekts nicht unterstützen wollte? Tilla schwirrte der Kopf. Es war gut, dass sie sein Angebot abgelehnt hatte. Bestimmt war es so am besten. Allerdings könnte er ihr den Kontakt zu seinem Architektenfreund herstellen, bei dessen Party in Wien sie sich kennengelernt hatten. Beim Gedanken daran schoss wieder die Röte in Tillas Gesicht. Vielleicht sollte sie das Gespräch mit ihm suchen. In diesem Moment sauste eine neue Idee durch ihren Kopf und sie machte sich auf die Suche nach ihrer Tante, die sie wie fast immer in ihrer geliebten Küche fand.

„Magst du einen Tee?“ Tilla nickte und griff nach der Tasse Kräutertee, dir ihr gereicht wurde.

„Mimi, mir ist noch etwas eingefallen.“

„Lass hören, Tilla-Schatz und setz dich ruhig.“

„Hast du schon einmal Kürbischutney aus unserem steirischen Speisekürbis gemacht?“

„Nein. Das kannte man bis vor kurzem gar nicht. Ich habe Kürbisletscho gekocht, das wir zum Tafelspitz am Sonntag gegessen haben. Da fällt mir ein, den könnte ich kommendes Wochenende für uns kochen. Mit einem guten Apfelkren und gerösteten Erdäpfeln.“

„Mir läuft jetzt schon das Wasser im Mund zusammen“, stöhnte Tilla. „Ich würde gerne ein Chutney probieren, denn das könnte ich dann im Laden anbieten.“

„Laden?“ Louis gesellte sich zu den beiden Damen und blickte von einer zur anderen.

„Ja, anstatt nur unser Öl zu produzieren, dachte ich an eine breitere Produktpalette, die wir hier als Direktvermarkter sozusagen, verkaufen sollten.“

Louis schnappte sich einen Stuhl und ließ sich behutsam darauf nieder.

„Eine Tasse Kaffee, mein Lieber?“

„Gerne, meine Liebe.“

Da war sie wieder, dachte Tilla. Die vertraute Intimität zwischen den beiden war deutlich zu spüren. Konnte es sein, dass da längst viel mehr war? Sie hatte seit langem das Gefühl, dass sie sich nicht wie Geschwister verhielten.

Sie wollte Mimi darauf ansprechen. Durfte sie das überhaupt oder überschritt sie damit eine Grenze?
Das Geräusch des aufsteigenden Kaffees holte Tilla aus ihrer Gedankenwelt zurück.

„Ich kann mir das gut vorstellen“, meinte Louis wohlwollend.

„An welche Produkte genau hast du gedacht, und willst du alles selbst produzieren?“, fragte Mimi interessiert.

„Ich denke, ich kann das nicht alles selbst, aber ich muss erst noch einen oder mehrere Produzenten finden. Dazu möchte ich Nick befragen, der vorher hier war, um uns seine Hilfe anzubieten. Anscheinend habe ich mich etwas daneben benommen und war laut Atti abweisend. Der ist jetzt beleidigt und mit dem Hund weggelaufen.“ Tilla seufzte.

Mimi nickte verständnisvoll und Louis schlürfte seinen Espresso.

„Kürbispüree muss beispielsweise konserviert und richtig verpackt werden. Knabberkerne können wir vielleicht selbst machen. Chutney, wenn es mir gelingt.“ Tilla fixierte ihre Tante. „Oder dir, Mimi?“

Louis konnte sich ein Grinsen nicht verkneifen, weil Mimi sofort Feuer und Flamme war.

„Das probiere ich gerne. Eventuell versuchen wir verschiedene Geschmacksrichtungen von scharf bis süß-sauer.“

„Das ist genial“, stimmte Tilla begeistert zu. „Wer hier in der Nähe stellt Naturkosmetik her? Ich möchte eine Kürbishandcreme haben, wenn möglich auch eine Gesichtscreme, -maske, Bodylotion.“

„Fantastisch“, hauchte Mimi.

Louis erhob sich, „ich lass euch dann mal“, und verzog sich aus der Küche.

„Kürbiskernölaufstrich …“

„Ich bin hungrig“, ächzte Tilla.

„Du meine Güte, es ist schon fast Mittag und ich habe den Spätzleteig noch nicht einmal angerührt. Binde dir eine Schürze um, meine Liebe.“

Nick hatte es sich auf seinem Bürostuhl bequem gemacht. Seine Lider schlossen sich langsam, und er versank in einen leichten, unruhigen Mittagsschlaf.

Traumbilder huschten vor seinem inneren Auge auf und ab. Er war am See und wollte fischen, dann jedoch sah er Arthur, den er an einer übergroßen Angel herauszog. Plötzlich befand er sich auf einer Wiese. Das satte Grün des Spätfrühlings und wärmende Sonnenstrahlen ließen ihn unter einem großen Baum Rast machen. Als er sich an den Stamm lehnte und nach oben blickte, sah er, wie Tilla an einem dicken Ast höher kletterte. Ihre Beine unter dem hellblauen Kleid waren nackt. Als sie weiter kletterte erkannte er, dass sie kein Höschen trug. Ihr Kleid war hinaufgerutscht und entblößte ihren festen, nackten Hintern. Als sie plötzlich den Halt verlor, fing er sie auf. Unversehens lag sie auf ihm, er hatte seine Hände auf ihrem nackten Po und streichelte sie. Sie stöhnte auf und er vergrub sein Gesicht in ihrem verführerischen Ausschnitt wo er an ihren milchig weißen Brüsten mit den spitzen rosa Brustwarzen sog.

„Nick“, hauchte sie mit einer Stimme, die entsprechend ihrer Körpersprache fordernder sein hätte können. Er leckte noch einmal über ihre Brustwarze und stöhnte. „Nick!“, sagte sie noch einmal und ihr knapper Unterton durchdrang sein Unterbewusstsein.

Verschlafen klappte er seine Augen auf und bemerkte entsetzt, dass der Gegenstand seiner Träume vor ihm im Büro stand und seinen Namen rief.

„Bist du wach?“

Er klappte mit seinem Stuhl nach vorne. „Oh, Gott! Jetzt schon“, murmelte er verlegen und bemühte sich, seine Lust zu unterdrücken. Sie forderte ihn ständig heraus und machte gar kein Geheimnis daraus. Er hatte es sich mit ihr verscherzt. Dass er Einwände gegen ihr Mühlenprojekt hatte, hatte sie ihm nicht verziehen. Aber sie war hier. Warum?

„Kann ich irgendetwas für dich tun?“, krächzte er. Die nackte Tilla wollte einfach nicht aus seinem Gehirn verschwinden.

„Ich wollte mich für gestern entschuldigen. Anscheinend habe ich etwas in den falschen Hals gekriegt. Sorry, ich nehme deine Hilfe natürlich gerne an.“

Als Nick auf Tillas Mund schaute, konnte er dem Sinn ihrer Worte nicht mehr folgen. Er stellte sich ihre Lippen auf seinem Bauch vor und wie sie weiter nach unten wanderten. Mit aller Macht unterdrückte er ein Stöhnen, das aus Leidenschaft und Scham bestand. Nick setzte sich benommen auf und rollte mit seinem Stuhl verlegen unter den Schreibtisch.

„Ist alles in Ordnung?“ Ihre Stimme klang besorgt. Sie

trat näher zu ihm heran und beugte sich über ihn, um seine Stirn zu berühren. Mutterinstinkt? Ihre hellblauen Augen, die dunklen Wimpern und ihr betörender Geruch ließen ihn die Gelegenheit beim Schopf packen. Der Augenblick war definitiv da. Sein Herz hämmerte in seinen Ohren und Schläfen, er stemmte sich hoch und presste seine Lippen auf Tillas. Seine Zunge glitt in ihren Mund und er stöhnte genussvoll auf. Ihre Hand wanderte von seiner Stirn zu seiner Wange, und sie presste ihre Lippen gegen seine. Sie erwiderte seinen Kuss. In einer einzigen Bewegung zog er sie fest an sich und Tilla schob sich auf ihn, sodass der Sessel noch ein wenig weiter zurückklappte. Wortlos beobachtete er, wie ihre Augen sich schlossen, sie ihr Stöhnen nicht mehr unterdrückte und sich ihm hingab. Nick fuhr mit seinen Händen unter ihr T-Shirt und schob seinen Daumen unter ihren BH, um mit ihrer steifen Brustwarze zu spielen.

Tilla drängte ihm ihr Becken entgegen. Er roch nach Leder und Seife, sein Drei-Tages-Bart kratzte an ihrer Wange. Was machte sie hier? Sie wollte nicht nachdenken, sondern sich ihm lediglich hingeben. Sie wollte ihn so sehr. Morgen konnte sie sich damit auseinandersetzen. Morgen … Tilla fühlte Nicks Erektion und ließ es geschehen, dass seine geschickten Finger in ihre Hose glitten während er sie immer wieder küsste. Genüsslich stöhnte sie auf und war bereit, sich vollkommen auf ihn einzulassen. Er strich sanft mit der Zungenspitze von ihrem Ohr bis zur Schulter. Als Nick ihren Busen küsste und an einer Brustwarze knabberte, um sich genüsslich der anderen zu widmen, war Tilla zu allem bereit.

„Oh Gott“, sagte er und schaute zur Tür, wo ein junger Mitarbeiter versuchte, sein schockiertes Gesicht unter Kontrolle zu bringen und mit hochrotem Kopf verschwand.

Der eben noch so magisch gewesene Augenblick verschwand im Nu und nahm Nicks Erektion mit. Tilla zog ihr T-Shirt nach unten, sackte auf Nick zusammen und fragte sich, wie sie ihre Erregung zügeln und elegant aus dieser befremdlichen Situation aussteigen konnte. Beklommen lösten sie sich voneinander und Tilla stieg von Nick, um sich mit einem schnellen „Entschuldigung“ von ihm zu lösen. Er konnte ein „aber keineswegs“ noch gerade erwidern und fügte hinzu „es war alles meine Schuld“.

Sie hatte es so eilig von ihm wegzukommen, dass er ihr gar nicht erklären konnte, wie sehr er sie wollte.

„Vergessen wir die ganze Sache einfach, ja?“

„Tilla, nicht doch …“

Sie lief, als wäre plötzlich eine Tsunamiwelle hinter ihr aufgetaucht. *Gott, war das peinlich!* Tilla wollte nicht reden. Sie wollte auch nicht denken. Sie wollte Sex und Leidenschaft. Meine Güte, war sie ausgehungert! Aber auf keinen Fall wollte sie in irgendetwas Kompliziertes verstrickt werden. Nick Veit. Mist, warum musste sie sich auch ausgerechnet in einen Kleinstadt-Schönling verschauen?

Er sah fantastisch aus, küsste wie ein junger Gott, der Sex mit ihm kam dem Urknall gleich und er war zu allem Überfluss auch noch der Lebensretter ihres Sohnes. Dafür hatte er panische Bindungsangst, war bestimmt generell umtriebig und von ihrem Mühlen-Projekt nicht überzeugt.

Tilla verglich im Geiste die eben erstellte Liste und kam zum Schluss, dass sie sich Nick Veit am besten sofort aus dem Kopf schlug und ihre verrücktspielenden Hormone anders zufrieden stellen musste. Andererseits …

Ihr kam da ein verwegener Gedanke. Sollte sie sich trauen? Warum aber auch nicht? Sie war endlich geschieden, hatte seit Jahren keinen Mann mehr und lechzte nach einem Abenteuer. Er musste sie doch nicht gleich heiraten! Dieser Gedanke entrückte Tilla ein sarkastisches Gelächter. Sie konnte ihm unverbindlichen Sex vorschlagen. Wenn ihn jemand nicht ablehnte, dann wohl er. So, wie er sie eben auf seinen Bürostuhl gezogen hatte. Tilla legte geistig die Fakten auf den Tisch: Im Moment hatte sie keine Zeit für eine Beziehung.

Sie musste sich auf die Mühle und ihre neue Familienkonstellation konzentrieren. Dass jemand bei ihr einzog kam in vielerlei Hinsicht nicht in Frage. Dass *sie* zu jemandem zog kam genauso wenig in Frage. Dennoch, sie sehnte sich nach ein bisschen Ablenkung, nach Abenteuer, nach Aufregung – nach Berührung. Sie mochten sich vielleicht nicht besonders, aber da sprühte doch ganz eindeutig Chemie zwischen ihnen und sorgte für genügend Spannung. Zudem hatte Tilla absolut keine Lust, sich zu verlieben. Dass Nick sich in sie verlieben würde schloss sie von vorne herein aus.

„Ich bin nicht der Typ Frau, mit der er eine feste Bindung eingehen würde“, behauptete sie, als sie Paulina etwas später anrief.

„So, wie soll denn dieser Typ deiner Meinung nach aussehen?“

„Keine Ahnung, aber ich denke groß, schlank, mit großen, festen Brüsten, blonden Haaren …"

„Das ist Barbie, Süße", unterbrach Paulina sie trocken.

„Ja, und davon bin ich meilenweit entfernt", seufzte Tilla.

„Wieso glaubst du das eigentlich?"

„Vielleicht, weil die Mädels erzählt haben, dass er so wahnsinnig in eine Schwedin verliebt war."

„Aus genau aus diesem Grund könnte er seine Meinung geändert haben", gab Paulina zu Bedenken.

„Sei es, wie es sei."

„Tilla, meine Liebe, stell doch dein Licht nicht unter den Scheffel. Du bist intelligent und besitzt Charme. Du hast zehnmal mehr Elan, als alle Frauen, die ich kenne – mich ausgenommen." Paulina wieherte vor Lachen wegen ihres Scherzes und fuhr fort, als sie sich beruhigt hatte: „Außerdem hast du abgenommen, seit du am Land lebst. Die vielen Spaziergänge mit dem kleinen Dings tun dir gut. Also, verwirkliche dein gewagtes Vorhaben und genieße es."

„Jawoll!" Tilla salutierte mit dem Telefon in der Hand.

„Eins noch", sagte Paulina. „Mach dir noch einmal klar, worauf du dich einlassen möchtest."

Doch, Tilla war sich sicher: Keine Liebe – ein bisschen Kribbeln sollte genügen. Dafür viel leidenschaftlichen Sex und totale Befriedigung. Ins Kino konnte sie alleine oder mit ihren Freundinnen gehen, aber sich gelegentlich einmal fein zum Essen ausführen lassen, dazu brauchte es einen smarten Begleiter. Tilla fasste ihren Entschluss und musste ob ihres Mutes oder Übermutes lächeln. Gleich morgen wollte sie bei ihm im Geschäft vorbeischauen, sich für ihre überstürzte Flucht „entschuldigen“ und ihm ihr unmoralisches Angebot unterbreiten. Sollte er wider Erwarten ablehnen, war auch nichts verloren. Dann ging eben alles seinen gewohnten Gang weiter. Niemand würde davon erfahren. Nikolaus Veit war nicht der Typ, der etwas ausposaunte. Wie hieß es in all den rosaroten, positiven, ach so lebensbejahenden Ruckzuck-Hopphopp-Ratgebern? Lebe dein Leben, genieße den Moment, sei im Augenblick. Man musste sich schon auch mal etwas trauen. Tilla krempelte ihre Ärmel hoch. Sie hatte einen Plan, den es umzusetzen galt.

33

Nick war verblüfft, erregt, verwirrt und äußerst angetan ob Tillas frankem Vorschlag. Was für eine Frau! Sie war nicht nur intelligent und sexy. Sie war weiblich, lockend, lustig, charmant – und mutig. Natürlich wollte er mit ihr ins Bett! Natürlich wollte er sie wieder sehen. Er wollte sie auch besser kennen lernen und Zeit mit ihr verbringen. In einem so kleinen Ort wie Mureck blieb nichts verborgen, nichts geheim. Um im großen Familienverbund gut leben zu können war es nicht egal, was die anderen über einen dachten, was sie redeten mit wem und worüber im Genauen. Er dachte dabei vor allem an Tilla.

Nick war die Meinung anderer egal, er empfand sie zumeist als neidische Reaktion auf die gelungenen Lebensumstände eines anderen. Er selbst hatte wahrscheinlich aus genau diesem Grund nur wenige wahre Freunde. Generell kam er mit allen sehr gut aus und war bei allen beliebt wegen seiner freundlichen, unaufdringlichen Art. Dennoch vertrat er die Meinung, dass die meisten Menschen selbstsüchtig waren, nach immer mehr Materiellem strebten und versuchten, anderen etwas wegzunehmen.

Er war fest davon überzeugt, dass der Weltuntergang deswegen vorprogrammiert war. Der Mensch würde die Erde selbst zerstören, weil er ein egoistisches Ungeheuer war. Die wichtigste Ressource, die blieb, war also Zeit. Zeit war immens wichtig geworden – und vor allem, das Motiv, wie oder warum man Zeit wie nutzte. Nick rieb sich die Schläfen. Er hatte keine Haustiere, er hatte außer seinem Laden, seinem Einsatz bei der Freiwilligen Feuerwehr und seinen sportlichen Aktivitäten nichts zu tun. Er hatte keine Kinder … Nicks Blick blieb an der alten Wanduhr hängen und er begann eine Reise in die Vergangenheit. So lange hatte er nicht mehr an Rika gedacht und wenn, hatte er den Gedanken an sie sofort verbannt. Diesmal ließ er die Erinnerungen zu und gab sich noch einmal dem Schmerz hin.

Er schloss die Augen und befand sich in der Nähe von Stockholm an einem See, dessen klares Wasser sich in der Sonne spiegelte. Satte, grüne Wiesen, ein strahlend blauer Himmel, der von dichten, weißen Schäfchenwolken betupft wurde, umgaben ihn und Rika, als sie die sommerliche Wärme genossen. Er betrachtete seine wunderschöne Freundin mit den strohblonden Haaren und blitzblauen Augen. Erst vorgestern hatte sie ihren ersten ernstzunehmenden Modelvertrag unterzeichnet. Sie war außer sich vor Freude gewesen und er hatte sich mit ihr gefreut. Am Abend hatten sie mit Freunden in einer angesagten Bar in Stockholm gefeiert. Sie waren das schönste Paar gewesen und bewundernde wie neidvolle Blicke waren an ihm abgeprallt. Rika war seine Traumfrau, er liebte sie über alles und wollte sein Leben mit ihr verbringen. In der Nacht hatten sie sich geliebt, als gäbe es kein Morgen.

Jetzt, am See, schien sie mit ihren Gedanken weit weg zu sein. Vielleicht wandelte sie eben am Mailänder Laufsteg, dachte er sich, als sie sich zu ihm drehte und ihn ernst anblickte.

„Nick, ich bin schwanger von dir …“ Er war perplex. Mit dieser Überraschung hatte er nicht gerechnet. Nick starrte sie an, Gedanken flitzten durch seinen Kopf, er wurde Vater, ein Kind von ihnen beiden - ein breites Grinsen erschien auf seinem Gesicht und er wollte Rika umarmen, sie drücken und herzen, ihr sagen, wie sehr er sie und das ungeborene Würmchen liebte und immer lieben wollte.

„Das ist …“, setzte er an und wollte ihr sagen, wie wundervoll er diese Nachricht fand, wurde aber sofort in einem reschen Ton, den er an ihr nicht kannte, von ihr unterbrochen. „… aber ich werde das Kind nicht bekommen.“

Das Lächeln auf seinem Gesicht gefror, alles Blut wich aus seinen Adern. Das konnte sie doch nicht so meinen. Es war auch sein Kind. Er wünschte sich ein Kind mit der Frau die er über alles liebte. Wie konnte sie nur so etwas sagen?

„Rika“, stammelte er. „Das ist der Schock über das unerwartete Ereignis. Wir werden das schaffen. Alles wird ganz wunderbar“, versuchte er sie von ihrer Meinung abzubringen.

Sie schüttelte den Kopf.

„Nick, wir hatten eine wunderbare Zeit, die jetzt zu Ende ist. Ich habe meinen ersten Modelvertrag unterzeichnet, so schnell wird sich diese Gelegenheit nicht mehr bieten. Du hast kein Geld. Wovon sollen wir denn leben?“

„Rika, ich beende mein Studium und bis dorthin jobbe ich. Danach baue ich uns etwas auf. Ich stehe doch auch erst am Anfang.“

Wieder schüttelte sie ihren Kopf. Sie war so unglaublich schön, aber etwas in ihrer Schönheit hatte sich verändert. Diesen harten, unnachgiebigen Zug hatte Nick im

ganzen letzten Jahr nie an ihr bemerkt. Er kannte nur die unternehmungslustige, unbekümmerte Rika.
„Ich bin fest entschlossen. Nichts und niemand kann meine Meinung ändern."

„Rika …"

„Es tut mir leid." Diese Worte klangen wie eine Qual aus ihrem Mund und wirkten einstudiert.

Nick konnte es nicht fassen. Sein Herz schien zu brechen. Um es in Zukunft zu schützen, packte er es allmählich in einen undurchdringlichen Korpus aus höflicher Distanz, Gleichgültigkeit und Ironie. Er hatte Rika nie wieder gesehen. Modezeitschriften las er nicht, zu gemeinsamen Freunden hielt er keinen Kontakt.

Nick musste keine Versprechungen machen, keine Verbindlichkeiten eingehen und dennoch konnten Tilla und er sich besser kennen lernen. Er musste nicht das Gefühl haben, sie auszunutzen, denn sie war diejenige, die den Vorschlag, unverbindlichen Sex zu haben, gemacht hatte. Was konnte er sich Besseres wünschen? Gespannt und erheitert griff er zu seinem Handy.

„Wann?", lautete sein Text.

Tilla hatte nicht mit einer so raschen Antwort gerechnet. Sie war freudig erregt und voller Panik zugleich. Was sollte sie ihm antworten? Sollte sie sich zieren? Sollte sie ablehnen und so tun, als hätte sie ihm in totaler geistiger Umnachtung einen derartigen Vorschlag gemacht? Ach was, Bedenken über Bord! Worauf wollte sie warten? Sie konnten genauso gut jetzt gleich mit ihrem Arrangement beginnen. „Wie wäre es mit heute Abend?"

„Gerne! Wann und wo?“

„Um ungefähr 21.30 Uhr bei dir.“

Sie konnte ihn wohl schlecht zu sich einladen. Was sollte sie Arthur, Mimi und Louis sagen? Mein zukünftiger Liebhaber kommt gleich zu unserem ersten … Oh, Gott! Das Herz klopfte ihr jetzt schon bis zum Hals vor Aufregung.

„Ok.“

Ok? Einfach nur ok? Es klang so lapidar. War er nicht aufgeregt? War ihr unmoralisches Angebot gar nichts Besonderes für ihn? Du meine Güte, irgendwie war das komplizierter, als sie es sich vorgestellt hatte.

„Ok. Bei dir.“ Sie bestätigte zur Sicherheit noch einmal den Ort. Was sollte sie anziehen? Wie sollte es stattfinden? Wo? Im Bett? Auf der Wohnzimmercouch? Auf der Küchenzeile? Oder etwas gewagter auf der eingeschalteten Waschmaschine? Was sollte sie sagen? Oder lieber gar nichts? Wann sollte sie wieder heimfahren? Tilla verbrachte einen unruhigen Nachmittag und fragte sich, ob sie sich auf ein Abenteuer dieser Art wirklich einlassen wollte. Auf der anderen Seite, was sprach dagegen? Und sie hatten ja schon einmal …

Als Arthur am Abend in seinem Zimmer verschwand, lief sie ins Badezimmer. Unter der Dusche cremte Tilla sich sorgfältig ein, rasierte sich an allen wichtigen Stellen und rubbelte anschließend ihre leichte Hornhaut an der Ferse ab. Als sie sich mit ihrem neuen Kokosnuss-Öl einrieb, war sie guter, strandseeliger Laune und entspannt. Dieser Zustand hielt nicht lange an und nervös machte sie sich schließlich auf den Weg. Als sie ihr Fahrrad aus dem

Schuppen holte, zitterte sie so sehr, dass sie es beinahe nicht schaffte, ihr Licht einzuschalten. Hektisch drückte sie dreimal auf den Dynamoknopf, bis er sich endlich zum Reifen neigte. Die kurze nächtliche Fahrt sorgte für einen Schweißausbruch vergleichbar mit einem Halbmarathon und ihr Puls schlug in den Schläfen. Sie meinte, ohnmächtig zu werden, als sie schließlich keuchend vom Rad stieg und es in den Innenhof neben dem Kaufhaus schob. Sie hielt kurz inne, um ihre Atmung zur normalisieren und stieg dann die wunderschöne gusseiserne Wendeltreppe, die schwach beleuchtet in Szene gesetzt wurde, hinauf.

Um fünf Minuten nach halb zehn bewegte sich ihr Finger Richtung Klingeltaste. Bevor er sie berührte, öffnete Nick die Tür. Verlegen standen sie sich gegenüber. Nick blickte in Tillas blaue Augen, die Zwiespalt, Neugier und Ungewissheit zeigten.

Er zog sie zur Tür hinein, küsste sie wortlos, gierig und riss ihr beinahe die Kleider vom Leib. Tilla hatte keine Zeit mehr um nachzudenken oder um zu protestieren. Nick selbst war überrascht wie heftig er auf sie reagierte. Er wollte sie auf der Stelle fühlen, besitzen und zerrte sie beinahe ins Wohnzimmer. Tilla gab sich ihm auf dem flauschigen Teppich hin und genoss jede Sekunde. Als sie später im großen, frisch bezogenen Schlafzimmerbett nebeneinander lagen, nahm er sie in den Arm. Wärme, Geborgenheit, zu zweit sein … Tilla spürte einen Kloß im Hals. Jetzt schon?, fragte sie sich.

„Alles klar?“, wollte Nick behutsam wissen. Er war sich nicht sicher, was er Tilla fragen sollte. Die Situation war eigenartig. Er hatte das Gefühl, sie beschützen zu wollen.

„Ja, alles klar“, antwortete sie und sah ihn an.
Ihm fiel beim besten Willen nichts mehr ein. Ihr Blick war abgrundtief und voller Geheimnisse.
„Dann gehe ich jetzt mal“, sagte Tilla und Nick nickte. Die Enttäuschung, dass er sie nicht fragte, ob sie bei ihm übernachten wolle, schnürte ihr den Hals zu. Schweigend zog sie sich an und machte sich auf dem Weg ins Vorzimmer, um ihre Schuhe anzuziehen. Nick folgte ihr. Einem spontanen Impuls folgend umarmte er Tilla noch einmal an seiner Tür und drückte sie an sich. Vollkommen verdutzt über diese unerwartete Geste, küsste sie ihn noch einmal mit geschlossenen Augen und lehnte sich kurz an ihn.

„Gute Nacht.“

„Schlaf gut“, erwiderte Nick und schloss die Tür, nachdem er ihr noch nachgesehen hatte, wie sie die Treppe hinunter ging und auf ihr Fahrrad stieg. Die Tränen, die ihr still über die Wangen rollten, konnte er nicht ahnen. Was für eine Nacht. Tilla hatte sich tatsächlich sofort verliebt. Ob das nun gut oder schlecht war, wollte sie morgen mit Paulina am Telefon besprechen. Der Mond war fast voll und leuchtete mit einer Intensität, die eine Straßenbeleuchtung unnötig machte. „Nick“, keuchte sie die leichte Steigung bergauf strampelnd. „Nick.“ Als sie zu Hause ankam war sie froh, dass alle bereits zu Bett gegangen waren. Leise stieg sie die Stufen in den ersten Stock hoch und verschwand geräuschlos in ihrem Zimmer. Sie schlüpfte aus ihrem Gewand und legte sich nackt ins Bett. An ihrer Haut haftete noch Nicks Geruch. Mit salzigen

Tränen und einem schiefen Lächeln auf dem Gesicht schlief sie ein.

Missmutig stieg sie am nächsten Morgen aus ihrem gemütlichen Bett mit den dicken Daunen, riesigen Kissen und der orange-roten Apfelbettwäsche ihrer Kindheit. Sie ärgerte sich darüber, dass es anscheinend so wenig benötigte – lediglich ein wenig Zuwendung, ein paar Streicheleinheiten, ein paar nette Worte und innige Küsse – und schon öffnete sich ihr Herz. Meine Güte, war sie bedürftig! Nick amüsierte sich sicher köstlich. Geschah ihr recht. Sie hatte sich auf dem silbernen Tablett selbst angeboten, warum hätte er nein sagen sollen. Und nett war er zu allen Frauen, das machte seinen Charme doch gerade aus. Bestimmt gab er jeder einzelnen das Gefühl einzigartig zu sein.
Wie konnte man sich nicht in ihn verlieben? Ach, seufzte Tilla. Was bin ich doch für eine blauäugige Anfängerin. Jetzt hatte er seinen Spaß. Ob er sich noch einmal bei mir meldet? Ich tu es bestimmt nicht. Und sollte er sich wider Erwarten doch bei mir melden, was mache ich dann? Kann, soll, darf es eine Wiederholung der gestrigen Nacht geben? Können, sollen, dürfen meine Freundinnen es erfahren? Mag er das? Es ist ihm sicher nicht recht. Er will sich bestimmt alle Türen offen halten. Ich mache gar nichts. Abendessen geh ich bestimmt nicht mit ihm. Es würde ihm sicherlich nicht einfallen mich einzuladen. Ich tu so, als wäre nichts passiert. Es ist doch auch nichts passiert. Eine Nacht – na gut, die zweite – zwischen erwachsenen Singles.

Allerhöchstens konnte man von einem Abenteuer sprechen. Ja, ein Abenteuer, das ist es. War es, korrigierte sich Tilla in Gedanken und schlenderte in die Küche, wo sie auf einen frischen Kaffee hoffte. Leider wurde sie enttäuscht, denn es war niemand anzutreffen und Kaffee gab es auch keinen. Noch mürrischer schraubte sie die silberne Kaffeemaschine auf, spülte sie aus, füllte Wasser ein und befüllte sie mit frisch gemahlenem Bohnenkaffee, dessen Geruch sie besänftigte. Automatisch drehte sie die handliche Maschine alter Zeiten zu und stellte sie auf den Herd. Ein Piepsen ließ sie wissen, dass sie soeben eine Sprachnachricht auf ihrem Handy erhalten hatte. Sie schaltete die Herdplatte auf die höchste Stufe ein, schnappte sich ihr Telefon und bemerkte aufgeregt, dass die Whatsapp-Nachricht von Nick war. Aufgeregt klickte sie den Text an.

„Geht's dir gut?“, wollte er wissen. Kein „guten Morgen“, nicht einmal ein „hallo“. Kein Emoticon. Schrieb er diesen Satz aus Pflichtbewusstsein oder weil er tatsächlich wissen wollte, wie es um sie bestellt war. Aber er schrieb ihr. Noch dazu am Morgen danach, nicht erst nach drei Tagen. Nick war cool, eine Einleitung passte gar nicht zu ihm. Er war cool, sexy, unwiderstehlich und wollte offensichtlich mit ihr – Tilla uncool, etwas (abgesehen von dem unmoralischen Angebot) konservativ und voller Selbstzweifel – in Kontakt bleiben. Halleluja, hurra!

„Gute Nachrichten?“, wollte Atti wissen, der sich unbemerkt in die Küche geschlichen hatte.

„Guten Morgen, Schatz. Warum fragst du?“

„Weil du von einem Ohr zum anderen grinst.“ Ihr Sohn

klimperte verliebt mit den Wimpern und lächelte wie belämmert.
Tilla boxte ihn spielerisch in den Oberarm.

„Wer ist es? Jemand von hier?"

„Seit wann bist du so neugierig?"

„Hier leben wir doch von Klatsch und Tratsch", konterte der Zwölfjährige und Tilla nickte zustimmend. Arthur hatte sich seit ihrem Umzug vollkommen integriert und war außer seiner Aussprache ein Einheimischer geworden.

„Also?"

„Ja, klar von hier. Von woher denn sonst?"

„Aus dem Internet. Du bist echt hinter dem Mond daheim!" Atti schüttelte seinen Kopf, lachte, schnappte sich eine Semmel und machte sich mit dem Kleinen Etwas auf zu Hannah.

„Internet …", murmelte Tilla und schenkte sich endlich eine Tasse dampfenden Kaffee ein, den sie schwarz und ohne Zucker trank.

Was sollte sie denn antworten? Ein schlichtes „ja", oder sollte sie ihren Gefühlszustand ausführlicher beschreiben. Wie ging es ihr eigentlich? Die letzte Nacht war eine phantastische Wiederholung ihrer ersten in Wien und doch umso vieles aufregender, weil sie sich nun kannten.

„Mir geht's gut", lautete ihre extravagante SMS. „Und dir?", wollte sie wissen.

Prompt folgte Nicks Antwort: „Mir geht's immer gut."

Aha. Der Glückliche, dachte sich Tilla. Das schien auf jeden Fall seiner Art zu entsprechen. Warum sollte es ihm auch nicht gut gehen? Befriedigt von einer Frau, die ihm ein eindeutiges Angebot ohne weitere Verpflichtungen auf dem Servierteller präsentiert hatte. Eigentlich hätte sie mit einer solchen Antwort rechnen müssen. War es das jetzt? Da ertönte auch schon der Ton für eine neu eingegangene Nachricht.

„Hast du heute Nachmittag schon etwas vor?“

Tilla schüttelte verwirrt und ungläubig ihren zerzausten Lockenkopf. Lud Nick sie etwa ein? Hatte sie etwas vor? Natürlich nicht, das wusste auch er. Was nun? War es strategisch klug, sich einmal rar zu machen und ihn auf Distanz zu halten? Doch durfte sie nicht aus den Augen verlieren, dass sie ihm doch das unmoralische Angebot gemacht hatte. Das hieß, dass sie es jederzeit mit ihm tun und Zeit mit ihm verbringen wollte oder konnte. Oder nicht? Ging es nicht nur um die „Sache“? Bedeutete eine gemeinsame Unternehmung denn nicht mehr? Oder heizte es das Spiel zusätzlich an? Ach was … Unnütze Denkerei.

„Nein, nichts Besonderes. Warum?“

„Ich hol dich um 14 Uhr ab.“

Aha. „Ok.“

Tilla rannte aufgeregt mit ihrer Blümchentasse in der gemütlichen Küche umher. Sie hatte keine Ahnung was sie erwartete und noch weniger, wie sie die Zeit bis dahin totschlagen sollte. Außerdem: Was sollte sie anziehen, wenn sie nicht wusste, was sie tun würden?

„Du isst ja gar nichts“, bemerkte Mimi mit leicht enttäuschtem Unterton. „Schmeckt es dir nicht?“

Mimis Linseneintopf mit pikanten Würsten war eines von

Tillas Lieblingsgerichten.

„Mama ist nervös, weil sie ein Date hat. Da schließt sich der Magen.“ Atti grinste schelmisch.

„Atti!“ Tilla bedachte ihn mit einem bösen Blick. „Du kannst echt nichts für dich behalten.“ Sie hatte ihrem Sohn erzählen müssen, dass sie am Nachmittag nicht da war und somit nicht mit ihm ins Schwimmbad kommen würde.

„Das ist doch schön“, sagte Mimi und blickte lächelnd zu Louis. „Kennen wir ihn?“ Um ihre Mundwinkel zuckte es.

„Es ist Nick. Und es ist kein Date. Er holt mich ab und wir unternehmen irgendetwas.“

„Was macht ihr?“, wollte Atti neugierig wissen. Louis grinste, weil er wusste, dass das Mimis nächste Frage gewesen wäre, die sie nie gestellt hätte, um nicht indiskret zu wirken.

„Keine Ahnung.“

„Du willst mir nicht sagen, was ihr unternehmt?“ Attis Stimme und Gesichtsmimik drückten Enttäuschung und Unverständnis aus.

„Nein, ich weiß es nur selbst nicht. Es ist eine Überraschung.“

Atti seufzte erleichtert. „Cool, Überraschungen sind toll. Nick ist echt so cool.“ Er stopfte sich noch einen Bissen Eintopf in den Mund und meinte abschließend: „Und darum hat sie keinen Hunger.“

Tilla entschied sich für ein leichtes, kurzes Jeanskleid, denn es hatte bestimmt mehr als 30 Grad. Ihre Haare bändigte sie zu einem Pferdeschwanz und sie schminkte sich dezent.

Um Punkt 14 Uhr fuhr Nick in seinem blauen Pick-up vor, sprang heraus und wurde von einem bellenden Kleinen Etwas begrüßt, das er gutgelaunt hinter den Ohren kraulte.

„Hi Nick! Mama kommt gleich, soll ich dir sagen."

„Hallo Atti, wie geht's dir?"

„Gut. Ich gehe mit Hannah ins Schwimmbad. Was werdet ihr unternehmen?"

„Ich zeige deiner Mutter die Gegend."

In diesem Moment trat Tilla aus der Haustür. Nick blieb fast die Luft weg. Sie sah toll aus in diesem blauen Sommerkleid, dass die Farbe ihrer Augen so gut betonte.

„Hallo Nick. Was willst du mir zeigen, was ich hier noch nicht kenne?" Sie lächelte verführerisch.

„Wart's ab", gab er sich lässig und selbstsicher.

„Tschüs ihr beiden. Viel Spaß!" Atti schnappte sich das Kleine Etwas und holte sein Fahrrad.

„Bis später Atti", rief ihm Tilla nach und kletterte in den Pick-up während Nick die Autotür aufhielt und am liebsten seine Hand auf ihren knackigen Po gelegt hätte.

Tillas Bauch zog sich in warmen Wellen zusammen, als er neben ihr Platz nahm und sie mit einem seiner langen, unergründlichen Blicke bedachte. Sie wünschte, er würde seine Hand auf ihren Schenkel legen und … Tilla wurde rot wegen ihrer Gedanken. Es war furchtbar wie sie auf diesen Mann reagierte. Sie schien jegliche Kontrolle über ihre Triebe verloren zu haben.

Mimi blickte aus ihrem Schlafzimmerfenster. Nach

dem Mittagessen machte sie immer, wenn es die Zeit erlaubte, ein Nickerchen. Louis leistete ihr dabei meistens Gesellschaft. Jetzt lag er schon im Bett mit einer Zeitung, die er senkte, um seine Geliebte zu beobachten.

„Die beiden gehören zusammen“, hörte er sie murmeln.

„Maria Emilia“, er räusperte sich. „Hast du was unternommen, um dem Schicksal zu helfen?“

Mimi drehte sich mit blitzenden Augen um. Sie wusste, dass er sie durchschaut hatte. „Ich helfe ihm gar nicht. Ich beschleunige nur ein wenig.“

„Maria Emilia! Wir wollten uns aus all dem raushalten.“

„Das war ja nicht mehr mit anzuschauen“, verteidigte Mimi sich.

„Wenn der Schuss mal nur nicht nach hinten losgeht“, gab Louis zu bedenken.

„Was bist du denn so pessimistisch? Die beiden lieben sich. Sie wissen es nur noch nicht. Und wir wissen, der Tropfen verbindet, was zusammengehört.“

Louis schüttelte den Kopf. Eine Diskussion darüber mit Mimi, wenn sie sich etwas vorgenommen hatte war sinnlos. „Komm ins Bett, altes Mädchen.“

Tilla und Nick fuhren die alte Landstraße Richtung Westen entlang grüner Weizenfelder, kniehohem Mais und Mischwäldern. Nach etwa fünfzehn Minuten bog Nick in einen holprigen Feldweg ein.

„Ich bin hier schon mit dem Rad lang gefahren“, sagte Tilla. „Das da vorne ist aber Privatgrund.“ Nick hielt vor einem Holzschranken, sprang aus dem Wagen und öffnete ihn.

„Nick, dürfen wir das denn?“ Tilla blickte sich um, als täten sie etwas schrecklich Verbotenes. Nick fuhr weiter, hielt wieder an, schloss den Schranken, fuhr wieder los und meinte: „Das Grundstück habe ich vor ein paar Jahren gekauft. Es gehört mir.“

Tilla machte große Augen, die noch größer wurden, als sie anhielten. Vor ihnen lag ein kleiner Naturbadesee, stellenweise von Schilf umgeben. Ein Schwanenpaar schenkte ihnen kurz Aufmerksamkeit, um sie gleich darauf wieder zu ignorieren. Tilla sog die Atmosphäre dieses wunderschönen Fleckchens Erde in sich auf. Die Sonne spiegelte sich im klaren Wasser und unweigerlich musste Tilla an den See der glitzernden Wasser bei Anne auf Green Gables denken. Eine leichte Brise wehte, Vögel zwitscherten. Nick nahm sie an der Hand und führte sie ein Stückchen weiter nach rechts direkt an den See, wo sich ein kleiner Strand auftat.

„Nick! Es ist traumhaft hier. Und der Strand?“

„Ich habe den Sand herschaffen lassen. Hier kann ich am besten entspannen.“

Sie war die erste Frau, die er hierher mitnahm. Der Ort war ihm heilig. Aber bei Tilla war er sich sicher, dass er für sie genauso besonders sein würde.

Sie lagen nebeneinander auf einer großen Decke. Ihre Fingerspitzen berührten sich. Der beinahe wolkenlose Himmel wurde nur gelegentlich von ein paar vorbeiziehenden schneeweißen Wattewölkchen durchzogen. Die Luft roch frisch und süß nach Frühsommer. Kindheitserinnerungen wurden in Tilla wach. Lange Sommer im Murecker Schwimmbad, aufgeriebene Zehen, die rote Punkte bekamen, nasse Haare, Eis und Gummischlangen.

Nick erinnerte Tilla an eine festverwurzelte Eiche, die jedem Wetter trotzte. Bei ihm fühlte sie sich sicher und wohl. Sie drehte ihren Kopf und im selben Moment wand er ihr sein Gesicht zu. Tilla stockte der Atem, ihr Herz pochte wie wild, ihr Bauch zog sich in wellenartigen Strömen zusammen.

Nick fühlte sich glücklich. Die Zeit mit Tilla am See übertünchte endlich ein anderes, schreckliches Seeerlebnis.

Tilla strahlte ihn an, mit seinem markanten Kinn und den Lachfältchen, die seinen wunderschönen Mund umspielten.

Nick richtete sich auf und stützte sich auf seinen rechten Arm. Mit seiner linken Hand fuhr er sachte Tillas Augenbrauen nach. Sie schloss ihre Augen und Nicks Daumen strich über ihre Nase. Als er ihre Lippen berührte, stöhnte sie auf und öffnete sie. Nick beugte sich über Tilla und fing an sie zu küssen. Zuerst ganz sanft, doch bald wilder, als er spürte, dass sie sich ihm entgegenreckte. Sein Verlangen wuchs und er musste sich zurückhalten, um sie nicht auf der Stelle zu nehmen. Tilla hielt ihre Augen geschlossen. Sie genoss jede Sekunde, jede einzelne Berührung und ließ es zu, dass er ihr Kleid aufknöpfte. Seine Zunge wanderte über ihren Hals zu ihren Brüsten. Tilla stöhnte wieder, als er ihre harten Knospen, einen mit der Zunge, einen mit den Fingern bearbeitete.

Nick keuchte, er war hart. Er wollte diese Frau so sehr.

Sie erregte ihn wie keine andere und er wollte sofort in sie eindringen. Doch noch immer hielt er sich zurück und ließ seine Zunge weiter wandern. Heute wollte er sich noch mehr Zeit lassen als gestern. Vorsichtig streifte er Tillas Höschen ab und begann, sie mit Zunge und Finger zu stimulieren. Tilla hielt es fast nicht mehr aus, sie wollte Nick auf der Stelle in sich spüren. Sie öffnete ihre Augen, richtete sich etwas auf und zog an seinem T-Shirt, bis sein herrlicher Oberkörper nackt war. Um seine Shorts kümmerte er sich selbst. Endlich drang er in Tilla ein, sie hatte das Gefühl, als würde sie mit ihm verschmelzen und gab sich vollkommen hin.

Als sie beide zugleich kamen schrie Tilla vor Wonne. Als Nick sie danach noch keuchend in den Armen hielt und zärtlich streichelte, hätte sie weinen können. Sie hatte sich mit jeder Faser ihres Herzens und Seins in Nikolaus Veit verliebt.

Nick wollte Tilla küssen, streicheln, sie ständig berühren und mit ihr schlafen. Er konnte nicht genug von Tilla bekommen. Am liebsten wäre er noch stundenlang so neben ihr in der Sonne gelegen, hätte sie bewundert und ihr gesagt, dass … Was hätte er ihr sagen sollen? Dass er sich irgendwann, vielleicht schon am ersten Abend, in sie verliebt hatte?

Um diesen mächtigen Gedanken abzuschütteln sprang er auf und lief nackt ins Wasser. Das kühle Nass beruhigte und ließ ihn übermütig werden. Ohne Vorwarnung spritzte er Tilla an, die daraufhin kreischend zu ihm in den See sprintete.

„Na warte, ich krieg dich!“

„Versuch's doch!" Lachend schwamm er los, doch er hatte nicht damit gerechnet, dass Tilla so gut kraulen konnte. Gleich hatte sie Nick eingeholt und wollte ihn untertauchen. Die kleine Rangelei machte beide heiß. Hastig liebten sie sich noch einmal im Wasser.

„Das war ein perfekter Nachmittag, Tilla." Nick grinste sie an und Tilla wurde rot bis über beide Ohren. Etwas verlegen nickte sie zustimmend.

Ich hoffe, wir können ihn bald wiederholen. Aber das sprach sie nicht aus.

34

Mimi räkelte sich in Louis' Armen. Nach all den Jahren war sie seinem Geruch und jungenhaften Charme noch immer erlegen. Sie konnte sich ein Leben ohne ihren Geliebten nicht vorstellen und wünschte sich dasselbe für ihre Nichte.

„Meinst du nicht, dass unsere Tilla und Nikolaus Veit ein wunderschönes Paar abgeben würden?"

„Maria Emilia Herzog, lass es gut sein. Wenn es so sein soll, dann wird es von ganz alleine passieren."

„Ich will nur nicht, dass die beiden es zu spät erkennen."

„Was soll das heißen – zu spät?"

„Das ist nur so ein Gefühl, Louis. Ich spüre, dass sie füreinander geschaffen sind und ich denke, dass sie im Moment alles tun, um sich voneinander zu entfernen."

„Wenn ich mich nicht täusche, hatte Tilla gestern eine Verabredung mit besagtem Herrn und gerade jetzt eben wieder."

„Ja, das weiß ich. Das machen die jungen Leute heute so. Das kann aber nichts Verbindliches hervorbringen."

„Maria Emilia, warum denn nicht? Lass es sich doch entwickeln und mische dich nicht ein."

„Louis, die zwei mögen sich sehr. Ich weiß, dass sie zusammengehören. Warum, kann ich dir nicht sagen. Aber ich spüre es. Sonst spürst doch du immer alles. Sag mir, dass es nicht so ist." Aufmüpfig sah sie Louis an, der sich ein Lachen verkneifen musste. Maria Emilia erinnerte ihn an das junge Mädchen von damals. Ihre Augen blitzten vor Übermut und Entschlossenheit. Nichts würde sie von ihrem Vorhaben abhalten können.

„Meine Liebe, ich weiß, dass sie sehr gut zueinander passen …

„Aber du hast wie immer Bedenken, weil du damals bei uns den Tropfen vertauscht hast.“ Mimi seufzte. Sie hatte längst damit abgeschlossen. Louis allerdings haderte noch immer ein wenig mit seinem Schicksal.

„Das ist es nicht. Außerdem habe nicht ich das Öl vertauscht. Es war Mama Herzog, die es machte, während sie mir befahl, in die Küche zu gehen.“

„Sie hat es gut gemeint, die Arme“, sagte Mimi und bettete ihren Kopf wieder auf den Polster. Wenn sie sich zu lange am Arm abstützte, tat ihr dieser weh. Ihr Alter machte sich in kleinen Dingen bemerkbar.

„Ja. Und fast hätte sie mich damit umgebracht“, ergänzte Louis, der sehr lange gebraucht hatte, um seiner Ziehmutter zu verzeihen.

„Aber sonst hat es doch immer funktioniert!“ Mimi stampfte mit dem linken Fuß auf, was ihr sofort einen stechenden Schmerz bereitete und sie noch wütender machte. Dann war sie für Louis furchteinflößend und unendlich attraktiv zugleich. „Und wir hätten sonst die Mühle nicht. Es war also unser Schicksal. Nur auf diesem Wege konnten wir die Mühle weiterführen und zusammen sein.“ Sie sah ihn an. „Das musste mal gesagt werden.“

Louis blickte sie lange an. In seinen Augen las sie die tiefe Zuneigung, die über all die Jahre nie weniger geworden war. Sie selbst empfand dasselbe für ihn.

„Louis, ich habe es schon getan.“ Sie schlug ihre Augen nieder und wartete auf seine Reaktion.

„Was hast du getan?“

Mimi sah ihn wieder an. „Ich habe eines von den alten Fläschchen geöffnet, das Öl in eine Probierschale gegossen und auf den Küchentisch gestellt. Eigentlich wollte ich nur probieren, ob das Öl noch taugt. Zu diesem Zeitpunkt hatte ich noch nichts Konkretes im Sinn gehabt. Ich konnte doch nicht wissen, dass sich die beiden just in diesem Moment in unserer Küche begegnen würden.“

„Dann war es tatsächlich Schicksal“, bestätige Louis und Mimi nickte zufrieden.

„Siehst du.“

„Wenn es so sein soll, dann wird es so sein.“ Diesmal behielt Louis das letzte Wort.

35

Die sanierte Mühle übertraf Tillas Vorstellungen. Das alte Gebäude war in nur zwei Monaten von Grund auf erneuert worden. Alle Maschinen entsprachen nun dem neuesten Stand. Der ursprüngliche, in den 1970er Jahren moderne Linoleumboden war komplett entfernt worden. Stattdessen war einfach Betonfarbe auf den Boden aufgetragen worden. Das gab der Mühle einen stilvollen Schliff und praktisch war er außerdem. Die Wände waren weiß gestrichen und der alte Mahlstein, der gerettet werden konnte, war mittig platziert worden. Opa Herzogs Flaschenwaschanlage konnte zum Glück repariert werden und stand wie immer am gewohnten Platz in der hinteren rechten Ecke. Die Edelstahltanks befanden sich im Nebenraum, der auch als Lager diente. Anstatt der Ölheizung hatten sie sich auf eine umweltfreundliche Hackschnitzelheizung geeinigt. Der Verkaufsladen war Tillas Herzstück und ihr ganz persönliches Baby. Terrakottafliesen und eine urige Holztheke, die den Raum sehr freundlich und mediterran wirken ließen, Regale, die darauf warteten, mit köstlichen heimischen Kürbisprodukten gefüllt zu werden. Es gab eine Kinderecke, einen großen Bildschirm für Vorträge und eine Holzbox, wo Besucher Lob, Kritik oder Ideen einwerfen konnten.

Tilla blickte zufrieden um sich. So gesehen hatte das Feuer etwas Gutes gehabt. Die Maschinen waren neu, bereit zur Inbetriebnahme, die Räume geputzt und die Flaschen vorbereitet. Die Säcke mit den Kernen hatten sie schon vom Dachboden holen lassen. Zum Glück waren sie nicht in er Mühle gelagert gewesen. Es konnte losgehen. Tilla wollte endlich die nigelnagelneue Presse ausprobieren. Mimi und Louis waren gemeinsam zu einem Arzttermin unterwegs, Atti war in der Schule, ihre Freundinnen arbeiteten. Natürlich konnte sie sich an Louis' Erklärungen erinnern, dennoch war es etwas anderes, es alleine tun zu müssen. Natürlich könnte sie auf ihn und ihre Tante warten, aber sie wollte es sofort versuchen. Sie war in Überlegungen versunken, als sich plötzlich die Türe öffnete.

„Hallo Tilla!" Nick steckte seinen Kopf herein. „Die Tür zum Wohnhaus war offen und weil niemand auf mein Rufen reagiert hat, dachte ich, dass ich mal in die Mühle schaue", erklärte er. „Sieht toll aus", bemerkte er anerkennend.

„Hi! Ja, ich bin mit dem Ergebnis wirklich zufrieden."

„Was machst du?"

„Ich möchte mit dem Pressen anfangen."

„Darf ich dir helfen?"

Tillas war überrascht und erfreut zugleich. „Klar, warum nicht. Kennst du dich mit diesen Maschinen aus?"

„Maschinen sind mein Spezialgebiet." Nick grinste von einem Ohr zum anderen.

Als sie ihn anschaute, fragte sie sich, wie es möglich war, sich so zu Hause zu fühlen - sie war glücklich.

Gemeinsam holten sie einen Sack mit den Kernen und schleppten ihn zum Mahlstein.

„Die gereinigten, getrockneten Kürbiskerne werden in der Naturstein-Mühle schonend gemahlen", wiederholte Tilla Louis und sie kippten den Sack. „Dann werden sie mit

Quellwasser von unserem hauseigenen Brunnen und Salz vermischt, geknetet und anschließend geröstet.“ Tilla schien sich an alles zu erinnern. „Gesalzen habe ich schon als Kind“, fügte sie stolz hinzu.

„Wie lange dauert das?“, wollte Nick wissen.

„Mimi hat mir gesagt, dass dieser Vorgang ungefähr eine Dreiviertelstunde dauert und extrem wichtig ist.“

„Warum?“

„Logischerweise, weil dabei über Geschmack und Farbe des Öls entschieden wird“, gab sich Tilla expertinnenhaft.

Nick beobachtete sie interessiert. Sie schien in ihrem Metier angekommen zu sein. Er konnte ihre frisch aufkeimende Leidenschaft für das schwarze Gold erkennen.

„Auf wie viel Grad müssen wir einstellen?“

„Moment, das habe ich irgendwo notiert.“ Tilla blätterte in ihrem Block. „Ja, da steht es. 70 bis 100 Grad Celsius.“

„Das ist eine schöne Spanne“, bemerkte Nick.

„Da hast du Recht. Heute können wir einmal 80 Grad einstellen. Was meinst du?“

„Ok. Du bist der Boss.“

Tilla nickte. „Das Kürbiskernöl wird dabei schonend freigesetzt.“

„Sofern wir nichts anbrennen lassen“, lachte Nick und erntete einen gespielt genervten Blick von Tilla. „Weiter?“

„Nach dem Röstvorgang wird gepresst. Dazu kommt abwechselnd eine Schaufel Kürbiskerne und eine Edelstahl-Platte in die Presse. Daran kann ich mich auch erinnern. Das hat mir Louis einmal gezeigt.“ Tilla schüttelte

verwundert ihren Kopf über die unerwarteten Flashbacks und fuhr erfreut fort: „Wir schalten ein und warten, bis das frische Öl aus der Presse fließt. Et voilà."
„Wie viel fasst diese Presse?", erkundigte sich Nick und streichelte mit seinen schlanken, schönen Fingern über das Teil.

„Hier steht, dass es in etwa 35 Kilo sind, und das entspricht 12 bis 13 Liter Öl."

„Also zwei bis drei Kilo Kerne je Liter Kürbiskernöl", fasste Nick zusammen.

Sie wirkten wie ein eingespieltes Team, jeder Handgriff saß. Nach eineinhalb Stunden, die wie im Flug vergangen waren, rann ihr erstes grün-schwarz schimmerndes Öl aus der Presse.

„Ich hol uns ein Brot", rief Tilla begeistert und flitzte in die Küche.
Nick war genauso aufgeregt und konnte es nicht erwarten, sein erstes selbst gepresstes Kürbiskernöl zu verkosten.

Als Tilla mit einem von Mimi selbst gebackenen Weißbrot erschien, die Locken aufgelöst und wirr vom Kopf abstehend, hätte er sie am liebsten hochgehoben und durch die Mühle gewirbelt. Sie drückte ihm ein heruntergerissenes Stück in die Hand und hielt ihres direkt unter den Ölstrahl.

Als es dunkelgrün getränkt war, stopfte sie es gierig in den Mund und schloss genüsslich die Augen. Nick fand sie erotischer denn je und beugte sich über ihre Lippen, von denen er lustvoll das frische Öl leckte. Tillas Augen öffneten sich überrascht, bevor sie sie wieder schloss, um den Kuss zu genießen, der je vom Hupen eines Autos unterbrochen wurde.

„Stören wir euch?“ Eduard zog wenig später Ilsa an der Hand die Mühle und grinste über das ganze Gesicht. Ilsa war in ihrem blassrosa Frühlingskleid wunderhübsch anzusehen. Eduard strahlte sie an, wie man es bei ihm noch nie gesehen hatte.

„Was macht ihr denn?“, fragte Ilsa. „Ist es das, was ich vermute?“

„So ist es“, bestätigte Tilla. „Hier, ihr könnt unser erstes Öl kosten.“

„Ich finde, es ist uns sehr gut gelungen“, behauptete Nick selbstsicher.

Eduard schnappte sich ein Stück Brot und hielt es in die Schale unter dem Stahlrohr, aus dem noch einige dunkelgrüne Tropfen fielen. Bedächtig roch er daran und biss schließlich ein Stück ab.

„Es ist euch gelungen“, bestätige er. „Magst du auch kosten?“ Er hielt Ilsa ein Stück Brot hin.

„Auf jeden Fall.“ Sie tat es Eduard nach, schnupperte am in Öl getränkten Brotstück und biss genüsslich hinein. „Frisch gepresstes Kernöl ist eines der besten Dinge im Leben. Es ist köstlich.“

Als Mimi und Louis die Mühle betraten, blieben Mimi sprachlos stehen. „Ihr habt Öl gepresst?“, krächzte sie. Jetzt war der Moment der Wahrheit gekommen. Sie sog die Luft ein. Vor Aufregung konnte sie fast nicht atmen.

Louis nahm ihre Hand. „Wir wollen es auch kosten. Nicht wahr, meine Liebe?“

Mimi nickte und ließ sich ein Stückchen Brot reichen. Louis schnappte sich das Schälchen, roch daran und tunkte seinen verknöcherten Finger direkt in die fette Flüssigkeit, die er mit geschlossenen Augen abschleckte. Das Öl war gut, der Geschmack vollmundig, die Konsistenz richtig und als Salatöl durchaus verwendbar. Aber wo war die Magie? Mimi und Louis hatten Mühe ihre Enttäuschung zu verbergen. Was war schief gelaufen?

„Komm, lass es uns auch versuchen", ermunterte nun Eduard seine Frau, die zustimmend nickte.

Die vier anderen machten sich auf den Weg in die Küche, um sich Kaffee zu kochen. „Wir bringen euch dann einen vorbei und noch etwas Brot, damit wir euer Öl verkosten können", sagte Tilla, als sie sich noch einmal zu ihrem Bruder umdrehte. Lächelnd ließ sie die beiden allein, die schon in den Arbeitsprozess vertieft waren.

Mimi setzte sich ins Wohnzimmer und bat Tilla, ihr doch lieber einen Tee zu machen. Sie wollte einen großzügigen Schuss hineinkippen. Louis schenkte sich ein Glas Whiskey ein und nippte gedankenverloren daran.

„Wie kann das sein?", flüsterte Mimi.

„Ich weiß es nicht", murmelte Louis. „Ich war mir sicher, dass unsere Tilla es mit der Liebe ihres Lebens schaffen würde." Er machte ein Gesicht wie drei Tage Regenwetter und wirkte, als hätte er jede Hoffnung verloren.

So erkannte Mimi ihren Liebsten nicht wider. „Grundgütiger!", rief sie, als würden seine Gedanken sie umbringen und legte die rechte Hand auf ihr Herz. „Schluss damit. Wirf doch bitte einen Blick auf die positive Seite. Tilla ist nach Hause gekommen, und sie hat einen Mann, der mit ihr Öl und was weiß ich noch alles machen will." Sie richtete sich kerzengerade auf. „Du bist doch sonst nie pessimistisch. Alles wird gut." Ungeduldig tätschelte sie ihm die Hand.

„Du hast ja Recht, meine Liebe. Es ist nur ..."

„Was ist denn mit euch beiden los?" Tilla stürmte noch immer euphorisch ins Wohnzimmer beladen mit einem Tablett, auf dem Tee und Kaffee, Zucker und Milch standen. Nick trug die Kekse und schien sich inmitten der familiären Situation ganz wohl zu fühlen.

„Sagt ganz ehrlich, ist unser Öl doch nicht so gut gelungen? Ich meine, es war der erste Versuch."

„Nein, nein, meine Liebe, es ist euch sehr gut gelungen", versicherte Mimi rasch und bedachte auch Nick mit einem anerkennenden Blick. „Wir sind beide nur etwas müde von diesem Arzttermin. Lass uns etwas ausruhen, dann sehen wir, was Eduard und Ilsa fabrizieren."

Eduard nahm eine Handschaufel aus Aluminium, tauchte sie in einen geöffneten Sack und holte Kürbiskerne hervor, die er in einen Eimer, der auf der Waage stand leerte. „Für ein Liter Öl brauchen wir ungefähr zweieinhalb Kilo Kürbisse", erklärte er Ilsa.

„Lass uns einmal die Hälfte probieren", schlug sie vor.

„In Ordnung." Er leerte die Übermenge wieder zurück in den Sack. „Nimm den Eimer und schütte die Kerne in das Mahlwerk", wies er Ilsa an, die seinen Auftrag ausführte. „Ich schalte die Maschine ein. Jetzt werden sie gleichmäßig und schonend zerkleinert, damit sie dann für den Röst- und Pressvorgang die perfekte Konsistenz aufweisen."

„Wann ist es soweit?", wollte Ilsa nach einer Weile wissen.

Eduard prüfte die gemahlenen Kerne. „Genau richtig. Jetzt kommt die Masse in die Knetmaschine. Ein wenig von unserem klaren Brunnenwasser und eine Prise Salz füge ich nun bei.“
„Was genau passiert bei diesem Schritt?“
„Die wertvollen Inhaltsstoffe werden von den übrigen Bestandteilen getrennt.“
„Du kennst dich wirklich gut aus“, bemerkte Ilsa anerkennend.
Eduard freute sich sichtlich über das Lob und bedankte sich mit einem Lächeln. Er war in seinem Element. „Nun kommt die Knetmasse in die Röstpfanne, die langsam erhitzt wird, um das hinzugefügte Wasser wieder verdampfen zu lassen. Hier liegt das Geheimnis des einzigartigen Geruchs und Geschmacks von unserem steirischen Kürbiskernöl“, sagte er mit unüberhörbarem Stolz in seiner Stimme. „Dieser Vorgang benötigt etwas Zeit.“ Zärtlich nahm er sie in die Arme und spürte ihren warmen Körper. Ganz langsam beugte er sein Gesicht zu ihrem und küsste sie. Wie lange sie so standen, hätten sie später selbst nicht sagen können.

„Und jetzt pressen wir.“ Eduard war aufgeregt. Seit Jahren hatte er kein eigenes Öl produziert, nicht einmal zu Versuchszwecken. Dennoch waren alle Abläufe in sein Gedächtnis gebrannt, seine Hände arbeiteten selbständig.

„Zu Vaters Zeiten wurde das Öl noch mit der Hand ausgeschlagen. Mama und Louis haben ihn in den letzten Jahren überredet, auf Seiherpressen umzustellen. Heute können wir es schonend und ohne Hitzeeinwirkung pressen. Das gewonnene Kürbiskernöl wird ausschließlich durch das Absetzenlassen gereinigt. Es enthält keine weiteren Zutaten."

„Wird das irgendwo geregelt?", fragte Ilsa interessiert.

„Ja, im Österreichischen Lebensmittelbuch. Es ist eines der strengsten weltweit. – So, jetzt lass uns kosten."

Eduard nahm ein Keramikschälchen und hielt es unter das Rohr, aus dem die duftende dunkelgrüne Flüssigkeit rann.

„Haben wir noch Brot?"

„Ein Stück. Wir können es gerne teilen … oder einfach …" Eduard tunkte das eine Ende des Brotstücks in das Öl, ließ es vollsaugen und hielt es Ilsa rasch an den Mund, die schnell abbiss. Ein bisschen Öl war auf ihren Lippen hängengeblieben, die sie sich nun leckte. Eduard konnte nicht widerstehen, er riss seine Frau an sich und küsste sie. Vor Erregung keuchten die beiden und nahmen nichts als sich selbst wahr.

Mimi und Louis traten in diesem Moment ein und sahen sich an. Da war sie. Sie war da! Magie knisterte durch die Luft. Die Magie! Eduard hatte sie von Louis geerbt.

Wenig später saßen Mimi, Louis, Eduard, Ilsa, Tilla und Nick in der gemütlichen Küche vor zwei Schalen frisch gepresstem Kürbiskernöl. Daneben lag ein Holzbrett, auf dem Mimis selbst gebackenes Brot und ein Messer lagen.

„Hiermit eröffne ich unsere erste gemeinsame Verkostung", teilte Mimi stolz mit und schnitt entschlossen einige Scheiben ab, die sie herumreichte. Mit komplizenhaftem Blick bedachte sie Louis, der zustimmend nickte. In Ordnung, schien es zu bedeuten. „Zuerst verkosten wir Tillas Öl, sie hat als erste gepresst."

Mit einem kleinen Keramiklöffel, der dazu diente, den Geschmack nicht zu verfälschen, träufelte jeder ein paar Tropfen von Tillas Öl auf das Brotstück, führte es an die Nase und biss schließlich ab. Das war das Prozedere. Einstimmiges Nicken erfolgte, Bewertungen wie „nussig", das kam von Nick, „cremig", meinte Tilla, „köstlich" befand Ilsa und dass es ein wirklich gelungene erste Pressung war sagten Eduard, Mimi und Louis. Tilla und Nick klatschten einander ab.

„Wir sind ein gutes Team", rutschte Nick heraus und Tilla strahlte ihn an. Sie dachte, dass es sich anfühlte, als wäre sie in einer Beziehung, und dieser Gedanke erschreckte sie nicht.

„Jetzt Eduards." Mimi übernahm wieder das Kommando, machte eine kleine Pause und fügte mit ernster Mine hinzu: „Wenn wir das zweite Öl verkosten möchte ich, dass sich alle Paare an den Händen halten." Ihre Stimme und ihr Satz wirkten wie aus einer anderen Welt. Es war mucksmäuschenstill und niemand stellte in Frage, was Mimi verlangte. Das Prozedere begann. Als die drei Paare in die ölgetränkten Brotstücke bissen und sich an den Händen fassten, schienen ihre Geschmacksnerven und alle Zellen ihrer Körper zu explodieren.

„Himmelherrgott!", entfuhr es Louis. „Das war notwendig." Mimi nickte selig und löste ihre Hand aus seiner. Eduard konnte den Blick nicht von Ilsa lassen, es war zu spüren, dass sie jetzt lieber alleine wären. Tilla war sich plötzlich bewusst, dass sie den Rest ihres Lebens mit Nick verbringen wollte.

„Dein Öl ist himmlisch“, sagte Tilla neidlos. Nick drückte noch einmal ihre Hand unter dem Tisch bevor er sie losließ und bestätigte: „Das ist es tatsächlich.“

„Kinder, ihr seid großartig!“ Mimi klatschte begeistert in ihre Hände. „Darauf stoßen wir an. Irgendwo habe ich noch eine Flasche Schampus eingekühlt.“

Als der Sekt entkorkt war und die Gläser gefüllt waren, stellten sie sich im Kreis um den Küchentisch. „Auf die Mühle!“

Arthur betrat mit Hanna im Schlepptau die Küche. Als er die anderen so beieinander stehen sah, als hielten sei eine Séance, nicht dass er gewusst hätte, was das war, ergriff er spontan Hannas Hand. Gleichzeitig stammelten sie „was geht denn hier ab?“, während sie ein kribbelnder Schauer durchzuckte.

36

Am nächsten Morgen wachte Louis früh auf. Mimi und er hatten Eduard gestern gebeten, heute Vormittag alleine bei ihnen vorbeizukommen. Heute würde er seinem Sohn endlich die Wahrheit sagen. Er war aufgeregt und seine sonstige innere Ruhe glich einem gespannten Bogen. Wie würde er es aufnehmen, dass sie ihn jahrelang in falschem Glauben gelassen hatten?

Eduard lief voller Elan die Stufen zur Terrasse hoch und betrat gut gelaunt das Wohnzimmer durch die Sprossenfenster-Flügeltür. Diese Nacht mit Ilsa war berauschend gewesen. Nie zuvor hatte er sich so lebendig und geliebt gefühlt. In seinem Herzen herrschte Ruhe, nur sein Gewissen haderte noch mit der Vergangenheit. Was hatte er ihr nur angetan? Er würde es sich zur Lebensaufgabe machen, sie glücklich zu wissen.

„Hallo Mutter, hallo Louis! Ihr wolltet mich sprechen“, kam er gleich zur Sache.

„Ja, mein Lieber. Aber setz dich doch. Magst du einen Kaffee?“

„Gerne.“

Eduard schnappte sich einen Stuhl und ließ sich lässig darauf nieder während Mimi zur Kaffeekanne griff und ihm einschenkte. Louis saß wie immer auf seinem Couchsessel in der Nähe des Kamins. Seine Zeitung legte er nun aus den Händen und richtete sich etwas auf. Er räusperte sich. Wie sollte er nur beginnen?

„Was ist denn mit euch beiden?“, fragte Eduard unverblümt. „Louis, du wirkst so ernst und Mutter, du machst mich ganz nervös, wenn du hier auf und abläufst.“

„Entschuldigung, es ist nur …“ Unruhig zog sie einen Sessel zu Louis, setzte sich neben ihn und nahm seine Hand.

Eduard blickte leicht irritiert drein und nahm einen Schluck Kaffee. Irgendetwas stimmte hier nicht.

„Wir wollten dir sagen …“, begann Mimi. Louis stoppte sie sanft, indem er ihr seine Hand entzog, sich erhob und vor Eduard stellte.

„Deine Mutter und ich lieben uns, seit wir uns kennen. Wir sind deine Eltern. Du bist mein Sohn.“

Wie in einer Reise in die Vergangenheit rauschten die Bilder von Erinnerungen plötzlich durch Eduards Gehirn. Louis, der ihn auf den Schultern trug, Louis, der ihm das Schwimmen beibrachte, Louis, der ihm die Krawatte für den Abschlussball band, Louis, der ihn tröstete, als er damals heiraten musste. Es war immer Louis, der für ihn da war. Er blickte seinen Vater an. Lange verharrten sie in dieser Situation.

„Tief in mir wusste ich es“, flüsterte Eduard. „Etwas in mir wusste es die ganze Zeit.“

„Wir … ich wollte es dir sagen. Immer und immer wieder. Oft war ich knapp davor, das Geheimnis zu lüften. Besonders, wenn es mit Hans schwierig war. Es über all die Jahre für mich zu behalten war nicht einfach. Bitte glaub und vergib mir“, sagte Louis mit trockener Stimme.

Eduard schluckte den gefühlten Knoten im Hals hinunter, atmete tief durch und fing an zu sprechen: „Ich bin dir nicht böse. Ich bin euch nicht böse. Ich verstehe nur nicht warum ihr das getan habt. Wenn ihr euch so sehr liebt, warum habt dann nicht ihr geheiratet? Oder spätestens, ab dem Moment, wo du meinen Vater, ich meine Hans, betrogen hast, Mutter … warum hast du dich nicht scheiden lassen? Eduard schüttelte ungläubig den Kopf. „Das ist doch irre."

„Es ist alles nicht ganz so, wie es scheinen mag", sagte Louis mit ruhiger Stimme. „Wir werden dir all deine Fragen beantworten."

„Mein liebster Sohn", mischte sich nun Mimi ein, „wir haben immer wieder überlegt, es dir zu sagen. Aber nach deiner Hochzeit mit Ilsa hast du dich so sehr verändert und dich von uns entfernt, dass es schier unmöglich schien." Sie beschloss, ihm unverblümt ihre Sicht der Dinge darzulegen. „Wir haben den Hass gespürt, den du deiner Frau gegenüber entwickelt hast. Aber wir wollten uns nicht in dein Leben einmischen, da du uns unmissverständlich klar gemacht hast, dass du das nicht möchtest. – Es war, als würdest du auch mich hassen." Tränen kullerten über Maria Emilias Wangen.

„Mutter … ich …" Bewegt wandte Eduard sich ab, um seine Fassung wieder zu erlangen. Er meinte, den Hass zu spüren und wie er ihn körperlich und seelisch fast zerfressen hätte. Eduard sprang hoch und mit den Händen in den Hosentaschen wanderte er durch das Wohnzimmer. Im Gehen fiel ihm das Reden leichter und er ergriff die Gelegenheit, sich all die Last, die er sich durch sein schuldhaftes Verhalten der letzten Jahre aufgebürdet hatte, von der Seele zu reden. „Ich habe Ilsa gehasst, weil ich glaubte, dass sie mich zu dieser Ehe gezwungen hat. Dabei war es

Hans und dafür habe ich ihn auch gehasst, aber Ilsa bekam all meinen Zorn zu spüren. Ich habe sie jahrelang gedemütigt und gezielt vernachlässigt. Ich schäme mich unendlich und glaube, dass es ein Wunder ist, dass sie mir verzeihen kann. Ein noch größeres Wunder ist es, dass sie mich zu lieben scheint. Ich liebe sie aus vollstem Herzen, das habe ich nun erkannt. Mein Herz hat sich geöffnet. Mein Leben hat sich seit Tillas Rückkehr komplett geändert. Sie hat mich gerettet." Eduard ging vor Mimi in die Knie. „Mutter, entschuldige, dass ich auch dir gegenüber so kaltherzig war. Bitte verzeih mir. Ich war nicht ich."

Mimi streichelte ihrem Sohn über das dichte Haar, das einige graue Strähnen bekam und drückte ihn an sich. „Ich verzeihe dir und hoffe, dass du es umgekehrt auch kannst."

„Ich bin froh, dass wir uns ausgesprochen haben." Eduard erhob sich und ging zu Louis, der noch immer am selben Platz wie vorhin stand. Er war etwas kleiner. Louis spürte, wie ihm die Tränen in die Augen traten und streckte seinen Rücken durch als Eduard ihn umarmte. Verlegen klopfte er Eduards Schulter. „Mein Sohn", krächzte er.

„Louis. Vater."

Sie lösten sich voneinander und nahmen Platz.

„Jetzt erklärt mir bitte alles", bat Eduard und Mimi und Louis begannen zu erzählen, wie Mutter Herzog Louis' Begabung erkannt und dann den Tropfen vertauscht hatte.

„Mit der Zeit haben wir jedoch bemerkt, dass der Tropfen verbindet, was verbunden werden muss oder was zusammengehört", erklärte Louis.

„Bei uns war es die Mühle. Wenn wir beide geheiratet hätten, hätten wir die Mühle aufgeben müssen, denn wir wären weggezogen. Hans war ja der Erbe und er hätte ohne mich keine Kinder gezeugt, die sie weiterführen hätten können."

„Woher willst du das wissen?", fragte Eduard erstaunt.

„Ich bin mir sicher, dass Louis die Liebe deines Vaters war."

Eduard benötigte einen Moment, um die Bedeutung dieses Satzes zu erfassen. „Du meinst, ihr meint …?"

„Hans war mein bester Freund. Wir hatten eine Vereinbarung", erklärte Louis.

„Du meinst, er hat es gewusst?"

„Ich denke schon." Louis fuhr nach einer kleinen Pause nachdenklich weiter. „Wir haben nie wirklich miteinander geredet. Also, Klartext, wie die jungen Leute heute sagen. Viel ist einfach zwischen den Zeilen geblieben."

„Hans und ich haben uns respektiert und gemocht. Er dachte, dass er dein Vater wäre. Dass mit Louis und mir hat er erst spät bemerkt. So wie ich erst spät bemerkt habe, dass er an Frauen nicht interessiert ist. Er war unendlich korrekt und auf seinen Ruf bedacht. Auf den guten Ruf der Familie."

„Und die Mühle war sein Leben", warf Louis ein.

„So wie unseres", ergänzte Mimi und ergriff Louis' Hand. „Es hat mir fast das Herz zerrissen, als ich dachte, du würdest sie gerne verkaufen", gestand sie.

Eduard blickte die beiden beschämt an. „Ich war wirklich nicht ich. Sogar Tilla und Arthur wollte ich vergraulen und alles verkaufen, damit ich woanders neu anfangen kann. Ich wollte vor mir selbst davon laufen und habe nicht einmal daran gedacht, wie euch zumute sein könnte oder was aus euch werden sollte. Es tut mir so leid."

„Eduard, du hast dich entschuldigt. Du hast dein Leben geändert. Darauf allein kommt es an. Und wir waren nicht ehrlich zu dir. Wir werden es nie wieder so weit kommen lassen."

„Zum Glück ist Tilla aufgetaucht. Meine energische kleine Schwester. Sie hat uns alle gerettet", schmunzelte Eduard kopfschüttelnd.

37

Sie saßen in Bines gemütlichem Gastgarten, den sie mit Nicks Hilfe selbst aus alten Holzpaletten gestaltet hatte. Viele Einheimische, aber auch erste Touristen schlürften Caffelatte, schleckten ein Eis oder gönnten sich einen erfrischenden gekühlten Tee, umgeben von Olivenbäumchen und Oleander in riesigen Terrakottavasen. Tilla und Nick hatten es sich auf einer Eckbank gemütlich gemacht, Lavendelduft wehte ihnen in die Nasen und wenn Tilla ihre Augen schloss, fühlte sie sich, als wäre sie im Urlaub auf einer italienischen Piazza. Gesprächsfetzen, Motorenlärm, Kindergeschrei und das Klimpern von Besteck. Niemand wusste von ihrer Affäre und wenn sich gelegentlich ihre Füße unter dem Holztischchen berührten, fühlte sich Tilla so wunderbar wie ewig nicht mehr.

Nick musste sich eingestehen, dass er sich in Tilla verliebt hatte. Er wusste nicht wie und wann genau es passiert war – aber er fühlte sich wundervoll in ihrer Nähe. Dass ihm das noch einmal widerfahren würde, hätte er niemals erträumt. Er war sich noch immer nicht sicher, ob Tilla das Gleiche für ihn empfand. Sie war oft distanziert und wirkte unnahbar auf ihn. Sie schien wirklich nichts, außer angenehmen Momenten, mit ihm erleben zu wollen. Nie stellte Tilla Bedingungen oder wollte wissen, was er tat, dachte, mit wem er sich traf oder wie er sich die Zukunft vorstellte. Sie lebte den Moment und er bewunderte sie dafür. Er lächelte sie an, nahm ihr bezauberndes Gesicht in beide Hände, zog sie etwas näher zu sich und wollte ihr sagen, wie sehr er sie mochte, als eine sich nähernde schillernde Gestalt seine Aufmerksamkeit erregte.

Und nicht nur seine, denn alle Gäste schienen der hoch gewachsenen, schlanken blonden Frau mit dem kurzen rosaroten Sommerkleid entgegenzublicken. Nick erstarrte, als er sie unmittelbar erkannte. Auf pinken Bleistiftabsätzen balancierte Rika die schmale Gehsteigzeile entlang. Ihre sonnengebräunten, nackten Beine wirkten unglaublich lang. Sie tänzelte zum Gastgarten, hielt eine Hand vor ihre Augen, um die Sonne abzuwenden und ließ ihre türkisgrünen Augen über die Gäste wandern. Nick erinnerte sich auf der Stelle, dass sie keine Sonnenbrillen mochte. Zitat: „Ich will das gleißende Licht nicht verfälscht genießen.“ Dabei wusste sie nur allzu gut, dass ihre blitzenden Katzenaugen bei Sonnenlicht noch anziehender wirkten. Damals hatte er ihr fasziniert zugehört, war an ihren Lippen gehangen und sich selbst etwas altbacken vorgekommen.

Rika war nicht nur schön, sie war schlau und außergewöhnlich. Sie war für ihn der besonderste Mensch im gesamten Universum. Wie blauäugig, durchfuhr es Nick und er empfand einen Hauch von Reue für sein blindes Vertrauen und unschuldig ehrlich gemeintes Wohlwollen. Als sie Nick endlich entdeckte, fing sie an zu strahlen. Perlweiße Zähne entblößte das wunderschöne Geschöpf, das alle in seinen Bann gezogen hatte. Die Hitze schien alle Geräusche versengt zu haben. Nicks Finger waren eiskalt geworden und umklammerten weiterhin Tillas Gesicht.

„Nick, du tust mir weh. Nick!“

„Wie bitte? Entschuldigung“, stotterte er und ließ sie los.

„Nikolaus!“ Sie betonte seinen Namen mit einem Hauch von französischer Aussprache, was unter den Umständen sehr exotisch klang. Nick fiel ein, dass Rika seinen Vornamen immer zur Gänze aussprach, weil ihr der Gedanke an Santa Claus so gut gefiel. Damals hatte er das als charmant wie einzigartig empfunden. Sogar seine Mutter hatte ihn immer bei seinem Spitznamen genannt, außer sie war wirklich wütend auf ihn gewesen.

„Was für eine Freude. Nach all den Jahren ...“ Sie breitete theatralisch ihre Arme aus, eine Geste, die dazu einladen sollte, sie zu umarmen. Als sie bemerkte, dass Nick keine Anstalten machte, sich zu erheben, um sie gebührend zu begrüßen, ließ sie ihre schlanken, wohlgeformten Arme sofort so unauffällig wie möglich wieder sinken. Nick starrte sie noch immer an.

„Willst du mich nicht begrüßen und vorstellen?“, plapperte sie weiter in gebrochenem Deutsch, das überaus sexy klang.

Nick blickte von Rika zu Tilla und wieder zu Rika, um sich dann wieder Tilla zuzuwenden.

„Das ist Rika.“

Mehr gab es nicht zu sagen. Das ist Rika, die Rika, die ich über alles geliebt habe, für die ich bereit gewesen wäre, alles zu tun und die mich von einem Tag auf den anderen aus ihrem Leben getreten hat, wie das Kind – unser Kind – das in ihrem flachen Bauch keinen Platz bekommen sollte. Nick fröstelte und als Rika ungebeten neben ihm Platz nahm, stellten sich seine Haare auf.

Tilla fühlte sich genauso unwohl, wie es bei Nick den Anschein hatte. Diese wunderschöne Frau, die wie ein

Wesen aus einer anderen Welt erschien, erzeugte in ihr ein Minderwertigkeitsgefühl. Sofort empfand sie sich als plump und tollpatschig. Als sie aufstand, warf sie doch tatsächlich ihre Kaffeetasse um und die braune Flüssigkeit breitete sich auf dem Tischtuch und ihrem hellen Rock aus. Rika mimte ein mildes, beinahe verständnisvolles Lächeln, das sich Tillas Gefühl nach nicht mit der Sprache ihrer Augen deckte.

„Ihr habt euch bestimmt viel zu erzählen", stammelte sie und versuchte mit einer Serviette den Schaden zu begrenzen, um ihn weiter zu verschlimmern. Hilflos zuckte sie mit den Achseln. „Ich geh dann mal."

Sie war sich nicht sicher, ob sie Nick küssen sollte. Die Situation war zu grotesk. Nick saß einfach nur da und starrte vor sich hin. Sie wandte sich ab und trat auf den Gehsteig. Tilla fühlte sich gedemütigt und gekränkt. Sie fühlte sich fallen gelassen wie eine ordinäre heiße Ofenkartoffel, die durch ein argentinisches Rindfleisch ersetzt worden war. Hatte sie nicht vor ein paar Wochen noch zu Paulina am Telefon gesagt, dass sie nicht Nicks Typ Frau war, sondern eine schlanke Blondine. Barbie war nun erschienen.

Rika beachtete sie gar nicht mehr und hatte wie selbstverständlich ihre perfekt manikürte Hand auf Nicks muskulösen, linken Oberschenkel gelegt. Er wirkte noch immer wie in Trance, als Tilla sich umdrehte und auf den Weg machte. Nick konnte nichts tun oder sagen, um sie aufzuhalten.

Bine winkte ihr verwundert und mitfühlend zu. Langsam ging Tilla die Straße entlang, und dann fing sie plötzlich an zu rennen, bis sie außer Atem bei der Mühle angelangt war.

Wahrscheinlich war das ein Hitze-Alptraum und er würde jeden Moment aufwachen, um mit der Frau seiner Träume einen Eiskaffee zu trinken. Verdattert schlug er die Augen auf und bemühte sich, die Situation in den Griff zu kriegen.

Entschlossen trat Bine an Nicks Tisch, fixierte die blonde Venus mit kühlem Blick und fragte: „Was darf ich bringen?“ Endlich erwachte Nick aus seinem Schockzustand und drehte sich in alle Richtungen. „Wenn du Tilla vermisst, sie ist eben gegangen“, erklärte Bine bissig.

„Aber …“ Nick machte Anstalten sich zu erheben, doch Rika war schneller und drückte ihn vehement zurück in seinen Sessel.

„Ich nehme einen Prosecco“, zwitscherte Nicks neue Begleiterin, zog ihn zu sich und fügte hinzu: „Zur Feier des Tages, um auf unser Wiedersehen anzustoßen.“

„Also zweimal Prosecco?“

„Nein, danke Bine. Für mich nicht.“

„Ach, sei doch nicht so formal“, entschlüpfte es der Blondine.

„Dann bringe ich mal ein Glas“, fasste Bine zusammen und eilte in die Gaststube. Umgehend berief sie ein SOS-Mädels-Treffen ein. „Alle SOFORT zu mir!“, lautete die Nachricht in der Whatsapp-Gruppe namens „Göttinnen“.

„Wie lange haben wir uns nicht mehr gesehen?“

„Rika, was willst du?“ Nicks Ton war forsch. „Dass du nach all den Jahren hier auftauchst, ist doch kein Zufall.“

Eine Ader an seiner Schläfe pochte so heftig, dass sie zu zerspringen drohte.

Er nahm ihre Hand von seinem Bein. Rika war Nicks verliebter Blick nicht entgangen. War sie schon zu spät dran? Er hatte sein Herz also tatsächlich noch einmal geöffnet. Aber sie war die Liebe seines Lebens, sagte sie sich. Das musste sie ihm nur geschickt in Erinnerung rufen.

„Die Zeit, Nick, die Zeit vergeht, lässt einen reifen. Die vergangenen Jahre waren nicht schlecht. Versteh mich nicht falsch. Ich habe gut gelebt. Aber …“ Rika sah Nick mit verletzlichem Blick an und sprach leise weiter „… aber ich habe nie wieder so intensiv gefühlt wie mit dir. Unsere Liebe war etwas ganz Besonderes“, hauchte sie in Nicks Ohr.

Er spürte ihren Atem und sog ihren betörenden Geruch ein. Erinnerungen stiegen in ihm auf. Schweden im Sommer unter blauem Himmel auf der grünen Wiese. Unwillkürlich stöhnte er auf und Rika interpretierte es als perfektes Zeichen, um ihn zu küssen. In diesem Moment gesellte sich Bine zu ihnen.

„Es geht doch nichts über einen eisgekühlten Prosecco bei diesen heißen Temperaturen.“ Sie fächelte sich Luft zu, lächelte Rika an, deren Blick hasserfüllte Bände sprach. Bine hatte bereits vorhin verstanden, dass Rika nicht aus freundschaftlichen Gründen hier war.

Lilo war die erste, die im Gastgarten erschien, weil ihr Näh-Laden gleich gegenüber lag. Sie hatte nicht einmal abgeschlossen, sondern nur das Türschild auf „Ich komme gleich.“ gedreht.

Bines aufgesetztes Lächeln und ihr dezenter Fingerzeig zu Nick sagten ihr alles. Mit gestrafften Schultern und ihren ausladenden schwingenden Hüften näherte sie sich seinem Tisch.

„Hallo, Nick!“ Sie übersah seine Begleiterin und küsste ihn temperamentvoll auf beide Wangen. „Oh, du bist heute nicht mit Tilla hier. Hatte sie keine Zeit? Aber ich sehe, du bist nicht allein. Wie schön. Denn hier am Land sind wir nicht gerne allein. Wir sind sehr gesellig. Aber was plappere ich da. Davon bekomme ich richtig Durst. Ich liiiebe Prosecco. Ich kann gar nicht genug davon bekommen. Ich darf mich doch zu euch gesellen?“ Sie ließ ihre sinnliche Figur in den freien Korbsessel gleiten und redete weiter: „Magst du mich nicht vorstellen? - Aber das kann ich doch eigentlich auch gleich selbst erledigen. Ich bin Lieselotte, von allen Lilo genannt, eine alte Freundin von Nick, und besitze den Laden gegenüber.“

Rika hasste sie ab der ersten Sekunde. Wann holte dieses dumme, dicke Landei einmal Luft? Und wann verschwand sie endlich? Sie machte keine Anstalten ihren Namen zu nennen und hoffte, dass diese Lilo schleunigst in ihren Laden zurückkehrte.

„Bine, bringst du mir bitte auch einen Prosecco, oder nein, da hinten sehe ich Nina kommen. Bring uns doch gleich eine Flasche. Diese spontanen Treffen mag ich am liebsten. Wie war noch mal dein Name?“

„Das ist Rika“, antwortete Nick an ihrer Stelle. Er verstand nichts mehr.

Lilo winkte Nina auffällig zu sich, die ebenso in Kürze die Situation erfasst hatte. Lilo entfaltete ihre üppige Figur neben Nick, der verwirrt auf der Kante seines Sessels saß gegenüber einem Supermodel und Bine flitzte aufgeregt mit dem Proseccokübel durch die Gegend. Endlich wieder einmal ein Abenteuer, das hoffentlich nicht auf Tillas Schultern ausgetragen wurde. Das galt es zu verhindern. Eine für alle – alle für eine.

„Wie heiß es doch heute ist, und ihr relaxt bei Bine mit eisgekühltem Prosecco. Da bin ich doch glatt dabei!", flötete Nina und nahm rechts neben Nick Platz. Noch so ein dämliches Landei, dachte sich Rika und begann ihren Plan, nach Österreich zu reisen zu überdenken. Andererseits konnte sie es gerade jetzt nicht leisten kleinlich zu werden.

„Hallo, ich bin Rika", stellte sie sich diesmal selbst vor.

„Hi, ich bin Nina. Bist du hier zu Besuch? Hast du im Hotel gebucht?"

Rika schüttelte keck ihren hübschen Kopf. „Nein, ich denke, ich werde bei Nick wohnen. Wie in alten Zeiten." Ihr Lächeln war so warm wie ein Eisbier.

Nun meldete sich Nick zu Wort und sah seiner alten Liebe in die Augen. „Das ist leider unmöglich, denn ich habe keinen Platz."

„Ich brauche nicht viel", hauchte die blonde Verführung und fügte hinzu: „Wir brauchten nie viel." Endlich fand sie Nicks Blick und bannte ihn.

Als er schwach zu werden drohte, sprang Lilo ein. „Im hinteren Teil meines Ladens steht ein Bett, sollte im Hotel wider Erwarten nichts mehr frei sein."

„Danke, aber ich denke nicht, dass ich es benötigen

werde. Nicht wahr, Nick? – Lass uns doch gehen und allein ein bisschen in der Vergangenheit schwelgen.“ Rika entschied sich bewusst für ein direktes Vorgehen.

Die Mädels hielten die Luft an. Sie beobachteten, wie Nick sich langsam, als wäre er eben hypnotisiert worden, erhob und an Rikas schlankem Arm unterhakte. Mühsam konnte sie ihr selbstsicheres Grinsen unterdrücken. Sie hatte ihn wieder in ihren Bann gezogen.

„Schneller ging es nicht“, keuchte Conni um die Ecke. „Was habe ich verpasst?“

Bine zeigte stumm auf die andere Straßenseite, wo Nick mit seiner Ex-Freundin ging.

Es war, als schmorten in Nicks Gehirn die Drähte durch. Millionen von Gedanken rasten gleichzeitig durch die Gehirnwindungen und sorgten für einen Mega-Stau. Er musste dringend allein sein und nachdenken. Zu viele Frauen hinderten ihn daran. Er wollte wissen, warum Rika hier aufgetaucht war und was sie von ihm wollte. Am besten konnte er das herausfinden, wenn er mit ihr zu sich nach Hause ging. Er hatte nicht die leiseste Absicht sich von ihr um den Finger wickeln zu lassen. Wenn es allerdings den Anschein hatte, konnte es im Moment zu seinem Vorteil sein. Langsam schlenderten sie zu seinem Wagen und fuhr mit Rika zu seinem Haus.

38

Tilla war ohne zu grüßen in den ersten Stock gestürmt und seither nicht mehr hinuntergekommen. Mimi spürte augenblicklich, dass etwas passiert sein musste. Sie stieg langsam die Stufen hoch und blieb vor Tillas Zimmertür stehen aus der undefinierbare Laute drangen. Da ihr Klopfen ignoriert wurde, beschloss sie, dass es sich um einen Notfall handelte und drückte entschlossen die Klinke hinunter. Das Häuflein Elend, das mit gekrümmtem Rücken zu ihr auf der bunten Tagesdecke lag, wurde von gewaltigen Schluchzern gebeutelt und aus einer versteckten Kehle wechselten sich Wimmern und Aufheulen ab.

Mimi räusperte sich.

Der Rücken erstarrte kurz. „Geh weg. Ich muss allein sein."

„Was ist denn passiert?", fragte Mimi besorgt.

„Bitte lass mich in Ruhe."

Mimi kümmerte sich nicht darum. In ihrem Alter konnte sie sich das erlauben. Sie musste nur kurz nachdenken. Wenn Atti etwas zugestoßen wäre, würde sie sich ganz anders benehmen. Ihr ging es gut, Louis auch. Das Mühlenprojekt ging, zwar zögerlich, aber doch voran. Es konnte nur etwas mit Nikolaus Veit zu tun haben. Ein Ruck fuhr durch ihr Herz. Es war doch nicht etwa was mit dem Tropfen schief gelaufen?

„Wo ist Nikolaus?"

Tilla heulte auf wie ein gequältes Tier. Musste ihre Tante nach ihm fragen? Und dann auch noch seinen ganzen Vornamen aussprechen?

„Tilla, Liebling! Ich habe doch gesehen, was zwischen euch läuft. Willst du mir nicht sagen, was geschehen ist?“, drängte Mimi.

Die anteilnehmende Sorge ihrer Tante ließ sie aufhorchen. Vorsichtig drehte sie sich um und stützte sich auf den Ellbogen. Ihre Augen waren rot vom Weinen, ihre Locken klebten feucht an ihren heißen Wangen.

„Die Liebe seines Lebens ist hier aufgetaucht und er scheint noch immer viel für sie zu empfinden.“

„Die Schwedin?“

Tilla nickte und Tränen stiegen wieder in ihre rotgeäderten Augen.

„Das ist also die Fremde, die gestern Abend im Hotel abgestiegen ist und nach dem hiesigen Bauherren gefragt hat. Ach du meine Güte!“

„Ja. Und jetzt sitzen sie bei Bine, trinken Prosecco und feiern ihr Wiedersehen. Nick saß einfach nur da. Er hat nichts getan, Mimi! Vielleicht sind sie schon im Bett gelandet!“

„Pssst.“ Mimi streichelte über Tillas Kopf. „Mach dich nicht verrückt. Wir müssen zuerst herausfinden, was tatsächlich passiert ist. Nikolaus scheint mir nicht der Typ für derartige Aktionen zu sein. - Ich habe doch gesehen, wie er dich ansieht. Ich dachte, er liebt dich.“ So, jetzt war es raus.

„Dachtest du?“ Tilla schneuzte sich in das Leintuch, das sie unter der Tagesdecke hervorzog.

Mimi verzog leicht angeekelt ihr Gesicht, sah aber von einer Rüge ab. Das war eindeutig eine Ausnahmesituation.

„Warum sitzt er dann mit seiner Ex-Freundin bei Bine

und ich weine mir hier die Augen aus?“

„Schau, meine Liebe. Wir wissen doch noch gar nicht, warum sie gekommen ist. Warum kommt ein schwedisches Supermodel nach all den Jahren in unser kleines Städtchen? Doch nicht, um hier Urlaub zu machen. Die fährt doch eher an die Cote d’Azur.“

Tilla starrte ihre Tante an, die sie augenblicklich an Miss Marple erinnerte. Sie schien in ihrer Rolle förmlich aufzublühen und sinnierte weiter: „Warum will sie Nikolaus besuchen, wo sie doch über all die Jahre keinen Kontakt mehr gepflegt haben?“ Sie schüttelte nachdenklich ihren Kopf. „Nein, da muss mehr dahinterstecken.“

39

Als Rika bemerkte, dass Nick einen Volvo fuhr, musste sie lächeln. „Aus Nostalgiegründen?“, fragte sie schnurrend.

„Nein, es ist einfach ein tolles Auto. Zumeist fahre ich mit dem Pick-up.“ Seinen leicht gereizten Ton ignorierte sie. Er fuhr schließlich mit ihr zu sich nach Hause. Sie hatte nicht geahnt, dass es so leicht sein würde, ihn wegzulocken. Bei der süßen Schwarzgelockten hatten ihre Alarmglocken angeschlagen. Jedoch, er war schon immer Wachs in ihren Händen gewesen; so wie die meisten Männer in ihrer Gegenwart, aber bei Nikolaus war es ganz besonders. Jetzt wirkte es so, als hätte sie nach all den Jahren noch immer diese anziehende Macht über ihn. Ihre Gedanken wurden unterbrochen, als sie neben einem Kaufhaus durch eine Einfahrt in einen Innenhof fuhren. Das passte ja ausgezeichnet zu ihrem hinterweltlerischen Nick, dachte sie sich. Als sie ausstieg, sie war etwas enttäuscht, dass Nick ihr nicht die Autotür öffnete, erblickte sie die wunderschöne gusseiserne Wendeltreppe, die in den ersten Stock führte. Ein schmaler Balkon zierte die gesamte Fensterfront und endete an einer Mauer, die zu einer Terrasse gehören musste.

„Hier oben wohne ich“, erklärte Nick und stieg vor ihr die Stufen hoch und griff bereits im Gehen nach dem Haustürschlüssel. Das Vorzimmer war groß und mündete direkt in eine geräumige Küche, die funktionell, hell und gemütlich wirkte. Nick nahm am langen Holztisch Platz und bedeutet ihr sich ebenso zu setzen. Seine Augen schienen sie zu röntgen. Er bemerkte die gut überdeckten Augenringe, leichte Fältchen um die Lippen, als hätte sie diese zu oft zusammengepresst. Und dann war da das Zittern. Rika beschäftigte ihre Hände so gut es ging, aber er sah, dass sie immer wieder leicht zuckten und sie fuhr sich für seinen Geschmack zu oft durchs Haar. Dass Nick noch immer nicht viel sprach, verunsicherte sie leicht. „Hast du etwas zu trinken für mich?“

„Wasser? Tee? Saft?“

„Etwas Stärkeres vielleicht?“ Rika lächelte. Sie wollte verführerisch wirken und ihm weismachen, mit ihm das große Wiedersehen feiern zu wollen. In Wirklichkeit sehnte sie sich mit jeder Faser ihres Körpers nach Alkohol.

„Du hast ein Alkoholproblem, richtig?“, stellte Nick nüchtern fest.

Rika sah ihn erschrocken an. Damit hatte sie nicht gerechnet; dass er sie bereits so schnell durchschaut hatte. Das war gar nicht gut und gehörte nicht zu ihrem Plan.

„Ach, komm!“ Sie lachte und es sollte unbekümmert wirken. „Wer trinkt denn nicht gerne, wenn es passt. Und jetzt passt es doch ausgezeichnet. Wir haben uns seit zwanzig Jahren nicht gesehen. – Ich freue mich auf jeden Fall hier zu sein und dich wieder zu sehen.“

Nick wollte nicht kleinlich sein. Es war tatsächlich eine besondere Situation. Und Rika sah noch immer fantastisch aus, sie war durchgedreht und lustig. Mit ihr wurde es nie langweilig. Er schenkte ihr einen steirischen Gin ein.

„Der ist gut, Liebling.“ Sie hatte es ganz beiläufig erwähnt, so wie damals. Nick fühlte sich in die Vergangenheit katapultiert und konnte sich immer schwerer auf sein eigentliches Vorhaben konzentrieren.

„Erzähl mir von dir“, hörte er Rika fragen. „Was hast du in all den Jahren erlebt?“

„Ich bin zurück nach Österreich gegangen, habe mein Studium abgeschlossen, zu arbeiten begonnen und ein eigenes Geschäft gegründet“, fasste Nick lapidar zusammen. „Und du?“

Rika umrundete den massiven Holztisch und nahm neben Nick Platz. Wie beiläufig berührte sie seinen muskulösen Untcrarm, er sah besser aus denn je, und zog ihr Glas auf ihre Seite. Rika nippte kurz am Gin, den sie am liebsten in einem Schluck in ihre Kehle geschüttet hätte und erzählte, dass sie einige erfolgreiche Modelverträge abgeschlossen und ihr Leben genossen hätte. Irgendetwas an ihrer Stimme ließ Nick jedoch aufhorchen.

„Ab wann ist es schief gelaufen?“ Die Frage war ihm spontan über die Lippen gekommen. Rika sah ihn entsetzt an.

„Was willst du damit sagen. Wie … was meinst du?“, würgte sie hervor.

„Wenn alles so toll gelaufen wäre. Warum bist du jetzt auf einmal hier gelandet?“

„Ich wollte dich wieder sehen.“

„Das glaube ich dir nicht.“

„Vielleicht komme ich in den Wechsel. Die Hormone und was weiß ich.“

„Jetzt hör schon auf, Rika. Sag mir die Wahrheit, oder verschwinde.“ Nick konnte selbst nicht glauben, dass er das gesagt hatte. Es war so gar nicht seine Art und Rika senkte geschockt ihre Augen. Sie griff nach ihrem Glas und leerte es in einem Zug. Diesmal würde sie an der Wahrheit nicht vorbeikommen. Sie hatte hoch gespielt und verloren. Wenn sie einen Rest Würde bewahren wollte, konnte sie jetzt aufstehen und sofort gehen – oder ihm alles erzählen. Warum auch immer, sie entschied sich für letzteres.

„Schenkst du mir noch was ein?“ Auf einmal wirkte sie verletzlich und wie ein Kind, das nach mehr Süßigkeiten verlangte, ohne sich sicher zu sein, ob es sie bekommen würde.

„Ich würde alles tun, um wieder dein Engel zu sein“, hauchte sie und eine einzelne Träne kullerte über ihre linke Wange.

Nick empfand Mitleid mit jeder Zelle seines Körpers. Er wollte ihre Geschichte hören, er musste sie hören.

Rika holte tief Luft, lächelte resigniert und begann zu erzählen. Sie schilderte ihm das verkorkste Modelleben, das von falschen Freundschaften, Gefälligkeiten und Anpassung geprägt war. Nie konnte man jemandem wirklich trauen, man war gezwungen mitzumachen und irgendwann verpasste man, nein, verpasste sie den Absprung.

„Ich liebte es zu sehr. Auf dem Laufsteg oder vor der Kamera war ich in meinem Element. Ich wollte immer perfekt sein, allen gefallen. Am Anfang tat ich das auch. Ich gefiel, ich war so schön. Es war wie eine Droge. Und ich war süchtig danach. Als ich merkte, dass das nicht immer der Fall war, versuchte ich, mein Selbstbewusstsein mit Aufputschmitteln zu stärken. Ich begann zu viel zu trinken. Weil ich davon eine schlechte Haut, rote Äderchen und einen Blähbauch bekam, musste ich schnell damit aufhören. Ich stieg auf anderes um.“ Rika blickte Nick an. Er begann zu verstehen.

„Das alles kostete so viel Geld.“ Rika schaute abwartend zu Nick, als sie ihren Arm nach der Ginflasche ausstreckte. Er nickte abwesend, seine gesamte Aufmerksamkeit war Rikas Worten gewidmet, und sie füllte ihr Glas.

„Es war eine Abwärtsspirale. Ich trank oder schnupfte, wenn ich mich toll fühlte, ich tat es, wenn ich mich schlecht fühlte. Irgendwann brauchte ich ständig etwas. Auf einmal bekam ich weniger Aufträge. Zumindest fühlte es sich so an.“

Rika nahm einen großen Schluck und fuhr fort: „Ab 28 bist du alt. Ich bin jetzt 38 und gehöre zum alten Eisen. Ich habe nichts gelernt. Ich kann sonst nichts. Ich habe nicht reich geheiratet.“ Sie lächelte Nick an, aber in ihren Augen erblickte er unendliche Traurigkeit. „An Angeboten hat es mir nicht gefehlt, aber ich wollte nie. Es war einfach nie der Richtige dabei.“ Sie zuckte mit den Achseln. „Jetzt steh ich da.“ Rika trank noch einen großen Schluck. Es war raus.

„Und darum wolltest du zu mir?“ Nick blickte sie ungläubig an.

Rika nickte. Es gab nichts mehr zu sagen.

„Warum denn das?“ Nick schüttelte verwundert seinen Kopf. „Du hast seit zwanzig Jahren nichts von mir gehört. Ich könnte verheiratet sein, Kinder haben.“

Rika entschied sich endgültig für die Wahrheit. „Manchmal habe ich dich gegoogelt.“

Nick blickte sie mit großen Augen an. „Du hast mich indirekt gestalkt.“ Er grinste, um die Situation aufzulockern.

„Nikolaus, nicht doch. Ich weiß, dass ich dich unendlich verletzt habe und es tut mir ganz ehrlich leid. Ich kann es nicht ungeschehen machen, aber ich würde es tun. Du bist mir nie aus dem Sinn gegangen und manchmal habe ich deinen Namen in den Computer getippt. Einfach so. Damit wollte ich dir nahe sein. Bei dir habe ich mich immer so sicher gefühlt.“ Tränen kullerten ihr mittlerweile über beide Wangen.

Nick erhob sich, schnappte ein Glas und goss sich auch einen Gin ein, den er mit einem Schluck austrank. „Weiter“, bestimmte er brüsk.

Rika nickte und fuhr fort: „Eines Tages fand ich auf eurer Gemeinde-Website einen Artikel über dich. Der erfolgreichste Bauunternehmer der Stadt, Mitglied bei der Freiwilligen Feuerwehr, Junggeselle, … – ich … ich dachte, … ich dachte, wenn du, zumindest offiziell, nicht in einer Beziehung wärst, dann hätte ich noch eine Chance bei dir.“

Nick starrte Rika an. Sie schien alles gesagt zu haben und hielt ihre Lider weiterhin gesenkt.

Er fühlte, wie jeglicher Groll von ihm abfiel. Plötzlich haderte er nicht mehr mit sich und seinem Schicksal. Sie war ihrem erlegen. Es war passiert, was passiert war. Es musste sein jetziges Leben nicht mehr blockieren oder gar negativ beeinflussen.

„Rika“, sagte er und umfasste ihre Hände. „Ich bringe dich jetzt ins Hotel und wenn sie kein Zimmer mehr frei haben sollten, dann finden wir eine andere Lösung.“

„Das ist kein Problem. Ich habe schon gestern ein

Zimmer bezogen. Nur deine Freundinnen wollte ich wissen lassen, dass ich bei dir wohnen werde.“ Rika hielt weiter ihren Kopf gesenkt, die Hände in Nicks Händen.

Spontan umarmte er sie. „Rika, ich habe dich wirklich geliebt. Jetzt liebe ich eine andere Frau.“ Er hob langsam ihren Kopf, damit sie ihm in die Augen sehen konnte. „Ich möchte dir gerne helfen. Aber ich werde nicht wieder Teil deines Lebens sein.“

„Danke, Nick. Das ist letztendlich mehr, als ich mir erhoffen durfte. Ich möchte deinem Glück auch nicht im Weg stehen. Ich möchte zu Fuß zum Hotel gehen. Ich habe gesehen, dass es nicht weit ist und ich benötige etwas frische Luft.“ Rika hob ihr Glas und Nick hielt ihr seines entgegen. „Auf ein gelungenes Wiedersehen“, sagte sie feierlich.

„Auf einen gelungenen Abschluss“, entgegnete Nick. Rika nickte, denn sie wusste, wie er es meinte. Nach einer kurzen innigen Umarmung trennten sie sich. Rika ging ins Hotel und Nick machte sich auf den Weg zu Tilla.

40

Fassungslos starrten die vier Nick hinterher, wie er sich mit dem Supermodel aus dem Staub machte. Bine fasste sich als erste: „Meine Damen, unsere Rettungsaktion ist hiermit gescheitert."

Lilo schüttelte energisch ihren Kopf. „Nein und noch einmal nein!"

Nina stimmte mit ein. „Wir lassen uns doch nicht von einer Schwedin unseren heißesten Junggesellen wegschnappen, der definitiv zu unserer Tilla gehört", fasste sie für Conni zusammen.

„Gebt mir auch einen Prosecco", würgte sie ungläubig hervor. „Tilla tut mir so leid. Was können wir denn nur tun?", überlegte sie laut.

„Wir könnten ihnen hinterherrasen", schlug Lilo vor.

Conni verneinte. „Streng genommen dürfen wir uns hier nicht einmischen." Sie erntete einen vernichtenden Blick von Lilo, was sie nicht davon abhielt weiterzusprechen. „Tilla ist unsere Freundin, Nick ist ein Freund, aber er ist für sich selbst verantwortlich. Wir können ihm schlecht befehlen, mit wem er zusammen sein soll."

„Aber man hat ihm doch angesehen, dass er sich in Tilla verliebt hat", meinte Bine und die anderen nickten.

„Meine Damen", meldete sich Nina zu Wort. „Ich denke, er ist geschockt, überfordert mit der Situation, sein Hirn setzt gerade aus und wenn wir ihn wieder ins Jetzt holen, wird er uns für ewig dankbar sein."

„Ja", bestätigte Bine. „Es ist doch offensichtlich, dass die Frau was von ihm will. Und es handelt sich definitiv nicht um Sex – ich meine, zumindest nicht vorrangig. Dafür müsste sie nicht so weit fahren."

„Vielleicht braucht sie Geld?" Lilo hob fragend ihre Augenbrauen.

„Oder sie hat begriffen, dass sie etwas aus der Vergangenheit noch abschließen muss?" Nina liebte Sinnfragen.

„Wie auch immer, wir fahren jetzt zu Nick und öffnen ihm die Augen. Eine für alle, alle für eine. Prost!" Bine war in ihrem Element und zog die anderen mit sich.

Conni, die am wenigsten getrunken hatte, setzte sich ans Steuer und fuhr die Damenrunde zu Nicks Haus. Die Fahrt verlief schweigend. Conni hielt direkt vor dem geöffneten Tor und blockierte die gesamte Einfahrt. Noch immer schweigend stiegen sie aus, marschierten durch den Gang in den Innenhof und stiegen die Wendeltreppe hoch.

Bine räusperte sich. „Soll ich anläuten?"

Die anderen drei nickten. Bine drückte ihren rechten Zeigefinder energisch auf den Klingelknopf. Ein kurzer lauter Ton hallte durch das Haus, sodass alle vier Damen zusammenzuckten, dann wieder Stille.

„Meine Güte, ist die laut. Gehört die Klingel auch zum Geschäft?", überlegte Nina.

„Keine Ahnung." Bine probierte es noch einmal. Diesmal waren sie darauf gefasst.

„Die werden doch nicht schon …", entschlüpfte es Lilo.

„Mir ist das entsetzlich peinlich, aber ich muss es wissen", gab Bine zu. „Ich klettere über die Dachterrassenmauer und sehe von dort hinein."

„Ich weiß nicht“, gab Conni zu Bedenken. „Das ist jetzt doch ein Rieseneingriff in die Privatsphäre.“

„Wir müssen an Tilla denken!“, räumte Lilo die Zweifel beiseite.

„Soll ich dir die Räuberleiter machen?“ Nina musste auf einmal lachen und die anderen stimmten ausgelassen mit ein. Der Druck fiel ab und sie ließen sich auf das Abenteuer ein. Als Bine ihren rechten Fuß so hoch es ging hob und ihn auf einen Mauervorsprung legen wollte, schrillte eine Trillerpfeife. Erschrocken schrien die Freundinnen auf und drehten sich, wie von der Tarantel gestochen um, um nach unten zu blicken. Im Innenhof stand der hiesige Polizeichef und schaute verwundert zu ihnen hinauf.

„Guten Tag die Damen.“

„Hallo Karli“, stammelte Lilo.

Bine zog ihr Bein auf den Boden und lief knallrot an.

„Grüß Gott, Herr Inspektor“, flüsterte Conni kreidebleich im Gesicht. Sollten das ihr Schüler erfahren, war sie für immer geliefert.

Nina und Lilo starrten ihn mit aufgerissenen Augen an.

„Ihr wollt Nick besuchen?“, fragte er und stieg lächelnd die Stufen hoch auf die vier zu. Allgemeines Kopfnicken.

„Und weil er nicht da ist, worauf sein fehlendes Auto im Carport schließen lässt, müsst ihr euch gründlicher davon überzeugen, denn ihr wollt doch sicher nicht bei ihm einbrechen?“

Nicken und Kopfschütteln.

Bine war ihre berühmte Schlagfertigkeit abhandengekommen. Sie brachte keinen Ton hervor, als der fesche Polizist, der seit längerem ein Auge auf Lilo geworfen hatte, vor ihr hielt. Konzentriert atmete sie durch ihre Nase, denn sie wollte auf keinen Fall, dass er ihre Proseccofahne roch.

„Haben die Damen getrunken?"

Mininicken mit gesenktem Blick.

„Dann fasse ich mal zusammen. Fürs Protokoll. Vier Frauen, die alkoholisiert mit dem Auto unterwegs sind und auf frischer Tat bei einem Einbruch erwischt werden."

„Ich habe nur ein Glas getrunken", meldete sich Conni zu Wort. „Ich bin nicht betrunken."

Karli beachtete sie nicht und bemühte sich, sein Grinsen zu unterdrücken. So viel geballtes schlechtes Gewissen hatte er schon lange nicht mehr zu Gesicht bekommen. Die vier waren entzückend.

„Wenn Lilo heute Abend mit mir essen geht, dann sehe ich von einer Anzeige ab und behalte dieses Abenteuer für mich."

„Das macht sie sehr gerne", versprach Conni erleichtert.

Lilo warf ihr einen undefinierbaren Blick zu und nickte dann zustimmend.

Beschämt stiegen die vier die Stufen hinunter und setzten sich in Connis Auto. Als die letzte Tür geschlossen wurde, hörten sie wie der Polizeibeamte losprustete und vor Lachen beinahe keine Luft mehr bekam.

„Der hat uns doch total verarscht!" Bine hatte ihre Sprache wieder gefunden.

Lilo fing ebenfalls an zu lachen, bis alle miteinstimmten.

„So etwas Peinliches habe ich seit der dritten Klasse nicht mehr erlebt, als unser alter Schuldirektor uns beim Rauchen auf dem Bubenklo erwischt hat“, erinnerte sich Nina.

Als wieder Ruhe im Auto einkehrte, startete Conni den Motor und meinte: „Ich denke, wir sollten Nick in Ruhe lassen. Er muss selbst wissen, was er tut. Lasst uns dafür zu Tilla fahren.“

41

Louis öffnete bevor Nick angeläutet hatte. Als hätte er gewusst, dass er kommen würde (er war ihm seit jeher etwas unheimlich erschienen), hielt Louis ihm wie selbstverständlich die Tür auf und brummte: „Sie ist oben, in ihrem Zimmer. Es ist gleich das erste auf der linken Seite."

Nick blickte ihn dankbar an und erklomm immer zwei Stufen auf einmal die Treppe in den oberen Stock. Leise klopfte er an. Als er keine Antwort erhielt, machte er die Türe auf und sah Tilla bäuchlings auf ihrem Bett liegen. Sie schien zu schlafen. Ihr Kopf war auf die Unterarme gebettet, die schwarzen Locken standen wirr in alle Richtungen. Er fand sie bezaubernd und sein Herz zog sich in warmen Wellen zusammen. Langsam trat er ans Bett, ging in die Hocke und strich mit seiner Hand über ihre tränenverschmierte Wange. Erschreckt öffnete sie die Augen. „Was machst … wie bist …", stammelte sie und richtete sich auf.

Nick setzte sich neben sie und nahm ihr Gesicht in beide Hände. „Wir sind füreinander bestimmt", gestand er.

„Wer ist füreinander bestimmt?" Ihr Blick war unergründlich. Jetzt erst verstand er. Er hatte sich auf dem Weg hierher gefragt, ob „Wir sind füreinander bestimmt" tatsächlich die richtige Einleitung war. Vielleicht wäre ein „Entschuldige bitte, es tut mir Leid" oder „Ich habe nicht gewusst, dass meine Ex-Freundin jemals wieder auf der Bildfläche erscheinen würde".

„Wir beide sind füreinander bestimmt. Ich bin mir ganz sicher, Tilla."

Tillas Gesicht sprach Bände, ihre großen Augen drückten berechtigten Argwohn aus.

„Nachdem du und deine Super-Model-Freundin euch endlich wieder gefunden habt meinst du nicht, dass ihr füreinander bestimmt seid?“ Ihr Trotz, ihr Zorn und ihre Enttäuschung sowie alle Hoffnung, die sie noch gehegt hatte, kämpften in ihrem Inneren. Nick zog sie fest an sich, sog ihren frischen Duft ein und legte seine Lippen auf ihren Hals. Bedächtig hob er ihr Gesicht zu sich und sie musste ihn ansehen.

„Ich weiß nicht mehr, warum ich mich über all die Jahre so zurückgezogen habe. Oder vielleicht doch. Ich weiß nur, dass ich mit dir zusammen sein möchte. Ich will mein Leben mit dir verbringen.“ Noch nie in seinem Leben war er sich so sicher, dass er genau das hatte sagen wollen.

„Das ist so leicht dahin gesagt“, sagte Tilla und merkte, wie sie bei Nick Entsetzen auslöste. „Ich habe Angst. Die Leute, die mich liebten sind nie lange bei mir geblieben.“

„Aber wir sind hier, Tilla. Gemeinsam. Wir sind uns hier noch einmal über den Weg gelaufen. Das ist Schicksal.“

„Ich weiß nicht“, versuchte Tilla zu protestieren, als Nick sich zu ihr beugte und sie küsste. Mit der gemächlichen Leidenschaft eines Mannes, der wusste, dass er sein gesamtes Leben mit dieser Frau vor sich hatte.

„Ich will dich, ich will deinen Sohn, ich will dein Mühlenprojekt, ich will das gesamte verrückte Paket mit Mimi und Louis“, murmelte er und zerstreute Tillas letzte Zweifel.

In der Küche stellte Mimi noch eine Kanne Kaffee auf.

„Endlich“, seufzte Louis, faltete seine Hände und versicherte ihr: „Es ist alles gut.“

„Wie kannst du dir da nur so sicher sein?“ Mimi war nervös; in diesem Zustand war sie unausstehlich und Louis fand sie unwiderstehlich.

„Was, wenn er doch nicht der Richtige für meine Tilla ist? Vielleicht hätte ich mich wirklich nicht einmischen dürfen.“ Mimi umrundete den Küchentisch.

Louis beäugte sie über seine Zeitung hinweg. „Er ist der Richtige.“

„Wie kannst du dir da so sicher sein?“, insistierte Mimi.

Louis verdrehte die Augen. „Was sage ich immer zu dir?“

„Du sagst so viele Dinge zu mir, alter Mann, und nur die Hälfte davon verstehe ich“, gab Mimi zu. „Also, was meinst du?“ Geduld war noch nie ihre Stärke gewesen.

„Ich sage dir ständig, dass du mir vertrauen und dir keine Sorgen machen sollst.“

Mimi nickte. „Das stimmt.“

„Und jetzt stell bitte noch eine Kanne Kaffee auf.“

„Glaubst du nicht, dass wir für heute genug getrunken haben?“

„Doch nicht für uns. Wir bekommen Besuch.“

Mimi hob erstaunt die Brauen, da hörte sie auch schon, wie die große Eingangstür geräuschvoll geöffnet wurde. Rasch eilte sie in den Vorraum. Auf Atti und das Kleine Etwas folgten Tillas Freundinnen. Als sie die Türe schließen wollte sah sie eine Staubwolke die Auffahrt heraufziehen. Drei Sekunden später hüpfte Paulina aus ihrem Wagen.

„Schneller ging nicht, Mädels", keuchte sie aufgeregt und stürmte auch herein. Lachend und mit offenen Armen wurde sie begrüßt. „Zweieinhalb Stunden von Wien hierher ist mein absoluter Rekord. Die Strafzettel dürft ihr übernehmen."

„Das macht in Zukunft Lilo", grinste Conni.

„Was ist denn hier los?"

Gleichzeitig drehten sich alle zur Stiege, auf der Tilla mit Nick stand.

„Ah … oh, was? …", ertönte es von den erstaunten Freundinnen.

Mit diesem Ausgang hatten sie nicht gerechnet. Das Schicksal hatte die beiden ohne ihr Zutun zusammengeführt. Nick lachte und legte den Arm um Tillas Taille. Er spürte, wie sie lächelte.

Mimi führte ihre Hand zum Herz. Der Tropfen hatte diese Liebe lediglich verstärkt. Es war gut so. Louis lächelte in der gemütlichen Küche vor sich hin und schnupperte fröhlich an einem frisch gepressten Tropfen.

Epilog

Während Mimi den Teig für ihren Apfelschlangel knetete, warf sie immer wieder einen Blick in die altmodische Kinderwiege, in der schon alle Herzogbabies lagen. Baby Ella schlief friedlich. Ein dichter Wimpernkranz umrandete ihre geschlossenen Äuglein, dunkler Flaum klebte an ihrem Köpfchen.

„So wird dein Kuchen heute nie mehr fertig“, bemerkte Louis, der selbst ständig um die Wiege schlich und seinen Kopf zu Mimi steckte.

„Na, habt ihr sie schon aufgeweckt?“ Tilla grinste, als sie in die Küche trat.

Die beiden alten Leute fuhren ertappt hoch und schauten sie schuldbewusst an.

„Pssst, du weckst sie ja selbst mit deinem lauten Geschrei“, zischte Mimi und Tilla wehrte lachend ab. „Ich möchte sie ohnehin noch stillen, bevor die Kinderdorf-Gruppe kommt.“

„Mama, ist der Schlangel fertig?“ Eduard betrat die Küche. Noch immer war er vor jeder Führung mit den Kindern aufgeregt, obwohl es ihm im Blut zu liegen schien und sie ihn liebten. „Was, er ist noch nicht einmal im Rohr? Die Gruppe ist in einer knappen Stunde angemeldet.“

„Ich mach ja schon, musste doch auf die Kleine aufpassen“, erklärte Mimi und Eduard verdrehte die Augen während er sich zur Wiege gesellte.

In dem Moment öffnete Baby Ella ihre Augen und grinste ein zahnloses Lächeln, das viele Ahs und Ohs entlockte.

„Ich nehm' sie raus!", verkündete Arthur, der unbemerkt eingetreten war.

Louis und Eduard wirkten enttäuscht und Tilla musste wieder lachen, als Nick, der ebenso unbemerkt in die Küche getreten war, seine Arme um sie legte.

„Lost ihr aus, wer Ella nehmen darf?", fragte er und küsste Tillas Locken.

„Nein, ich hab's als Erster gesagt!", rief Arthur, der seine kleine Schwester vorsichtig aus dem Bettchen hob. Sofort fing sie an zu schreien. „Sie ist hungrig", erklärte er nüchtern und drückte das Würmchen seiner Mutter in die Arme.

„So, der Apfelkuchen ist im Rohr. Ihr könnt den Tisch für das Mittagessen decken", bestimmte Mimi.

„Was gibt es denn heute Gutes?", wollte Ilsa wissen, die als Letzte in die gemütliche Küche trat und das Kleine Etwas reinließ.

Eduard schenkte seiner Frau ein warmes Lächeln und bedeutete ihr, sich neben ihn zu setzen.

„Etwas Leichtes, weil es doch schon so heiß ist, wie etwa Kernöleierspeis mit grünem Salat und Käferbohnen."

„Natürlich mit Kernöl", ergänzten unisono alle lachend.

„Natürlich", bekräftigte Mimi und ergänzte: „Und dazu frisch gebackenes Brot mit Kürbiskernaufstrich."

„Das ist gut", bestätigte Arthur. „Ich habe nämlich später ein Fußballspiel."

„Ich dachte, heute wäre die Hundeprüfung", warf Tilla

ein und Arthur blickte erschrocken auf. „Die hab ich total verschwitzt.“

Seit Arthur im hiesigen Fußballverein trainierte und Mitglied bei der Freiwilligen Feuerwehr war, trat das Kleine Etwas zugunsten seiner neuen Freunde etwas in den Hintergrund.

„Ich mach das für dich.“ Ilsa grinste Arthur an, der von seinem Platz aufsprang und sie erleichtert umarmte.

„Danke, du bist die beste Tante, die es gibt!“

„Können wir jetzt endlich essen?“, grummelte Eduard. „Die Kindergruppe ist bald da. Außerdem ist hier ein Gedeck zu viel aufgedeckt.“

Mimi und Louis warfen sich einen ihrer Blicke zu. Da ging auch schon wieder die Küchentür auf und Paulina wirbelte herein. „Mhmm, riecht es hier gut! Ich bin doch nicht zu spät? Ich sterbe vor Hunger.“

Dank

Wie viele Geschichten verdankt auch diese ihre Existenz einem Städtchen aus einzigartigen Individuen. Die Romanfiguren sind inspiriert durch meine Familie, Freunde, Nachbarn und andere Menschen, die ich im Laufe meines Lebens kennengelernt habe. Sie sind ein bisschen wie echte Menschen und einige von ihnen gehen im Buch letztendlich andere Wege, als ich für sie vorgesehen hatte.

Ich danke meinem Mann Johannes, der all meine verrückten Ideen unterstützt und meinen Kindern Bruno und Carlotta, dass sie, wenn ich am Computer sitze, mich (meistens) in Ruhe arbeiten lassen.

Großer Dank gilt allen KollegInnen meiner AutorInnengruppe, die mich ermutigt haben Szenen einfach wegzulassen oder komplett umzuschreiben.

Ich danke meiner Schwester und meiner Mutter, weil sie sich immer als erste Leserinnen zur Verfügung stellen sowie Ursula Markovic, Eva Strohmaier, Elke Gier und Leonie Wittmann, die sich den Erstentwurf durchgelesen, Fehler korrigiert, mich auf nette, wertschätzende Art auf Ungereimtheiten aufmerksam gemacht und mich zur Veröffentlichung ermutigt haben.

Danke an Christian Schuldes von der Freiwilligen Feuerwehr Mureck, von dem ich die technischen Daten der Brandszene erfahren habe.

Ich danke all meinen LeserInnen, die mich auch auf dieser Reise begleiten.

Bücher der Autorin:

Single zu zweit (2006)
Prinzenroulette (2015)
Dancing Queen (2017)
Tillas Mühle (2021)

ISBN 978-3-7549-1804-3
9 783754 918043 00006
www.epubli.de